La casa de las sombras

Histórica

NICHOLAS GRIFFIN

La casa de las sombras

Traducción de Concha Cardeñoso

El Aleph Editores

Título de la edición original: *The House of Sight and Shadow*

Primera edición: mayo de 2002

Peu de la Creu 4, 08001-Barcelona
E-MAIL: correu@grup62.com

DEPÓSITO LEGAL: B. 20.427-2002
ISBN: 84-7669-577-2

Fotocomposición en Víctor Igual, S.L., Córcega 237, bajos, 08036 Barcelona
Imprès a Limpergraf s.l., Mogoda 29-31, polígono Can Salvatella,
08210 Barberà del Vallès
Impreso en España-Printed in Spain

Para O.B.

Examina tus deseos,
piensa en tu edad,
mide bien tus sentimientos.

WILLIAM SHAKESPEARE,
Sueño de una noche de verano, Ii, 67

El dinero lleva las riendas del mundo y del destino,
a la virtud convierte en vicio, a la maldad en bondad.

DANIEL DEFOE,
The Commentator, 1 de agosto de 1720

Nadie: Todos los habitantes de Gran Bretaña,
salvo unos mil doscientos.
Valor: Poder. Categoría. Riqueza.
Sabiduría: El arte de adquirir los tres antedichos.
Mundo: Conoceros a vos.

HENRY FIELDING,
Glosario moderno, 1752

I

Joseph Bendix contempló Londres desde la altura de Blackheath. Un calor húmedo había apartado las cortinas de humo que cubrían el cielo de la ciudad, y el ladrillo fresco y los apretados callejones relucían. El sol había resecado la capa de barro y se había formado una gruesa costra por donde circulaba el carruaje. A mediodía no había sombras. Con pesar, Bendix volvió a subir al coche y se sentó en el mismo lugar que había ocupado durante todo el trayecto desde Dover, entre dos señoras mayores. Afilados haces de luz entraban como lanzas por las perforaciones de las láminas de latón de las ventanas, de manera que todos veían el polvo asfixiante que respiraban.

Acompañando el descenso a Londres, surgió la conversación que con tanto empeño había evitado Bendix durante millas.

—Dicen —comenzó la señora Sexton— que hay leopardos en la torre...

—Quizás exhiban todavía —siguió el señor Harper, de nariz chata— el perro de dos patas, que era una gran atracción la última vez que estuve allí.

—Según la carta de mi hermana —continuó la señora Sexton—, ahora exhiben una piel completa de moro, oscura, con su pelo. ¿Tiene intención de ir a verla, señor Bendix?

—No, señora; no tengo intención de ir a verla —dijo Bendix, y siguió mirando al frente.

—¿Había mucha diversión en París? —inquirió la señora Sexton.

Bendix se mantuvo en silencio y maldijo la falta de fondos que le condenaba a viajar de forma tan impropia de un caballero. Cuando los caballos tiraban cuesta abajo, los viajeros se sacudían, rebotaban y chocaban unos con otros. Recogieron a dos señoras más en una posada de Deptford, una se apeó en la parada de postas de Southwark y, al morir el día, franquearon por fin las puertas de Londres.

En París, un anciano inglés le había contado que la ciudad de Londres había sido arrasada por la peste, purificada con fuego y reconstruida. Se levantaron mil casas, volvieron los estrechos callejones allí donde los hombres habían soñado con amplios bulevares parisinos y con la majestad de San Petesburgo. Algunas de las partes erigidas poseían esplendor: el muro de contención del Támesis, los ángulos exactos de Soho Square y St. James. St. Paul destacaba por encima de la ciudad, aunque tanta belleza no estaba alejada siquiera de Pudding Lane o de los combados tejados de Blowbladder Street. Pero Bendix no veía nada de todo eso, sólo miraba fijamente las uñas amarillentas de la señora Sexton y el reborde atenuado de las cutículas. De no haber cargado en el coche absolutamente todo cuanto poseía, se habría bajado de un salto y, solo, habría continuado a pie.

Oía el ruido de los vehículos que se desplazaban tanto por delante como por detrás de él. El aire era denso, más sucio que en París, pensó, cargado de un fuerte olor a boñiga de caballo y aliento cansino de vacas. La señora Sexton se tapaba la nariz con un pañuelo, mientras que la señora que había subido en Deptford se reía de la sensibilidad de los demás.

El señor Harper se inclinó hacia Bendix y le tocó la rodilla con el bastón.

—¿De visita familiar? —inquirió.

Bendix negó con un movimiento de cabeza.

—Mi padre se fue hace mucho.

—¿Murió?

—Solamente se fue a Northumberland —replicó Bendix con un amago de sonrisa.

—Y usted viene aquí a practicar. Bien, bien, caballero.

Cuando se detuvieron en el Black Horse, Bendix había recuperado el buen humor en parte. Ayudó a todas las mujeres a apearse del coche y llamó a un mozo de anchos hombros para que le subiera el equipaje a la habitación. Tras abrir su baúl, sacó la caja con los enseres de escritorio e inmediatamente garabateó una breve nota dirigida al doctor, donde le comunicaba su intención de ir a visitarlo al día siguiente. Se ató la bolsa a un lado y bajó con la misiva. El patrón le aconsejó que no confiara en el correo de la tarde y le recomendó a dos mozos antorcheros que estaban sentados junto a la chimenea apagada. Bendix dio un par de peniques a uno de ellos para que fuera a entregar la nota y la carta de recomendación y llamó al segundo para que lo acompañara por Drury Lane.

Se tomó el paseo como una actividad edificante y divertida: iba a dar una vuelta por la ciudad en la que habían vivido sus padres. No le costó más que un trecho por Drury Lane deducir por qué su padre había preferido el norte a Londres. La calle era un hervidero confuso de gentes diversas, de sedas de caballero, de mendigos, de desgraciados niños tullidos, aunque más temible resultaba la concentración de inclasificables. Había personas que le parecían actores, damas que tomó por prostitutas, nobles que imaginó tan arruinados como él mismo... Concluyó que Londres era una colmena derrotada donde hacía tiempo que las abejas iban cediendo terreno a las larvas no voladoras.

Volvió al Black Horse, pagó al mozo mientras apagaba la tea en un cubo de agua y se sacudió el polvo de las calzas vigorosamente. En el dormitorio, se desvistió con rapidez, tomó un poco de vino que el patrón le había dejado y, por fin, se quitó la peluca. Tenía un corte de pelo muy apurado, su cráneo parecía una pelota recubierta de incipiente pelo gris. Apagó la vela de un soplido y, desnudo, se acercó a la ventana con el vaso. En la calle, bajo la mortecina luz que salía de la taberna, se veía pasar un río de sombras. Al distinguir el roce afectuoso de una mano con otra, la soledad le clavó una punzada cruel. No conocía a un alma en la ciudad. Y al haber perdido las cartas de recomendación de su padre, hacía ya muchas lunas, dependía por entero de un solo contacto. Pendiente de la cita con el doctor, durmió un sueño inquieto aquella calurosa noche de ansiedad.

Por la mañana se instaló en el café Tom's, a corta distancia del Black Horse. Leyó el *Daily Courant* y se fijó en los próximos juicios y movimientos políticos manteniendo las hojas del periódico altas para ocultar su soledad. En París contaba con un pequeño círculo de amistades, compañeros de la carrera de Medicina que se habían acercado a él en tiempos de ascenso pero se habían quedado detrás de la barrera contemplándolo de brazos cruzados en tiempos de caída.

Los burlones parisinos se reían de Londres porque, en la actualidad, se tenía por el centro de la civilización. Todos estaban de acuerdo en que Hanover se había aposentado ya y, puesto que la monarquía prosperaba, Bendix creía que el rey George estimularía a la nación con dinero. Donde había dinero, había progreso y oportunidades. Sólo en las grandes naciones se encontraban grandes hombres. En realidad, el regreso de Bendix no se debía sólo a cuestiones pecuniarias, aunque él se habría aferrado a esa mentira si alguien le hubiera preguntado. En los círculos en los que se movía, el dinero era una excusa más comprensible que el amor.

Había oído hablar del doctor sir Edmund Calcraft a su propio tutor, Bertrand LeMaître, quien había asistido a las conferencias del doctor sobre litotomía a finales del siglo anterior. LeMaître insistía siempre en que no había hombre comparable, nadie, desde la época de Boyle y Hooke, que tuviera, como él, la falta de respeto necesaria para hacer avanzar la ciencia. No obstante, Calcraft no aceptaba discípulos desde hacía veinte años y no había operado ni una sola vez en ese mismo lapso de tiempo. LeMaître añadió que, según los rumores, hacía diez años que no salía de su casa.

—¿Por qué iba a considerar siquiera mi petición? —preguntó Bendix.

—¿Por qué se casan los hombres, si no necesitan hijos ni dinero? —preguntó el tutor.

—Por amor —contestó Bendix inmediatamente.

—O por compañía —puntualizó LeMaître—. Voy a escribirte una carta.

—¿A qué se dedica? —preguntó Bendix.

LeMaître sacudió la cabeza. Lo que Calcraft estuviera estudiando carecía de importancia; Bendix tenía que marcharse.

—Descubrirás que sus observaciones son de sumo interés.

A las cuatro de la tarde del día siguiente, Bendix no había recibido todavía respuesta a su misiva. Con el sol aún brillante en el cielo, tomó un coche de alquiler para ir a Lincoln's Inn Fields. Había robado oro suficiente en París al paciente LeMaître como para procurarse buen aspecto. Una docena de trajes de calidad, cada uno de ellos como una llave de seda que tal vez abriera puertas que los sirvientes no franqueasen a otros peor ataviados. Bajaron por Great Queen's Street y Bendix admiró la regularidad de las fachadas de excelente ladrillo rojo y los sólidos aleros de madera. Lincoln's Inn Fields era una continuación de esa perfección, rota sólo por algún curioso arabesco caprichoso.

La puerta de la casa del doctor Calcraft era negra y estaba recién pintada. Bendix llamó con los nudillos y, rápidamente, se repasó el sobrio atavío de seda negra. La levita no se le había manchado, a pesar de lo sucio que estaba el coche de alquiler. Las hebillas plateadas de los zapatos brillaban. Pero nadie salía a abrir la puerta. Volvió a llamar y luego atisbó por las ventanas, pero estaban cerradas, con las cortinas corridas. Rascándose la piel por debajo de la peluca, siguió andando hasta dar con las caballerizas y fue a parar a la parte trasera de la casa. Parecía oscura. Volvió de nuevo a la fachada principal y llamó por tercera vez.

Abrió la puerta un hombre de baja estatura que lo saludó con una ligera inclinación. El contorno de su cintura era igual a su altura, por lo menos, y las mejillas, redondas y rubicundas, le envolvían los ojos. A Bendix le dio la impresión de que estallaría de un momento a otro.

—¿Tendría la amabilidad de anunciar al doctor Calcraft que Joseph Bendix ha venido a visitarle?

El redondo sirviente se llevó la mano a la cara disimulando una sonrisa. Bendix advirtió que tenía unos dedos extraordinarios, delgados y puntiagudos como los brazos de una estrella de mar e, inmediatamente, comprendió su error.

—¿Doctor Calcraft?

—O, si no, un lacayo muy presuntuoso —dijo el doctor, y le tendió la mano.

—Lamento haberme...

—Lo comprendo, lo comprendo. —Por fin, le soltó la mano—. Adelante, caballero. Hoy hace un día singularmente caluroso y las fiebres andan sueltas por ahí; si las contrae, tendré que cobrarle la visita.

Calcraft cedió el paso a Bendix y se fijó en su cara. Los rizos postizos de la peluca francesa, la nariz afilada, los ojos oscuros, castaños o grises, pero vivos. Casi griego, pensó el doctor. Porte: rebosante de confianza, un rasgo necesario de arrogancia en un rostro amable por lo demás.

Bendix pasó a un vestíbulo largo de roble bruñido y siguió a su anfitrión al interior de la casa. La grandiosidad solemne del espacio que le rodeaba no le pasó desapercibida, pero quedó empañada por un penetrante tufo de ropa mojada puesta a secar en una habitación húmeda. El aire no se movía y Bendix tuvo que sobreponerse al deseo de buscar una ventana.

—¿Conoce bien a LeMaître? —preguntó Calcraft, siguiéndolo por el pasillo.

—Desde hace tres años —dijo Bendix—. Lo considero uno de mis amigos más íntimos de París, aunque, naturalmente, superior a mí en conocimientos.

—Pobre muchacho —dijo Calcraft—; espero que usted sea más ambicioso que él. Un hombre encantador; encantador, pero de mentalidad común. ¿Le ha contado muchas cosas de mí?

—Me dijo que usted me recibiría, aunque lo dudé.

—A la izquierda, caballero —dijo Calcraft, y subieron un tramo de escaleras que los llevó directamente a un estudio. Bendix vio con gran alivio que las cortinas estaban descorridas. Una suave brisa se levantó con los últimos rayos de sol. En la estancia sólo había una silla y Bendix se quedó mirándola.

—¿Desea tomar algo? —preguntó el doctor.

Bendix asintió y el doctor le sirvió una gran copa de brandy rebajado con agua. El sol poniente derramaba una luz anaranjada sobre la madera, pero el asiento rojo de cuero que el doctor le ofreció parecía negro.

Calcraft paseaba de un lado a otro delante de su invitado, como si fuera la manera más natural de sostener una entrevista. Iba vestido con sencillez, en opinión de Bendix, sin asomo de pretensiones modernas, sin concesiones a los polvos franceses ni a las pelucas inglesas. Bendix comprendió su gran error al haberlo tomado por un lacayo. Ningún hombre meticuloso habría permitido que semejante imagen representase su poderío: calzas sencillas, granate y seda, camisa de color crema claro, un par de hebillas deslustradas en los zapatos.

—Hizo bien en dudar que fuera a recibirlo, pero, aunque LeMaître siempre enseñará y jamás practicará, es un maestro del arte del halago. Graba su recuerdo en la memoria del prójimo, un recuerdo cálido, singularmente cálido y por sorpresa, mientras uno aún está deleitandose en su luz, le pide un favor que, en comparación, parece trivial. Así es como usted ha llegado a mi presencia.

—¿Puedo preguntar por el recuerdo?

—No —dijo Calcraft, aunque después añadió—: Me acompañó a Oxford, como asistente, hace mucho tiempo. Nos pasamos el verano persiguiendo aldeanas por deporte. Conocimos a sendas damas. La suya, temporal, la mía, divina.

—Yo...

—Es suficiente, caballero. Tenemos que hablar de usted, es un espécimen curioso —dijo Calcraft señalándolo con el dedo.

—¿Eso dice LeMaître?

—Naturalmente, caballero. Está al corriente de algunos cambios que he experimentado desde la última vez que nos vimos, información que le habrá pasado a usted, supongo.

Bendix asintió lentamente y dijo:

—No obstante, parece que cuanto he oído son rumores y cotilleos. Lo único cierto y, por tanto, la única prueba que merece ser tenida en consideración a la hora de juzgar, es su vida anterior a la jubilación.

—A la hora de juzgar —celebró Calcraft con una risita—,

es excelente. Sí, ¿por qué no? Usted debe juzgarme a mí, y yo, a usted. ¿Qué dicen de mí?

—Se le considera un anatomista de valía.

El doctor miró fijamente a Bendix.

—¡Vamos, hombre! Si desea permanecer un minuto más en esta casa, olvide esos modales continentales. La cortesía, caballero, es hipócrita. ¿Qué dicen de mí?

Bendix tomó aliento.

—Dicen que su casa está construida sobre huesos, que las cortinas están cosidas con cabello de mujer y las almohadas, rellenadas con párpados. Dicen que es usted un monstruo.

Calcraft dejó de pasear y se sentó en el borde del escritorio.

—La anatomía, señor Bendix, asusta mucho a la gente común, más que la soga de Tyburn. Morir por orden de la justicia es un crimen, desde luego, pero ser objeto de estudio en pro de la ciencia es una barbaridad.

—Y una infracción de la ley, además.

—Claro está —dijo el doctor—. Según la ley, la universidad tiene derecho a seis cadáveres al año para la disección, uno cada dos meses. En los meses más fríos sería difícil, pero imagínese los efectos de la putrefacción en este mes de julio. Y la cantidad de gente, por Dios, imagínese cuánta gente. Dos mil doctores y cirujanos apelotonados alrededor del cuerpo, desgarrándolo como perros. Hay que poner remedio, es preciso poner remedio —Calcraft se acercó a la botella y volvió a llenar los dos vasos. En el incómodo silencio, Bendix se rascó la cabeza por encima de la gruesa peluca—. Quítesela, caballero —le ordenó Calcraft al tiempo que se sentaba. Con cierto alivio, Bendix se quitó las horquillas y dejó la peluca encima del escritorio. Calcraft le miró el pelo, muy corto y entrecano.

—Más cosas, caballero, cuénteme más cosas de usted. Conozco las razones de su presencia aquí, pero sólo según Le-Maître. Dígamelo con sus propias palabras. La verdad, caballero. De momento, confíe en ella.

—Ya sabe usted de dónde soy, doctor. He asistido a los cursos europeos de anatomía de mayor prestigio. He aprendido mucho a través del oído y casi nada a través de la vista. Estudiábamos casi exclusivamente con cadáveres de perros.

—Perros —le interrumpió Calcraft—. Los perros no valen para nada en absoluto.

—Lo que deseo de usted, doctor, es aprender lo más visceralmente posible. Como señala el doctor LeMaître, aunque tengo mucho que aprender de usted, quizá yo posea algún conocimiento deseable, en su opinión.

—En su carta me hablaba de la teoría que ha desarrollado —comenzó Calcraft—. La ciega sumisión del cuerpo a la mente. Un ensayo audaz, se lo garantizo y, lo que es más impresionante, ofensivo para nuestros antecesores griegos.

—Ciertamente —dijo Bendix con una sonrisa.

—Dígame —preguntó Calcraft—, ¿cuál cree que es el propósito del cerebro? ¿Está lleno de humores, como dice Galeno? ¿Gotea, como afirma Aristóteles?

—No lo sé.

—¿Está de acuerdo con Stahl en lo referente a la existencia del alma?

Bendix se encogió de hombros.

—¿No tiene opiniones? —inquirió Calcraft con acritud.

—Opino que no sé lo suficiente como para proponer una teoría sobre la sustancia del cerebro que usted no pueda destrozar inmediatamente. Me encuentro aquí porque mi cerebro necesita engordar.

—A pesar de todo, a LeMaître sí que le propuso su teoría, y gracias a eso obtuvo la licencia. «El cuerpo obedece ciegamente a la mente», ¿cómo llegó a semejante conclusión, careciendo de opiniones?

—De basarme en las ideas de alguien —replicó Bendix—, sería en la dependencia de Descartes respecto a aquello de lo que podemos estar seguros, y en la disposición de Boerhaave para abrir a los muertos. Mi teoría nace de lo que veo. Podría discutir...

—Caballero —le interrumpió Calcraft—, si yo le permitiera absorber mis conocimientos, ¿qué me pagaría?

Bendix se removió en el asiento.

—En lo referente a ingresos, carezco de recursos... mi padre me había asignado una anualidad, pero me la ha retirado.

—¿Juego? —preguntó Calcraft.

—En cierto modo —dijo Bendix, con un breve e impotente encogimiento de hombros que quería dar a entender que las debilidades pasadas, pasadas estaban.

Calcraft logró disimular su comprensión con una expresión severa. Cuando tenía la edad de Bendix, se había cargado de deudas y se vio reflejado, joven y arruinado, en su invitado.

—Levántese, caballero —dijo el doctor—, levántase y váyase. Vuelva mañana de día. Quédese con su dinero, yo me quedaré con mi tiempo, aunque no con todo, naturalmente, pero proseguiré con mis asuntos. Cuando lo juzgue oportuno, tendrá ocasión de trabajar a mi lado.

Bendix se levantó del asiento sin poder evitar una sonrisa de júbilo.

—Tiene usted buen temperamento —dijo Calcraft, y le dio un apretón de manos—, pero esta casa es silenciosa, Joseph, y yo soy un mal guía para enseñarle Londres. Usted es joven, seguro que sabrá encontrar su propio camino. Empiece por acompañarse a sí mismo a la puerta.

Bendix volvió al Black Horse sumido en un estupor de felicidad, desdeñando las preocupaciones del doctor respecto a la sociedad londinense. En cuanto a la palabra «joven», en ese momento la despreciaba. Según su padre, joven tenía connotaciones de ignorancia, negligencia e insensibilidad. Bendix sabía lo que su padre quería decir: Ignorancia respecto al valor del dinero, negligencia en cuanto a su uso e insensibilidad respecto a quien se lo proporcionaba. Hasta su trigésimo aniversario, el hijo no se había percatado de que no sólo se desentendía de su familia y la descuidaba, sino que hacía lo mismo con su carrera. Repentinamente, comprendió las preocupaciones de su padre, aunque con varios años de retraso, según el entender de su progenitor.

En Francia, el dinero había sido una cuestión sumamente peculiar para Bendix a causa de los vínculos estrechos y sedosos que lo unían al amor. El dinero le había valido la atención de su primer amor, la falta de oro le supuso la expulsión del reino de la amada. La condesa había sido, en muchos aspectos, el primer amor perfecto: mayor que él, más paciente, siempre amable, sumamente pausada. Quizá Bendix fuera un poco maduro ya para el primer amor, pero con su piel suave, sus ojos brillantes y una curiosa mezcla de soltura y vehemencia, se había acostumbrado a ser objeto de atención sin ofrecer reciprocidad jamás.

La mujer a la que tenía por su igual lo consideraba a él una diversión, por foráneo, una relación valiosa por sus veintisiete años, diez menos que ella. Además de ser rico en apariencia, era suficientemente atractivo como para levantar las envidias de su círculo. Las damas bromeaban con Bendix a costa de su acento, le preguntaban por sus conocimientos médicos, por sus amistades en Inglaterra y, después, a espaldas de la condesa, cotorreaban sobre lo poco que valía y hacían pequeñas apuestas sobre el tiempo que duraría. El hecho de que la condesa lo hubiera conservado dos años a su lado hablaba a favor de su conversación y su solícita ternura en el amor, cosa que ni la charlatana condesa lograba describir adecuadamente a sus amigas.

Sin embargo, las apariencias exigían una bolsa mejor provista que la suya. El oro que le daba su padre sólo suponía un pequeño alivio. Varios sastres de diversos rincones de París se combinaban, sin saberlo, para mantenerlo, hasta que, dieciocho meses atrás, dejaron de darle crédito. Tan seguro estaba del vínculo de amor íntimo con la condesa que sólo esperó un día para pedirle un préstamo. Era lo que más temía ella, por encima de todas las cosas. Aquello rebajó a Bendix inmediatamente de la categoría de amante a la de gigoló.

—¿Dinero? —La edad se reflejó en la cara de la condesa y Bendix descubrió algo temible y maternal en sus ojos.

—¿Dinero? —repitió arrancando la palabra del soliloquio de amor de Bendix y traduciéndola del suave francés al inglés con un incisivo matiz codicioso.

Bendix asintió y comprendió su error, pero la palabra quedó flotando sobre sus cabezas. Aquella tarde, cuando se despidió de ella habiendo visto rechazada su solicitud, supo que no volvería a ser admitido nunca más.

Tanto se había implicado en la vida de ella que apenas contaba con amigos a los que acudir. Únicamente LeMaître permaneció a su lado y le aconsejó que la mejor manera de recomponer un corazón destrozado era poner agua de por medio, entre uno mismo y el objeto del deseo. Al principio, Bendix no quiso escuchar al profesor, prefirió cargarse la compasión al hombro y doblarse bajo su carga. A lo largo de un año entero, su guardarropa se deterioró y los acreedores se hicieron más agresivos. LeMaître le obligó a aceptar un préstamo.

Por fin, la repugnancia de sí mismo se impuso al amor. Bendix recordó que, antes de que la condesa irrumpiera en su vida, el mundo de la medicina era su única obsesión y, tras convencerse una vez más de que la auténtica verdad de la vida no radicaba en el amor sino en el trabajo y el progreso, consintió en renunciar a París. Había que prescindir de las mujeres. Pasó los últimos días sumido en profundas conversaciones con LeMaître. Puso de nuevo los arreos a las teorías que el amor había desplazado a los últimos confines de su cerebro y las sacó a la superficie. Cuando el coche llegó a Londres, lo único que lamentaba eran los dos años que había perdido sometiéndose a las manipulaciones de la condesa. Bendix no pudo agradecérselo a LeMaître más que con palabras.

II

El primer día que pasó en Lincoln's Inn, le presentaron a las tres personas que formaban el servicio de la casa. El señor Lemon, el mayordomo, le acompañó a su habitación, una estancia mal ventilada, situada por debajo del nivel de la calle, con una espléndida vista en su ventana de hebillas, tobillos y puntas de bastón. Sus habitaciones estaban separadas tanto de las del doctor como de las de la servidumbre.

Bendix no era la única persona a la que el calor sofocaba. La cocinera, señora Hemmings, se enfrentaba a los fogones y a las cazuelas con horror. Julia, su joven prima y doncella de la casa, se movía con lentitud ultraterrenal. Cuando le presentaron a Bendix, le hizo una reverencia tan parsimoniosa que temió que no volviera a levantarse nunca. Aunque Calcraft poseía una energía que ni los rigores del tiempo socavaban, tenía las mejillas un poco más brillantes, respiraba más deprisa y se le había hinchado el cuerpo ligeramente. No obstante, no perdió su blancura de recién nacido en todo el mes de julio ni encontró motivos que lo obligaran a salir de entre los muros de su casa.

Fue Julia quien informó a Bendix de que no vivía en una casa, sino en tres. Calcraft había adquirido los tres edificios a lo largo de un período de cinco años. En la casa central, dividida por un gran patio, se encontraban el recibidor, una sala de desayuno, la biblioteca y una bonita escalera de caracol de madera de palisandro con intrincadas incrustaciones de nácar. La escalera no conducía al dormitorio de Bendix, sino al sótano central, aislado de su dormitorio por un sólido muro de ladrillo.

El ala oriental, construida sobre la cocina, pertenecía casi en exclusiva a la servidumbre, a excepción del gran comedor alargado situado bajo los aleros de la parte de la casa destinada al servicio. Calcraft, amablemente, cedió un estudio privado a Bendix en el segundo piso, donde, según dijo, el joven doctor podría continuar ahondando en sus teorías. Era una habitación en la que Bendix pensaba pasar mucho tiempo. Desde allí se dominaba una amplia vista de los campos de alrededor. Por encima de su cabeza, en el tejado plano del edificio, había un jardín de hierbas aromáticas, al cual Bendix podía acceder directamente por una simple trampilla que se abría en su estudio. Con gran orgullo, el doctor guió a su aprendiz por el achicharrado jardín, que se agostaba bajo el sol implacable.

—Está usted tan cerca de los Physic Gardens —comentó Bendix tras unos murmullos de falsa admiración.

Calcraft no pareció comprender.

—¿Por qué no utiliza esos terrenos? —insistió Bendix.

—Vale más ser discreto —replicó Calcraft con voz potente, como si creyera que su aprendiz era sordo y quizás un poco corto de entendederas.

A Bendix le maravillaron las dimensiones de la casa, el entramado de habitaciones y pasillos. Las fiestas y bailes de disfraces de París le habían permitido asomar la nariz en mansiones de condes y príncipes mucho mayores que la de Calcraft, pero sir Edmund no era sino un médico, mientras que aquéllos habían nacido con la fortuna puesta. El acceso al ala occidental estaba prohibido, salvo para Julia cuando atendía la llegada de su señor. Era el dominio de Calcraft, e insistía en conservarlo para sí en exclusiva. A Bendix ya le habían advertido sobre el carácter reservado del doctor, pero se consideraba sumamente afortunado por haber podido acceder a su maestrazgo y estaba dispuesto a aceptar las restricciones sin cuestionarlas. En realidad, no le interesaban las particularidades de la vida privada de Calcraft. Lo que le intrigaba era la sala en la que el doctor realizaba su trabajo.

La servidumbre de la casa era silenciosa, se comunicaban

entre ellos con movimientos de cabeza y gestos de familiaridad carentes de ternura. Para Bendix, como persona que había estudiado medicina y pretendía practicarla, las barreras sociales carecían de importancia. Tenía intención de acudir allá donde se encontrara la enfermedad. Y, aunque estaba dispuesto a entablar su primera amistad en Londres con Lemon y en sus primeras visitas a la cocina procuró aportar una alegría contenida, se sentía tolerado, pero no acogido. Descubrió que la señora Hemmings era un cocinera aficionada a guardar licores cerca de los platos, pero no como ingredientes, sino como estimulantes que le aliviaran de sus diversas dolencias; además le olía el aliento a ginebra, cosa que a él le intoxicaba y a Calcraft le pasaba desapercibida, porque no prestaba atención a los criados de la casa; y más aún, parecía que el propio doctor propiciara una especie de aletargamiento hosco que medraba en la apatía resultante.

Al descender por primera vez al sótano central, las dudas de Bendix sobre la correcta interpretación de la recomendación de LeMaître quedaron disipadas. Para su sorpresa, se trataba de la estancia más luminosa de la casa. Había lámparas por todas partes, protegidas con cristal transparente. Una fina capa de serrín cubría los suelos, con las huellas del incesante ir y venir de Calcraft. Las paredes, pintadas de un bonito escarlata, estaban cubiertas de estanterías, con la única excepción de la pared del norte, donde había una gran chimenea con su repisa. Al oeste había libros de medicina, la biblioteca particular más impresionante que Bendix había visto. En los estantes de la zona este reposaba una colección de huesos esparcidos en tranquilo desorden, como si alguien hubiera profanado y ridiculizado una fosa común desmembrando su contenido. Debajo de los huesos se ordenaba una hilera de cubos y vasijas, unos herméticamente cerrados, otros rebosantes de serrín, especias o hierbas.

Con todo, las estanterías eran meros espectadores de una gran mesa ovalada que se levantaba en el centro de los tablones del suelo, vieja, sucia y llena de muescas. En la cabecera de la mesa había una polea que descendía desde el techo, un ingenio copiado del Royal College que permitía al cirujano mantener alzada la cabeza del cadáver mientras diseccionaba los ojos y la parte posterior del cráneo. Encontrarse en aquella habitación, mientras el doctor hablaba abiertamente de su trabajo, produjo a Bendix una curiosa euforia. Había espacio como para veinte alumnos; le pareció un lugar extraordinario para la educación de un hombre.

—Joseph —dijo Calcraft, llamándole la atención sobre un escritorio que había a la derecha de la chimenea. Encima del escritorio había una lámpara y un microscopio con su correspondiente estetoscopio, una esfera llena de salmuera.

—Observe —ordenó Calcraft mientras encendía la lámpara. La esfera de agua salada enfocó la luz sobre una fina placa de cristal.

—¿Qué...? —preguntó Bendix.

—Los animáculos de Hooke —dijo Calcraft—. Pueden ser cualquier forma de materia viva, incluso un ser dentro de otro ser. En este caso, un simple insecto de agua.

Bendix miró por el microscopio. Allí, aparentemente satisfecho, se encontraba el ser más pequeño que Bendix hubiera visto en su vida. A través de la concha transparente del insecto, diminuto y perfecto, observó el pálpito de la cabeza, el tórax y el abdomen. Era una intrincada bolita negra, el más sencillo ejemplo de vida que el aprendiz pudiera imaginarse.

—Maravilloso —murmuró.

—Fíjese en los órganos internos —dijo Calcraft—, qué claridad.

—Ni siquiera es preciso diseccionar.

—Exacto —respondió Calcraft—. Es lo primero que tendrían que aprender esos institutos que ha frecuentado. La observación nos enseña mucho, incluso la del insecto más insignificante. El latido perfecto del corazón... Después, ya puede uno empezar a diseccionar perros.

—¿Evita la vivisección? —preguntó Bendix.

—No, no —respondió Calcraft—. Todo el que dispone de un microscopio evoluciona hacia la disección de una forma u otra. Es inevitable. No obstante, resulta tentador ver los intríngulis de la naturaleza, tratar de desvelarlos. Por ejemplo, las mejores obras del hombre, vistas a través de esta lente, parecen burdas. Sin embargo, las criaturas son maravillosas hasta en su expresión más simple.

—¿Y los muertos? —preguntó Bendix, señalando hacia la mesa ovalada.

—Siguen siendo una maravilla —replicó el doctor—, pero han dejado de ser perfectos. —Con un gesto, indicó a Bendix que lo siguiera por las escaleras.

La presentación del microscopio le desconcertó. Era un objeto demasiado sencillo como para que Calcraft se preocupara por él, a menos que tuviera otra intención, aparte de divertirse. Cualquiera que rehuyera el contacto social durante tanto tiempo tenía que tener una razón de peso, pensó Bendix. Sabía que cuanto había visto en el piso inferior guardaba relación, pero no acababa de intuir las grandes directrices. Al menos, todo aquello arrinconaba el recuerdo de la condesa cada vez más. Se encontraba en el laboratorio de un hombre que se había hecho a sí mismo. Por un momento, se emocionó como si acabaran de revelarle el antiguo arcano de la alquimia.

III

La primera semana vio poco a Calcraft, excepto a las horas de la comida, momentos en los que el doctor jugueteaba con el contenido de los platos administrándose gotas de láudano constantemente y quejándose de las tribulaciones que le procuraban los diversos cálculos y textos en los que estaba trabajando. Recomendaba a Bendix muchos libros suyos y le examinaba de Heister o Vesalio a la hora del desayuno mediante una serie de preguntas que dejaban estupefacto al aprendiz por el absoluto dominio de los textos que el doctor demostraba. Bendix aún no había hablado abiertamente de sus descubrimientos y sólo en una ocasión, a lo largo de la semana, llegó a expresar el doctor algún interés por las teorías de su discípulo.

—¿Podría reducir sus ideas a unos grandes rasgos suficientemente sencillos como para que las entendiera el Rey, con su inglés tan limitado? —le preguntó.

—Pues...

—Por muy compleja que sea la teoría, por muy enrevesadas que sean las complicaciones, debe presentarlas con sencillez. Ellos tienen la bolsa repleta de oro y usted sólo puede ofrecer una dedicatoria en su obra. Finjamos que soy el duque Gran Nasón, y usted, un matasanos consumado.

—Bien...

—Vamos, vamos.

—Propongo... señoría, propongo un método para comprender la relación entre la actividad de la mente y los mecanismos del cuerpo.

—Continúe.

—La mente, señoría, está dividida en muchas partes. Nuestros sentidos están dirigidos por muchos gobernadores. Convendrá conmigo, excelencia, en que a veces se encuentran hombres que no ven pero que hablan con dulzura, o pintores magníficos que, sin embargo, no cantan mejor que un cuervo. Propongo que la mente es representable como si de un mapa se tratara, dividida en propiedades y fincas como las de su propia señoría.

—Bien, bien —dijo Calcraft, y batió palmas—. Muy bien, sin duda.

—Y lo que es más, excelencia —prosiguió Bendix, y el buen humor de Calcraft se disipó ante la perspectiva de una continuación no solicitada—, convendrá en que la hipocondría es una enfermedad que afecta a muchos de nuestros hombres. Demostraré que, si la parte de nuestra mente que denominamos imaginación es capaz de provocar una enfermedad, entonces, un médico también podrá recurrir a la imaginación para sanar la enfermedad.

—¿No es un placer hablar de las propias creencias? —preguntó Calcraft con un deje de sarcasmo que obligó a Bendix a reprimir su lengua—. Se expresa usted bien —continuó—, pero comprobará que es la última vez que habla de su propia teoría. Es suya y merece mi respeto, pero, como demostró Harvey, los vasos por donde circula la sangre se mueven en una sola dirección. En el aprendizaje, es necesario observar la misma regla. Usted está aquí para aprender de mí. Cuando el conocimiento haya sido impartido, haga con él lo que le plazca. Sólo entonces podrá retomar sus teorías. ¿Nos entendemos?

—Sólo deseo aprender —acató Bendix.

—Es usted un buen hombre, Joseph —dijo Calcraft poniéndose de pie y recuperando la sonrisa—. Al igual que el alba, la luz de nuestro trabajo se levantará lentamente. Llegará a entenderlo todo, pero tendrá que entregarlo todo. Cuando yo me vaya, tiempo tendrá para su propio trabajo.

El único consuelo que Bendix recibió fue una sincera palmada en el hombro que le propinó Calcraft antes de retirarse temprano hasta la noche.

Bendix pasó la mayor parte del día cavilando sobre las palabras del doctor y llegó a la conclusión de que sería una grosería ofenderse. Aunque era su discípulo, o ayudante si así le placía a él, era difícil olvidar que, a sus treinta, ya había superado el doctorado, hecho que, no obstante, era un mero trasfondo de orgullo y como tal lo reconocía. Tales eran la fama y la riqueza de Calcraft que habría sido capaz de soportar unos grilletes a cambio del privilegio de encontrarse a su lado. En comparación con los dos años anteriores, en que su mente se había consagrado por entero a las exigencias del corazón, la última semana había sido fascinante. Empezaba a engordarle el cerebro.

No había duda en cuanto a las diferencias entre sus respectivas teorías. Para Bendix, todo empezaba y concluía en el interior de la mente. Para Calcraft, la mente era vital, pero sólo en cuanto que coadyuvante en la investigación y comprensión de la enfermedad y su tratamiento. Calcraft creía en los instrumentos, en los síntomas, en los diagnósticos y en los tratamientos. Creía en la trepanación, en la sajadura, en la amputación, en la disección, en la sangría y en la provocación de ampollas. Bendix era de mentalidad más abierta; a pesar de haberse educado en todos los horribles tratamientos que las universidades se atrevían a reproducir, mantenía el escepticismo, y tenía la esperanza de que existieran remedios más adecuados, ocultos en el interior de la mente de los individuos.

¿Cuántos reyes y reinas habían sanado a otros de la escrófula, reflexionaba Bendix, simplemente imponiendo las manos a los angustiados? ¿Acaso Charles II, el mayor cínico, no fue testigo de sus propias curas? Su médico publicó sesenta informes de casos probados y más. ¿Qué explicación podía darse a todo eso, pensaba Bendix, sino la fe ardiente del que sufría? Dios, concluyó, permanecía adormecido en el interior de la mente de cada cual. Si Calcraft hubiera leído los pensamientos de su discípulo, habría replicado sencillamente que los médicos mentían para adular a los reyes y sanaban a los enfermos para mantenerse en el cargo.

Durante la primera semana en Lincoln's Inn, Bendix se reservó sus opiniones. Un médico que practicara la medicina sólo a base de la mente no recibiría pecunio dinerario, y él tenía intención de abrirse una vía de acceso al oro. Si pudiera aprender los secretos de la práctica de la medicina desarrollados por el doctor, tal vez pudiera retomar su acostumbrada vida de comodidades y recuperar el amor. Hasta entonces, sería un aprendiz dispuesto a aceptar todo el saber que le facilitara el camino hacia los pacientes, la gratitud y el oro.

Reconocería que se había deleitado en dejarse las pestañas nuevamente en las páginas de *Platonis Opera*, impreso en vitela inmaculada, o en tomar una cerveza mientras se suministraba *La Teseida* de Boccacio, una impresión única de 1475 que Calcraft tenía en su biblioteca. No obstante, los libros no eran amigos sino tutores, y la avalancha constante de enseñanzas le dejaba seco. Esperaba hacer prácticas, utilizar las manos, pero su ánimo decaía al tiempo que los desvaídos caracteres impresos y la luz de la vela conspiraban para debilitarle la vista. Casi se habría dicho que lo más vital que había encontrado en el tiempo que llevaba en Londres era el palpitante insecto de agua del microscopio de Calcraft. De modo que aceptó de muy buen grado un recado que le encomendó el doctor: ir a ver al señor Streatham, un boticario de Lewkenoor's Lane, donde Bendix debía adquirir las hierbas y especias que el sol había reducido a cenizas en el tejado.

Vestido con sus mejores prendas, con la peluca puesta y ligeramente empolvado, recorrió a paso marcial el oscuro pasillo hasta la puerta principal. Sin embargo, al abrirla y entrar la luz estival a raudales, se dio cuenta de que había pasado de largo ante un caballero en el corredor. Tras recobrarse de la sorpresa, saludó con una profunda inclinación.

—Mis disculpas —entonó el aprendiz.

—No, no —replicó el hombre, y se adelantó a estrecharle la mano—. Estaba sumido en mis pensamientos... esperando al doctor, ¿sabe? Estoy acostumbrado a esperar. Encantado de conocerle, señor Bendix.

Bendix se quedó mirando fijamente la mano bronceada que apretaba, los dedos afilados, las uñas cuidadas pero largas. El habla era foránea, pero con el acento muy neutralizado por los matices londinenses.

—Estoy en desventaja —dijo Bendix, y se inclinó levemente otra vez.

—Abram Mendes, señor Bendix. Los que me conocen me llaman Sixes. —Bendix se tenía por un hombre alto, pero Sixes le superaba por media cabeza, a pesar de tener los hombros tan caídos que se le fundían con los brazos. Aunque iba envuelto en una capa azul excesivamente gruesa para un día tan asfixiante, se notaba su esbeltez. Cuando Sixes salió de las sombras, a Bendix le pareció estar ante una araña de largas patas.

—¿Y tiene usted asuntos con el doctor? —preguntó.

—El doctor y yo tenemos asuntos a medias, caballero.

—Naturalmente. —Bendix se inclinó por última vez y le ofreció la mano una vez más.

—Creo que volveremos a vernos —dijo Sixes.

—Esperémoslo.

—Y a asociarnos, incluso —añadió Sixes con una sonrisa—. Bien, vaya, vaya usted a buscar las especias.

Bendix cerró la puerta al salir y se quedó atónito en lo alto de los peldaños. Sin un lacayo siempre presente y en una casa tan peculiar no era fácil determinar la etiqueta debida. Muchas familias importantes se habrían marchado a Richmond haría ya un mes. No obstante, sin poder evitarlo, albergaba la sospecha de que acaban de tomarle el pelo.

Dio media vuelta, presentó el rostro al sol y avanzó despreocupadamente paseando por la orilla de los campos en dirección a Covent Garden. La plaza le pareció tan espléndida como cualquier plaza parisina, aunque lo que le daba vida era la sencillez: las arcadas ordenadas y la hermosa y noble fachada de la iglesia de St. Paul. Hacía dieciocho meses que no apreciaba nada. Había dado por supuesto que todas las cabezas estaban huecas, que todos los colores eran insulsos y que la belleza y la bondad eran dos ilusiones burlonas. En ese momento, paseando tras una piara de Smithfield con su porquero, le hicieron gracia los rabos retorcidos de los animales y comenzó a disfrutar del día. La semana en Lincoln's Inn había transcurrido en un mutismo casi total y, aunque el contenido de la biblioteca de Calcraft le hubiera servido de estímulo intelectual, echaba de menos la charla diaria, sencillamente. Cuando llegó al Strand, había transformado el negro recuerdo de Sixes en un retrato de persona acabada de conocer.

Streatham, el boticario, preguntó amablemente por el doctor cuando Bendix le presentó la lista de la compra. Alabó el traje de seda ocre del aprendiz y su elegantes puños franceses. Le preguntó dónde había encontrado una peluca tan moderna y después expresó su opinión favorable sobre la pericia de los sastres franceses, comparados con sus homólogos ingleses. Bendix recibió los halagos con el mejor humor, pagó el pequeño paquete de especias que recibió y preguntó la dirección del barbero más próximo. Había entrado en la botica como el más solitario de los aprendices, pero cerró la puerta al salir con plena conciencia de haber quedado como un caballero de valía.

La barbería que le recomendó Streatham era un establecimiento pequeño y bullicioso situado exactamente detrás de la iglesia. Bendix se relajó en el sillón y, con los ojos cerrados, disfrutó de la aplicación de jabón en la cabeza y del suave masaje. Era una forma barata de tener contacto humano, aunque habría bastado con un apretón de manos, unas quejas compartidas respecto al café, un intercambio de divagaciones y un recuento y repaso de recuerdos. Nunca, hasta entonces, había pensado en las nimiedades de la amistad que, al faltarle, se hicieron patentes.

Después de que el barbero le librara del pelo de pocos días y le sangrara cuatro onzas, Bendix pagó un chelín, disimuló la pena que le daba partir y volvió a la calle. No regresó rápidamente a casa, sino que fue serpenteando por calles desconocidas, empapándose de la conmoción, dejándose sorprender siempre por la actividad que desarrollaba el gentío. Las únicas personas que permanecían quietas eran los vendedores de mercancías: periódicos, ostras o jarabes a modo de panaceas. Bendix se escondió del sol a la sombra de un gran cartel y se quedó mirando a un par de mujeres que se aproximaban a un palanquín. Qué delicadeza en los pasos, cuánta afectación. Tres años atrás quizá se hubiera presentado espontáneamente a ellas; sin embargo, apretó el paso en dirección a casa con las manos en los vacíos bolsillos. Si alguien se hubiera detenido a observarle, habría pensado que su actitud abatida tenía algo de conmovedor. Sin embargo, poseía una seguridad palpable que insinuaba que la única piedad que sería capaz de soportar sería la suya propia. Sacudió la cabeza suavemente como si hubiera sobrevivido a un breve pero tentador canto de sirenas.

Todavía estaba frotándose la frente con un paño frío, restregándose el enrojecido cuero cabelludo con agua, cuando llamaron a la puerta de su dormitorio; era la primera vez, en toda su estancia en Lincoln's Inn, que se producía tal evento y, a pesar de encontrarse relativamente desvestido, abrió la puerta sin vacilar y se encontró con Calcraft.

—Buenas tardes, caballero. Le agradezco los artículos de Streatham. —Con una mano, el agitado Calcraft le hacía señas de que se acercara y con la otra le impedía el movimiento—. Quiero presentarle a un conocido. Venga conmigo. No, no, espere.

Ante órdenes tan contradictorias, Bendix se quedó clavado en su sitio.

—Primero, cámbiese la indumentaria. Dentro de una hora, saldrá a la calle. Hay trabajo que hacer. Lo más adecuado será ropa sencilla.

—¿Sencilla? —inquirió Bendix.

—Sencilla —repitió Calcraft—, ropa de mozo porteador, por ejemplo.

Sin duda, el desconcierto se reflejó en la cara de Bendix, porque Calcraft sonrió ampliamente.

—No debe parecerle tan molesto, señor Bendix. ¿No posee vestimenta de tales características?

—No.

—Mandaré a buscarla. Es necesario, se lo aseguro. —Y entonces, al verlo mudo frente a sí, añadió—: Es lo que deseaba. Va a hacer lo que deseaba. —El doctor saludó con una inclinación y se retiró.

Minutos después de haber partido Calcraft, llegó Lemon, depositó un paquete pequeño con ropa y dejó a Bendix solo para que se cambiara. Las calzas estaban sucias de serrín y barro, la tosca camisa apestaba a sudor rancio y las medias y los zapatos hedían tanto que Bendix arrugó la nariz al ponérselos. El sombrero de tres picos que coronaba el paquete de Lemon era excesivamente grande y se le caía sobre los ojos. Consiguió colocárselo de lado por detrás de las orejas y, sin querer detenerse a considerar el aspecto que tendría, subió por las escaleras de la servidumbre en busca de Calcraft.

El doctor estaba sentado en la salita del desayuno, al lado de la chimenea apagada, hablando solo. Sin embargo, cuando Bendix entró por la puerta y el doctor hizo una pausa en la conversación, de un gran sillón se levantó Sixes para recibir al aprendiz. Llevaba puesta la misma ropa que la vez anterior, aunque sin su gran capa, con lo cual su estampa quedaba reducida a articulaciones y palos, como si de una marioneta se tratase. No obstante, se movía con cierto donaire, incluso al inclinarse, como si conociera a los hombres tan bien que pudiera amoldar su conducta a cualquier compañía. Bendix advirtió las bolsas oscuras de piel floja que le colgaban bajo los ojos y la mirada empañada por las sombras del agotamiento.

—Señor Bendix —lo saludó Sixes con una leve inclinación.

—Sixes —contestó Bendix, y le devolvió la inclinación, con algunos grados menos.

—Todo un dandi —comentó Sixes, y Calcraft se permitió un breve bufido de risa.

—Está usted perfecto, Joseph, alegre como un muerto. ¿De dónde saca la ropa, señor Sixes?

—Tenemos que marcharnos —replicó Sixes.

—¿Adónde? —preguntó Bendix.

—A trabajar, caballero. ¿No era eso lo que deseaba? —El doctor se le acercó y le habría dado un golpecito de ánimo en el hombro de no habérselo impedido la ropa. En vez de despedirlo con una palmada, le hizo un gesto con la mano, encaminó a la curiosa pareja hacia la puerta y se arrellanó en su asiento ante el fuego inexistente.

En las caballerizas de la parte posterior de Lincoln's Inn Fields había un par de caballos huesudos y un carro traqueteado. Sin una palabra, Sixes montó e hizo una señal a Bendix para que lo siguiera a pie. Bendix miró alrededor. Las calles empezaban a quedarse vacías con las primeras señales de oscuridad. Los pocos transeúntes que pasaban no se fijaron en el sobrio desfile que giró hacia el este, en dirección a Moorfields. El carro crujía a su paso por callejas anónimas, más allá de la arboleda que cobijaba a los vendedores de libros, que se habían retirado con el sol. Sixes se detuvo a envolver los cascos a los caballos con arpillera para amortiguar el ruido. Luego siguieron por el margen del Sodomite's Walk hasta las zanjas donde seis pulgadas de tierra daban cobijo a los suicidas. Bendix apoyó una mano en el flanco de un caballo, le aliviaba el contacto con la bestia, que resoplaba. Empezaron a congregarse unos nubarrones que fueron aumentando hasta cubrir la luna y amenazar con lluvia. Bendix apenas distinguía la silueta de Sixes delante de sí. Siguió con la mano apoyada en el caballo, ahora para guiarse.

Cuando por fin las bestias aminoraron el paso y se detuvieron, Bendix se acercó a Sixes, que ya se apeaba. Se dirigieron a la parte trasera del carro, donde Sixes levantó un paño y pasó a Bendix dos palas de madera, menos eficaces que las metálicas pero mucho más silenciosas. Sixes se echó el paño al hombro, dio media vuelta y se internó en la oscuridad. Bendix lo siguió tan de cerca que le pisaba los talones, de modo que Sixes se detuvo y le pasó un cabo de una cuerda corta.

—¿Nos robarán los caballos? —susurró Bendix para romper la oscuridad.

—¿Usted los ve? —preguntó Sixes, y le hizo continuar de un tirón sin aguardar la respuesta.

Sixes llevaba un paso regular de zancadas largas y homogéneas, mientras que Bendix tropezaba constantemente sin poderlo evitar, con la consiguiente sarta de juramentos. No supo cuánto rato anduvieron, tanto pudo haber sido diez minutos como media hora. Le pareció que pasaban ante dos verjas, que cruzaban un puente de tablones, que inhalaban una fetidez muy fuerte de carne en descomposición y, después, que subían un momento por una cuesta poco pronunciada.

La palma de la mano de Sixes, plana contra su pecho, lo detuvo. La otra mano le tocó levemente la boca indicando silencio. Un leve murmullo de voces llegaba del frente. Bendix procuraba no hacer ruido al respirar, pero respiraba tan fuerte que no logró captar una sola palabra de las que se oían a lo lejos. Los labios de Sixes le rozaron la oreja.

—Hay que esperar.

Bendix asintió. Estaba en terreno de otro hombre y no podía sino asentir. La espera duró una hora en la oscuridad, Sixes se mantenía tan quieto y silencioso que Bendix tuvo que palpar por dos veces para confirmar su presencia. Por fin, las débiles voces callaron. Parecía que no hubiera nada alrededor.

—¿Avanzamos? —dijo Bendix en un susurro.

—Esperemos a que salga la luna.

—¿Y si no sale?

Pero salió y, como tenían la vista acostumbrada a la oscuridad, el tenue reflejo fue suficiente para iluminar el entorno más inmediato. Bendix distinguía el contorno diferenciado de sombras que definía el bulto de Sixes. Lo siguió hasta que oyó el suave sonido de la pala hendiendo la tierra y lo secundó en la tarea.

El cuerpo no estaba enterrado a mucha profundidad, pero la noche era tan calurosa que los esfuerzos arrancaron a Bendix gran cantidad de sudor y reavivaron el olor de la ropa. También olía a tierra húmeda y, quizás, a un resto de orina alrededor del féretro. El ataúd estaba toscamente construido, señal de pobreza. Sixes se plantó encima y arrancó el tablón superior haciendo palanca.

—Vamos —dijo. Bendix descendió detrás de él y, entre ambos, arrancaron la tapa.

La marca que abrasaba el cuello del muerto, intacto por lo demás, se apreciaba incluso en la oscuridad. Le habían tapado los ojos con una venda fina para ocultar la sangre allí concentrada a los asistentes al duelo. No obstante, se le había hinchado la cara a causa de la muerte lenta y tenía las mejillas abotargadas, como llenas de aire aunque, paradójicamente, mantenía la boca abierta. Llevaba el traje elegante con el que le habían colgado, de seda negra: una burla a su entierro de pobre.

A Bendix no le desasosegaban los muertos, siempre y cuando tuvieran los ojos cubiertos. Asió el cuerpo, sorprendentemente caliente —la temperatura de la noche, más que la de las entrañas de la tierra— y le pasó una cuerda por debajo de los brazos. Entre los dos levantaron el cadáver por sobre el borde de la fosa. «Una vez más —pensó Bendix—, sales al mundo con la cabeza por delante, aunque esta vez, en silencio.» Sixes dio la vuelta, lo agarró por los pies y se lo llevaron al carro.

Los caballos los sacaron de Moorfields y Bendix, por no estar familiarizado con Londres, pensó que el viaje de vuelta sería sin duda más peripatético que el de ida. Qué fácil era, cavilaba, recordar con afecto la felicidad pasada y olvidar que lo había rechazado a uno de plano. Se miró las manos. Aunque no veía la suciedad, la tenía allí, en las arrugas de los nudillos, en las uñas. Una vez más recordó su exilio de las clases adineradas, y le parecieron vanas y superficiales. Ser rico de nacimiento era un don fácil y sin vida. No se requería talento para gastar ni habilidad para derrocharlo con rameras. Era cosa de animales. Las urracas hurgaban en la carroña, los ciervos tenían el celo. ¡Cuánto más gratificante era mancharse las manos y arrancar del suelo al sujeto propio, en vez de aguardar en el patio de la escuela a que llegaran los cadáveres de perros! Se estaba ganando el sustento con el barro y el sudor. Se limpió la porquería de las manos en la chaqueta.

Cuanto más se alejaban de Moorfields, más cordial se mostraba Sixes, e incluso dio el alto a Bendix para que subiera con él al carro cuando pasaron ante una posada grande y oscura. A Sixes se le cayó de repente la fachada de orden y silencio que había controlado sus movimientos durante toda la noche y Bendix tuvo la impresión de que se le había olvidado el carácter ilícito de la carga que transportaban. Sixes le preguntó por las modas de París y, aunque Bendix casi sospechaba que sólo quería fastidiarle, la conversación le aliviaba en gran medida, aunque le impacientaba la frivolidad de las preguntas de Sixes.

—... y, sin embargo, el encaje hindú jamás es tan delicado como el de Spitafield.

—¿Qué llevamos? —interrumpió Bendix señalando hacia la carreta con un gesto por encima del hombro.

—Buen trabajo —dijo Sixes—. Buen trabajo.

—¿De Tyburn? —insistió el aprendiz.

—James Pink, de los Waltham Blacks —dijo Sixes en un murmullo—, el hombre que quería el doctor.

—¿Encargó a éste en particular?

—A esto lleva tanta dedicación a una sola meta.

—¿La anatomía? —preguntó Bendix, y tuvo que aguardar la respuesta, pues se cruzaron con una pareja de jinetes que avanzaba al paso desde la ciudad. El aprendiz habría confesado a bocajarro.

—¡Hay que ver! ¿No le parece? —dijo Sixes en voz muy baja—, que unos hombres honrados como nosotros tengan que andar correteando al amparo de la noche por el bien de la ciencia. Si se le pregunta a un hombre: «Cuándo mueras, ¿el alma se quedará dentro de tu cuerpo?», él dirá «No, señor, subirá a los cielos a reunirse con el Señor»; sin embargo, cuánto nos preocupamos de la carne. Casi me parece un ultraje que se pueda detener a hombres como usted y como yo. ¿Dónde están los que propician el engrandecimiento de la mente? ¿Por qué nos desprecian a nosotros?

Bendix asintió para demostrar que estaba de acuerdo.

—¿Eso es lo que opina el doctor?

—Lo ignoro, caballero. Nuestras discusiones son sencillas y no se elevan a planos tan encumbrados. Esas palabras las reserva para la cena semanal.

Bendix miró a Sixes en la oscuridad.

—Seguro que se equivoca, no celebra ninguna cena semanal. Hace diez días que llegué y no se ha celebrado ninguna cena —adujo en un tono ligeramente agraviado.

—Será a causa de los cálculos del señor Defoe. La semana pasada se encontraba francamente mal. Pero volverá.

Bendix asintió con interés.

—¿Defoe y Calcraft tienen trato de amistad?

—Íntimo como pocos. No puedo opinar respecto a Defoe, pero juro que es el único cómplice del doctor.

Bendix tradujo la sorpresa en silencio para facilitar la asimilación. No le parecía inverosímil que el doctor tuviera un solo amigo, menos aún que fuera un hombre de cierta ciencia y fama. Lo que ocurría es que aquello cambiaba la primera visión que había tenido de Calcraft o, mejor dicho, el sueño que LeMaître le había inspirado en un primer momento: el doctor solitario sin remedio que se exprimía la mente en beneficio de su discípulo.

Al cabo, Bendix dijo:

—He leído *El verdadero inglés* de Defoe. Una artera matanza selectiva, cuando menos. ¿Acudirá esta semana?

—No pondría la mano en el fuego —dijo Sixes con una sonrisa—, pero me arriesgaría a decir que depende de la gravedad de los cálculos.

—¿No ha rogado al doctor que le opere?

—Eso creo.

—¿Y ni así?

—Tendrá que hacerlo sin tardanza, si desea evitar que Defoe llegue al estado de nuestro señor Pink —dijo Sixes echando una mirada por encima del hombro—. Le ruego que guarde silencio un momento.

Se acercaron a las puertas de Londres y un veterano soldado de la guardia les dio el alto. Doblado por el cólico y apoyado en un báculo, sólo logró articular un apagado: «Consignen sus nombres».

—Hombre de Wild —dijo Sixes, y el guardia se inclinó en una profunda reverencia mientras ellos pasaban. A Bendix le asaltaron los sentimientos de un niño que sabe que ha obrado mal, una curiosa mezcla de excitación y la certeza de que nadie iba a detenerlos.

—¿Y quién es ese tal Wild? —inquirió.

—El mío es un conocimiento particular —dijo Sixes—. Esa pregunta puede hacérsela a cualquiera.

—Entonces, ¿por qué es usted hombre suyo, y no del doctor?

—Cuando un hombre sólo tiene un amo, está atado a su deseo. Sirva a muchos amos, señor Bendix, y no tendrá ninguno.

—Existen palabras para tales hombres —replicó Bendix—, y ninguna halagadora.

Sixes no respondió, prefirió guardar silencio. Bendix, habiendo corroborado su justificada interpretación, permaneció en silencio el resto del trayecto hasta las caballerizas de la casa del doctor, en Lincoln's Inn Fields.

IV

Sixes colocó una tabla de madera del tamaño de un reclinatorio de iglesia en la gran mesa; después, con ayuda de Bendix, colocó el cuerpo sobre la madera dejándolo boca arriba, con el pecho sobresaliendo como si el señor Pink hubiera sido sorprendido en pleno espasmo con la espalda arqueada. Con un pequeño taladro, Calcraft practicó un orificio de una pulgada de anchura en una arruga grande por encima de los ojos de Pink e introdujo un gancho afilado en el interior del cráneo. Asió la cuerda que pendía de la polea y, bajando los contrapesos, levantó la cabeza del cadáver. A Bendix le pareció que aquélla era una postura despiadada y agradeció que los ojos de Pink siguieran tapados. No obstante, sentía un orgullo curioso. No era la primera vez que diseccionaba cuerpos y no le desagradaba en absoluto manipular cadáveres. Sabía que se obtenían cuerpos ilegalmente, aunque nunca había sabido cómo. Pero ésa era una habilidad que jamás había pensado en adquirir.

—Como estudioso del cuerpo —dijo Calcraft limpiando el serrín de la mesa—, posiblemente habrá observado que el diámetro de la pupila del ojo es el único aspecto de la anatomía humana cuyo tamaño no varía desde el momento del nacimiento hasta la vejez. Como verá, señor Bendix, este hecho guarda estrecha relación con su teoría de la imaginación. La forma en que observamos no varía un ápice a lo largo de los años. Lo que fluctúa es la interpretación de lo que vemos. La mente continúa siendo la mejor de las lentes.

Bendix no dejaba de asentir moviendo la cabeza de arriba abajo.

—El ojo —prosiguió Calcraft— es trascendental en toda la

sabiduría popular, en el mito y en la historia. Se le atribuye un gran valor. —Quitó la venda que ocultaba los ojos de James Pink. Las venas habían reventado y habían dejado cientos de puntos rojos que le conferían una tristeza desesperada. El esfuerzo por la supervivencia había quedado congelado, era la impronta desconsolada del deseo de vivir.

—Siempre me sorprende que sea el ojo lo que destruye el árbol de Tyburn, como si el condenado no pudiera soportar la visión de su destino.

—O no lo mereciera —añadió Bendix.

—Por fortuna para nosotros —respondió Calcraft sin levantar la vista— los ojos no son importantes para nuestra investigación. —Rasgó la carne con el cuchillo cortando desde ambos hombros hasta el esternón y siguiendo hasta el pubis. Era una hoja larga y delicada, de casi un pie de longitud, que Calcraft manejaba como si fuera un sexto dedo.

Mientras el doctor se alejaba del cuerpo un momento para empuñar la sierra, Bendix se adelantó y empezó a retirar los músculos y tejidos blandos de las paredes del pecho. Tiró de la piel hacia arriba y, con ella, le tapó la cara. Calcraft abrió la caja torácica aserrando con furia, haciendo gala de un vigor que sorprendió al aprendiz. Por fin, el doctor retiró la cubierta del pecho y dejó los órganos a la vista. Bendix no se dio cuenta de que Sixes se había marchado hasta que levantó los ojos para examinar las costillas. Al momento, volvió a centrar su atención en los fascinantes movimientos del doctor, que seguía cortando hacia abajo, descubriendo los órganos abdominales con su pátina lustrosa.

—¿Quiere que extraiga el cerebro? —preguntó Bendix.

—Carece de interés —replicó el doctor.

—¿Siempre, o sólo en el caso del señor Pink?

Calcraft pasó la pregunta por alto y siguió abriendo los ligamentos pélvicos. Bendix miraba pasmado la velocidad con que trabajaba, convencido de que había memorizado los movimientos después de muchas disecciones.

Con un par de tijeras de mango de plata, Calcraft separó primero los pulmones del corazón y la tráquea y se los pasó a

Bendix para que los pesara en la balanza. No le molestó que la tiza y la sangre resbalaran y mancharan la pequeña pizarra donde Bendix iba anotando los pesos.

—Tenga cuidado —dijo Calcraft desde la mesa—, es de la mayor importancia.

Luego fue el turno del hígado, del bazo, de los intestinos, todo cortado o rebanado por Calcraft con considerable delicadeza, y rescatado de la cavidad como si se tratara de una ofrenda para ser presentada a su aprendiz. Bendix se colocó junto a un cubo de agua y retorció los intestinos para limpiarlos de heces y humores. El olor le debilitaba, era mucho más intenso que el de su ropa. Sabía seccionar un cuerpo, pero jamás había asistido a los momentos iniciales de la operación, jamás había olido nada tan fresco.

Concentrándose en la tarea en vez de en la repugnancia, no tardó en vaciar el intestino y se acercó de nuevo al doctor para librarle del estómago, del páncreas y de los riñones.

El cuerpo quedó vacío. El señor Pink se miraba fijamente la cavidad saqueada, pero Bendix evitaba mirarlo a los ojos. Calcraft se había lavado las manos y tomaba notas con rapidez. Bendix observó que el doctor había sacado el diario en el que escribía de un montón de otros iguales. «Qué típico de LeMaître —pensó el aprendiz—, tomar notas a cada momento y trazar diagramas del proceso en el papel.»

—¿Incineramos los órganos? —preguntó Bendix apartando la mirada de Pink y dirigiéndola hacia los órganos alienados a lo largo de la mesa.

—No somos anatomistas —dijo Calcraft horrorizado señalando con un dedo huesudo al aprendiz—, somos filósofos naturales. Guardamos los órganos y nos deshacemos del resto.

—¿Cómo?

—Podemos volver a llamar a Sixes, si no le parece tarea digna de usted. —Bendix no contestó—. Creo que terminan en las zanjas de Fleet.

—Voy a preparárselo —se comprometió Bendix.

—Hojas de beleño —dijo el doctor sonriendo al aprendiz.

Bendix inclinó la cabeza a un lado.

—Del tejado —dijo Calcraft señalando hacia arriba—. Beleño. Todo el que encuentre. Ahora.

Bendix acató la orden con una inclinación, se enjuagó las manos en la tina de agua templada y rosada y se dirigió a las escaleras. A pesar de lo tarde que era, el pequeño encargo le sirvió de refresco. La sensación de la obra completada le envolvía ya cálidamente como una embriaguez producida por la participación en la disección junto al doctor. Sin embargo, al subir las escaleras, cruzar la salita del desayuno y subir hasta su estudio, supo que la verdadera emoción de la noche aún no había comenzado. La disección había sido un proceso de selección. Había supuesto, quizá por sus propias teorías sobre la imaginación, que se concedería una importancia especial al cerebro del malhechor, sin embargo, no se le había prestado la menor atención. La pregunta seguía siendo por qué habían cortado de aquella forma en particular. La necesidad de saber le impulsó a subir más rápido y a pasar por la trampilla hasta llegar al tejado.

El beleño no era fácil de encontrar en la oscuridad. Había dejado el farol en los peldaños de la trampilla y, a la luz cromada de la luna, no se distinguían los diversos verdes de la vegetación. Se detuvo un momento y contempló los campos, los tribunales de justicia al oeste, los atisbos de río a millas de distancia. Se dio la vuelta y volvió a observar toda la casa hasta el otro lado del patio, donde estaba el ala del doctor. En la ventana, una mano blanca, un saludo amable que no era un saludo. Un rostro distante de mujer velado por una cortina. El silencio lo dominaba todo. Bendix se quedó paralizado un minuto de reloj. Se trataba de una mujer, sin la menor duda.

Era una mano femenina, de eso estaba seguro. Poseía una elegancia serena y despreocupada, que parecía querer ocultar lo que Bendix no debía ver, lo que ella no debía ver. Notó que unos ojos lo miraban fijamente pero no se retiró, sino que se quedó bien a la vista, agradeciendo la intrusión, sin deseos de ocultarse. Al cabo de un minuto, desapareció y Bendix se estremeció de vergüenza. Le sonrojó ser una estatua al descubierto sobre el tejado, con el beleño en una mano y la mirada fija en una ventana vacía. Dio media vuelta, llegó a la trampilla guiado por la débil luz del farol y bajó.

Al cruzar su despacho, vio el reloj encima del escritorio y se quedó atónito al comprobar que sólo había transcurrido una hora y media desde que empezaron a vaciar el cuerpo. Consideró entonces que habían sido los noventa minutos más vitales de su vida. Recordaba los segundos uno por uno, los olores, las sospechas. Ciertamente, no habría sabido decir qué le causaba mayor emoción, si la visión de la mano femenina o la disección del señor Pink.

Calcraft había colocado varios órganos en frascos y sobre la mesa sólo quedaban los pulmones, ennegrecidos y arrugados. Fue entonces cuando Bendix advirtió por primera vez los trozos de carbón que ardían en la chimenea y el pequeño hervidor que calentaban. Calcraft siguió la mirada del aprendiz.

—Decocción, señor Bendix —dijo—, la reducción de la materia a su esencia. —Tomó los pulmones con las manos, recorrió la mitad de la habitación hasta llegar al fuego y los depositó en el hervidor.

—¿Desea obtener un extracto de los constituyentes? —inquirió el aprendiz.

—La esencia —repitió Calcraft, y siguió su peregrinación hasta el barril de agua, donde se frotó la manos con entusiasmo.

—¿Qué más hay que hacer? —preguntó Bendix.

—¿Yo? —preguntó Calcraft—. Dormir. A usted, caballero, le quedan un par de días sin descanso. Pero en primer lugar, ocúpese de los desechos del señor Pink. —Cerró el diario, se puso la colección de libros de piel de becerro bajo el brazo y se dirigió a las escaleras.

—¿Mando llamar a Sixes?

—Estará en la cocina —dijo Calcraft—. Le alertaré sobre su malestar de camino a mis aposentos.

Cuando Sixes bajó, unos cinco minutos después, Bendix apartó a un lado el pensamiento que le obsesionaba desde hacía un rato. No tenía derecho, no tenía que ocuparse de cavilar sobre quién habría asomado la mano a la ventana. Sin embargo, el hecho le hizo pensar en la condesa un largo rato, y se deleitó con la necia idea de que ella lo había seguido a Londres, hasta Lincoln's Inn, propiamente. «Chiquillo», se dijo a sí mismo, y se hundió en un estanque de decepción porque la condesa pudiera abrirse camino en sus pensamientos tan fácilmente todavía. Fuera quien fuera la de la ventana, era la tercera vez en diez días que la amplitud del círculo de Calcraft le sorprendía.

El charlatán Sixes, que había conducido el carro con Bendix a su lado hacía sólo dos horas, había desaparecido; en su lugar, un hombre metódico desató el cadáver de la polea, lo dobló de manera que las rodillas encajaran en el abdomen vacío y luego lo cubrió con el paño del cementerio. Aceptó la ayuda de Bendix para llevar los restos de Pink hasta las caballerizas y se tocó el ala del sombrero de la forma más gentil.

—Dígame —dijo Sixes—, usted es aprendiz de un médico que no vive de la práctica de la medicina. Conozco aprendices que recogen migajas de favores de los clientes del amo, ¿cómo sobrevive usted? ¿Su padre es terrateniente?

—Terrateniente, sí, pero no distinguido —admitió Bendix.

—¿Muchos hermanos? —preguntó Sixes comprensivamente.

—Una madriguera —contestó Bendix con una sonrisa.

—Es decir, seguro que siente apego por el dinero.

—Lo adoro de lejos.

—Vamos, Joseph —dijo Sixes—. El doctor fue bien pagado en su día. No importa lo que diga o haga ahora, porque a su edad, andaba bien pelado.

Bendix se encogió de hombros.

—No siempre el aprendiz sigue los pasos del maestro.

—Pero se trata de unos pasos muy recomendables de seguir.

—¿Qué es lo que desea usted? —dijo Bendix finalmente.

—Sólo pretendía que se hiciera usted un favor. No tengo intención de sacar ningún provecho.

—Muy amable.

—Si le dijera dónde encontrar gran recompensa a cambio

de poco trabajo —dijo Sixes inclinándose hacia delante—, ¿se lo tomaría con interés?

—Si no fuera nada que interfiriese en mis estudios y si sir Edmund diera su consentimiento —dijo con voz henchida de orgullo.

—No es necesario pedírselo, no espera que se pase usted día y noche frotándose la nariz contra los libros. Lo mejor de su trabajo es que obedece las órdenes que le da. Hay demanda de servicios, para un médico capaz como usted.

—Tengo poca práctica —confesó Bendix.

—Pero está preparado. Se trata de hombres que necesitan salud y discreción. Si piensa usted en buscar una dama, no siendo un estudiante joven, el trabajo puede proporcionarle la base de la independencia.

—Es usted un vendedor consumado. Lo haremos una vez y, después, procederemos según criterio. Con comisión, naturalmente.

Sixes azuzó a los caballos.

—De usted, caballero —dijo—, no espero nada de nada.

V

Siguieron dos días de decocción, cada órgano se sacaba de su frasco y se hervía hasta reducirlo a un extracto muy concentrado. Eran sustancias viscosas y oscuras que Bendix tenía que rascar del fondo del hervidor y pasar después con una cuchara a unos botes pequeños, hasta que el señor Pink empezó a parecer una ciudad de cerámica en miniatura. Volvió dos veces más al tejado a recoger especias, pero sólo una siguiendo órdenes del doctor. Ninguna de las dos vio nada ni sintió que unos ojos lo mirasen.

Se entretuvo recordando sus tiempos en París antes de la condesa, tiempos de estudiantes y cartas marcadas, de vino y vomitonas. Las hazañas del pasado le hacían gracia, pero sólo como pasajes de la vida de otro hombre. Estaba totalmente decidido a comprometerse con el doctor. No albergaba dudas y mantenía sus propias teorías tan estrictamente a raya que a veces se preguntaba si no se evaporarían bajo el peso de los nuevos conocimientos. El fuego ardió durante todo el día; la responsabilidad material de ir acarreando leña para alimentarlo empezó a socavarle el orgullo poco a poco. De haber sabido el motivo de la actividad, quizá le habría compensado; tal como estaban las cosas, sólo le alegraban los breves momentos de sueño que hurtaba a la vigilia entre decocción y decocción. Por la mañana, molestó a la señora Hemmings pidiéndole bocados de empanada, dura como las piedras, y siempre volvía a la chimenea del sótano antes de las frecuentes visitas del doctor.

—¿Está cansado, Joseph? —le preguntó Calcraft.

Bendix asintió.

—Quizá se deba a la falta de aire.

—En tal caso, descanse —dijo Calcraft—. Duerma unas pocas horas y vuelva después. Quizá nos convenga comer o, si no, dese usted un paseo por el río.

—Podríamos combinar ambas cosas —dijo Bendix—, y comer juntos en el Pineapple de New Street.

Calcraft abrió la boca, atrapado entre la resistencia y la descortesía.

—Se trata —dijo Bendix, pensando en la oportunidad de indagar sobre el carácter exacto de lo que se traían entre manos— de una casa de comidas donde dicen que el príncipe comparte mesa con el tonelero y el maestro del gremio con el barquero. Los reúne la carne de ternera.

Aunque, con sus palabras, Bendix pretendía tocar las fibras del desapego social de Calcraft, la expresión del doctor no cambió. Si tenía que aventurarse a salir de casa, la oferta debía ser más tentadora.

—Sería un gran honor invitarle a comer —insistió el aprendiz. Ciertamente, le habían hablado del Pineapple en París. Le habían dicho que era una casa de comidas limpia, donde se podía comer por un chelín siempre y cuando no se pidiera bebida. Era una información destinada a bolsillos mal provistos, como era su caso.

—Acepto encantado —contestó Calcraft, asaltado por un olvidado sentido del civismo. ¿Qué caballero humillaría a otro por rechazar un plato de ternera?

El Pineapple era un comedor oscuro, lleno de hombros encogidos y dientes y encías que rasgaban carne, entre los que los camareros se abrían camino desde los cuatro grandes asadores que, sobre el fuego, ponían a punto novilla, ternera, cerdo y cordero, tazones de caldo y rebanadas de pan. Tal como le habían contado a Bendix, las diferencias sociales se dejaban en la puerta, idea por la que los franceses jamás habrían apostado. Hombres vestidos con las más finas sedas compartían la mesa con oficiales y jornaleros. Esperaron un momento a que quedaran un par de sillas libres en la gran mesa central que dividía el comedor. Bendix observó cómo comían los londinenses. Sencillamente, consumían más que los franceses, engullendo animales y dejando botellas de bebidas diversas rodando bajo las sillas.

Calcraft clavó los dientes en un grasoso trozo de novilla e hizo un gesto de asentimiento y satisfacción a Bendix.

—Tan bueno como en casa —dijo, y añadió amablemente—, mejor, incluso.

—Como de la noche al día —dijo Bendix—, una auténtica inyección de energía.

—¿Ya se ha cansado de Lincoln's Inn? —dijo el doctor con una sonrisa.

—No —protestó Bendix—, simplemente, me aburro. Al menos, el aire me ha reanimado. —No añadió que, además, la carne le recordaba a la jornada de trabajo y no le resultaba fácil disociarla del señor Pink. Jugueteó con el cordero moviéndolo por todo el plato con un cubierto y, al rato, tiró al camarero de los faldones de la chaqueta y le pidió dos botellas más de cerveza.

—¿Nunca come en mesones?

—Nunca como fuera de casa —dijo Calcraft—, habida cuenta de la constancia de la señora Hemmings.

—¿Siempre la ha tenido con usted? —curioseó Bendix.

Calcraft se rió.

—No, señor. Yo no estaba en situación muy distinta a la de usted hace cien años, cuando todo era pan y ostras por caridad. Hace mucho que se terminaron los días de las deudas.

—¿Estaba endeudado? —preguntó Bendix, asombrado.

—Valía menos que un botón de su chaqueta —dijo Calcraft con una sonrisa.

—¿Y cómo fue el ascenso?

—Gracias a la fama, la innovación y el saber mantener la boca cerrada.

—¿Se refiere a la práctica de la medicina?

—Naturalmente —dijo Calcraft. Masticó un trozo de cartílago y luego, con sus dedos afilados, se lo sacó de la boca—. Para abrir a un hombre, existen las formas que nos recomendaban los antiguos y la mía propia, que obtuvo el suficiente favor del público como para llevarme por toda Europa. Fui práctico y no compartí mi buen hacer. Las ganancias fueron pingües.

—¿En qué consiste esa forma suya?

—Quizá llegue a verlo, Joseph. Sea paciente, se lo ruego. Lo que más me ha valido, por encima de todas las cosas, ha sido la precisión y la rapidez. Los pacientes saben que tienen que someterse al dolor para curarse, pero no desean que se prolongue. Son muchos los dispuestos a pagar en oro el ahorro del dolor.

—¿Se ganó muchos afectos?

—En Leipzig —dijo Calcraft—, me dieron mil libras en una ocasión por operar de piedras a determinado barón. Su generosidad fijó un baremo que muchos trataron de igualar.

—Sin embargo, no ha vuelto usted a operar en veinte años.

—El dinero —dijo Calcraft— es como una muchacha caprichosa. Hay que dejarse el pellejo en la búsqueda del oro, pero, una vez conseguido, genera beneficios. Doblé mi fortuna en los Mares del Sur. ¿Y cómo pudo ser? La especulación. Disponer de oro suficiente para arriesgar y suerte suficiente para retirarse a tiempo.

Calcraft se sacó un frasquito de cristal del bolsillo de la chaqueta y lo descorchó. Añadió un fino chorrito del líquido a su cerveza y, al levantar la mirada, se encontró con los ojos interrogantes de Bendix.

—Láudano —dijo el doctor—. No estoy acostumbrado a salir; esto me tranquiliza.

—Se quedará dormido a media comida —bromeó Bendix sonriendo.

—No, no —contestó Calcraft—. Siempre he pensado que una pequeña dosis agudiza la mente.

—¿Y una decente procura descanso?

—Descanso inquieto, casi siempre —asintió el doctor—; sólo una dosis fuerte garantiza el sueño.

—¿Cómo descubrió su método de operar? —inquirió Bendix levantando el vaso.

—A través de la experimentación y la práctica, de la teoría y la determinación. —Calcraft se encogió de hombros mientras tomaba un sorbo de cerveza, relajado entre la cháchara del comedor y la perspectiva del opiáceo.

—Sin embargo, ¿ya no operamos? —dijo Bendix—. ¿El señor Pink está destinado a otra cosa?

—Operar no es vital para mí. Soy partidario de abrir, cosa que me procuró gran compensación en su día, pero ¿sólo por entrar por una puerta ya no se puede llamar a otras?

—¿Su teoría sobre el señor Pink no tiene relación con operar?

—¿Conoce bien el trabajo de Jean Baptiste Denis?

—Lo conozco —dijo Bendix con poca convicción.

—Fue cirujano de Luis XIV, un hombre de cierta visión. Abrió una vena del brazo a una señora, conectó un tubo de plata desde la lunática hasta la pata de un ternero y dejó pasar una taza entera de sangre. Creía que la tibieza de la ternera calmaría la sangre ardiente de la señora. Denis repitió el proceso dos veces. Surgieron complicaciones y se produjeron vómitos pero, al día siguiente, la lunática amaneció con un gran equilibrio mental y una serenidad sorprendente.

—¿Busca la curación de la locura?

Calcraft se rió y dio una palmada a Bendix en la rodilla.

—No es cosa tan espectacular, caballero. No, no, la locura no, en absoluto. Lo que quiero decir es que lo que Denis descubrió fue que la sangre es portadora del carácter. Aunque esto sólo representa la mitad de la solución al problema que me planteo.

—¿Y el resto?

Calcraft se limpió las manos en las calzas.

—LeMaître dijo que era usted el más inquisitivo de sus alumnos, pero la sabiduría hay que ganársela. Al contrario que la sangre, no pasa de un ser a otro en forma de transfusión. —Calcraft ya se había hartado del interrogatorio. Le había agradado compartir algunos de sus pensamientos y recuerdos del pasado, pero hacía muy poco que conocía a Bendix y no sabía si podía confiarle claramente sus proyectos.

La conversación continuó con profusión de palabras de medicina y anécdotas más antiguas que el propio Bendix. El resto de la comida transcurrió entre bromas agradables y, mientras tanto, el narcótico iba frenando lentamente la lengua de Calcraft. Cuanto menos hablaba el doctor, más benévola se hacía su sonrisa, hasta que le pareció que el Pineapple entero giraba en torno a su iluminado y dichoso rostro. Al aprendiz le satisficieron las migajas que pudo recoger del doctor y sacó con alegría dos chelines para pagar la comida, más un par de peniques para el camarero. Cuando Calcraft se levantó en su nube, Bendix hizo una señal al camarero indicándole que dejaba el dinero encima de la mesa. Tanto el doctor como el camarero miraron a otra parte y Bendix contempló los dos peniques con melancolía, pero no podía permitirse recogerlos.

Cuando llegaron a Lincoln's Inn, Calcraft condujo a Bendix al sótano. Al lado de la entrada al espacio central de la mesa ovalada había una puerta que Bendix creía destinada a almacén.

—Un experimento que deseo compartir —dijo el intoxicado Calcraft tras dos intentos de girar el pomo de la puerta. Se detuvo a medio camino entre la habitación y la entrada revolviendo en su gran bolsillo, de donde sacó dos pipas, y ofreció una a Bendix.

—Raramente fumo.

—Hágalo por mí.

La estancia era poco mayor que una despensa de campo y Calcraft la cruzó en cuatro pasos de longitud moderada. A los lados de la habitación había sendas estanterías que sobresalían de las paredes de ladrillo. En cada estantería había dos lámparas con pantalla protectora de cristal, una transparente, la otra de un rojo oscuro. Calcraft levantó las pantallas y encendió las lámparas, que inundaron la habitación de una luminosidad sorprendente. El doctor, con paso vacilante y la pipa apretada entre los dientes, se agachó a recoger un par de artilugios de hojalata que habían quedado ocultos detrás de la puerta abierta. Cada uno encajaba perfectamente sobre las pantallas de cristal. Calcraft cerró la puerta y la estancia quedó sumida en total oscuridad. Bendix tardó un momento en adaptar la vista, pero enseguida vio que los artilugios de hojalata tenían unas perforaciones diminutas que dirigían los rayos de luz hacia el techo. Una cerilla brilló ante la cara del aprendiz; éste acercó la cabeza, encendió la pipa y luego vio cómo Calcraft repetía la operación y después apagaba la llama.

El doctor se quedó mirando el interior de la cazoleta anaranjada de su pipa, chupó una bocanada de humo y lo expulso hacia arriba, hacia el techo. Bendix hizo lo propio. Unas delgadas columnas de humo, invisibles en la oscuridad, crecieron y menguaron según la densidad del humo. Al cabo de unos minutos, los dos disfrutaban de un despliegue de rayos interconectados, los de luz sin colorear más penetrantes y crudos, cortando los haces que emitía el cristal rojo.

—¿Qué es lo que tengo que observar? —preguntó Bendix, desconcertado.

Calcraft siguió fumando.

—¿La belleza? —preguntó el aprendiz.

—La luz —dijo Calcraft— y su comportamiento. Buscamos una combinación de debilidades y fuerzas, la profundidad del color. Es una alternativa a nuestros estudios.

De haber sabido Bendix en qué consistían sus verdaderos estudios, quizá la ocasión le hubiera parecido más iluminadora, y no sólo artificiosamente bella. Había visto la concha transparente de un insecto de agua, el armazón del cadáver de un ladrón y una habitación llena de humo y luz. Tenía la sensación de que el doctor le retaba a conectar las teorías. Quizá se equivocara. Al fin y al cabo, pensó, entre los conocimientos cartográficos de Newton y su interés por la alquimia no había más conexión que la raíz básica de la curiosidad humana. Permanecieron juntos unos doce minutos, cada cual fascinado por el juego de los rayos que se intersectaban resucitando y silenciando estructuras en un juego de humo de pipa y luz de color. Al terminar la cazoleta de tabaco, Calcraft abrió la puerta de la estancia y, con una tos convenientemente fuerte, dio las buenas noches a Bendix, se despidió con un gesto de la mano y se dirigió hacia el ala oeste.

Bendix parpadeó para quitarse el humo de los ojos y se puso a terminar sus tareas de decocción. Tenía la cabeza obstruida por el tabaco y sus pensamientos volvían a la charla de la comida sobre Denis y la transfusión de sangre. La conversación del doctor no le había iluminado mucho, pues la decocción y la transfusión nada tenían en común. No obstante, había servido para entusiasmarle respecto al potencial de la sabiduría de Calcraft y para recordarle la riqueza del doctor. Sólo guardaba un vago recuerdo de las constantes libaciones de láudano de su maestro.

Al final de la noche, cuando la reducción del bazo era lo único que separaba a Bendix de la cama, Calcraft bajó; el aroma del tabaco de Virginia todavía predominaba en el sótano. El calor del fuego había hecho subir la temperatura de la habitación y la cazuela de cerámica colocada sobre la rejilla temblaba con el calor. Ante Calcraft se encontraba el aprendiz, con la chaqueta doblada sobre las piernas, la cabeza echada hacia atrás y la nuez moviéndose perezosamente al ritmo de un sueño tranquilo con aliento a cerveza de malta.

De haber estado despierto, Bendix habría visto la cara de indignación que puso el doctor. Parecía que si abría la boca escupiría fuego por ella. Tomó un paño grueso de lino, retiró la cazuela del fuego y, al mirar al interior, encontró los restos del bazo abrasados y quebradizos. Dejó la cazuela en el suelo, al lado de Bendix, y volvió a subir por las escaleras en busca de láudano, para serenarse del ataque de ansiedad y furia.

El aprendiz tardó aún una hora en despertarse, pero sólo unos segundos en comprender lo que veían sus ojos. No le habían asaltado la culpabilidad y la preocupación con tanta furia desde que rompiera la copa favorita de su padre, hacía veinte años. El hombre se puso rojo de furia mal reprimida y el hijo no logró controlar un inoportuno ataque de risa que le brotó de los nervios. Le propinó una paliza con un cinturón de cuero que le arrancó sangre de la parte posterior de los muslos y el río de lágrimas tardó toda la noche en secarse.

Bendix se dijo razonablemente que la mente de un hombre adulto no debía albergar semejante temor. Subió las escaleras hasta la biblioteca, donde el doctor se encontraba sentado delante de una ventana abierta.

—¿Sabe lo que ha hecho? —le preguntó con serenidad, sin mirarlo siquiera.

—Debo disculparme —dijo Bendix en voz baja.

—Usted no comprende —murmuró Calcraft— el alcance de su error. Es posible que tardemos todo un mes, o seis, en tener la oportunidad de repetir el proceso.

—¿Las próximas sesiones? —preguntó Bendix.

—No nos sirve cualquier ahorcado —dijo Calcraft—. De ser tan fácil, podríamos ahorcar a una docena de aprendices que cometen errores. Es cuestión de méritos. El delito es lo que ahorca al hombre, no el hombre mismo.

Bendix asintió y luego se atrevió a decir:

—Fue el crepitar del fuego, señor. Creo que me indujo al sueño.

—Váyase —dijo Calcraft—. Limpie la casa de todo rastro del señor Pink. Nos veremos con otra compañía a la hora de la cena.

—¿Una dama, señor? —preguntó Bendix, e inmediatamente lamentó la pregunta.

Calcraft se volvió a mirarlo con leve desprecio. Respiró profundamente, consciente de que así aceleraba el flujo del láudano por su cuerpo.

—Nada de damas, señor Bendix. Sólo un amigo que tal vez le agrade conocer.

Bendix logró componer una versión pertinente de sonrisa que conjugaba humildad, gratitud y un grado mesurado de sumisión ciega. Hizo un inclinación profunda y se retiró.

Lemon franqueó la entrada a Defoe, pero en vez de hacerlo pasar por la puerta de la biblioteca desde donde Bendix espiaba su avance y su elegancia en el vestir, lo condujo hacia la derecha. Era la primera persona, aparte de Julia, que veía entrar en el lado de la casa reservado a Calcraft. Inexplicablemente, le asaltaron unos celos que no entendió. Vio regresar a Lemon solo, antes de volver al oporto y a husmear entre los libros.

Los ánimos se le alegraron un poco cuando, al entrar por fin los dos hombres en la biblioteca, el doctor se lo presentó a Defoe con el título de «mi joven ayudante». Se le quitó un peso de encima. En altura, el invitado se encontraba entre el maestro y el aprendiz, y tendría unos sesenta años, o al menos, parecía suficientemente arrugado y avejentado. Parpadeaba poco y lentamente y llevaba una peluca enorme y enmarañada, pasada de moda por lo menos en diez años, como si la riqueza y la posición social que en algún momento detentara no hubiera mejorado desde entonces y hubiera sido relegada al olvido. Tenía la cintura ancha y sus tobillos gordos sobresalían por encima del calzado; a la vista estaba que era un enfermo y que sufría. LeMaître siempre le había dicho que un hombre con piedras se detectaba a cien pasos. De vez en cuando, Defoe se estremecía de una forma atroz que le obligaba a inhalar aire bruscamente y a doblarse de dolor en medio de una frase.

El trato entre Defoe y Calcraft era completamente familiar, como dos hermanos que tolerasen a Bendix a título de primo lejano. Bendix no supo que la pequeña reunión de tres representaba el total de las preocupaciones culinarias de la señora Hemmings y que nadie más participaría en la mesa hasta que Lemon entró discretamente a anunciar la cena.

El doctor presidió la mesa del banquete flanqueado por Bendix y Defoe, que se sentaron frente a frente. El rojo oscuro de las paredes parecía rosáceo donde llegaba la luz de las velas, y la mesa semejaba un desfile de plata: candelabros, una fila de cubiertos de servir y trinchar, y un delicado cuenco con forma de trébol situado entre el doctor y Defoe. Bendix no estuvo seguro de que el condimento líquido era láudano hasta que Defoe tomó el cuentagotas de la mesa y se puso cinco gotas en la lengua. En realidad, Defoe suspiró de alivio anticipadamente, cerró un ojo al sentir una punzada de dolor y acto seguido felicitó a Bendix por su elegante camisa de batista. Lemon entró, con la calva cabeza reluciente por una fina película de sudor, y colocó ante ellos un montículo pedregoso de ostras.

—¿Qué noticias hay de Applebee? —preguntó Calcraft y, dirigiéndose a Bendix, añadió, para su información—: El señor

Defoe es mi único informador sobre el mundo de Londres. Salvo usted mismo, claro, pero Defoe está en todas partes.

Bendix no salía de su asombro ante la prontitud con que el doctor había aceptado el terrible error que había estropeado el experimento, y asintió en consonancia.

—Estaba en todas partes —puntualizó Defoe.

—Las piedras son un obstáculo, naturalmente. —La mano de Calcraft no paraba de dar vueltas al pequeño cuenco de láudano—. Sin embargo, conoce los asuntos de Estado desde hace treinta años, señor Bendix, el tiempo que usted lleva viviendo y respirando, y ha sobrevivido a todo.

—He leído su trabajo, señor —comenzó el aprendiz. Defoe se permitió una sonrisa de expectación y Bendix entendió que no era inasequible a los halagos—. Tengo una copia de *El verdadero inglés*, sumamente entretenido y esclarecedor, sobre todo para un inglés exiliado en Francia.

—¿Y lo consideró comentario o sátira? —preguntó el escritor.

—Ambas cosas, señor —dijo Bendix con precaución—, con predominio de la sátira.

Defoe asintió.

—No hay nada en Londres... en Europa sobre lo cual nuestro amigo no haya consignado su opinión por escrito —continuó Calcraft al tiempo que se servía una docena de ostras en el plato.

—El doctor es muy amable, o quizá bromee. Expresar una opinión no suele ser mejor que expeler una ventosidad: un breve toque de corneta para llamar la atención. ¡Se escribe tanto sin comprender! Confieso que me interesan muchas cosas —dijo Defoe asintiendo con un movimiento de cabeza— y, sin embargo, soy un ignorante de su mundo de filosofía natural.

—Ambos estamos a la sombra del doctor —replicó Bendix inclinando la cabeza hacia su maestro.

—Brindemos todos un momento por el fin de la adulación. Basta, basta. —Mientras Defoe y Bendix levantaban la copa, intercambiaron sonrisas y cada uno reconoció en el otro algo familiar en la sinceridad respectiva. Calcraft se tomó rápidamente doce gotas de láudano.

—¿Sobre qué tema escribe ahora? —preguntó Bendix a Defoe.

—He descubierto que se puede sacar mucho dinero de donde no lo hay. Me refiero a nuestras cárceles: Newgate, Bridewell, Fleet. ¡Las historias que se cuentan ante Tyburn!

—¿Se venden bien?

—Applebee, mi editor —dijo Defoe— vendió cuatro reimpresiones de mil copias a raíz del ahorcamiento de los Waltham Black.

—¿A qué precio?

—Un chelín.

—De la adulación a las cuestiones económicas. Todo es un poco indigesto —protestó Calcraft.

—Perdónenos, Edmund —dijo Defoe al tiempo que se disponía a servirse unas ostras y sopesaba hasta dónde llevar la conversación—. Supongo que habrá oído hablar de Sheppard —inquirió—. Naturalmente, cómo no, hasta los sordos saben su nombre —continuó Defoe—. Lo cantan en todas las esquinas. En una semana, he visto cuatro artículos sobre él en el *Courant*.

—Aunque los sordos conozcan el nombre —dijo Calcraft—, los pobres ciegos no. Tenga la amabilidad de extenderse un poco en los detalles.

—Un simple ratero de viviendas —dijo Defoe—, y no muy osado. El señor Wild lo ha atrapado dos veces, y otras tantas se ha fugado... de ahí su fama.

—En el *Courant* lo tildan de agitador revolucionario —terció Bendix, atrapando al vuelo la redención inmediata.

—¡Si viera al sujeto en cuestión! —dijo Defoe riéndose—. Sólo hace una semana estuvimos sentados juntos en Newgate. No me llega ni a la rodilla; hábil, naturalmente. Muy hábil, divertido incluso, pero no tiene madera de cabecilla.

—No es necesario tener madera de cabecilla para ser escogido como símbolo —dijo Bendix—. Si yo fuera maletero, tonelero o un pobre desgraciado de Newgate, disfrutaría mucho con la historia de un hombre al que no pudieran retener las paredes del presidio. Representa la esencia misma de la libertad.

El doctor miró a Bendix con gran suspicacia.

—¿Qué es lo que ha dicho?

Bendix vio la desafiante mirada del doctor, pero no recordaba haber hecho ningún comentario que pudiera dar pie a una ofensa.

—La libertad, señor. La gente lo considera la encarnación de la libertad. Sin embargo, ¿no es cierto, señor Defoe, que también se sospecha que es practicante de las artes negras?

Defoe sujetó la carne palpitante de una ostra entre los dedos e hizo una pausa.

—Con la ayuda del diablo, quizás.

Calcraft se agitó. Un poco más de leña al fuego, pensó Bendix, y a lo mejor tenemos un sustituto del señor Pink o, al menos, un antídoto para la aflicción temporal de la culpabilidad.

—¿Hay algo de verdad en eso? —preguntó Calcraft.

—Depende de las propias creencias, ¿no es cierto? —contestó Defoe, al tiempo que se comía la ostra—. Si se cree en el diablo, puede haber sustancia en el asunto. Sin duda, nuestro señor Sheppard es un ejemplar magnífico para el matadero. Bien podríamos decir que, para eludir a Jonathan Wild, se necesita asistencia divina o infernal.

—Ha nombrado usted a Wild —dijo Bendix, dirigiéndose a Defoe—, un nombre que he oído sin comprender de dónde emana su poder.

—Se nota que es usted un recién llegado a Londres —comentó Defoe.

—Se lo ruego, caballero —insistió el aprendiz.

—Ha sido deudor —dijo Defoe—, alguacil, asistente de la guardia y, ahora, comendador general de todos los ladrones. Según sus propias declaraciones, es el azote de los ladrones de la ciudad. Apostaría a que hay pocos que Wild no conozca dentro de los confines de la ciudad de Londres. Yo mismo, sin ir más lejos, perdí un bastón de plata un jueves. El viernes por la mañana se lo comuniqué al señor Wild y el lunes siguiente me envió recado de que el bastón había aparecido.

—¿Ahorcaron a los ladrones?

Defoe negó con un movimiento de la cabeza.

—Se les pagó, caballero. El señor Wild arregló una reunión. Entregué una guinea a un hombre y él me devolvió el bastón, que vale cuatro veces más.

—No hablemos de dinero —dijo Calcraft levantando una ostra hacia el techo y vaciándola.

—¿Eso lo convierte en ladrón o en comendador de ladrones? —preguntó Bendix.

—Difícil respuesta, sin duda, lo que sí está claro es que lo convierte en un personaje condenadamente útil.

Defoe se estremeció de dolor otra vez y apretó los párpados con fuerza mientras duró el espasmo. Calcraft se levantó y le tomó por el brazo.

—Ya ha pasado —dijo Defoe, y su cara se relajó. Volvió a ponerse diez gotas de láudano en la lengua.

—¿El señor Sheppard y el señor Wild no se tienen en gran estima respectivamente? —preguntó Bendix.

—No —dijo Defoe— hay quien opina que Wild sólo posa como instrumento de la ley. Quizás organice a sus ladrones como un gremio. Los manda a hacer sus cosas y les paga en plata. Cuando la víctima acude al comendador de los ladrones, tiene que pagarle en oro. Wild nos encuentra los bastones y todos contentos. El señor Sheppard no pertenece al gremio del comendador de ladrones. Trabaja por cuenta propia, y de forma provechosa, pero a Wild no le interesa. Sin embargo, las fugas de Sheppard son una afrenta para él y desea verlo en el patíbulo.

—Me gustaría conocer al señor Sheppard —dijo Bendix.

Defoe estaba a medio encogimiento de hombros cuando Calcraft golpeó la mesa con una concha de ostra y gritó:

—¡Una idea genial!

Defoe buscó los ojos de su amigo con la mirada para comprobar el grado de seriedad.

—Se puede hacer —dijo el escritor.

—Lo espero con entusiasmo —sonrió Bendix, definitivamente aliviado.

Defoe continuó su festín y, a falta de un nuevo tema de conversación, añadió:

—Tanto el señor Sheppard como el señor Wild son hijos de carpintero, como Nuestro Señor Jesucristo. No obstante, ahí termina la semejanza, pues el señor Wild cree que la grandeza se define por el número de hombres que trabaja a sus órdenes, mientras que el señor Sheppard cifra la suya en la cantidad que se mueve contra él.

—El señor Sheppard es fascinante —lo animó Bendix.

—Sigue siendo un ladrón —dijo Defoe.

—Y tarde o temprano —añadió Calcraft—, los ladrones acaban en la horca.

El doctor llamó a Lemon a voces. El ruido de los pasos se acercó poco a poco, Lemon salió de las sombras a la luz de las velas y se llevó las conchas vacías. Al cabo de unos minutos, éstas fueron sustituidas por una torre de pichones estofados, una pierna de cordero y una langosta del tamaño de un perro faldero nadando en temblorosa gelatina. Defoe abundó en declaraciones de lo antojadizo que se había tornado, de que no estaba acostumbrado a semejante abundancia y de que tendría que sangrarlo hasta de sus humores.

Charlaron, bebieron y se sirvieron; Bendix, que permanecía en actitud lánguida, tomó considerable aprecio a Defoe, pero sobre todo le alegró la compañía locuaz y parlanchina, en vez de seguir condenado a los libros. Defoe le preguntó por los bulevares de París, por las últimas modas de la corte, por los dramaturgos y escritores. Fue una velada muy animada, hasta que Lemon estornudó cuando tenía las manos llenas de platos vacíos. Los platos se tambalearon un segundo y Calcraft y Bendix lo miraban atentamente para ver si lograba controlar el equilibrio al estornudar por segunda vez y, como lo lograra, le dedicaron un discreto aplauso. Sin embargo, al dirigirse a Defoe para alabar a Lemon, encontraron al escritor doblado en dos a causa del dolor. No era un estremecimiento ni un espasmo, sino una auténtica contorsión; la cabeza de Defoe, ya caliente de vino, ardía. No respondía a nada que le dijeran sino que mantenía la cabeza debajo de la mesa, hasta que el doctor se levantó y se acercó al respaldo de la silla de su amigo.

—Bendix, Lemon.

Bendix sujetó la silla por las patas delanteras, Lemon por las traseras; cual palanquineros sobrecargados, levantaron al escritor en el aire con todo su peso y lo llevaron, como buenamente pudieron, hacia el vestíbulo. El doctor los precedía y abrió la puerta del ala privada de la casa. Bendix, sobrecogido por la repentina entrada en el terreno prohibido, golpeó la silla contra los goznes de la puerta, cosa que arrancó del escritor un grave gruñido recriminatorio.

Entraron en el segundo vestíbulo, que llevaba a una escalinata estrecha iluminada por una ventana alargada, ya cerrada para pasar la noche. El temblequeante palanquín siguió al doctor por el único giro que describía el pasillo. Bendix y Lemon entraron de espaldas en una habitación estrecha y posaron al escritor en medio de los montones de libros y papeles que surgían de los tablones del suelo como termiteros. Los típicos diarios de Calcraft, con sus tapas de becerro, se encontraban en un rincón. Siguiendo las instrucciones del doctor, trasladaron a Defoe al único mueble que había en la estancia, un sofá bajo de gastado terciopelo azul que conservaba una profunda huella de un cuerpo reclinado.

—Respire, Daniel —dijo Calcraft—. Concéntrese en el aire.

—Sángreme —musitó Defoe.

—¿Voy a buscar el instrumental? —preguntó Bendix. El doctor asintió; entonces, se sentó con calma al lado del desdichado Defoe y le puso una mano en el hombro.

Después de recoger su cuenco de plata y su lanceta, Bendix subió de nuevo y entró valientemente en el ala privada. Le alcanzó, antes de volver la esquina hacia el estudio, una dulce espiral de perfume sutil que lo detuvo en seco. Un olor femenino desconocido que provenía de dentro del estudio. Quizá fuera una poción que el doctor había descorchado para reanimar a Defoe. Ruborizado por la expectativa, entró en la estancia.

Bendix se situó al lado de Defoe aturdido por la decepción, sin percatarse a penas de que Calcraft le quitaba de las manos la lanceta y el cuenco. Ni un alma aparte de las del doctor y Defoe pues, en efecto, Lemon se había retirado ya. El perfume se disipó; pensó entonces que nunca había estado en aquella habitación. En el pasillo sí, allí lo había tenido cerca, llegó a creer incluso que la estela descendía por las escaleras a su encuentro como impulsada por un deseo.

—Ya está —dijo Calcraft. Bendix bajó la mirada y vio el cuenco de plata lleno de sangre de Defoe hasta el borde. El escritor abrió los ojos por primera vez después de unos minutos, parecía recompuesto, un poco avergonzado por la interrupción. Cuando los volvió a cerrar, los cerró en paz. Calcraft indicó a Bendix con una seña que lo siguiera y salieron al pasillo.

—Creo que el señor Defoe descansará esta noche en mi estudio. —Pasó el instrumental a Bendix, la sangre seguía brillando en el cuenco.

—Habrá que quitarle las piedras sin tardanza —dijo Bendix.

—Por supuesto —replicó Calcraft y después aclaró la pregunta tácita del aprendiz—. Lo haré, naturalmente. Que pase buena noche.

VI

Bendix se levantó temprano y encontró a la señora Hemmings preparando chocolate en la cocina. Tenía enrojecido el contorno de los ojos y los andares claramente ebrios, pero su porte mantenía cierta dignidad gracias al alcohol. Entró Julia con su paso calmado, recogió la jarra de plata del chocolate y volvió a marcharse arriba.

—¿El señor Defoe está tan débil que no puede desayunar? —preguntó Bendix.

—Ya ha desayunado —dijo la señora Hemmings, resplandeciente, sudando a mares a causa del calor y la bebida.

—¿Tan enfermo como estaba?

—Hace dos horas se encontraba bastante bien como para llamarme, desayunar e irse a casa en silla. —Dijo su parlamento apuntando a Bendix con un dedo gordezuelo e inquieto que acabó por expulsarlo de la cocina.

A pesar de haber entrado un momento en el ala del maestro la noche anterior, al enfrentarse de nuevo a la puerta cerrada le faltó audacia para abrirla y, en vez de ir a confirmar la partida de Defoe, se retiró a su estudio con un ejemplar de las *Tablas de relaciones* de Geoffroy y pasó la mañana desmenuzando distraídamente el contenido del texto. Geoffroy sostenía que los objetos experimentan atracción unos por otros y, por tanto, desean unirse, una teoría que Bendix consideraba acertada, aplicada a asuntos del corazón e incluso del bolsillo, aunque no alcanzaba a comprender las implicaciones alquímicas. ¿Cómo podía desear un objeto unirse a otro? Quizá fuera la mente la que desentrañaba las claves del mundo, no los metales y los polvos inanimados.

Por mucho que se concentrara en las páginas, se le iban los ojos tras las moscas del techo y luego se dejaba caer en el sueño. Londres estaba encapotado. Unas nubes con forma de pera parecían aplastar los edificios más altos contra el suelo. Bendix sudaba sin moverse. Se amodorraba, despertaba y volvía a amodorrarse. Fue a pasear por el jardín del tejado en busca de un soplo de aire y después bajó de nuevo a descansar.

Poco más tarde, Calcraft llamó, entró y se encontró a Bendix inclinado sobre el libro, muy concentrado, al parecer. Al percibir la presencia del doctor, Bendix se irguió en el asiento y observó sus propios pies, con medias pero sin zapatos, avergonzándose de su desaliño. Entonces miró al doctor a los ojos. Calcraft agitaba un papel ante él.

—He recibido una misiva de nuestro invitado Defoe; nos da las gracias por la velada de anoche y por nuestra amabilidad posterior. Se ratifica en su ofrecimiento de acompañarlo a Newgate, pero reconoce que la salud no se lo permite por ahora.

Bendix se abotonaba la camisa mientras buscaba los zapatos con los pies.

—En tal caso, hay que operarle de las piedras —dijo el aprendiz, y paró de arreglarse un momento.

—¿Ha operado usted alguna vez? —preguntó Calcraft.

—No, señor. He asistido a muchas operaciones, por descontado, pero LeMaître opinaba que era mejor...

—Y queda demostrado que se equivocaba. Vamos a aprender mucho.

Bendix meneó la cabeza dos veces con tanto entusiasmo que Calcraft lo interpretó inmediatamente como señal de duda.

—¿Está seguro de que desea ser cirujano en la vida?

Bendix asintió.

—Muy positivo debe de ser usted —dijo Calcraft—, teniendo en cuenta que donde abundan los médicos, diminuye la población.

El aprendiz sonrió abiertamente.

—También dicen que Dios devuelve la salud y el médico

pasa la cuenta. Pero, señor, usted y yo sabemos que la medicina consiste en algo más que sangrías y panaceas.

—En efecto, ambos lo sabemos —sonrió Calcraft—. Supongo que también sabrá cuál es la diferencia entre consultar a un médico viejo y a uno joven.

—Dígamelo —contestó Bendix.

—El joven mata —recitó Calcraft— y el viejo te deja morir.

Bendix introdujo el pie derecho en el zapato y terminó de componerse.

—Mañana operamos a Defoe —continuó Calcraft—. Será una carnicería, pero breve. En general, los cirujanos se pasan minutos revolviendo entre las tripas; yo lo abriré y lo cerraré en ese mismo tiempo. Será doloroso, sobre todo antes de la operación.

Tras oír la palabra «mañana», el resto del día dejó de existir para Bendix. Calcraft observó el gran cambio que experimentaba el aprendiz y, después de recomendarle que fuera a pasar el día recorriendo la ciudad, salió del estudio. Antes de que Bendix saliera de casa, se desató una tormenta acompañada de fuerte aparato eléctrico y densas cortinas de agua que barrían Lincoln's Inn Fields de arriba abajo, cargando como la caballería en formación de remolino. La lluvia cesó bruscamente, las nubes amenazadoras permanecieron pero el calor bajó hasta tal punto que Bendix se preparó para salir sin sudar una gota. De todos modos, no se empolvó la cara como tenía por costumbre por temor a que los afeites se disolvieran y le mancharan el traje, de modo que tomó el bastón de médico y salió de casa.

Aunque deseaba la llegada del día siguiente, no sentía temor ni ansiedad. Desempeñaría una función parecida a la que solía desempeñar en las operaciones a las que había asistido en Francia. Calcraft sería el cirujano, mientras que él sería un mero observador. La única diferencia que podía figurarse era la proximidad, pues en ocasiones anteriores, se sentaba con sus compañeros de estudios y con el público en general en la sala de operaciones. Al día siguiente intervendrían a Defoe en su propia casa; nada se interpondría entre él y el paciente. En todo caso, sería la ocasión de expiar su error, enmendarlo y recuperar la confianza del doctor.

Llegó hasta cerca de Fleet, giró y prosiguió en dirección a la cárcel de Newgate. Era una confluencia de la ciudad tan bulliciosa que, al principio, creyó que se había equivocado de camino y que se hallaba en Smithfield. Un río continuo de gente pasaba al pie de las piedras ennegrecidas de Gateway, muchos por la New Gate Road en dirección al Old Bailey. Bendix se detuvo a mirar hacia arriba y se fijó en los cinco pisos. En la parte superior de Gateway había un pequeño molino de viento; imaginó que formaba parte de un mecanismo de ventilación para los prisioneros, aunque resultaba incongruente con el sombrío edificio. Pero al bajar la mirada del tejado al arco del portalón, vio una cosa mucho más absurda que el molino. Adornando el arco se encontraban las estatuas de la libertad, la paz, la concordia, la clemencia y la verdad; parecía una burla.

Siguió caminando por una calle larga, angosta y sucia situada detrás de la cárcel adonde no llegaba el sol de la tarde. La lluvia matutina había formado un barro negro y gelatinoso en el centro de la calle. Algunas cabezas le saludaban al pasar; circulaban por allí pocos palanquines y ningún caballo. En definitiva, no era más que un pasaje, una especie de salida de humos ennegrecida que conectaba el cañón de la chimenea de la cárcel con la libertad relativa de Fleet. Treinta yardas más allá, creyó ver la silueta huesuda de Sixes caminando junto a un caballero fornido y con peluca. Iba a llamarlo cuando Sixes dobló por la esquina y entró en una taberna. Bendix dejó atrás Baptist's Head y entró detrás de Sixes en el Blue Boar siguiendo el rastro de la soledad picada por la curiosidad.

Se sorprendió al hallarse de pronto en un establecimiento relativamente respetable, con cortinas oscuras en las ventanas y un solo banco que recorría todas las paredes del local. Acaban de echar serrín en el suelo y había una clientela variada de mozos, abogados y oficinistas. Sin embargo, al no ver a Sixes, se dirigió hacia un par de maleteros que estaban sentados cerca de la puerta.

—Estoy buscando a un compadre cuyo nombre es Sixes.

—¿Quién es usted? —preguntó el hombre.

Bendix, ofendido, no respondió a la pregunta y se limitó a repetir la suya.

—No hay nadie con ese nombre —respondió el hombre inmediatamente.

Bendix pensó un momento antes de insistir.

—¿Quiere decir que no existe tal persona?

El hombre asintió lentamente y esbozó una gran sonrisa.

—Si usted me preguntara quién es Obadiah Crest —comenzó Bendix—, le diría: «No lo sé, nunca he oído ese nombre», pero no diría «no hay nadie con ese nombre», porque, negando su existencia, no sólo la confirma sino que además insinúa que se encuentra presente. Le ruego que me encamine hacia él.

El hombre asintió tras escuchar el razonamiento pero no contestó, demostrando así a Bendix que incluso la pregunta mejor formulada fallaba ante el silencio. Bendix miró fijamente al compañero del hombre y luego al tabernero, pero únicamente encontró sonrisas y ni una sola mirada de comprensión. Incomodado, se retiró y, evitando el barro espeso del centro de la calle, logró dar con el camino de vuelta a casa manteniendo las calzas impolutas.

Lemon se fue a limpiar los zapatos de Bendix, todavía calientes, mientras él comenzaba a estudiar el arrugado libro de Geoffroy. Una vez más, se perdió entre las tablas de mercurio y agua fuerte, entre las nociones de afinidad y atracción. Prefería la experimentación, disfrutaba con el debate, gustaba más de las preguntas que de las respuestas. No era posible discutir con un texto aburrido, ni pelearse con él, ni rajarlo, siquiera; sólo estaba ahí esperando a que lo asimilaran de cabo a rabo. El aprendizaje a través de los libros le parecía irrelevante en comparación con el aprendizaje a través de la práctica. Lo mejor era prescindir del señor Geoffroy. Entonces, empezó a llenarse la cabeza de placenteros delirios premonitorios sobre el día siguiente. Dejó el libro y, al darse cuenta de que temblaba ligeramente, cogió la pipa, la llenó y se dirigió al tejado.

El sol no llegó a asomarse por detrás de las nubes antes de ponerse. El cielo fue oscureciéndose poco a poco, con la aparente promesa de que el día siguiente no sería más que un eco del anterior. Bendix se sentó al lado de las hierbas, con los pies entre el tomillo y la maraña de plantas, mirando al ala oeste de la casa, pensando en Defoe, en el aroma femenino de la noche anterior, en el dolor, en Calcraft, en el éxito. No había viento que se llevara el humo del tabaco, así que flotaba sobre él como una nube personal de tormenta. Empezó a cantar, en voz baja al principio. Pare él, era un válvula de escape, siempre lo había sido pero, una vez que empezó, supuso que tendría que callarse por no molestar a nadie. Al instante se le ocurrió que, precisamente por eso, continuaría cantando.

Cantó en francés una canción melancólica sobre un niño perdido. Sin embargo, cantaba sonriendo, para presentar su rostro más favorecedor. Repitió la canción, improvisó un verso y volvió a repetir, envuelto en la oscuridad y con la voz amplificada por la falta de ruidos atenuantes, pues el bullicio de la ciudad no llegaba al tejado. Cuando vio una silueta en la ventana, la música quedó atrapada en un momento de vacilación antes de continuar más suave, más emotivamente que antes. Al terminarla por cuarta vez, dejó de cantar y se quedó sentado contemplando la silueta. Entonces pensó que tal vez, después de todo, él no fuera visible, porque la mirada lo atravesaba, pasaba sin verlo. Entonces saludó al rostro con la mano, pero no hubo reacción. La silueta siguió inmóvil. Joseph Bendix no volvió al estudio hasta que la oscuridad se cerró entre los dos.

Se planteó escribir una carta, sabiendo únicamente que estaba solo y que la silueta de la ventana también parecía estar sola. Por muy tenue que fuese el vínculo, consideraba que escribir una carta era simplemente un intento de establecer comunicación. Comprendía que en lo que se proponía había algo evasivo, un matiz ilícito que le hacía regañarse a sí mismo. Al fin y al cabo, podía acudir a Calcraft y preguntarle quién era aquella persona. No obstante, suponía que si el doctor hubiera deseado presentársela, lo habría hecho ya semanas atrás. En cierto modo, Bendix ya se había comunicado previamente con la silueta. Si acaso lo traicionaba, sería sólo por parte de ella.

> Señora:
>
> Reconozco que le parecerá raro recibir esta misiva, pues no hemos sido presentados ni la conozco a usted. No obstante, creo poder afirmar que vivimos bajo el mismo techo, pues la he visto en tres ocasiones. Si considera osada esta indagación por mi parte, sepa que la escribo sólo por curiosidad. Si tuviera la bondad de aplacar mis sentidos haciéndome saber aunque sólo fuera la más vaga noción de sus circunstancias, quedaría a sus pies para siempre como su más humilde servidor,
>
> JOSEPH BENDIX

Lo más difícil era encontrar la forma de que la carta llegara a sus manos sana y salva. Por más vueltas que le diera a la cuestión, no encontró la manera de asegurarse el envío, de modo que decidió dejar la carta en el único lugar que sabía que ella frecuentaba: el antepecho de la ventana que daba al jardín de hierbas. Aunque sabía que debería estar descansado, se propuso ir a llevar la misiva sin pérdida de tiempo. La dobló, la lacró con cera y aguardó varias horas con la mente ajetreada entre Defoe y la dama del ala oeste. Finalmente, cuando calculó que sería tan tarde que todo el mundo estaría durmiendo, subió las escaleras y abrió la puerta de los dominios de Calcraft.

Como los ojos le servían de poco en la oscuridad, se le aguzaron los demás sentidos y creyó captar todavía el rastro del perfume de la noche anterior. Descalzo, caminando sobre el borde de los pies con los talones mirándose para amortiguar el peso del cuerpo sobre los tablones, tanteó, con muy pocos crujidos, hasta dar con la balaustrada de las escaleras que había visto el día anterior y, paso a paso, subió por ellas.

Arriba, sólo podía ir a la izquierda o a la derecha. Se imaginó que era un cuervo describiendo círculos alrededor de la casa y se concentró en localizar el punto en el que se encontraba, y entonces giró a la izquierda, desde donde podía ver en su imaginación el jardín del tejado. Pensó que ojalá el sudor de la manos no borrara la palabra «Señora» que había escrito por fuera. Oyó a un ratón en los tablones, bajo sus pies, y deseó poder convertirse en un ser tan pequeño y silencioso como aquél. Comparada con el ratón, su respiración parecía un vendaval de invierno. Continuó por el pasillo y, al dar una vuelta más, encontró, para su alivio, un par de ventanas por las que se colaba una luz grisácea. La segunda daba al jardín de hierbas. Bendix dejó la carta entre la cortina y el alféizar y, confiando en el destino para que llegara a buen puerto, dio media vuelta y volvió sigilosamente a su habitación.

VII

Bendix y Calcraft acudieron por separado a la cita. El doctor salió unas horas antes y su partida, por ser una rareza, trastocó a la servidumbre y puso en movimiento las lenguas aletargadas de Julia y la señora Hemmings. ¿Por qué el doctor no había operado de piedras a Defoe en su casa cuando éste se encontraba allí? Era sumamente inconveniente, recalcaron, y la casa de Defoe no estaba tan bien organizada como la suya, ni mucho menos. Bendix montó en un caballo del doctor con cierto aire de importancia e hizo un leve gesto de despedida; en realidad se alegraba de dejar atrás las preocupaciones domésticas, que le hicieron sonreír. La carta era un recuerdo cálido. Sin Calcraft en casa, el destino le había deparado un momento de libertad para el hallazgo casual, y su boca se ensanchó en una sonrisa al girar hacia el norte.

Daniel Defoe vivía en un casa grande de gruesos muros de ladrillo rojo, en Stoke Newington, a una hora de Lincoln's Inn Fields en coche. Se levantaba en medio de cuatro acres de tilos y árboles frutales, con un huerto que se extendía desde las paredes traseras de la casa. Tal era el panorama que se dominaba desde el ancho asiento empotrado en la ventana donde se sentó Bendix aquel miércoles por la mañana, mientras el doctor pasaba la última consulta a su amigo.

Le sorprendió que un escritor pudiera vivir en una casa tan confortable. Aunque no podía decirse que fuera grandiosa, con tan sólo doce modestas habitaciones. Pensó, y decidió que así era, que lo más asombroso de la casa, válido también para Lincoln's Inn, era que había sido ganada con el propio esfuerzo. Por el contrario, su padre había recibido una fortuna que había ido pasando de generación en generación con una regularidad aburrida, de forma que Bendix había llegado a quitar toda importancia a la riqueza imaginando que era hereditaria.

No obstante, las ramas enfermas de árbol familiar se podaban, así como todo lo que pudiera representar un riesgo económico, como él mismo. No culpaba a la familia. Los primogénitos tenían que prosperar, los benjamines daban vueltas y más vueltas hasta que se arruinaban o los desheredaban. Un escritor podía ganarse una modesta olla de oro. Un médico podía comprar tres casas en Lincoln's Inn Fields. Al final, una sonrisa apareció en la cara del aprendiz. Estaba entre hombres que entendían de dinero. Si caminaba a su lado, ¿no le daría el mismo sol en la cara?

El aprendiz no estaba solo en la habitación, la esposa de Defoe, que había comenzado la mañana corriendo por la casa en persecución de la doncella, se encontraba en una silla baja de color amarillo, en un estado de profunda contemplación. Las tres hijas, remilgadas y bonitas, con los mismos ojos penetrantes que su padre, se afanaban por toda la casa y miraban subrepticiamente de vez en cuando al compuesto aprendiz. Bendix, castigándose con recuerdos de la condesa, no se permitía devolverles las interesadas miradas. Los otros asientos de las ventanas estaban ocupados por dos ayudantes que, por su fuerza, habían seleccionado Calcraft y la anciana señora Defoe. Uno parecía encontrarse a disgusto en tan magnífica casa, el otro se limitaba a mirar por la ventana, cohibido por el revuelo femenino.

El día anterior, Calcraft había enviado un banco de practicar litotomías que había alquilado por varias libras a un antiguo conocido del Royal College. Dicho banco había permanecido toda la noche al pie de la cama de Defoe, aterrorizándolo. Cuando, por fin, Calcraft llamó a los tres hombres al dormitorio, encontraron a Defoe vestido absurdamente con una fina camisa de batista y levita. Sin embargo, no llevaba su habitual pelucón y estaba desnudo de la cintura para abajo. A pesar de la situación, se las había arreglado para conservar cierta dignidad. Mantenía a raya las arrugas de sus sesenta y cinco años gracias a una distensión general producida por el diario beber. Sólo un arco de pellejo oscuro bajo los ojos y dos gruesas arrugas que le caían desde ambos lados de la nariz revelaban su edad. Calcraft lo tomó por el brazo y lo condujo con delicadeza al banco que aguardaba al pie de la cama. Defoe se sentó, sólo movía los ojos para mirar al doctor o al aprendiz. Bendix no había visto jamás unos ojos tan abiertos, tan henchidos de sobrio temor; no sabía cómo reaccionar e hizo un gesto de asentimiento con la cabeza que quería transmitir ánimo sinceramente.

—Vamos, Daniel —dijo Calcraft, y le animó a tumbarse en el banco. A una señal del doctor, los dos hombres se adelantaron. El más fuerte de los dos tomó una cuerda delgada y se la colocó a Defoe alrededor de las muñecas dándole forma de ocho. El otro ayudante le dobló las rodillas, se las separó de modo que el escritor quedó despatarrado y luego le ató las muñecas a los tobillos. El efecto era cómico, los testículos del escritor, caídos y expuestos a la vista, se contrajeron de miedo mientras los ayudantes le sujetaban los muslos con fuerza. Los dedos hincados empezaron a enrojecerle la carne. Bendix oyó un tenue gemido proveniente de Defoe y, al mirar a otra parte, vio que Calcraft abría su maletín. Bendix acercó los faroles y los situó de forma que la sombra de los ayudantes no estorbara al doctor. El instrumental de plata lanzaba cálidos reflejos contra el techo de roble. El aprendiz deseó que sirvieran de distracción al escritor, que ya gemía.

Bendix tomó el pene a Defoe e hizo un esfuerzo por concentrarse al tiempo que Calcraft insertaba un largo catéter de plata por el orificio. Aunque Bendix conocía la operación por los libros y sabía que era la manera más segura de localizar la uretra y la vejiga de la orina, no pudo evitar un estremecimiento al ver los indefensos espasmos de Defoe. Calcraft, que no sentía semejante empatía, empuñó el cuchillo, separó el escroto con la mano izquierda y practicó una pequeña incisión cerca del ano. Bendix estuvo a punto de tirar del catéter. Vio que el doctor había hecho una incisión lateral, no vertical, tal como se enseñaba a todos los estudiantes europeos. Siguió observando cómo Calcraft introducía inmediatamente un segundo catéter por la incisión. Defoe se sacudió con fuerza y el doctor se detuvo hasta que los ayudantes recuperaron el dominio del paciente. Colocó dos dedos a Defoe en el recto y empezó a manipular las dañinas piedras para extraerlas. Se paró, sacó los dedos, insertó unos pequeños fórceps y, con un alegre chasquido de la lengua, sacó la piedra. Momentos después, ya había retirado los catéteres y el fórceps. Bendix se arrodilló a coser la incisión mientras Calcraft se lavaba las manos en el agua de la bañera adyacente.

Aunque la operación llevó en total menos de cuatro minutos, Defoe yacía retorcido contra el banco como si hubiera soportado una maldición eterna.

Calcraft se inclinó hacia él.

—Ya está, Daniel.

Defoe estaba excesivamente agotado como para contestar; lo envolvieron en unas mantas y los ayudantes lo llevaron a la cama, donde permaneció mudo pero respirando. Bendix y los ayudantes cerraron las ventanas con cuidado para que ni el aire ni la luz entraran en la habitación y taparon las ventanas con mantas húmedas para que absorbieran cualquier corriente que pudiera colarse. Al salir, Bendix completó el aislamiento colocando un paño al pie de la puerta del dormitorio e introduciendo un pellizco de cera en el ojo de la cerradura.

Calcraft y Bendix volvieron juntos a Lincoln's Inn Fields, con el caballo del ayudante enganchado a la cola del carruaje. El maletón con los instrumentos acabados de limpiar rebotaba entre los dos mientras el cochero los llevaba a casa al trote rápido.

—Permítame preguntarle, señor —dijo Bendix—, ¿la incisión lateral es de su invención?

—No es una invención, Joseph, es sólo una práctica mía. Facilita la manipulación del fórceps. Si la piedra es de buen tamaño, pero no muy grande, el procedimiento es rápido.

—¿Por qué no publica un artículo sobre el tema?

—Lo que lleva a un médico a la cima de su profesión no es la habilidad sino la celebridad —dijo Calcraft—. Yo he sido célebre, pero la fama está reñida con la intimidad necesaria para progresar. Es el aplauso de la propia generación y carece de significado, Joseph. Tome lo que haya aprendido hoy, retuérzalo, extraiga un pensamiento e imprégnelo con otro; mezcle sustancias e ideas que no tenga sentido mezclar.

—¿Si publicara su método, no se beneficiarían de ello cien mil hombres al año?

—Y traería la fama, Joseph. No me escucha usted. Defoe sí, los demás no. Se ahorrarán minutos de agonía cuando yo me vaya. En este caso, prefiero si duda que se publique póstumamente. Me anunciarían, Joseph, me sentaría sobre cojines de terciopelo y me llamarían otra vez de las cortes de Europa. Un hombre no tiene por qué proponerse tan baja meta.

Aunque Bendix le escuchaba con atención, no pudo evitar caer en la cuenta de que la lección se pronunciaba desde un carruaje de seis caballos y asientos de terciopelo.

—¿Qué sería una meta elevada para un hombre? —preguntó.

—La incisión lateral —concluyó Calcraft— es asunto de poca importancia.

Cuando Bendix recordaba la conversación aquella misma noche, no entendía cómo un hombre de tan clara inteligencia era capaz de contradecirse tan abiertamente. ¿Cómo podía desdeñar la fama y sus ataduras y, al mismo tiempo, reconocer que se había aprovechado de ello en el pasado y seguía viviendo en un mundo que nada le negaba? ¿Cómo podía hablar de progreso y reservarse para sí un descubrimiento tan importante como la incisión lateral? El argumento de que lo consideraba una fruslería le parecía pobre y cruel. Bendix deseaba justificar al doctor y se reprochaba la falta de comprensión. Al fin y al cabo, si consideraba que la incisión lateral carecía de importancia, significaba que debía de estar a punto de realizar algún descubrimiento de mayor envergadura.

Podía aprender a emular la operación y hacer fortuna con ello y, sin embargo, no le atraía la idea. No sólo era un método ideado por otro hombre sino que además, la perspectiva de enriquecerse a costa de hurgar en las tripas de los pacientes le repelía. Aunque la operación fuera fascinante de ver e incluso estimulante de realizar, untarse un día sí y otro no de sangre y heces no era el camino ideal para Bendix. En lo referente a trabajar con las propias manos, seguía siendo un caballero. A pesar de su reciente aplicación al trabajo, la práctica y la experiencia, seguía entregado al pensamiento y asumía la acción sólo por necesidad.

El último acto de la noche de Bendix fue fumarse una pipa en el tejado. Aquella noche era incapaz de cantar, pues tenía los gritos y contorsiones de Defoe tan incrustados en la mente que todo intento de hacer de sirena se le antojaba vulgar. Sin embargo, por otra parte deseaba la presencia de la silueta a la que ya se había acostumbrado y, como al cabo de una hora no compareciera, insatisfecho, se retiró.

Los días de las tres semanas siguientes transcurrieron con plácida semejanza entre ellos. Las dos primeras mañanas después de la intervención, el doctor y Bendix se acercaron juntos a Stoke Newington a comprobar el estado de salud del paciente. A partir de entonces, la tarea recayó sobre Bendix exclusivamente. Como Defoe le resultaba compañía muy interesante, se entregaba a su misión con minuciosidad; cambiaba los vendajes dos veces a lo largo de la visita diaria y supervisaba la dieta del escritor. Su único motivo de desencanto en aquellas semanas del final del verano, fue la falta de contestación por parte del ala oeste. La décima noche después de la operación, volvió a escabullirse por el pasillo y comprobó que la carta ya no se encontraba en el alféizar de la ventana, aunque no podía saber cuánto tiempo hacía que faltaba porque, desde el jardín, no se veía. Estaba convencido de que si Calcraft lo hubiera descubierto, ya le habría hecho algún comentario. Sólo cabía que hubiera ido a parar a manos de algún miembro del restringido servicio o que hubiera llegado a su destino. Y en el último caso, únicamente podía suponer que ella la hubiera juzgado inapropiada y, en su bondad, la hubiera destruido.

Durante las dos mañanas que pasaron juntos en Stoke Newington, Calcraft había aconsejado a Bendix que tuviera mucho cuidado con el comportamiento que debía observar junto a la cama del enfermo. Enseñó al aprendiz que nunca se situara a los pies del lecho de un paciente porque, aunque el paciente no fuera supersticioso, algún criado avispado podría acusarle de impedir el movimiento al alma de su señor en caso de que ésta deseara partir durante la visita. En general, las instrucciones no iban más allá de lo que dictaba el simple sentido común, sin embargo, a Bendix le confortó que inmediatamente se le ofreciera la posibilidad de demostrar su habilidad y enmendar el error anterior.

A partir de la tercera mañana y hasta el final de las cuatro semanas siguientes, Bendix pasó cinco horas diarias a solas con Defoe. Iba y venía a caballo de Lincoln's Inn, siempre con luz de día, aunque los días comenzaban a acortarse. El verano ya había agotado sus peores calores y se resolvió en una claridad y una brisa agradable que Bendix no recordaba de su infancia en Inglaterra. Solía ir alegremente al paso que escogiera su montura hasta encontrarse a dos millas de Stoke Newington, momento en que azuzaba al caballo y emprendía un furioso galope, de modo que los colores amarillos y anaranjados del campo se mezclaban formando un borrón rosáceo.

La ingesta de dos huevos y un caldo de rabo de buey señalaban las comidas del día. Entre una y otra, Bendix, siguiendo las órdenes del doctor, administraba antimonio a Defoe para prevenir la presencia de fiebre, y jarabe de naranja porque al paciente le gustaba de forma singular; además, también le obligaba a tomar infusiones de hojas de sena a discreción, como purgante para combatir el estreñimiento que le producían las dosis de láudano que él mismo se prescribía.

Al cabo de cinco días, el paciente se sentaba en la cama; pudo levantarse al cabo de diez y, al comienzo de la tercera semana, salía a pasear entre los frutales envuelto en un abrigo de pieles. Confesó a Bendix que deseaba recobrar la salud sobre todo para poder salir de casa. Amaba a su esposa e hijas, las adoraba incluso, pero reconocía que la cabeza le iba tan deprisa que la imposición del enclaustramiento en la vida del hogar le constreñía. Bendix veía la cara de alivio que se le ponía a Defoe cada día cuando él llegaba, y le molestaba. ¿Cómo era posible admitir que se estaba satisfecho y, sin embargo, negar la propia felicidad?

Defoe era un parlanchín y, al averiguar que Bendix no había leído muchos de sus libros, a excepción de los principales poemas y *La vida de Robinson Crusoe*, podía citarse a sí mismo constantemente. Cada vez que Bendix dejaba traslucir su asombro por el ingenio o la profundidad de sus conocimientos. Defoe se henchía de sano orgullo y la fuerza de la recuperación se hacía notar.

Cuanto más intimaban, más procuraba Bendix sacar a colación el tema de Calcraft y la amistad entre ellos, pero Defoe recurría a la concisión de los superlativos y el aprendiz sabía que no conseguiría más información fácilmente. Si el escritor no estaba dispuesto siquiera a hablar de Calcraft, sería inútil entrometerse en los misterios del ala oeste.

A Defoe le gustaba hablar, pero no por eso dejaba de interesarle aprender. Durante la cuarta semana de convalecencia, cuando los paseos por el huerto de árboles frutales dejaron de estar limitados por el cansancio de Defoe, la conversación empezó a centrarse poco a poco en Bendix y en sus anhelos.

—En Inglaterra, la ciencia está al servicio de la sociedad —decía el escritor, hablando con todo el peso de su aparatosa peluca en la cabeza— mientras que en Francia, como sin duda habrá tenido ocasión de observar a lo largo de sus estudios, está al servicio de la verdad o, si lo prefiere, del conocimiento puro. El resultado es que Francia será gobernada por filósofos e Inglaterra por pragmáticos. Como hombres que disfrutan de los placeres de esta vida, creo que debemos congratularnos por ser ingleses.

—En el *Cuento del tonel*... —empezó Bendix, removiéndose inquieto al pensar que, en lo tocante a ciencia, era más francés que inglés.

—¿Del tonel? —preguntó Defoe.

—De Swift —replicó Bendix—, Jonathan Swift. ¿No vigila un poco a sus rivales?

—Sí —contestó Defoe— y, por tanto, leo poco. —Dijo esas palabras con un guiño aparatoso y Bendix se rió cortésmente de su cómica arrogancia.

—¿Se considera usted rival de sir Edmund? —preguntó Defoe. Bendix lo miró, insultado por tamaña franqueza—. Entre nosotros, Joseph, a mí me parecería simplemente sano.

—Yo le pregunto —dijo Bendix—, ¿cómo va rivalizar un aprendiz que ni siquiera conoce el objetivo del trabajo de su maestro? En el futuro, investigaré en mis propias ideas. Estoy desarrollando un tratado sobre la hipocondría, sobre cómo, si la imaginación puede causar una enfermedad, también puede curarla.

—¿O sea que la enfermedad es imaginaria? —inquirió Defoe.

—Exactamente.

—Y, por tanto —dijo Defoe—, ¿debemos suponer que el dolor también lo es? Porque tendría que testificar contra usted en ese punto.

—No, señor —contestó Bendix—, pero ¿y si su piedra fue creada por sugestión de su mente? ¿Y si su mente hizo brotar la piedra, la conjuró en su cuerpo?

—Explíquese —dijo Defoe y volvió sobre sus pasos en el sendero del huerto como indicando al aprendiz que le concedía un tiempo limitado para la descripción.

—Nos dicen que esa enfermedad puede venir generada por el exceso de comida y bebida. Así pues, el hombre que come y bebe bien y que oye esos informes todas las semanas de su vida, poco a poco empieza a creer que es el tipo perfecto para tener una piedra. Al cabo de unos meses, años quizá, la piedra aparece.

—Al contrario que la piedra —añadió Defoe—, mi mente es un poco más ancha que la de muchos, Joseph, de modo que escuche. He aprendido esta filosofía en la escuela de la aflicción.

Bendix sospechó que no era la primera vez que el paciente pronunciaba esas palabras.

—He visto el lado difícil del mundo, además del fácil —continuó Defoe— y, en menos de medio año, he comprobado la diferencia entre el retrete de un rey y las mazmorras de Newgate. En el mismo día, he escrito las dos caras de una polémica para editores opuestos; por tanto, aunque no rechace de plano ninguna proposición, me gustaría que me convenciera con algo sólido, pruebas, por ejemplo.

—Tardaríamos años en demostrar que es posible conjurar una piedra. E incluso entonces, sería imposible demostrar que había aparecido por sugestión —confesó Bendix.

—Es decir, no puede demostrar su teoría —dijo Defoe con una sonrisa.

—Ni rebatirla —puntualizó Bendix.

—Entonces, tendrá que idear algún experimento más convincente —concluyó Defoe—. Quizás una visita a Newgate le dé alguna idea.

—Ya he visitado Newgate.

—¿Pagó los dos peniques por visitar al peligrosísimo señor Sheppard? —inquirió Defoe sonriendo.

—No traspasé la verjas de la entrada.

—Nos queda mucho por hacer.

—¿Cuándo vamos?

—Dentro de unos días, amigo mío.

—¿Y veremos al señor Wild?

—Parece usted un chiquillo, Joseph. Creo que cuando nos separemos, estará usted de acuerdo conmigo en que, de todos los malhechores que hay en Newgate, es el comendador general de ladrones, y no los ladrones, quien más miedo inspira.

Bendix asintió emocionado.

—No se lo tome a chanza —continuó Defoe—. Los generales sólo llegan a generales después de causar la muerte de muchos hombres. Él dirige una corporación, un ejército. Sin detentar siquiera el poder oficial de un magistrado, ha nombrado al actuario de los caminos del norte, un gigante temible llamado Quilt, y también a un judío flaco llamado Sixes, que controla el sur de la ciudad.

Bendix tenía los ojos tan abiertos de emoción que no se le notó la sorpresa.

—Ha desarrollado un sistema. Los ladrones tienen que respetar un intervalo mínimo de tiempo, de una vez a la siguiente, para aparecer en una misma taberna, hay rutas obligatorias para volver de los robos, se dejan tal o cual botón sin abrochar para indicar éxito o fracaso, disponen de correveidiles, libros de cuentas y almacenes. En resumen, un sistema de una complejidad sólo igualada por su misma corrupción. —Defoe había alcanzado un estado de ánimo similar al de Bendix, de forma que entre ambos generaron un curioso grado de sexualidad que sólo podía disiparse con una visita a Newgate.

—Y todo esto —continuó Defoe—, guardando las apariencias de eficiente brazo de la ley. Quizá vayamos la próxima semana.

VIII

No hacía mucho tiempo que Bendix había llegado a casa después de atender a Defoe en Stoke Newington, cuando Lemon interrumpió en la mesa para informar a Calcraft de que el señor Sixes requería al aprendiz. El doctor no se sorprendió mucho y pidió a Lemon que hiciera pasar al invitado. Sixes se presentó con el sombrero en la mano, pero, a pesar de su actitud sumisa, no perdió tiempo en lindezas corteses.

—He venido a buscar al señor Bendix —dijo Sixes—. Tengo un amigo en Edgeworth que precisa atención médica. Esperaba que él pudiera acudir.

Calcraft se dirigió a su ayudante.

—Vaya, Joseph, vaya. ¿No era esto lo que esperaba?

No fue necesario que Bendix respondiera para dejar traslucir su entusiasmo; posó el tenedor en la mesa, se levantó y bajó a su habitación a recoger el instrumental. Notaba la lengua gruesa y la boca seca. Los aprendices no se jugaban la fama, puesto que carecían de ella, pero el que practicaba la medicina por cuenta propia ponía su buen nombre en la balanza.

Sixes se hizo cargo del maletín de Bendix y lo sacó por la puerta de la cocina hasta las caballerizas. No había carruaje, sino un par de caballos ensillados amarrados a un poste. Bendix se detuvo sin comprender.

—No vamos a Edgeworth —dijo Sixes—. Monte.

Bendix montó inmediatamente; habría seguido a Sixes al fin del mundo con tal de que le proporcionara un paciente acomodado.

Galoparon hacia el este casi una hora, cruzaron el Bow Bridge y atravesaron los apretados pueblos de Stratford y Wansted. A Bendix le dolía la espalda y se inclinaba sobre el caballo para estirarla. Desde su llegada de Francia, había montado poco, había hecho poco ejercicio en general, aparte de las diversiones que había encontrado en Londres. Sixes, que iba delante, se fundía con la silla de montar, así que al aprendiz le dio la impresión de que seguía a un centauro, y no al hombre flaco y huesudo que lo había sacado de Lincoln's Inn.

Se detuvieron una vez en la oscuridad, a la altura de la posada de la Great Road, donde Sixes arrojó algunas monedas de plata a un mozo de cuadras para que diera agua a los caballos. Los dos hombres se quedaron esperando junto a un abrevadero de aguas negras mientras las monturas bebían. Se notaba tenuemente el olor de tierra húmeda y vegetación muerta típico de los pantanos.

—¿Dónde estamos? —preguntó Bendix.

—En el Hueso de Ballena —dijo Sixes. Como Bendix no diera señal de entendimiento, añadió—: El río; el año en que Cromwell murió, trajeron una costilla de ballena desde el Támesis. Lo vi con mis propios ojos cuando no levantaba más que unos palmos del suelo. Cinco veces la talla de un hombre.

Bendix no hizo ningún comentario.

—El país es distinto hacia el este, no se parece a las tierras del norte que usted conoce. Si va a Dengy o a Cricksea, encontrará tipos que se han casado doce veces. Por esa parte, las mujeres tienen tendencia a pudrirse, no les prueban las tierras húmedas.

El aprendiz se permitió una sonrisa dando a entender que comprendía que quizás estuviera tomándole el pelo.

—¿Domina usted la práctica de la medicina? —preguntó Sixes.

—¿Si estoy capacitado para ello? —dijo Bendix, tanto para sí mismo como para Sixes—. Eso creo.

—Nuestros nombres van juntos. No lo olvide. —Le dio una palmada en el hombro—. ¿Sostiene usted las mismas teorías que sir Edmund?

—A ambos nos gusta discrepar de lo establecido. Yo todavía tengo que demostrar mis teorías, pero practicaré.

—¿En qué cree?

—Creo que la imaginación es la causa de la enfermedad en muchas ocasiones. —Se llevó un poco de agua a la boca con el cuenco de la mano—. Aspiro a demostrar que también puede curarla.

—Pues esta noche no hable de ello, Joseph. Un capataz de caballerizas se cayó del caballo esta mañana. —Sixes metió la cabeza en el agua y la sacó con una amplia sonrisa—. A menos, claro está, que se imaginara al caballo.

Sexton, el administrador de la finca, los recibió en la casa del guarda. Montaba una de las mayores yeguas que Bendix había visto en su vida, y, a medio galope, emprendió el camino hacia el norte. Dos millas de camino separaban la casa del guarda de la mansión, que se erguía en la sombra como una montaña y, hasta los establos, mediaba otra milla más, bien cumplida.

El aire del campo avivaba el habitual olor de Londres a estiércol de caballo y paja húmeda. Dos mozos de cuadras les aguardaban, uno con un farol de ojo de buey, con el que alumbró a las monturas cuando se detuvieron. Los mozos, tras pasar el farol a Sexton, se hicieron cargo de las riendas de los caballos y el capataz de la hacienda condujo a Sixes y a Bendix al interior. Los recibió un coro de toses de yeguas, que a Bendix, en su sensible condición de aprendiz en prácticas, le sonó a abucheo de tribunal de cirujanos.

En su primer intento de ganar la licenciatura, Bendix se había presentado ante el tribunal de examen sin haber dormido y sin el menor rastro de sobriedad, después de haber pasado la víspera en Boloña con la condesa y su dorado séquito. Si hubiera aprobado el examen y se hubiera licenciado en la academia el tercer año de carrera, habría procurado un motivo de gran orgullo a la familia, pero se habría colocado ante la perspectiva de volver a Inglaterra a ganarse la vida. En aquel momento, la idea de abandonar a su amor le horrorizaba. Durante la breve entrevista, se negó a hablar francés, excepto cuando respondió a una pregunta correctamente sólo por la fuerza de la costumbre. Afortunadamente, se salvó gracias a un ataque de risa espontánea. El tribunal se subió la gafas por el puente de la nariz y le hizo señal de que se retirara. No le expulsarían de la carrera siempre y cuando su padre continuara pagándole los estudios. Se acordó de LeMaître, el único amigo que tenía en el tribunal, que lo miraba con aversión y tristeza.

Se encontraba ante un compartimiento sin nada más que un cuerpo yaciente en una mesa.

—Se llama Blair —dijo Sexton.

El aludido, tendido boca abajo, era un joven de cabello rubio y musculatura poco común que, incluso en estado de inconsciencia, poseía la soberbia natural del pecho altanero de un gallo dormido.

—¿Cuándo sucedió el accidente? —preguntó Bendix a Sexton.

—Hace tres horas —contestó el administrador.

—¿Estaba usted presente?

—El caballo lo tiró al suelo y luego lo pisoteó. Tengo que ir a avisar a su señoría —dijo Sexton—. Estaré de vuelta antes de una hora. Se le pagará. Si lo salva, verá incrementar su fortuna. —Sexton hizo una inclinación, dio media vuelta y se marchó.

—¿Pedir noticias a estas horas de la noche? —comentó Bendix mirando al joven—. Es un buen amo, si se preocupa tanto por sus criados.

—Por su hijo —corrigió Sixes con una sonrisa.

—¿Bastardo? —supuso Bendix.

—Uno de cuatro, si reducimos los rumores a la mitad —dijo Sixes—. En todas partes se cuecen habas, Joseph. Cuanto más acomodada sea la familia, más sucio es el secreto.

—Entonces —dijo Bendix hurgando en el maletín del instrumental—, supongo que cuando uno no conoce el secreto de su familia, es fácil que el secreto sea uno mismo. —Sacó la lanceta.

—¿Qué va a hacer?

—Creo —dijo Bendix— que hay que sangrarle por la sien inmediatamente. Sufre una presión fuera de lo normal. Fíjese en la forma de la parte posterior de la cabeza. Parece un quiste. Debería practicar una trepanación pero, lamentablemente, carezco del instrumental necesario.

—¿Vivirá, si no se la hace?

Bendix hizo una incisión en cada sien y extrajo al hombre una veinte onzas de sangre. En el curso de la noche, un cardenal empezó a extenderse por el rostro perfecto del hijo del señor y apareció otro en el pecho con los contornos aproximados de un casco de caballo, confirmando así la información de Sexton. Poco podía hacer Bendix, salvo sentarse junto al lecho del paciente y rogar a Dios. A pesar de los años pasados en París sin hacer otra cosa que beber, apostar e ir de putas, había asimilado una gran cantidad de conocimientos, aunque sólo LeMaître había llegado a conocer su gran capacidad intelectual. El estado de Blair no tenía solución.

Sixes no estaba tan preocupado y husmeaba por los establos comentando la talla de las yeguas y llenando el espacio de techo bajo de humo de tabaco de Virginia. Blair murió al salir el sol. Sexton se hallaba presente cuando Bendix confirmó el deceso. Enviaron a un criado a la casa grande, el cual volvió al cabo de media hora con palabras de agradecimiento y una pequeña bolsa de oro; Sixes insistió en que Bendix la guardara entera para sí.

—Debemos repartírnosla —replicó Bendix sin convicción.

—No, señor —dijo Sixes—. Mi señor pagará con la moneda en curso de los favores: el silencio. Es la especie que prefiero.

—Supongo —pensó Bendix en voz alta— que a usted le paga el señor Wild directamente.

—No es más que uno de mis amos.

—Tengo entendido que es usted de gran importancia para él.

—Míreme, Joseph —dijo Sixes abriendo las palmas de las manos en gesto de súplica— y tenga la sensatez de juzgarme por sí mismo.

Bendix volvió a casa un momento antes de que la luna alcanzara su cenit, exhausto, entumecido y derrotado. Sixes le había invitado a desayunar ostras de Colchester, pero ni siquiera el alimento pudo reanimarlo. Era normal que a los médicos se les murieran algunos pacientes pero, aunque sabía que lo habían llamado a la desesperada y por salvar las apariencias, le decepcionaba no haber podido conservar una vida, o al menos, retrasar su fin. Se consoló un poco con la carga de oro y comprendió que, el hecho de haberlo ganado confería a las guineas un peso realmente maravilloso.

Calcraft recibió al aprendiz de mal humor, suponiendo que Defoe estaría esperándole ya. Agradecido por haberle refrescado la memoria, Bendix le dio la noticia de su inminente visita a la cárcel de Newgate, cosa que puso al doctor en un estado de gran excitación. Cogió el láudano y se administró una pequeña dosis que le calmara la agitación. Aletargado, Bendix pensó de pronto que las instituciones que propiciaban el voyeurismo, como Bethlem o Newgate, estimulaban terriblemente la sed de aflicción.

Bendix jamás había presenciado tanta frialdad profesional como cuando Calcraft abrió a su amigo y, sin embargo, la perspectiva de la visita de su aprendiz a Newgate le había templado el ánimo. Se sintió culpable por haber espoleado deliberadamente a Calcraft hablándole con regodeo de las negras artes del fugitivo Sheppard. Se lo había contado durante la cena con el fin de expiar sus propios pecados y, en ese momento, dudó de que el engaño fuera lícito. O quizá no el engaño, sino el entusiasmo de Calcraft.

—No iré antes de mañana —dijo Bendix, por aplacar un poco la excitación del doctor—. Quizá pasado mañana, cuando quiera el señor Defoe.

—Tiene que observar minuciosamente —dijo Calcraft tomando las dos manos del aprendiz con las suyas— al señor Sheppard.

—¿En qué debo fijarme? —preguntó Bendix.

—En todo —dijo el doctor apretándole las manos—. Tiene que darme una impresión de ese hombre, de hasta qué punto es negra su alma. Le han hecho canciones, ¿no es así?

—Según Defoe, le cantan en todas las tabernas de Londres.

Calcraft asintió, soltó las manos a Bendix y le dio unas palmadas en la espalda.

—Ahora, vaya a dormir, Joseph, y mañana disponga de mi carruaje. Tiene que llevarse mi coche y volver lo más rápido posible, tan pronto como se haga una primera impresión.

Bendix durmió todo el día sin que lo molestaran los sueños. Fue una tarde de grises plomizos, así es que, aunque se despertara de vez en cuando, el peso del agotamiento no tardaba en vencer nuevamente a la vigilia. Una de las veces llegó a levantarse y acudió a la señora Hemmigns para que le diera una porción de empanada de fiambre de cordero, pero le cayó en el estómago como una piedra y tuvo que volver a tumbarse. Se despertó al amanecer del día siguiente y no se sorprendió cuando oyó comentar a la señora Hemmings que el doctor se había pasado la tarde anterior pendiente de un mensajero que había enviado a Stoke Newington para instar a Defoe a que llevara al aprendiz a Newgate al día siguiente.

IX

Era la oscuridad lo que afectaba al hombre. Durante el trayecto en el carruaje, Bendix no podía estar de mejor humor, con la bolsa llena de oro y pletórico de confianza porque iba a reunirse con Defoe, que conocía la prisión como los propios inquilinos. Sin embargo, a un paso de la verja perdió toda la gallardía y, en su lugar, una turbulencia hueca se le instaló en el centro del estómago. El ruido de la cantina que había al lado del calabozo de los condenados era exasperante. Allí se quitaban los grilletes a todo hombre o mujer que ingresaba en prisión y que pudiera permitirse el lujo de sobornar al carcelero. En la vida de Bendix, el ruido de metal contra metal siempre había sido de oro o plata, pero jamás, hasta entonces, había oído tan de cerca el rechinar de hierro contra hierro. Además, resonaban gritos de indignación y típicas y alborotadoras risotadas beodas. Pendiente de la voluminosa peluca de Defoe, Bendix pagó los dieciocho peniques de la entrada y siguió al escritor por una portezuela y por los escalones que descendían al calabozo de los condenados. Entre la barahúnda de arriba y la oscuridad aplastante de alrededor, se imaginó que acababa de entrar en el averno.

La cámara no era grande, unos quince pies por veinte, con un solo jergón de madera y el de piedra, frío y resbaladizo por la humedad. A la derecha de la portezuela por la que habían bajado había una tronera claveteada con pinchos, por donde los prisioneros podían conversar con las visitas. Por allí, una luz gris se derramaba sobre la piedra. Aparte de las visitas, había cuatro personas más, los condenados de la última sesión que permanecían encadenados a unos aros de hierro incrustados en la pared a la altura de la cintura. Defoe señaló el jergón y, en susurros, pidió al aprendiz que arrastrara el camastro hacia la parte de la pared en la que se apoyaba el más menudo de los prisioneros. El hombre tenía cara y constitución de niño, con el pelo, fino y castaño, echado hacia atrás y los ojos grandes; la blancura de sus manos contrastaba con las cadenas. Defoe había llamado «zorro» a Sheppard, pero a Bendix se le antojó más semejante a una ardilla sucia.

—Señor Defoe —dijo Sheppard ajustándose la sucia corbata—, sea bienvenido. Es usted la persona que más me visita.

—Buenos días, Jack —contestó Defoe.

—Veo que ha traído a su lacayo —prosiguió Sheppard señalando a Bendix con las manos atadas. Luego, sin prestar más atención al aprendiz, añadió—: Defoe, le felicito, su amistad sobrepasa con mucho la moda actual, pero le faltan buenos modales; tenga la bondad de presentarnos.

—Le presento a mi amigo —dijo Defoe—, el señor Joseph Bendix.

—Un amigo con bastón de médico. Siempre oculto, nunca afilado, Defoe; siempre y cuando no traiga a nadie del consejo de cirujanos.

Sheppard no había tardado ni medio minuto en determinar el verdadero motivo de la visita del desconocido. Bendix perdió el habla un momento, mientras pensaba en su misión: examinar al futuro sujeto susceptible de decocción.

—Un médico mudo —continuó Sheppard—. ¿De dónde saca a estos hombres, Defoe? Un médico mudo no puede cobrar honorarios.

—Soy sólo un aprendiz —dijo por fin Bendix.

—Yo también lo fui —dijo Sheppard con una inclinación de cabeza aparentemente sincera, como para hacer saber al que lo visitaba que se daba por satisfecho.

—El señor Defoe —dijo Bendix— habla muy bien de su habilidad.

—Es muy amable por su parte —contestó Sheppard—, pero la naturaleza no da apetito al hombre si no dispone de los medios para alimentarlo.

—Me han dicho que van a ahorcarlo dentro de cinco días —dijo Bendix—, de modo que, la naturaleza está a punto de arrebatarle cuanto le haya dado.

Sheppard asintió.

—No me oye usted bien, pero eso lo arreglaremos enseguida, ¿verdad que sí, Daniel?

Defoe, que estaba sentado con la barbilla apoyada en las manos y sonriendo constantemente, asintió con un gesto.

—El señor Bendix tiene razón en una cosa, Jack.

Sheppard ladeó la cabeza hacia su interlocutor.

—Aunque Dios le haya dotado generosamente, le ha cargado también con el peso de la falta de amigos.

—De ese tema ya hemos hablado, Defoe.

—Todo hombre debería encontrar a otro en quien depositar su confianza —continuó Defoe lentamente—. Algunos cuentan con una mujer, con la que comparten hijos, lecho y secretos que ocultan al resto del mundo. Usted cuenta con Bess, Jack Sheppard, pero le ha traicionado dos veces. Otros no dan un paso fuera de su familia, pero su hermano ha aportado pruebas contra usted. Otros fundan una familia sin familia, una pandilla contra el mundo. A usted también le ha traicionado su pandilla, Jack. No tiene donde escoger porque está solo.

Bendix se dio cuenta de que no había habido interrupciones, sólo un silencio respetuoso, y supo que cuanto Defoe había dicho era cierto.

—Soy la única persona en quien puede confiar —prosiguió Defoe—, y respondo a esa confianza, señor Sheppard, porque nos encontramos en una situación privilegiada para hacernos un favor mutuamente. Recuérdelo, porque es un trato justo.

Sheppard asintió y se tiró de la nariz con las manos encadenadas, mientras que Bendix se volvía hacia Defoe por si concretaba más sus insinuaciones.

—Bendix —dijo Sheppard—, el Ordinario de esta institución cuenta con un aprendiz que le ayuda a transmitir el mensaje del Señor. Es mayor que nosotros, porque Dios se cobra su precio. Viene por aquí como un espectro a arrancar confesiones a los pájaros enjaulados, pero no habla tan bien como éste otro. —Señaló con un dedo a Defoe—. El Ordinario se preocupa del alma, mientras que Defoe apela a la vida y a la bolsa de los hombres. La elección es fácil, ¿no le parece?

—Depende de las prioridades de cada uno —dijo Bendix.

Sheppard se rió mirando al suelo de piedra como si fuera un chiste que ninguno de los presentes pudiera compartir.

—Lo temible —dijo Sheppard dirigiéndose todavía a Bendix— es que Defoe siempre parece tener razón. Debe ser cosa de la edad. Tanto si las cosas salen como esperamos como si no, le garantizo una lengua desenvuelta como la del más astuto orador de la corte.

Defoe aceptó el parlamento con una inclinación de cabeza.

—Volveremos a vernos —dijo, y se puso de pie.

Sheppard se tocó la cabeza levemente cuando Bendix se levantó.

—Para mí es un placer disfrutar de su compañía. Señor Bendix, la próxima vez que nos veamos, espero contar con un lugar más espléndido donde recibirle.

Al salir por la portezuela y volver al sol de la mañana, que daba de pleno en la torre, tanto Defoe como Bendix se colocaron las manos a modo de visera para protegerse la cara. Cuando se acostumbraron a la luz, Bendix se sorprendió al ver a Sixes allí mismo, a menos de diez yardas, hablando con un hombre fornido y de ancho mentón, ataviado con las más finas sedas negras, cuya nariz rota y cicatrices faciales, sin embargo, se contradecían con la pulcritud de su traje. Una expresión de desconcierto relativo se asomó al rostro de Sixes, pero sostuvo la mirada a Bendix. Con un movimiento mínimo de la cabeza, imperceptible salvo para Bendix, chasqueó los dedos rápidamente varias veces y se despidió del aprendiz con otro movimiento de cabeza. Bendix lo interpretó como una señal de que no se le acercara en ese momento y que ya hablarían más tarde, cuando a Sixes le pluguiera.

Defoe tomó a Bendix por el brazo y pasaron de largo ante los dos hombres. Tras alejarse unos metros, se inclinó hacia el aprendiz y le susurró:

—Jonathan Wild y su judío.

—¿No va a presentarnos? —preguntó Bendix medio en serio, por si Defoe se tomaba la petición a broma.

—No son los forzudos de feria de Bartholomew, como para ir a verlos por un penique —dijo Defoe—. Preferiría que se diera un apretón de manos con serpientes, antes que someterle a los peligros de semejante presentación. No me escucha usted lo suficiente, Joseph.

Una vez instalados a salvo en el carruaje del doctor, Bendix posó ambos bastones en los cojines, entre los dos, y preguntó:

—¿Visita a Sheppard con frecuencia?

—He venido a verlo cinco o seis veces. He recogido su confesión completa.

—¿Es cierto que le cantan canciones en Londres, a ese niño? —preguntó Bendix.

—De momento, sólo un dúo —contestó Defoe—, pero pronto será todo un coro.

Bendix se removió en su sitio mientras Defoe ordenaba al cochero que lo llevara a su casa, a Rope Maker's Alley, de camino a Lincoln's Inn Fields.

—Antes de que termine el día —continuó diciéndole—, Sheppard habrá escapado. No le mentí cuando le conté que se había fugado otras veces, de New Prison, de Bridewell y de Round House. Cuando se fugue de Newgate, la ciudad conocerá su nombre.

—¿Y cómo puede uno fugarse del calabozo de los condenados?

—Eso no se lo puedo decir —contestó Defoe—. Sólo pidió una lima, y se la he proporcionado, por ser tan poca cosa.

Bendix miró fijamente al escritor.

—Una pequeña —dijo Defoe con una sonrisa— que, sin darme cuenta, se me cayó de la manga.

—¿Y ése es el secreto de sus artes negras? —preguntó Bendix, estupefacto.

—Apostaría a que ni usted ni yo seríamos capaces de fugarnos ni con una sierra, un martillo y siete días —contestó Defoe—. El jueves, la mañana siguiente a la huida, mandará una carta al *Courant* que será publicada en primera plana, dirigida al señor Wild e incitando al granuja a capturarlo.

—Y supongo que usted escribirá la carta en su nombre.

—Ciertamente —confirmó Defoe—; empieza a comprender la creación del sensacionalismo.

Cuando llegó a casa de Calcraft, Bendix apenas había podido ordenar sus pensamientos. Creía que el doctor lo asaltaría inmediatamente, impulsado por la emoción de saber algo de Sheppard; sin embargo, la señora Hemmings lo saludó en la cocina y le informó de que el doctor se había retirado a dormir y que contaba con su compañía para la cena.

Estuvieron juntos más de una hora, que el doctor dedicó a pasear las codornices por el plato en una danza lenta y a romper las ostras golpeándolas unas contra otras sólo por el gusto de oír cómo se rompían. Bendix sospechó acertadamente que Calcraft se había permitido disfrutar en exceso de los efectos adormecedores del láudano y que todavía no había salido del estado de estupor completamente. Estaba lánguido, flotando en un aura imperceptible de pensamientos fragmentados y, en reposo, las manos le temblaban. Cuando la conversación se inició, Calcraft no pronunció la palabra Newgate hasta que llegó Lemon con los pichones estofados del tercer plato.

—¿Qué clase de bribón es? —inquirió el doctor.

Era la pregunta que Bendix temía a medias. Pensaba que Sheppard era un ladrón, sin duda, un mocoso pícaro con cierto encanto y modales irresistibles, pero no se le podía considerar ni mucho menos un alma negra que mereciese la horca, como Calcraft deseaba. Bendix había conocido en París a muchos de alma mucho más negra. Incluso creía que la suya era más negra que la de Sheppard, al menos hasta que tuvo la revelación de la responsabilidad y desechó amigos, mujeres y holgazanería. Sin embargo, alimentar la mala opinión del doctor sobre Sheppard y luego decepcionarlo podría degradar la relación entre ellos irremediablemente. Por otra parte, lo que allí se sopesaba no era la vida del hombre, sino simplemente, el cuerpo inerte de un malhechor.

—Un pícaro muy particular —dijo Bendix—, más astuto que un zorro.

—¿A qué se parece?

—Parece un niño —continuó Bendix— de mirada rápida y sin inocencia.

—Daniel lo llamó agitador revolucionario —dijo Calcraft. Se llevó una mano temblorosa a la cara y se pasó un dedo por el bigote—. ¿Es acertado?

—Es posible que los hombres se subleven por él —musitó Bendix—. Dicen que disparó a Jonathan Wild con una pistola, que dio un fogonazo en la propia cazoleta. Habría sido asesinato, de no haber mediado la intervención divina.

Calcraft sopesó las palabras y asintió.

—Le estoy agradecido —dijo—; Daniel sucumbe con frecuencia a los encantos de los necesitados. Usted, a pesar de su nacimiento rural, tiene cabeza. No es falta de sentido común, sino falta de suspicacia, con la que tantas veces se traiciona a la inocencia. Usted es diferente, Joseph, y ha visto la verdad con bastante acierto. Supongo que los días en París le han aguzado la mente.

—Gracias, señor —dijo Bendix con una inclinación. Si la caída en desgracia había sido por accidente, el presente ascenso era totalmente intencionado. Sabía que se debía simplemente al hecho de decir a un hombre lo que deseaba escuchar. Si servía para procurar la paz en la casa y para que el doctor se abriera a su aprendiz, valía la pena soportar el leve peso de culpa que se cargó a la espalda.

Al levantarse de la cena, el temblor condicionaba los movimientos del doctor, el cual hubo de aceptar el brazo firme que Bendix le ofreció. El aprendiz no había considerado frágil al doctor hasta ese momento, pero cuando entraron en el ala oeste, la idea de la susceptibilidad de Calcraft se agrandó tanto a sus ojos que lo inundó de afecto maternal. Ayudó al doctor a tumbarse en el sofá de terciopelo aplastado y permaneció a su lado hasta que el láudano lo arrastró otra vez al sueño.

Después, despejó un espacio entre los montones de libros apilados para poder tumbarse. Apartó la colección de diarios de Calcraft, que estaban atados juntos, cogió un grueso libro de Galeno, se lo colocó debajo de la cabeza a modo de almohada y se relajó pensando. La cena no le había afectado tanto como al maestro, pero en ese momento le perturbaba otra pregunta. Había oído hablar del gran temor que la anatomía suscitaba entre los destinados a la horca, y le parecía mera superstición, pero nunca había conocido a ningún malhechor condenado. Puesto que había logrado recuperar la confianza del doctor, ¿sería necesario que Sheppard fuera reducido y sometido a decocción? Tal vez sí o tal vez no. Pensó que en ese caso, la cuestión dependía del doctor y que si podía mantenerse neutral, se le tranquilizaría la conciencia.

Cayó en un sueño breve e incómodo durante el cual su cuerpo se agitaba y se retorcía según la negrura de los sueños. Tardó menos de media hora en despertarse de nuevo, entre las ruinas de una ciudad de libros derruida. Se las había arreglado para tirar tres torres y esparcirlas por todas partes; sin embargo, el doctor seguía durmiendo profundamente. Bendix se llevó ambas manos a la parte posterior del cuello y se dio un masaje para desentumecerse.

Le había despertado el zumbido de su propia mente. ¿Por qué un cuerpo? ¿Por qué el cuerpo de un malhechor, de uno en particular? Entre el cadáver humano y la decocción que Calcraft perseguía había un hilo lógico que se le escapaba. Conocía los temas de los experimentos pero no atinaba a figurarse el propósito unificador de actividades tan divergentes. Se levantó, reorganizó los libros según el orden que recordaba y, deseando encontrarse en su cama, libró al doctor de la única vela de la estancia y se fue a paso vivo por el corredor.

Al pie de la escalera del ala oeste vio algo blanco y pequeño en el suelo. Al agacharse para recogerlo, tapó la luz de la vela y proyectó una gran sombra paródica sobre el techo. Al volver a ponerse de pie, levantó hacia la luz lo que parecía ser una misiva.

Se fue tan rápidamente a su habitación que casi apaga la llama con las prisas. Leyó la carta; en realidad, sería más adecuado decir que la releyó varias veces buscando un mensaje oculto, demorando la solución más probable de que no hubiera ninguno. La verdad es que no era una carta en absoluto, al menos no se asemejaba a ninguna de que las que había leído. Dentro de la hoja de papel había una serie de palabras o frases recortadas de un libro y sueltas. No estaban pegadas en orden alguno. Colocó los siete recortes de la forma que le pareció más apropiada.

> Vecino
> Mi protector me cuidó como a un príncipe, se tomó mi salvaguarda como una cuestión personal
> ya no es
> necesario
> sólo reflexiones que todavía no me he hecho
> influencia de una mano superior, gobierna todos nuestros actos de toda clase, limita nuestros designios, ordena los acontecimientos
> Con todo mi agradecimiento

Antes de desdoblar el papel, Bendix había supuesto que encontraría la respuesta a todas las preguntas que le habían dado vueltas en la cabeza en las semanas anteriores y, sin embargo, aunque disipaba varias sospechas, al mismo tiempo creaba otra legión de interrogantes. ¿Por qué no escribir las palabras, en vez de recortarlas de un libro? No obstante, el tono era amable y formal y, aunque las palabras fueran prestadas, ella había hecho un esfuerzo por comunicarse.

A pesar de la palabra «príncipe» no le cupo la menor duda de que el remitente era una mujer, aunque había pocos indicios respecto a si sería la madre del doctor, su esposa, su hija o su amante. Si no podía fiarse de los ojos, quizá tuviera que confiar en el sentido del olfato porque, ¿no se desprendía del papel un levísimo aroma de perfume? Era el mismo aroma que le había cautivado en el ala oeste. No obstante, era un truco viejo de coquetas envejecidas, el de envolverse en perfumes fuertes, como si éstos pudieran hacer que el caballero entrecerrase tanto los ojos que no lograra ver las abundantes arrugas. Cuántas veces, en París, había bailado con una dama y aspirado el olor de su piel, marinada durante el día para los dulces engaños de la noche.

Diera al papel la interpretación que le diera, o al perfume o a las mismas palabras, una cosa era cierta: la dama había establecido correspondencia con él encubiertamente y por voluntad propia. En cierto modo, ya estaban vinculados. No era más que una comunicación inocente, pero la intriga, combinada con su solitaria situación de aprendiz en Londres, aumentaba su curiosidad y, aquella noche, cuando cerró los ojos, soñó con un rostro desconocido.

X

Si el corazón le había palpitado con fuerza la noche anterior, el aumento de las palpitaciones fue significativamente mayor cuando el doctor le saludó en el desayuno con la noticia de que había llegado una carta para él. Tartamudeando, Bendix se dio por enterado pensado que le habían descubierto y se pasó el puño de la levita por la frente; sin embargo, la carta que le aguardaba a la izquierda del tenedor la había llevado un lacayo que esperaba la respuesta en la cocina. La abrió y la leyó; no le rogaban sino que requerían su presencia. La misiva estaba firmada, con una amplia firma en tinta negra, por Jonathan Wild, Comendador General de Ladrones.

Por tercera vez en aquella semana, Bendix se dirigió a Newgate, pero a pie en esa ocasión. El uno de septiembre le saludó con un reflujo de calor estival y un soplo de viento invernal. Habría sido un paseo agradable, incluso bonito, de no haber sido su destino la posada del Blue Boar, a un suspiro de Newgate. No se percató de la presencia de un caballero anciano con un gran abrigo, que, en circunstancias normales, habría llamado la atención de su noción de la moda y las estaciones; así pues, siguió por Fleet y cruzó el puente hasta Newgate Street. El nerviosismo de Bendix rayaba en el disgusto, tenía el estómago revuelto e incluso sentía náuseas. Su mayor temor era que Sheppard se hubiera fugado y que hubieran encontrado la lima. Sixes le había reconocido, no le sería difícil inculparle. El aprendiz pasó por detrás de la cárcel, por la misma calle angosta y atiborrada de carteles que muy pocos días antes estaba llena de barro. En ese momento tenía un aspecto renovado, como si el otoño hubiera llegado en un solo día con un frescor y una nitidez que lo impregnaran todo, excepto su propio caos mental.

Tenía conciencia de cada una de las fibras de su cuerpo y se esforzaba por controlarlas. Llevaba a cabo el acto más simple, como cruzar el umbral del Blue Boar, con torpeza y sin coordinación. Le consumía una clase de ansiedad especial, como si fuera un actor que se encuentra ante un público expectante y no recuerda nada de su parlamento. No había mucha gente en la taberna y, concentrándose en fingir soltura de movimientos, se dejó conducir por una puerta del fondo y por un pasillo iluminado con velas hasta el despacho de Jonathan Wild.

El comendador de ladrones estaba sentado junto a una mesa de alas abatibles, desplomado hacia delante, sumido en sus pensamientos, mientras que Sixes se hallaba en un taburete de nogal al lado de la chimenea, encendiendo el primer fuego de la temporada. Bendix, que había aprendido algo sobre mobiliario durante su estancia en París, no pudo evitar fijarse en los muebles más refinados de la estancia: la silla de haya que soportaba el fornido cuerpo de Wild, un espejo con incrustaciones de boj, ébano y marfil y el forro de madera de las paredes, de roble del Báltico de gran calidad. A la derecha de la chimenea había una pintura enmarcada del *Embaucador* de Laroon. Estaba a un tiro de piedra de Newgate y, sin embargo, era una estancia como cualquiera de las de Lincoln's Inn. La elegancia fue como un bálsamo para el aprendiz y su ansiedad se redujo a un nivel más manejable, incluso creyó que, en caso necesario, sería capaz de inventar una mentira adecuada. Fuera como fuese, la idea aterradora de que pudiera portarse como un cobarde traicionando a Defoe ante la inquisición quedó aplacada y Bendix se mantuvo en silencio mientras la puerta se cerraba a su espalda y los tres hombres quedaban a solas. Un fuerte olor a chocolate enturbiaba el ambiente.

—¿Usted es...? —dijo Wild levantando la mirada. La peluca del comendador de ladrones estaba en la mesa, a su lado, y Bendix, sin poder evitarlo, se quedó mirando fijamente la curva irregular de su cabeza rasurada. Se notaban claramente la señales de fractura en tres lugares al menos. Algún cirujano le había soldado la fisura más profunda con una placa de plata, de modo que un niño habría podido sospechar que Wild estaba hecho de metales preciosos. Tenía más cicatrices en la cara, ninguna oculta por polvos y, aunque Defoe se lo había pintado como hombre dado al engaño y la manipulación, Bendix comprendió que tenía ante sí a un veterano curtido.

—¿Usted es...? —repitió Wild.

—Han mandado a buscarme —murmuró el aprendiz.

—¿Señor Bendix? Le agradezco que haya acudido a mi llamada.

Bendix no comprendía que tanta exquisitez y buen gusto pudieran haber terminado en la habitación de un hombre de acento tan poco refinado. En realidad, resultaba evidente, por el tono de Wild, que gozaba de las contradicciones entre su nacimiento y la posición que ocupaba, entre sus cicatrices y su osadía. De haber sido un cochero de Dover Road, Bendix habría esperado de él una dicción más perfecta.

—Su carta me ha inducido a creer que se trataba de un asunto urgente.

—Así es —contestó Wild—, urgente de verdad. —Hizo una pausa y la estancia quedó en silencio. Bendix miró inquieto alrededor, buscando el apoyo de Sixes, pero éste cuidaba el fuego como si estuviera solo en la estancia. Se preguntó si estarían esperando que confesara en ese momento, antes de anunciarle la fuga de Sheppard.

—Tengo un problema delicado —dijo Wild con una sonrisa.

—¿Y lo relaciona conmigo? —inquirió Bendix, comenzando en un susurro y terminando en apresurada carrera hacia un tono de voz alto.

—Así es —dijo Wild.

—¿Cómo puede ser?

—Porque Sixes me ha dicho que es usted un joven de valía, un hombre de ciencia.

—Es una recomendación que tengo que agradecer profundamente al señor Sixes —dijo Bendix sin el menor rastro de sinceridad.

—Vamos, señor Bendix —dijo Wild muy afectuosamente—,

aquí todos somos caballeros. Deseo su aportación profesional. Me acosa sin tregua una enfermedad de Venus. Según Sixes, usted es de absoluta confianza, si no por su experiencia, sí por su discreción. Tengo intención de administrarme medicinas por mi cuenta, pero no sin consultarlo previamente ni sin supervisión. Esto podría ofender a un médico más asentado, pero me atrevería a decir que usted no tendrá tanto reparo, como estudiante que es.

»En este último año —prosiguió Wild—, me han sangrado, me han administrado vomitivos, he tomado cantidades infames de guayacán y he contraído fiebre cuartana. Me han prescrito un bolo diario repleto de calomelanos, y he escupido tres pintas de saliva al día. Los dientes, caballero, se me han aflojado, así que no puedo comer ni un bocado de ternera. El señor Sixes me ha dicho que acaba usted de volver de Francia, y he pensado que, como dicen que esta enfermedad es francesa, quizá hayan descubierto allí el remedio.

—Ha sufrido usted —murmuró Bendix con un deje de comprensión.

Wild se encogió de hombros y asintió con pesar.

—Me temo, doctor —dijo Wild, y Bendix se hinchó de orgullo al oír el apelativo así aplicado— que no tardará en llevárseme la nariz.

El primer instinto, tras haber sido llamado «doctor», fue consolar al paciente pasando por alto sus verdaderos pensamientos; sin embargo, se contuvo y prefirió recurrir al sensato remedio de considerar el caso de Wild individualmente.

—¿Desde cuándo padece la quemazón? —le preguntó.

—Desde hace dos años —dijo Wild.

—Desafortunadamente, caballero, en Francia los tratamientos de moda son semejantes a los que ha seguido usted. Aparte de una receta de hierbas medicinales, sólo puedo recomendarle el ungüento de mercurio.

—¿Y cómo se aplica? —preguntó Wild con una modesta sonrisa suplicante.

—Se aplica al cuerpo.

—¿Dónde?

—En...

—Enséñeme cómo se hace —dijo Wild con repentina aspereza—, como si estuviera aplicándolo aquí y ahora.

Entonces, Bendix se encontró en el curioso brete de tener que quitarle las botas a Wild, ayudarle a despojarse de las medias y, después, a demostrarle cómo se podía envolver un paño de franela alrededor de los pies, de las pantorrillas, de las caderas y de los brazos. Wild tenía las uñas de los pies gruesas y amarillas: uñas de mercachifle.

—En el pecho, el vientre y la espalda es mejor no aplicarlo —dijo Bendix, por riesgo de parálisis.

—Hábleme —dijo Wild, mientras Bendix seguía sentado en el suelo, a sus pies— de su interés por Jack Sheppard.

—No tengo ninguno —musitó Bendix, con la mirada prendida en el paño con el cual, como si de franela se tratara, le vendaba el pie derecho.

—Vamos, Joseph —dijo con una sonrisa animosa—, tenemos un trato íntimo de médico y paciente como para andarnos con mentiras. Cuénteme.

—Estas últimas semanas —dijo Bendix, mirándole a los ojos sin parpadear— he estado atendiendo al escritor Daniel Defoe, puesto que mi maestro le operó de piedras. Durante esos días me habló de su trabajo en *The Newgate Calendar* y de sus intenciones de escribir sobre Sheppard. Como bien sabe, señor Wild, hace poco que llegué de Francia y, puesto que tengo pocos amigos de interés en esta ciudad, acepté la invitación del señor Defoe con mucho gusto.

—Comprendo —dijo Wild rumiando la información—. Lamentamos que haya encontrado pocas amistades y nos alegramos mucho de haberle conocido. Seguiremos siendo amigos, espero.

—Nuestro trato es estrictamente profesional —replicó Bendix fríamente.

—Tiene razón, tiene razón —contestó Wild—, a veces se me olvidan las formas. Soy de Staffordshire y se me olvida cuál es mi sitio. —Se llevó la mano al bolsillo y sacó tres moidoras de oro—. Mantengamos el trato profesional y, como enemigo de deudas que soy, permítame saldar las nuestras.

Puso el oro a Bendix en la palma de la mano y luego le dio un apretón en la misma mano, de forma que le clavó las monedas con fuerza en la palma.

—Que tenga un buen día, señor Bendix —dijo Wild—. Quedo a la espera de nuestro próximo encuentro profesional.

Bendix hizo una profunda inclinación y salió de la estancia presurosamente. Sin embargo, cruzó la sala de la taberna con gran calma y siguió paseando por Newgate Street, donde la escasez de carteles y la relativa espaciosidad le permitieron descargar toda su angustia al aire libre. Se llenó y se vació los pulmones con prolongadas respiraciones para que el aire puro refrescara las tribulaciones de su mente. Apoyó las manos en el pomo del bastón y se inclinó hacia delante descargando todo su peso. Ese hombre poseía un veneno, cifrado en un grado de control que ejercía sobre la comprensión del lenguaje y el poder como no había visto hasta entonces, y que le inspiraba tanta admiración como aversión.

En general, creía haberse comportado correctamente. O Sheppard continuaba en Newgate o Wild no había relacionado su visita y la de Defoe con la fuga subsiguiente. El viento que soplaba era tan fresco que se le coló por la empolvada peluca y le refrescó el cráneo. Enderezó la espalda, golpeó el suelo con el bastón y, retorciendo el pomo, se lo encajó debajo del brazo y siguió caminando entre los terrones de barro seco que habían levantado las ruedas de los carruajes.

—Joseph —le llamó Sixes desde atrás—. ¿Va andando a casa?

—¿Qué quiere? —respondió Bendix secamente.

—¿Qué clase de furia es ésa, amigo mío?

—Amigo —repitió Bendix.

—Mi padre —continuó Sixes— siempre me decía que había que saber encontrar el placer en cualquier visita, si no en el saludo, en la despedida.

—Yo no deseaba entablar esa relación —dijo Bendix secamente, y continuó andando por Newgate Street hacia el puente de Fleet.

—Me culpa por haber tenido que comparecer hoy aquí

—dijo Sixes, aunando su avance al paso vivo de Bendix con largas zancadas—. Pues sepa que, sin mí, esta visita sólo se habría retrasado un día. El hecho de que acompañara usted a ese escritorzuelo avivó el interés de Wild y, de un modo u otro, habría hecho averiguaciones sobre usted. Siempre es mejor oír la historia de un hombre de boca del propio hombre.

—Cierto.

—Tampoco mintió sobre sus trastornos —prosiguió Sixes, caminando a su lado con soltura sin tener en cuenta el hecho de que Bendix mirara al frente—. El interés que demostró por sus ungüentos es genuino.

—Esa información puede dársela cualquier médico.

—No le gustan los médicos.

—Sospecho que el sentimiento es mutuo.

—¿Qué le ha contado Defoe de él? —preguntó Sixes en voz baja.

—Lo suficiente como para saber que tendrían que haberlo ahorcado hace veinte años.

—Crea a quien le plazca, Joseph, pero siempre es prudente sopesar ambas versiones. A Defoe sólo le mueve el dinero. Wild es su semejante, a su manera. Ambos se han entregado a la pasión por la riqueza.

—Sin embargo, Defoe es un escritor que debe perseguir la verdad de la información.

—Vamos, hombre; todo cofrade de la pluma ama la verdad como un caballo la silla de montar. En el mejor de los casos, son escribientes. Jonathan es de mucha mayor trascendencia.

—Lo dice su centurión.

Sixes se golpeó un costado con la mano.

—Usted no estaba por aquí hace treinta años. No conoce esta ciudad. Si se conservara registro de los asesinatos, comprobaría la paz que ha traído Jonathan. Critica usted sus métodos, cree que el robo planeado es inmoral. Ahonde en sus pensamientos, Joseph. El hombre robará siempre, el rico al pobre y el pobre al rico, todos, unos a otros. Tan pronto como lo reconozca en su fuero interno, verá a Jonathan a la verdadera luz de lo que es. Es un moderador.

—Moderador —repitió Bendix en son de burla, apurando el paso—. ¿Robo? El robo puede perdonarse, pues a todos nos gusta el oro, pero ¿qué hay de todos los hombres a los que ha mandado a la horca? ¿Eso es moderar?

—Sólo han muerto ladrones y asesinos.

—Ladrones a los que él mismo puso a robar. Asesinos que cumplían órdenes suyas.

—No es cierto —protestó Sixes—. ¿Cree usted la información que le da ese hombre, Defoe, que firma trabajos de la imaginación? Vamos, hombre. Si tiene sed de algo auténtico, le recomiendo que examine mejor a su nuevo paciente. Jonathan lleva atado al estómago un libro de la verdad, amarillento a causa del sudor, pero más verdadero que todas las palabras de Defoe. En ese libro están apuntados los delitos de todos y cada uno de los ladrones, los días que tenían orden de ir a robar, el pago que recibieron a cambio, los hombres que acudieron a buscar lo sustraído, el dinero que se pagó por su rescate: Eso es un libro de la verdad.

—No siga, Sixes, no me diga una sola mentira más.

—Confío en usted, Joseph; hemos trabajado juntos. Usted y yo... olvide ese concepto de la honradez, usted ha desenterrado de su tumba el cuerpo de un hombre...

—Y usted también —replicó Bendix volviéndose hacia él por primera vez.

—Pero usted me desdeña alegando que es inocente —dijo Sixes mirándolo desde su altura superior, con ojos húmedos de amabilidad—. Vamos, Joseph, se niega a mirarse a sí mismo. Defoe ha estado en Newgate, Wild pasó tres años en Bridewell. La única diferencia entre ellos y usted es que usted no ha pagado por sus pecados.

—No me parece una comparación justa.

Sixes se echó a reír, puso las manos a Bendix en el hombro y el aprendiz se permitió detenerse bajo su peso. Sixes le estrechó la mano a la fuerza y el apretón duró varios segundos.

—Hemos llegado a un acuerdo, ¿no es así?

—¿Y de qué acuerdo se trata? —preguntó Bendix.

—Que no nos separa tanta distancia como usted creía. Somos conscientes de la historia que compartimos. Por otra parte, hoy ha sido usted bien pagado, ¿no es cierto?

—Me han pagado en exceso —puntualizó Bendix con recelo pero sin queja.

Sixes hizo una inclinación profunda, giró sobre sus talones y se tocó el ala del sombrero de tres picos saludando a una criada que pasaba. Bendix siguió caminando hacia casa. Repasó la lista de personas a las que había conocido en dos meses en Londres: Calcraft, Defoe, Sixes, Sheppard y Wild. Por cada pensamiento que tenía a favor de cada uno, tenía otro en contra. Calcraft, un visionario amable y generoso, un patriarca confuso, ansioso de continuar con sus experimentos de anatomía. Defoe, un escritor devoto con experiencia, un escritorzuelo sin moral entregado al tintineo del dinero. Quizá todo fuera verdad de cada uno. ¿Acaso su propia vida no estaba llena de contradicciones? Un rico pobre, médico cualificado y aprendiz, amante no correspondido... Todos estaban constituidos por opuestos en liza, corderos y lobos, arena y mares rugientes. Recordó las palabras del doctor, que el ojo era invariable, que sólo variaba la interpretación de lo que se veía. Si así era, mantendría los ojos bien abiertos, porque aquel en quien tenía que confiar también podía ser el menos digno de confianza.

Comprendió que sus lealtades empezaban a dividirse. Algunas entidades que le habían parecido ajenas entre sí tendían a unirse. Ni siquiera estaba seguro de que hubiera más hilos de conexión que su propia existencia. Resolvió no desvelar sus pensamientos tan a la ligera, o al menos, sopesar sus palabras cautamente antes de hablar. Que se abriera a él quien así lo deseara, pero él permanecería cerrado a la observación para no servir de puente entre dos personas que no debían llegar a conocerse.

La señora Hemmings le informó de que el doctor se encontraba leyendo en su estudio. A Bendix no se le ocurrió nada mejor que volver a su habitación y a los libros, a reorganizarse la vida centrándose en sus primeras intenciones y, como era de esperar, se quedó dormido en la silla.

XI

—¿Dónde está Lemon? —preguntó Bendix después del desayuno.

—Ha salido a un recado —dijo el doctor con una sonrisa benévola—. No tardará en volver. Joseph, mire lo que nos manda nuestro amigo Defoe esta mañana.

Era un ejemplar de la publicación *Applebee's Original Weekly Journal*. La columna de la derecha estaba dedicada a Jack Sheppard, a la descripción de su fuga. Era un texto efectista que describía la visita de dos enamoradas de Sheppard, la forma en que se liberó de las cadenas del calabozo de los condenados, la dificultosa escalada por los barrotes y la fácil salida de la cárcel entre sus admiradoras. Entre unas cosas y otras, al margen de cómo se llevara a cabo la fuga, Defoe había tramado un relato atrevido, lleno de humor y no exento de patetismo a costa del comendador de ladrones.

—Defoe dice que es el mayor malhechor que existe —comentó Calcraft con lentitud.

—Y así lo anunciarán hoy —admitió Bendix.

Calcraft quitó la cáscara a un huevo y sostuvo el óvalo blanco y carnoso entre dos dedos.

—He estado pensando —dijo— y ésta es la tercera vez que Sheppard se fuga. Tres veces se ha escapado de la cárcel. ¿No le sugiere nada raro, Joseph?

—Es de carne y hueso —contestó Bendix para apaciguar a su maestro—. Tarde o temprano, lo colgarán.

—Tiene que ser temprano —dijo Calcraft.

Lemon entró en la sala y, con los ojos entrecerrados, anunció que había llegado la visita que esperaba.

—Maravilloso —dijo Calcraft—. Vamos, Joseph, tomemos parte activa en la detención de delincuentes. Invirtamos un minuto de nuestro tiempo junto con una bolsa de dinero.

Jonathan Wild estaba en el pasillo; una peluca corta y entrecana le ocultaba las cicatrices del cráneo. Llevaba el mismo traje negro de seda con que Bendix lo había visto la primera vez y un bastón de plata, distinción reservada a los mariscales de la ciudad; una osada afrenta a las autoridades legales. Lo acompañaba un hombre un poco más alto que él y considerablemente más fornido, que vestía un sucio traje gris y tenía la nariz aplastada a fuerza de años de pugilismo. No usaba peluca, sino que se había recogido los cabellos que le quedaban en una redecilla floja en la base del cráneo, y sonreía, incómodo, como si no supiera con certeza qué expresión convenía a la grandeza de la casa en la que se encontraba.

—Sir Edmund —dijo Wild con una leve inclinación que pretendía pasar por cortés—, el señor Quilt Arnold, fuente inestimable de fuerza e información.

—Bien, bien —dijo Calcraft—. Le presento a mi aprendiz...

—Señor Bendix —dijo Wild—, es un placer conocerle de nuevo tan pronto.

Bendix hizo una rígida inclinación.

Calcraft miró al uno y al otro antes de decidir que sería mejor posponer las preguntas hasta concluir el asunto pendiente. Lemon condujo a los caballeros a la biblioteca, donde Wild disfrutó a sus anchas de un sillón mullido y una taza de *posset*, mientras Quilt sufría en el borde de una silla de mimbre, con las manos soldadas a las rodillas. Tenía casi todos los dedos rotos y mal arreglados, de modo que miraban a Bendix como piernas cruzadas sentadas en un banco. Aunque Wild mantenía una actitud relajada, sus palabras sobre malhechores y capturas rebosaban energía frenética y una postura de ira. Calcraft no tardó en mostrarse bastante parcial mediante un proceso de estimulación osmótica y se obligó a interrumpir al comendador de ladrones para atacar el asunto común.

—Creo —dijo Calcraft— que la captura inmediata de hombres como Sheppard redunda en beneficio del público en general.

—Pregunte a su aprendiz —dijo Wild con una sonrisa— sobre la peligrosidad del delincuente, puesto que estuvo con el antedicho el mismo día anterior a su fuga. Los caballeros que conocen el mundo tanto como nosotros saben la amenaza que representa un hombre de tal calibre. Aunque los insensatos digan que no es más que un ratero, un ladrón de baratijas que ni siquiera vale la pena transportar, los sabios dirán lo que es de verdad.

—¿Y qué es? —preguntó Bendix, sorprendido porque la visión del comendador de ladrones sobre las hazañas de Sheppard dejaba la suya a la altura del betún.

—Un ejemplo —continuó Wild—, ¿no es así, Edmund?

El doctor se estremeció al oírse llamar de tal manera, pero pudo asentir convincentemente.

—Los ejemplos son para los niños —dijo Bendix.

—Exactamente —dijo Wild—, y el señor Sheppard sería un pobre ejemplo. Fue aprendiz, igual que usted, Joseph, de un carpintero de Drury Lane. Sirvió seis años de los siete, y entonces comenzó a malearse con sus manos del diablo. ¿No le parece que la traición de Sheppard a su maestro conmueve los cimientos?

—Naturalmente —concedió Bendix—, no estoy a favor de una nación de ladrones.

—Una postura digna de encomio —dijo Calcraft—, pero poco más que un gesto. Yo preferiría situarme en contra de una nación de ladrones. Aunque permitirme conversaciones sobre economía va contra mi naturaleza, ofrecería una recompensa considerable por la captura de ese malhechor.

Wild abrió las manos animando al doctor a que precisara un poco más.

—Cien libras.

—Un pirulí de miel —dijo Wild— que mantendrá a las abejas zumbando. ¿Puedo hacer una pregunta?

Calcraft asintió.

—¿Su interés por el fugado responde únicamente al interés de los ciudadanos?

—Naturalmente —respondió Calcraft con excesiva presteza. A Bendix le decepcionó la facilidad con que podían detectarse las mentiras.

—Si su interés fuera más allá del deber cívico, digamos, si rozara lo anatómico, en ese caso, diría que también es deber del ciudadano ahorrar un entierro. No le insisto más en el asunto, doctor, pero permanezca abierto —y, entonces, guiñó un ojo a las rojas orejas de Calcraft— y enseguida habrá tiempo de sobra para calcular otra propuesta que garantice un envío seguro.

—Mantengamos nuestro entendimiento tácitamente —dijo el doctor con suavidad.

Wild se puso en pie, hizo un movimiento de cabeza que más parecía un estornudo que un verdadero saludo y se retiró, seguido por su sombra, Quilt Arnold.

—¿Por qué no me dijo que Wild le había llamado ayer? —preguntó Calcraft en cuanto Lemon hubo cerrado la puerta de la calle a las visitas.

—Me pareció que no juzgaría adecuado un entendimiento con semejante individuo. Solicitó mis servicios profesionales.

—El médico tiene obligación de atender a todos —repitió Calcraft—. Además, es el comendador de ladrones, no el ladrón. Me preocuparía que fuera a atender a un hombre como Sheppard. Pero al comendador hay que curarlo, es necesario curarlo.

—¿Qué opinión le merece?

—Creo —dijo Calcraft— que ejecutará su trabajo con presteza. Aunque a todos nos gusta el oro, es raro ver los ojos de un hombre cambiar de color al oír la palabra dinero. —En los ojos del doctor había todavía un guiño sano que hablaba de su satisfacción respecto al comendador de ladrones.

—Casi se diría que el señor Wild cree que esto es un asunto político, por la cantidad de energía que emplea en la persecución. Pero, no obstante —prosiguió Bendix—, ha escogido a un hombre al que le importa muy poco el juego al que juega.

—Sucede muchas veces —dijo Calcraft— que, en nombre de la política, se dispone de hombres que nada tienen que ver con ella.

—¿Y no le parece injusto?

—Simplemente inevitable —replicó el doctor.

Ninguno de los dos dispuso de mucho tiempo para pensar en las diferencias entre ellos porque, al final del día siguiente, los pregoneros anunciaron la captura de Jack Sheppard. Bendix no pudo evitar que le decepcionara que el fugitivo se hubiera dejado atrapar en un día. Había percibido en el ladrón una seguridad y una compostura que creyó que se traducirían en sentido común y, sin embargo, no había durado ni una sola noche. Desde luego, sería muy difícil encontrar a alguien en quien confiar, con una recompensa de ciento cincuenta libras pendiendo sobre su cabeza, pero no tenía un físico tan singular como para ser reconocido inmediatamente. Le asombraba que la astucia demostrada en la fuga se hubiera evaporado tan repentinamente en las calles de Londres y pensó con desesperación que ojalá Calcraft no tuviera las mismas dudas que él sobre Sheppard. Sólo le quedó el consuelo de que Wild hubiera seguido una pista falsa hasta Stourbridge en ese momento y no pudiera cobrar el dinero del doctor.

Calcraft estaba eufórico. En la semana siguiente, su humor sólo se resintió cuando el ahorcamiento de Sheppard no se llevó a cabo en la fecha estipulada, el siete de septiembre. El día fatídico llegó y pasó, y el calabozo de los condenados se vació, con la excepción de Sheppard. Según las leyes que regían incluso por encima de Jonathan Wild, el prisionero no podía ser ajusticiado sin una nueva orden de la siguiente sesión. Era preciso que el primer acusado compareciese y se confirmara que el hombre apresado nuevamente era el mismo malhechor que había sido recluido en Newgate la primera vez. Por ese motivo, los ciudadanos más recelosos habían montado guardia en el patíbulo de Tyburn, por si llevaban a Jack Sheppard a la horca de incógnito.

Todas las mañanas, el *Daily News*, el *Courant* y el *Journal* publicaban artículos sobre Sheppard, sobre cómo lo había encontrado un carcelero escondido en una cama de paja cerca de Finchley Common, vestido con un mandil azul de carnicero, con un reloj de plata sujeto debajo de cada axila. El público se conmovió febrilmente en dos ocasiones más, con una semana de diferencia, primero cuando el *News* informó de que se había encontrado una lima en la Biblia que el ladrón usaba en Newgate y luego, otra vez, a raíz del hallazgo de un martillo pequeño entre el relleno de su silla. Para satisfacer la sed de sensacionalismo, el *Journal* de Defoe publicó una columna sobre el tema de que los carceleros de Newgate habían tenido que sacarlo del calabozo de los condenados y llevarlo a otra parte más segura de la cárcel, a una celda llamada Castillo, a tres pisos de altura respecto a la verja de entrada.

Calcraft leyó, decepcionado, que sir James Thornhill, el pintor de la corte de su majestad el rey George, había recibido el encargo de retratar a Sheppard. Ciertamente, Sheppard sería, con razón, la única persona en Londres que quizá compartía la desesperación con Calcraft. Todas las mañanas a las siete, Thornhill llegaba y trabajaba tres horas discretamente, asegurando a Sheppard de vez en cuando que era probable que recibiera el perdón del Rey. A las diez, los carceleros abrían las puertas al público y cobraban dos chelines por ver a Sheppard un momento. Algunas visitas, aunque contadas, le proporcionaban cierta alegría, pero en general daba la espalda a los mirones, a los aristócratas rufianes que golpeaban el suelo con el bastón para llamarle la atención y le arrojaban monedas que caían en el suelo ante él. Pitt, el guarda de Newgate, no quiso arriesgarse más. Las primeras horas del día con Thornhill eran los únicos momentos que disfrutaba para sí. El resto del tiempo, tenía los pies amarrados por sesenta libras de cadenas y los brazos atados con hierro. Alrededor del cuello, llevaba un collarín de bronce con una cadena de tres pies, que terminaba en una argolla fijada al suelo. Le rodeaba la cintura un candado de los que se usaban en la doma de potros. En total, Sheppard soportaba el peso de casi trescientas libras de metal y, aunque lograba sonreír a las visitantes femeninas más encantadoras, lamentaba profundamente haber vuelto tan pronto a los dominios de Newgate.

Calcraft no estimaba la ciudad ni a sus habitantes, ni le importaban los reyes y los reinos, pero deseaba la paz por encima de todo para poder progresar. Aún apreciaba menos las debilidades de Londres, perpetuamente sucia, ruidosa y angustiosa, pero no podía arriesgar su única responsabilidad por la palabra del aprendiz. Su carruaje se encontraba aparcado a la entrada de Newgate. El doctor se unió a la pequeña horda de peregrinos que pagaba por llegar a la celda de Sheppard, vio al prisionero con la cabeza gacha, las cadenas y los pesos que lo sujetaban. Sheppard estaba de buen humor aquel día y hacía reír a la concurrencia gritando y chillando para después confesar su perfecta cordura con una sonrisa de burla.

El doctor siguió la actuación con gran interés, y Sheppard, de haber sabido que lo observaban como carne sin piel, como tejidos sin huesos, quizás hubiera atenuado su demostración y se hubiera mantenido en un silencio contemplativo. Calcraft se marchó sumamente satisfecho, pues no sólo había comprobado la imposibilidad de otra fuga, sino que además había confirmado la peligrosidad del reo.

Sin embargo, la última semana de septiembre, Defoe y Bendix encontraron a Sheppard en un estado de ánimo más sombrío. Defoe había reanudado sus cenas semanales en Lincoln's Inn; Bendix y el doctor no tuvieron que esforzarse mucho para asegurarse de que el aprendiz pudiera acompañar al escritor en su próxima visita. Bendix empezaba a acostumbrarse a Newgate, sobre todo, pensaba, porque la presencia de Sheppard había producido un cambio profundo. Tanto él como los internos parecían haber dejado de creer en el encierro permanente que la institución había representado hasta entonces. Bendix creía que debía a Wild una disculpa que no pensaba pedirle jamás. El ejemplo de Sheppard era, en verdad, estimulante. Pocos días antes de que los embarcaran para ser transportados, noventa malhechores se aserraron los grilletes mientras cantaban canciones de borrachos, aunque los descubrió oportunamente un carcelero.

Bendix llegó a dar una interpretación distinta a tan penetrante oscuridad. Antes, le pesaba, pero después le pareció un factor favorable a la libertad. Si hubiera seguido preguntándose a sí mismo un poco más, habría descubierto inmediatamente lo poco atractiva que resultaba la idea de que Newgate derramara todo su contenido sobre las calles de Londres, pero, al igual que el resto de la ciudad, sólo pensaba en Sheppard y no podía disimular su deseo de que se volviera a escapar de nuevo.

No había ventanas por donde entrara luz a la habitación, sólo un farol que un carcelero había prestado a Defoe a cambio de un chelín. Bendix lo levantó e iluminó dos sillas de mimbre destinadas a las visitas. Por lo demás, en la estancia no había otra cosa que las paredes de piedra y ladrillo y una gran chimenea en desuso en el lado norte. Sheppard estaba tumbado en el suelo y el pesado candado se le clavaba en un lado de la caja torácica. Bendix se quedó consternado un momento ante la severidad de las represalias y a punto estuvo de volverse contra Defoe como causante de tan desmedidas repercusiones.

—Le dije, señor Bendix —dijo Sheppard volviendo la cabeza como mejor podía hacia el farol—, que me encontraría mejor acomodado si volvíamos a vernos.

—Ciertamente, esto es más espacioso —dijo Bendix con una sonrisa.

—Si desea un cuartillo de ginebra, Daniel, llame usted mismo al lacayo.

—Los días de ginebra pertenecen al pasado, Jack. Si se me volviera a formar otra piedra, me vería obligado a cortarme la garganta.

—Sólo por eso Jonathan le condenaría a la horca —contestó Sheppard con una sonrisa.

Bendix soltó una gran carcajada que, por lo visto, puso en marcha el humor y la lengua de Sheppard.

—¿Sabe por qué me cuelgan, Bendix, según la ley? Porque soy pernicioso para el negocio. Eso es lo que me han contado, que todo se reduce a una cuestión económica. No entiendo mucho de economía, pero Defoe es un experto en el tema. —Defoe agradeció el cumplido con un movimiento de cabeza—. Fíjese bien: sólo hiero a un hombre una vez, un hombre no muy indispuesto contra el latrocinio —continuó Sheppard—. Me encierran en la cárcel, de lo cual no me quejo. Después, me escapo, de lo cual tampoco me quejo. Los daños que han acarreado mis tres fugas han sido rasgarme los pantalones y dar trabajo a muchos hombres. El valor de lo que he robado no ha excedido nunca el coste de los daños. Así pues, Defoe, concluyo que, en realidad, valgo bastante, que robar es un trabajo que requiere esfuerzo y talento y que, ciertamente, estimula a los herreros y a las plumas a superarse a sí mismos.

—Bien dicho —murmuró Bendix; el argumento le hacía gracia y, en parte, le convencía, aunque la gran sonrisa de Sheppard revelaba que el ladrón sólo bromeaba.

—Dígame, Defoe —dijo Sheppard—, ¿cuántos periódicos ha vendido desde que me fugué?

—Imprimimos dos mil más a la semana.

—¿Y cantan canciones sobre mí?

—Es sumamente difícil encontrar mozos maleteros. Se quedan sentados con los cocheros y los toneleros debatiendo sobre la posibilidad de otra fuga.

—¿Y a qué conclusión llegan?

—Están a favor; excepto los que han pagado dos chelines por pasar ante sus ojos. Ésos apuestan en su contra, Jack, porque no tiene fe.

Sheppard cerró los ojos un momento como si quisiera expulsar las dudas de la mente.

—Señor Sheppard —dijo Bendix interrumpiendo a Defoe—, tengo que hacerle esta pregunta porque me atormenta desde el momento en que supe que se había fugado. ¿Por qué lo atraparon tan pronto? ¿Por qué no huyó inmediatamente a Francia o hacia el norte?

Sheppard, avergonzado, se encogió de hombros.

—Me quedé atrapado entre dos pensamientos. Es una postura insensata. Confesaré, y Defoe lo sabe perfectamente, que no me opongo a ser el único tema de la sociedad. Sin embargo, sonreiría más abiertamente y aceptaría su bastón si no le importara cargar con mis cadenas.

—Una oferta tentadora —dijo Bendix con una inclinación—, pero tengo que rechazarla.

—¿Podemos hacer algo por usted? —preguntó Defoe.

—Ya ha hecho usted demasiado —respondió Sheppard con una sonrisa—. Pida al carcelero que respete la paz de un hombre que va a morir; no permita que me importunen continuamente en mis últimas horas.

—Respaldaré la petición con oro —dijo Defoe con una inclinación.

—Adiós, señor Sheppard —dijo Bendix con la voz rebosante de comprensión saturnina.

—Les acompañaría hasta la puerta —dijo Sheppard—, pero los médicos me han recomendado reposo.

Apenas había salido del castillo y cruzado el patio de la prensa cuando Bendix tiró a Defoe de la manga y, animadamente, musitó:

—La vi. La vi cuando le pregunté cómo lo habían atrapado.

—Ahora le registran dos veces al día —dijo Defoe discretamente, en un susurro, dirigiendo a Bendix hacia la verja—. A mí me registraron hace menos de tres días. Una joven amiga mía la llevó entre los pañales de su hijo a cambio de una corona. Se agachó y la introdujo por entre los tablones.

Los dos hombres no prestaron la menor atención al desfile de mendigos que habían soltado del ala de los comunes y se abrieron paso entre las formas encorvadas cual titanes desentendidos de su propia creación. Bendix oyó los gruñidos, vio las ampollas oscuras en los brazos y piernas blancos, pero le hablaron en contra de la idea de que Newgate fuera un obstáculo salvable y cruzó la verja al lado de Defoe.

—Es una lima tan pequeña —continuó Bendix—, y las cadenas tan gruesas...

—No era una lima —dijo Defoe—, sino un clavo. Cuando entran los guardianes, se tumba encima del clavo. Ellos tiran de las cadenas, comprueban el candado, hablan, se divierten con su eterno buen humor y se marchan.

—Un clavo —repitió Bendix—, pero la puerta es gruesa como el muslo de un caballo. —Sacudió la cabeza con tristeza—. Me temo que el señor Sheppard será ahorcado muy pronto. Si fuera jugador, cerraría las apuestas.

—Sheppard —dijo Defoe— es el centro de interés de muchas personas. Su sino todavía no está decidido.

—Habla como si usted fuera el carpintero y él, la marioneta.

—Yo concedería cierto crédito a sus dones —dijo Defoe—, tanto respecto a la fuga como al regreso. ¿No fui yo quien orientó a Jonathan Wild hacia Stourbridge alejándolo de Sheppard? Un rastro falso, claro, pero dejado por mí.

—¿Estábamos hablando de la fuga —dijo Bendix con la mayor concentración— y ahora me dice que estaba al tanto de la captura?

—Pues claro —dijo Defoe—. Éramos los únicos que sabían que iba a fugarse. Puse a cinco necios tras él. Me lo llevé por las buenas, en vez de dejárselo a Quilt Arnold, y ahorré cien libras a sir Edmund.

—Está jugando con su vida —respondió Bendix con auténtica preocupación— y, si se escapara, ¿lo cogería usted otra vez?

—No confía en él lo suficiente, Joseph. Es más espabilado que usted y yo juntos. Si Sheppard quisiera dármela con queso, le bastaría con mover la cola. Volvieron a atraparlo porque así lo quiso él, lo ha oído de su propios labios. Se cubre de gloria, Joseph. Ha descubierto que la fama le atrae mucho más que la fortuna. Nadie se hace famoso por robar una onza de plata o una pieza de percal.

Aunque Bendix y Defoe caminaban despacio, uno al lado del otro, Bendix aminoró la marcha.

—Vive a fuerza de fugarse, Joseph —continuó Defoe— y, para escaparse una y otra vez, como ha hecho nuestro amigo, es necesario dejarse atrapar.

—Aunque le deje en el castillo con veinte limas, no saldrá de ahí. Ha matado a un hombre, Defoe.

—Cuatro guineas —dijo Defoe tendiendo la mano— a que escapa de Newgate antes de que termine la semana.

—Seis guineas —dijo Bendix, y le dio un vigoroso apretón de manos.

—¿Y de dónde saca seis guineas un aprendiz?

—No necesito ni un penique porque no puedo perder la apuesta.

Defoe devolvió a Bendix una sonrisa mucho más ufana, como si las protestas y la aversión del aprendiz por sus manipulaciones no fueran sino ingenuidad juvenil.

XII

Bendix dio dos vueltas a la cocina buscando a la señora Hemmings; primero, echó una mirada rápida, luego, otra con mayor detenimiento, por si la cocinera se hubiera caído al suelo y estuviera durmiendo la mona. No se acordó de que era su día libre hasta que hubo completado la segunda ronda. Al no encontrar tampoco a Julia ni a Lemon en las dependencias del servicio, al pie de las escaleras empezó a sentirse como un títere sobrante en medio de una conspiración casera. O era así o toda la servidumbre y el doctor se habían retirado al ala oeste. Aunque esta última posibilidad le parecía improbable, sabía que, en dos meses, no había descubierto todavía el funcionamiento de la casa y todos sus secretos, y se preparó para la búsqueda.

Como el verano ya acortaba las horas. Bendix se paró a encender una vela antes de abrir la puerta del ala del doctor. Con el corazón desbocado, avanzó hacia el canto de sirenas que salía del estudio de Calcraft. Una extraña expectación le agitaba las aletas de la nariz. Para su gran decepción y enorme sorpresa de los otros dos, Bendix se encontró con Julia y Lemon ante el cuerpo postrado del doctor, que yacía en el sofá de terciopelo azul.

—¡Jesús! —murmuró Julia, dejando caer tanto la mandíbula inferior que le ocultó el cuello.

Lemon frunció los labios en silenciosa protesta por la intrusión del aprendiz y volvió a bajar la mirada hacia el doctor.

—¿Doctor? —lo llamó Bendix desde el umbral. Calcraft gimió, por toda respuesta—. ¿Qué le ha sucedido? —preguntó el aprendiz, receloso ya.

—Duerme —dijo Lemon, sacudiéndose la primera vaharada de polvos perfumados de Bendix.

—Descansa —confirmó Julia, cerrando la boca por fin.

—Nadie llama a los criados al pie de la cama para que velen el sueño. ¿Es el láudano?

Lemon dudó un momento.

—Lo encontraron en el recibidor principal. Estaba tumbado boca arriba. Creí que podía estar muerto.

Calcraft gimió como para confirmar que seguía vivo.

—Lo traje aquí a rastras —continuó Lemon con una frialdad que hacía pensar que, de no haber sido por el peso excesivo del doctor, el lacayo habría disfrutado del momento de gloria.

—Vaya inmediatamente al boticario de Streatham —dijo Bendix tajantemente—, o mande a un muchacho, pero tráigame hojas de triaca.

Por un momento, Lemon tomó una actitud como si fuera a negarse a acatar órdenes del aprendiz, pero después se dirigió a la puerta.

—¿Y yo? —dijo Julia, sin dejar de mirar fijamente el rostro empolvado de Bendix. Le ordenó ir a buscar el agua más fría que encontrase, aunque no la necesitaba, con la esperanza de mantenerla ocupada un rato. La doncella cruzó la nube de polvos de Bendix al dirigirse hacia la puerta inhalando como si deseara que le impregnara la sangre.

—Criatura —murmuró Calcraft cuando la puerta se cerró tras Julia—, criatura, no te vayas.

—Estoy aquí —dijo Bendix, y se arrodilló junto al maestro.

Los ojos del doctor eran dos fragmentos marmóreos de luz tenue que parecían llorar, a pesar de su ancha sonrisa, al percibir a Bendix a su lado. No lograba verlo con claridad ni distinguir su extraño aspecto, pero agudizó los otros sentidos, tocó el fino paño de seda y aspiró los perfumes del aprendiz.

Bendix seguía atentamente los ojos del doctor, que viajaban por paisajes invisibles, con la mente náufraga de los opiáceos.

—¿Cuánto ha tomado? —preguntó Bendix—. ¿Cuántas gotas se ha tomado?

—Sin errores —dijo Calcraft—. Precisión. La única posibilidad, quizá.

—¿De qué? —interrogó Bendix.

—Vital —añadió Calcraft—. El ladrón. De suma importancia.

—¿Por qué? —insistió Bendix.

—Una sola oportunidad —dijo Calcraft, balanceándose, impotente, ante los brazos del sueño.

Bendix le dio unas palmadas en la cara, pero el doctor volvió los ojos hasta dejarlos en blanco; luego, cuando lo sujetaba por la parte más carnosa de los tríceps y le aplicaba un pellizco muy fuerte pero inútil, Julia irrumpió por la puerta con una palangana de cobre llena de agua. Una ola pequeña lamió el borde del recipiente y cayó entre dos pilas de libros. Era la primera vez que Bendix percibía la menor señal de apresuramiento en la doncella y, al mirarla, vio que temblaba. Se puso de pie y la liberó de la palangana antes de que empapara todos los papeles del doctor. La helada temperatura del agua traspasaba el recipiente de bronce cuando llegó a manos de Bendix, y lo dejó en el suelo inmediatamente.

—He traído paños —dijo ella, y le entregó varios trapos de cocina que llevaba debajo del brazo.

—Gracias, Julia —dijo Bendix—, puede retirarse.

—Sí, señor —susurró ella, y salió.

Lemon llegó poco después con un muchacho de doce años que había venido corriendo desde Streatham a tal velocidad que parecía un hervidor al rojo vivo, echando vapor la nariz. Se quedó esperando mientras Bendix hurgaba en el chaleco del doctor buscando el monedero y, después, a la vista de la plata, sonrió soltando otra nube de vapor por entre los tres dientes delanteros. Lemon, receloso, no quitó la vista de encima al aprendiz hasta que hubo devuelto el monedero al bolsillo del maestro. Bendix cogió las hojas de triaca y las masticó hasta conseguir una pasta; soportó el sabor, aunque era repulsivo, porque mantuvo el gaznate bien cerrado. Lemon siguió observando al aprendiz con desinterés fingido mientras untaba la sustancia a su maestro en la hendidura del labio superior, y después se enjuagaba la boca con agua. El doctor arrugó la nariz, pero no se despertó; tosió, se dio la vuelta y siguió durmiendo claramente a disgusto.

Lemon permanecía de pie porque no quería sentarse en presencia de Bendix hasta que, por fin, el cansancio lo venció. Sin una palabra de ánimo, dejó solos a los dos hombres.

Bendix no podía dormir. Pensó en salir al largo corredor, subir las escaleras y empezar a abrir las puertas de las habitaciones una por una. La paciencia era el calmante que lo tranquilizaba, que le permitía descansar en la oscuridad sin llegar a dormirse. No había recibido respuestas, sólo una mayor preocupación.

Pasó el día siguiente yendo y viniendo del tejado al ala oeste. El doctor se iba recuperando, pero en un estado de agotamiento; por fin, su energía infinita había disminuido hasta el punto en que nada podía hacer, salvo permanecer tumbado sobre una montaña de cojines que Bendix le había preparado. Contestaba a las preguntas del aprendiz con monosílabos. Sólo después de comer la sopa especial de la señora Hemmings, que Bendix aguó acertadamente, empezó a razonar Calcraft. Pidió disculpas, por primera vez, que Bendix supiera, a pesar de los errores pasados. De todas maneras, fue más una confesión que un pedir perdón. En un par de frases, Calcraft reconoció que su conducta había sido alarmante y que lamentaba el mal ejemplo que había dado a toda la servidumbre de la casa.

Cuando no se sentaba a leer al lado del doctor, Bendix subía con los libros al jardín de hierbas, donde permanecía con infinita paciencia, sin perder la esperanza de que la aparición se presentase de nuevo en su verdadera forma, y no del modo espectral con que le había favorecido hasta entonces. Pasó gran parte del día esperando, luego prolongó la vigilia alterna por la noche hasta que, derrotado por la acumulación de frío, que no por el mal humor, bajó a su cama y durmió profundamente.

Lemon lo despertó a la seis de la mañana y le informó de que Defoe lo aguardaba en un carruaje en el exterior y añadió que el escritor le había encargado expresamente que comunicara al señor Bendix que llevara consigo sus seis guineas. Si Bendix no se hubiera quedado tan pasmado de asombro, habría apreciado la decepción que se dibujó en el rostro de Lemon, pues el lacayo se moría por saber lo que significaban el dinero y el alboroto, pero no osaba preguntar, de modo que tragó saliva, se golpeó dos veces y luego tosió con fuerza. Bendix no se había vestido tan deprisa jamás, ni tan mal, pues se olvidó de empolvarse e incluso de atarse las hebillas de los zapatos. Tan apurado estaba que, de haber tenido seis guineas, casi seguro que se habría olvidado de cogerlas.

Bendix nunca había visto a Defoe tan rebosante de salud. Brillaba, aun sin su habitual capa de sudor, y seguía sonriendo aun cuando pensaba que ya había relajado la cara después de haberle dado alegremente los buenos días. Al aprendiz no le preocupaba perder la apuesta. En primer lugar, no podía pagarla; en segundo, siempre había deseado que Sheppard se escapara definitivamente, se librara incluso de las intenciones del doctor y de las atenciones de Defoe. Guardaría un grato recuerdo de Sheppard, si es que no volvía a verlo más.

Defoe informó a su amigo de que lo había despertado, no hacía ni una hora, un muchacho al que había pagado media corona por sentarse a la puerta del calabozo del condenado a escuchar la conversación de los carceleros. Después de propinarle un buen manotazo en la espalda, Defoe posó las manos sobre sus considerables muslos para conservarlas calientes.

—¿Sabe cómo ha sido? —preguntó Bendix inmediatamente.

—Claro que no —respondió Defoe con una sonrisa—, vimos la celda juntos. No tenía la menor posibilidad. Seis guineas apuesta un hombre que no tiene ni una en su haber, tan seguros estamos. —Bendix asintió inmediatamente en apoyo del olvido de la apuesta—. Vamos, cochero, vamos —continuó Defoe—. Todavía no lo sabe una sola alma en Londres, pero mañana, Joseph, miles de ellas leerán sobre sus métodos de fuga.

—¿Y volverán a detenerlo? —preguntó Bendix con recelo.

—Mi muchacho se durmió —dijo Defoe, con las manos abiertas inocentemente—. Es posible que en estos momentos se encuentre en un paquebote hacia Calais.

La mañana de octubre no llevó más que una pálida sombra gris a los muros de Newgate. Bendix saludó con una inclinación de cabeza hacia la cárcel por la ventanilla como habría saludado a un viejo cascarrabias en el que sospechara una ternura secreta. A Defoe le costó tres guineas persuadir a Austin, el ayudante del carcelero, para que los guiara. El hombre se guardó las monedas en el bolsillo y luego las empujó hasta el fondo rápidamente, con ansiedad, por si de pronto aparecían el guardián de Newgate o Jonathan Wild. Durante el trayecto escaleras arriba, por encima de la verja de la cárcel, hacia el castillo, Austin no dejaba de parlotear temerosamente en susurros. Bendix casi esperaba encontrarse con unos cuantos discípulos, que se lanzaron desbocados a difundir la noticia.

—Las sesiones habían empezado —dijo Austin abriendo la puerta del castillo—, estábamos muy ocupados yendo y viniendo de aquí a Bailey y de Bailey aquí. Pero ¿quién se lo habría imaginado, quién habría podido imaginarse que alguien sería capaz?

Los grilletes y las cadenas estaban limpiamente depositados en el suelo, alrededor del aro al que Sheppard había estado ligado. En el extremo opuesto de la celda, una cascada de ladrillos y cemento se derramaba por la chimenea, por encima de la cual Sheppard había practicado un gran orificio en la pared que casi llegaba de la repisa al techo. Los tres se acercaron a los cascotes en silencio. Defoe se arrodilló con cierta dificultad y extrajo tres eslabones rotos de entre los ladrillos y el cemento. El extremo de los eslabones estaba romo y blanquecino, como si alguien hubiera escarbado entre los ladrillos.

Austin apartó los ladrillos de un puntapié y despejó el camino hasta la chimenea. Se asomó al interior, sacó la cabeza y la sacudió, asombrado todavía, quizá, o a causa del polvo que caía.

—Había una barra de hierro ahí arriba, a seis pies de altura, para que no pudiera escaparse nadie como él —explicó el carcelero mientras Defoe y Bendix se asomaban a la chimenea por turnos—, pero ahora ya no está, ¿no es cierto? —Sheppard había echado abajo toda la pared para no tener que vérselas con la barra de hierro.

—Un utensilio notable, diría yo —comentó Defoe—. Pero ¿cómo no echó abajo la puerta del castillo?

—Los maestros deudores se encuentran justo enfrente —contestó el carcelero—. Es un hombre considerado y les respetó el sueño.

—¿Y arriba, qué hay? —preguntó Bendix manteniendo la voz baja como sus compañeros, afectado por el ambiente sagrado.

—Vengan —dijo Austin; salieron de la celda y los llevó al cuarto piso respecto a la entrada de la cárcel—. Ésta es la sala roja —dijo al tiempo que pasaba por encima de una caja de candados que había en el suelo y abría el farol que llevaba—. Aquí hay polvo de ocho años. —En el rincón del fondo del cubículo sin ventanas había un pequeño arco por donde Sheppard se había abierto camino donde la pared se unía a los tablones del suelo. A Bendix le pareció un agujero de ratones.

—¿Había luna anoche? —preguntó Defoe.

—No había estrellas, siquiera —contestó Austin.

—¿Cómo pudo trabajar en semejante oscuridad? —se maravilló el escritor.

—No quedan yesqueros ni velas, ni siquiera en la capilla.

Siguieron a Austin por la celda de los reos de la capilla, donde Sheppard había perforado la puerta de madera y arrancado un par de clavos que separaban las divisiones. En la boca de la puerta que comunicaba la capilla con los emplomados había otra caja de candados.

—La barra de hierro, sin duda —dijo Defoe.

Austin les aseguró que la puerta siguiente era la más sólida de Newgate, pero Sheppard, sin embargo, a quien Bendix había comparado con una ardilla, había logrado hacer palanca con la barra de hierro en la colosal cinta metálica a la que estaban fijados la cerradura y el cerrojo. Siguieron el rastro del ladrón hasta llegar a los emplomados inferiores, rodeados por todas partes de muros altos que, en teoría, debían impedir las fugas.

—Trepó por esta puerta —dijo Austin, refiriéndose a la que acababan de abrir.

—¿Cómo lo sabe? —preguntó Defoe.

—Usted, a su edad y con sus kilos, no lo descubriría —dijo Austin y, con sorprendente agilidad, colocó ambas manos en la parte superior del marco de la puerta, con un pie en el pomo, y se encaramó a lo alto de la puerta para después tomar impulso y subir al tejado. Bendix tuvo más dificultad para subir, ayudado primero por Defoe y moviendo la cabeza con el esfuerzo de forma que la peluca daba brincos como un perro pedigüeño. Una vez llegado a lo alto de la puerta, Austin le tendió la mano y tiró de él arrancándolo de su punto de apoyo antes de que estuviera preparado, de manera que tuvo que izarlo hasta los emplomados superiores a pulso, lo cual costó al aprendiz la manga derecha de la camisa de batista.

Austin lo llevó unas veinte yardas hacia el oeste, donde Sheppard había dejado una sábana colgando de un muro lateral, que Bendix notó floja y húmeda de rocío al tocarla. Sheppard la había fijado al tejado de la cárcel con uno de los clavos de la capilla. A pesar de la ayuda de la sábana, había una caída de unos quince pies hasta la casa más cercana.

—¿Quién vive ahí? —preguntó Bendix, doblando el puño desgarrado de la camisa para esconderlo en la manga de la levita.

—Se llama Turner —dijo Austin—. Oyó algo, antes del anuncio de la medianoche, pero creyó que sería un perro o un gato y ya está. Se fue, libre como el viento.

Preguntándose qué probabilidades habría tenido de ganar una apuesta con los que habían visto al ladrón cargado de cadenas, Bendix se asomó de nuevo a la caída vertical. Veinte libras contra la suya, calculó. Una apuesta impúdica como las que había presenciado entre la camarilla de la condesa.

El aprendiz se sorprendió al ver que Austin también sonreía contemplando los tejados inacabables de la ciudad que se extendían ante ellos.

—¿Por qué sonríe? —le preguntó.

XIII

Mientras descendían, Defoe interrogó a Bendix a fondo y después, al llegar a Lincoln's Inn, lo interrogó Calcraft también. Defoe tomó notas de la descripción de los emplomados, la sábana y la última caída en picado sobre la casa vecina. Ambos estaban muy excitados, con los ojos desorbitados y la lengua suelta, de manera que constantemente se pisaban al hablar y no atendían al contenido de la conversación. Poco importaba, en realidad, porque el único sentimiento que demostraban era el de asombro.

El doctor reaccionó exactamente al contrario que Bendix y Defoe. Se había quedado en la cama hasta bien entrada la mañana y Lemon le había informado de que el aprendiz y el escritor habían salido juntos al amanecer. Adivinando el motivo de la visita, sufrió muchas emociones violentas mientras aguardaba el regreso de Bendix, pero no volvió a recurrir al láudano sino que prefirió sobrevivir a unas premoniciones horribles, pendiente de un hilo de esperanza que no sería cortado hasta que el aprendiz llegara al estudio. Cuando Bendix abrió la puerta, con el aire fresco de octubre en el rostro, Calcraft trató de contener su decepción. Al principio, el aprendiz supuso que el doctor estaba todavía exhausto de la sobredosis de láudano, pero al observarlo más detenidamente creyó detectar un temblor de una intensidad que pocas veces había visto y jamás había experimentado.

—Usted mismo dice —quiso consolarlo Bendix, sentado en una silla junto al maestro que yacía en el sofá azul— que Defoe siempre tiene razón en estos asuntos. Pues bien, no hace ni un hora me dijo que pensaba que Sheppard sería detenido hoy mismo.

El médico seguía temblando. Bendix pensó en pasarle un brazo por los hombros, pero no llegó a hacerlo. Sin embargo, le dio una torpe palmada en el hombro.

—Poca fuerza —logró decir el doctor apretándose el pecho con un dedo. Bendix observó la cabeza vencida y las arrugas que se le formaban a Calcraft por detrás del cuello. El doctor parecía preñado de deseos de hablar. Una terrible sensación de poder embargó a Bendix, una sensación que odiaba experimentar, pues le hacía creer que podía preguntar cualquier cosa al doctor y que recibiría una respuesta sincera.

—Estoy débil, Joseph. No he cumplido mis promesas.

—Cuéntemelo, sir Edmund —dijo Bendix, conmovido por un sentimiento de afecto, por una bondad filial que le rodeaba la cabeza en forma de halo.

—Tengo una hija —musitó Calcraft y, de repente, miró al aprendiz con tal vehemencia y odio hacia sí mismo que Bendix tuvo que hacer un esfuerzo por ocultar que algo sabía. El aprendiz tomó al doctor por el brazo.

—Tiene veinte años —dijo Calcraft. Bendix notaba el temblor de los brazos del doctor.

—¿Y la madre?

—Murió en el parto —respondió el doctor en voz baja—. Era una mujer supersticiosa y no quiso que asistiera al alumbramiento porque pensaba que, si yo no estaba, le dolería menos. Yo paseaba por el río mientras ella moría. —Pronunció la frase en el más frío tono de voz, con la mirada en el suelo. Bendix sospechó que la menor expresión de compasión quebraría la fachada de hielo y que el doctor se desharía en ardientes lágrimas.

—Cuando volví —prosiguió Calcraft—, había dieciséis toallas empapadas de sangre en la puerta. Cada una pesaba más que la propia criatura. La sangre no me impresiona, o al menos no me impresiona ya. —Por fin, miró a Bendix con una leve sonrisa, como preguntando «¿Lo comprende? ¿Puede comprenderlo?». ¿Cómo podría responder él, que no había sufrido mayor percance que la pérdida y la decepción de un amor de juventud? Asintió con la solemnidad necesaria y cerró los ojos durante dos largos segundos de silencio. Sentía deseos de llorar, no por la angustia del doctor sino porque Calcraft se había confiado a él. Le embargaba la sensación de ser una persona de valía. El doctor vio las lágrimas que se le desbordaban de los ojos al aprendiz y, sorprendido por la profundidad de tanta compasión, refrenó sus propios sentimientos.

—Yo no quería a mi hija —dijo el doctor en voz baja—, tardé muchos años en quererla, pero ahora es el límite de mi felicidad. La sirvo, Joseph, todo lo que hago es por ella.

—Si su amor es tan grande —preguntó Bendix—, ¿por qué sufre usted tanto?

—Ella vive aquí, Joseph, en la casa. —El tono de voz del doctor se hizo tan agudo que Bendix se sobresaltó como si se hubiera despertado de súbito y hubiera encontrado a un extraño a su lado—. Siempre ha vivido aquí, nació aquí. Su madre murió en la cama en la que yo duermo.

A Calcraft lo venció la necesidad de respirar y tomó aire a grandes y hondas bocanadas.

—No se lo he contado a nadie, ni a una sola persona, hasta ahora. —Soltó todo el aire y luego se pellizcó la nariz con los dedos—. No nació bien, Joseph. No está completa.

Por primera vez en la conversación, Bendix reaccionó espontáneamente.

—¿Qué significa que no está completa?

—No ve. Ve, pero no ve.

—No lo entiendo —murmuró el aprendiz.

—Al principio parecía algo escrofuloso, pero no se puede tratar como tal. Empezó con unos quistes sebáceos que tenía en el cuello, de eso estoy seguro, aunque le desaparecieron a los tres años. Llevo veinte años intentándolo. La luz le impide salir. Vivo con ella —continuó el doctor—, veo poco más que ella y paso todo el tiempo con ella. Ignora el verdadero alcance de su diferencia, cree que la mayoría de las jóvenes modernas se rigen por las mismas reglas. Cree que sólo el vulgo sale por ahí.

—Es preciso corregir todo eso.

Por primera vez desde la llegada de Bendix, el doctor sonrió aliviado.

—Desde el momento en que llamó usted a la puerta, supe que traería bondad a la casa, Joseph. Tenemos que trabajar mucho, tenemos que trabajar juntos. He estado solo tanto tiempo en todo esto.

—¿Por qué? —preguntó.

—Estoy cerca, ya lo verá. Estoy cerca de conseguir que la luz la ilumine sin sentir dolor. Pero queda poco tiempo. Va perdiendo la poca vista que le queda y no tardará en perderla por completo, Joseph. Y entonces, ya no habrá remedio, la ceguera será total.

—¿Qué procedimientos aplica? —preguntó Bendix al tiempo que empezaba a pensar en remedios posibles.

—Los viejos y los nuevos —dijo Calcraft, recuperando su habitual tono sereno de voz—. ¿No le parece extraño que Harvey se refiera casi exclusivamente a Galeno y a Aristóteles? Galeno murió hace unos mil quinientos años y Aristóteles, hace unos dos mil. Mucha información no llegó a recogerse nunca. —Se encogió de hombros dando pie a un gesto de asentimiento por parte del aprendiz—. El hombre cree —prosiguió Calcraft—, y tiene que ir en pos de lo que cree. Antes de Galeno, Aristóteles creía que las venas contenían aire. Antes de Harvey, Galeno creía que el hígado producía sangre. Nos tragamos la ignorancia una y otra vez, Joseph. Hay que revisar y recrear el conocimiento.

El aprendiz asintió sin convicción.

—Tengo entendido que un rey puede curar la escrófula mediante la imposición de manos.

—O un ahorcado —añadió Calcraft—. Yo no lo habría creído de no haberlo visto con mis propios ojos, Joseph. Era entonces más joven incluso que usted, tenía la edad de Amelia, y me encontraba de prácticas en Dorset. En un cruce del camino habían ahorcado a un bandolero, y allí estaba el cuerpo desde hacía un día o más, quizá, con las manos atadas. Un centenar de mujeres había acudido llevando a sus hijos para que los tocara. Al morir, los ahorcados son bienaventurados.

Aquel malhechor había asesinado a dos mujeres en la carretera de Dover, a una la había rajado de tal modo que sus tripas pendían de los arbustos. Dicen que cuanto más malvado haya sido el hombre, mayor es su poder curativo. Es posible —añadió con una sonrisa— que con los monarcas suceda lo mismo.

»Uno de aquellos niños, de cabellos rojos como las amapolas, sufría de una escrófula terrible, tenía todo el cuello hinchado, lleno de ganglios inflamados. Tres días más tarde fui a atender a su madre para extraerle un diente, y lo vi jugando tan feliz, al sol, Joseph. Se curó del mal, no tenía el cuello más grueso que un cisne.

»El doctor Nicholas ha presenciado el milagro de la imposición de manos. Wiseman, sargento y cirujano, lo vio en sesenta ocasiones y las registró todas. Tengo los informes de ambos, se los pasaré. No cabe duda de que un cuerpo puede poseer lo que otro necesita para sanar.

—¿Es decir que vamos a hacer con Sheppard lo mismo que hicimos con Pink? —preguntó Bendix.

—Es preciso que nos hagamos con Sheppard —dijo Calcraft—, no vendrá ninguno peor que él. Sólo el mismo diablo puede escapársele a Wild. Si conseguimos dar con él, la restauración sería inmediata. Imagínese, Joseph, toda la casa transformada.

—¿Lo reduciríamos?

—Como hicimos con Pink: condensar los pecados de un hombre hasta el grado de la sublimación. No sólo tenemos que pensar en Amelia, sino también en mi propia sangre. Soy el último de mi linaje y mi sangre tiene que perpetuarse en ella. La sanaremos y se casará, se casará bien.

Bendix logró hacer un gesto de asentimiento a la conspiración.

—Por supuesto —dijo Calcraft—, usted conoce bien las teorías de la circulación de Harvey.

Bendix se encogió de hombros.

—Busco la transfusión, Joseph, añadir a la sangre de mi hija la del delincuente. ¿Se acuerda de los animáculos? Se encuentran en la piel, en los huesos y en la carne del hombre. Lo que cura no es roce de un rey o de un ahorcado, sino el rastro que deja el contacto, algo tan pequeño que no se ve a simple vista. Se transfiere, eso es lo que cura, lo que salta de una persona a otra. La única razón por la que el contacto no siempre logra la curación es porque hay que condensarlos. El simple roce es poca cosa.

Bendix se sentía incapaz de juzgar al doctor. Sabía que su práctica de la litotomía era heterodoxa, contraria a lo que se conocía y a lo que se practicaba. Evidentemente, Calcraft había leído mucho, poseía una biblioteca de casi doscientos libros arrugados y gastados por el uso. Lo que más convencía a Bendix era la propia creencia en su teoría no probada de la curación a través de la imaginación. Si no dudaba de sus propias teorías, ¿cómo podía poner en duda las de un hombre con mucha más experiencia? Ciertamente, el híbrido entre sabiduría popular y ciencia médica que practicaba el doctor le resultaba muy atractivo.

Por otra parte, ¿acaso no había visto los animáculos con sus propios ojos? Habían vivido, sin ser vistos, alrededor del hombre desde el principio. Él, simplemente, no sabía lo que contenían, aunque suponía que Descartes, con sus ideas del cuerpo como máquina, habría estado de acuerdo con Calcraft en que las partes más pequeñas eran invisibles y en que se desconocía su función. Aunque de forma menos revolucionaria que su propio concepto de la autocuración, el doctor ya había llevado sus ideas al terreno de lo práctico. ¿Qué mayor éxito podía concebirse que salvar al propio hijo?

—¿No deberíamos visitarla? —preguntó Bendix.

—¿Visitarla? —repitió el doctor, confundido. Contempló la posibilidad—. Supongo que habrá que hacerlo pronto. Es una observadora fiel de la rutina, Joseph. Abalanzarse sobre ella sin previo aviso no serviría de nada. Se lo propondremos. Se producen tan pocas novedades en su vida que no creo que tarde nada en admitirnos.

—¿Esta noche?

—Comprendo su impaciencia por echar un vistazo a tan extraño caso, pero no olvide, Joseph, que estamos hablando de mi hija, de mi única hija. Tómeselo profesionalmente, pero atempere su comportamiento con un poco de delicadeza. Hágalo por mí.

—Sí, señor —dijo Bendix—. Disculpe mi precipitación. Sólo pensaba en que su estado empeora.

—Disponemos de cierto tiempo, un tiempo finito, pero creo que suficiente para mantener el decoro —dijo Calcraft con las mejillas infladas de esperanza, animado por los efectos de la catarsis.

Sin embargo, el día siguiente trajo otras preocupaciones. El *Evening Post* publicaba un largo anuncio que Bendix leyó en voz alta a su maestro con la intención de mantenerlo de buen humor.

> John Sheppard se fugó de Newgate durante la noche, esposado y con grilletes dobles en los pies y las manos y un candado nuevo de caballo debajo de las cadenas. Tiene unos veintidós años, mide unos cinco pies y cuatro pulgadas, es muy delgado y de piel clara y llevaba un mandil de carnicero y gran abrigo encima; es de oficio carpintero. Quienquiera que lo encuentre o lo detenga, de modo que pueda ser llevado ante la justicia, recibirá una recompensa de veinte guineas, que el guarda de Newgate hará efectivas.

—Bien, bien —dijo Calcraft—, ahora lo buscará hasta el último mono de Londres.

—Y añade —continuó Bendix— que «Si alguien lo ocultara a la justicia (a sabiendas), puesto que se ha fugado, incurriría también en delito y sería juzgado por el mismo».

—Buena apostilla —dijo Calcraft.

Al final del día, Calcraft estaba rodeado de relatos sobre la fuga de Sheppard: el *Daily Post*, el *Daily Journal* y los semanales de Mist, Read y Applebee. El trabajo de Defoe, publicado en este último, era el más detallado y descriptivo y dejaba traslucir algo más que un simple atisbo de compasión por Sheppard que indignó a Calcraft. Los dos se encontraban sentados frente al fuego, que Bendix alimentaba y avivaba constantemente con manos manchadas de tinta negra barata. Calcraft no lograba conciliar el rencor que sentía hacia Defoe y creía que su artículo era el más dañino y mendaz.

—Mi propio amigo, el hombre al que he liberado del dolor, procede contra mí de esta manera. Escuche, Joseph, dice que la huida fue milagrosa, maravillosa, como si fuera el nacimiento del Señor. Escuche esto, Joseph —continuó Calcraft incorporándose para inclinarse hacia la luz de la chimenea—. Defoe admite y afirma que «Una lima vale más que todas las Biblias del mundo». Estas barbaridades tiñen de negro el alma de Daniel.

—No hace más que recoger las palabras de Sheppard —alegó Bendix.

Calcraft dobló el periódico en cuatro y lo echó al fuego, entre los leños. Prendió enseguida y resplandeció.

—Entonces, nos muestra directamente el alma negra de ese hombre —dijo el doctor con tristeza—. Es curioso que Defoe se vuelva de esta forma contra mí.

—No se vuelve contra usted —dijo Bendix—. Jamás le he oído pronunciar su nombre sino rodeado de palabras del mayor respeto. Si conociera sus deseos, no estaría a favor de la libertad del reo. —Bendix hizo una pausa, su argumento no le convencía del todo—. Para Daniel, no es más que la ocasión de publicar cien periódicos más, de aumentar sus honorarios de Applebee.

—Quizá sea peor todavía —dijo Calcraft—. Es posible que no proceda en mi contra deliberadamente, pero, espiritualmente, estamos enfrentados.

—Dígame, sir Edmund —dijo Bendix reclinándose contra el respaldo de la silla—, ¿ha habido algún cambio en el estado de Amelia?

—¿Cambio? —dijo Calcraft con una sonrisa—. No tenemos a Sheppard, ¿cómo va a haber cambios? —Bendix se encogió de hombros y se acuclilló frente al fuego, cogió el fuelle y levantó una nube de pavesas chimenea arriba—. Me ha preguntado mucho por usted —continuó el doctor.

—¿Ah, sí?

—Es lo más natural. Ha disfrutado de pocos estímulos de

la imaginación. Usted le interesa mucho. Le gusta el olor de su pipa y cree que debe de tener un aspecto extraño.

Bendix sonrió, pero siguió mirando el fuego para que el resplandor ocultara la indignación y la gracia que simultáneamente le producían esas palabras.

—¿Cómo es eso? —preguntó.

—Usted es joven —dijo Calcraft con una sonrisa—, se ha acostumbrado a los viejos. Cree que todos los hombres son de mi edad, tanto Lemon como ese otro, Defoe.

—¿Conoce a Defoe? —preguntó Bendix, volviendo a su sitio.

—Lo adora desde que era niña. Él la consiente, como una especie de tío. Habrá observado que Daniel siente gran apego por lo que escribe, por su propia voz. Amelia es igualmente aficionada a la información, es la encarnación de la curiosidad, una característica que tienen en común.

—Y sin embargo, ¿nunca se ha escapado de casa?

—En una ocasión —dijo Calcraft—, pero su mundo se limita a estas cuatro paredes, y así será hasta que la recuperemos.

Bendix aguardó con paciencia el segundo día. Sólo de pensar en conocer a la hija del doctor se le llenaban las manos de sudor. No es que temiera el encuentro con ella, después de haber tomado manos de condesas, haber paseado alrededor del castillo de Blis con la princesa Anne Marie y haberlas encantado a todas con la mayor sobriedad. Lo que sucedía era que, en su época parisina, todo había ocurrido de una forma similar: un primer año de revoloteos alrededor de la corte para ir cayendo poco a poco, cada vez más lejos de los círculos elevados, hasta que los bolsillos vacíos terminaron por deslustrarlo y expulsar el amor de su vida. Hacía tanto tiempo que no se encontraba en una estancia con una dama merecedora de respeto que ya no estaba seguro de cómo se comportaría con la tentación tan cerca. Si lograse mantener la mente firme en la idea de futuro a la que aspiraba, quizás el resto de su ser actuara en consecuencia.

Calcraft no habló más de su hija, sino que recogió los periódicos y se enfrascó en el artículo más corto sobre el posible sino de Jack Sheppard. Se diría que Sheppard se había convertido en la única lente a través de la cual se definía su hija. Sin el uno, la otra no podía existir. Así pues, leyó con gran placer los periódicos del jueves, que hablaban de la nueva captura de Sheppard. Lo habían encontrado completamente borracho en una bodega que vendía brandy, cerca de Drury Lane. El asunto ya no horrorizaba a Bendix. Evidentemente, Defoe había vuelto a acertar: Sheppard se dejaba capturar una y otra vez con una regularidad sólo comparable a su habilidad para fugarse.

Lemon anunció a Defoe, y Calcraft, después de hacer esperar a su amigo bajo una fina llovizna unos cinco minutos bien cumplidos, le permitió entrar. Sin embargo, lo recibió en el interior de la casa casi con la misma frialdad con que lo había hecho. Sólo Bendix veía la situación con sentido del humor. Los dos amigos se alegraban mucho de que Sheppard estuviera de nuevo en Newgate, pero sólo el aprendiz sabía que Calcraft deseaba que lo ahorcaran y que Defoe esperaba que se volviera a escapar.

Trataron de hablar de otros temas; Defoe relató sus viajes por el campo y, en consideración hacia Bendix, se extendió en algunos detalles sobre el norte de Inglaterra, donde su padre se había asentado. Calcraft permanecía ajeno, asintiendo como si tuviera que soportar la visita del hombre más aburrido del reino, sonriendo con los labios apretados. Cuando Lemon anunció la cena, Calcraft no invitó a Defoe a sentarse a la mesa ni se excusó en modo alguno, sino que desfiló en silencio en dirección al comedor e hizo una señal a Bendix de que lo siguiera.

Defoe esperó hasta que el anfitrión salió por la puerta, luego se dirigió a Bendix, que estaba junto a la chimenea, y dijo:

—No me gusta cuando me mira con esa sonrisa de ricachón. Se ha comportado como un grosero.

—No le gustan sus comentarios del *Applebee Journal*.

—Qué ridiculez —comentó Defoe—. En estos días lee la prensa como nunca.

Defoe cogió el *Daily Post* y, sin entusiasmo, leyó el artículo de la competencia.

—¿Por casualidad no seguirá tomando gotas?

—No —dijo Bendix—, controla muy bien sus deseos.

Defoe asintió.

—Quizá se deba al cambio del tiempo.

—Quizá se deba a su hija —dijo Bendix esperando la reacción de Defoe.

Defoe se giró calmosamente, le había hecho gracia el comentario y sonreía.

—¿Ha estado escarbando en los secretos de la casa?

—Sir Edmund me ha relatado los hechos.

—No hay duda de que se ha ganado el favor de muchas mesas, Joseph. Procure no indigestarse.

—Todavía está alterado —dijo Bendix.

—¿Alterado? —repitió Defoe—. Está dañado, resquebrajado hasta los cimientos, y es fascinante. —Defoe sacudió la cabeza por el eufemismo de Bendix y luego lo miró a los ojos—. ¿Ya conoce a Amelia?

—No, señor.

—Le aseguro que le causará un gran efecto.

—¿Cómo es eso? —preguntó Bendix.

—Sólo supongo que usted y yo somos semejantes. Puesto que esta semana parece que he perdido el favor de sir Edmund, confío en que usted transmita a su hija mis mejores deseos. Dígale que tengo un relato de la corte francesa que será de su agrado.

—Si tengo ocasión, así lo haré.

Lemon apareció en la puerta.

—Señor Bendix, la cena está servida.

—Sólo un momento, se lo ruego —dijo Bendix, y despidió a Lemon con un movimiento de la mano.

—¿Qué se sabe de Jack Sheppard? —preguntó a Defoe.

—El señor Sheppard no sólo está cargado de cadenas y candados, Joseph, sino que además le han puesto dos hombres de guardia día y noche. —Tomó a Bendix del brazo y, lentamente, se dirigieron a la puerta—. Claro está que sería muy fácil sobornar a los vigilantes, si no fuera por las asiduas visitas de los guardas y de Wild. Por otra parte, escaparse mediante sobornos no tendría gracia y al pueblo no le gustaría. El factor común de la carrera de Jack Sheppard, de haberlo, sería el ascenso por la escala de la osadía. Tiene muy pocas probabilidades de escaparse de Newgate esta vez. —El énfasis de la palabra Newgate obligó a Bendix a levantar la vista cuando se acercaban a la puerta. Lemon estaba ocupado sirviendo la cena al doctor, de modo que la abrió el propio Bendix.

—¿Va a escaparse desde Tyburn Road? —preguntó el aprendiz en voz baja.

—Es posible que en el mismo Tyburn.

—¿Cómo es eso?

—Ya ha sucedido otras veces. Hace quince años vi a Smith, el ahorcado a medias, colgado en Tyburn. Pasaron dos horas, Joseph, antes de que lo sangraran, lo reanimaran y, finalmente, lo indultaran. Hubo una vez una asesina llamada Greene que se despertó con el contacto del escalpelo de un cirujano unas horas después de que la descolgaran. Puede volver a suceder, Joseph. Sobornarán al verdugo para que haga un nudo falso. Y así, si no lo rescata la multitud en la calle, lo descolgarán. Yo apostaré un carruaje en las cercanías y lo llevaremos a una casa cerca de Tyburn, donde usted lo sangrará, y así revivirá. Será la primera vez que se publiquen las confesiones de un muerto dispuesto a resucitar. Naturalmente, usted tendrá una participación en los beneficios de las ventas a cuenta de su colaboración.

—Señor Defoe, empieza usted a hablar como un fanático.

—Joseph, ya ha dudado de mí anteriormente. ¿Cuánto quiere apostar esta vez?

—Doce guineas —dijo Bendix.

—Pero —replicó Defoe con una sonrisa—, me veré obligado a cobrárselas.

—Cóbreselas de mis honorarios el día del ajusticiamiento.

Defoe hizo una inclinación de cabeza y bajó los escalones hacia el carruaje de alquiler en el que había llegado hacía tan sólo una hora. Bendix aguardó hasta que los caballos fueron fustigados y se pusieron en marcha; luego, entró y fue a reunirse con el doctor en la mesa.

Calcraft pasó la comida en silencio, llevándose los alimentos a la boca con movimientos precisos. Dividió el salmón en hojaldre y separó las espinas con leves toques de cuchillo. Partió por la mitad las tortitas de remolacha con un solo movimiento diestro y apartó el apio frito, todo esto, sin dejar de tomar sorbos de vino. Bendix propuso temas diversos de conversación sacando a colación los preferidos del doctor. Incluso había leído los reputados informes de Tooker y Colwe sobre los casos de reyes que habían obrado curas de escrófula por imposición de manos, pero tampoco a eso obtuvo respuesta. Calcraft, estrictamente cívico, contestaba con monosílabos, achacando sin duda el retraso del aprendiz en la mesa a cierto entendimiento de éste con Defoe. Calcraft no pronunció la primera frase de la velada hasta que llegó el sabroso postre de la señora Hemmings, cuando Bendix revolvía la crema hasta descubrir una cucharada de licor de naranja.

—Dejemos ya el vino, señor Bendix, porque si no, Amelia se molestará mucho.

Bendix dejó la cuchara en la mesa con ademanes estudiados, pero el corazón le latía como un colibrí libando.

XIV

La habitación del piso más alto del ala oeste estaba sumida en profundas sombras. No se parecía a ninguna otra estancia en la que Bendix hubiera entrado, estaba totalmente adaptada a la oscuridad. Con tan débil luz, no distinguía con certeza el color de las cortinas y paños, aunque presentaban la suavidad del claro de luna, una vez adaptada la vista. El mundo de Amelia existía, sin duda, constituido sólo por fragmentos y sombras apagadas donde el esplendor del color estaba prohibido.

—Señor Bendix, es un gran placer.

La silueta se levantó de una silla y se dirigió hacia él como lo habría hecho un caballero, aunque con movimientos femeninos. Él se inclinó ante Amelia, desconcertado por la elegancia de sus palabras. La expectación le había moldeado la imaginación creándole la idea de una mujer ingenua y taciturna de belleza velada y discurso inconexo como el de la carta. El solo timbre de su voz desmintió las conjeturas. Había firmeza en su tono, una sabiduría áspera que no encajaba con una persona tan joven. Cuando se irguió nuevamente, Bendix observó su rostro en la penumbra.

Formaban sus cabellos oscuros, negros quizá, o castaños, diez mil mechones obedientes, y el cutis, de una delicadeza que habría provocado entre las decanas de París un desdeñoso y envidioso golpe de abanico, parecía atraer todo la luz de la estancia, a menos, pensó Bendix, que la luz le emanara de dentro. Tenía la boca pequeña pero los labios gruesos; los inmovilizó un momento en una o de miniatura y luego los cerró. Bendix no se dio cuenta del largo rato que llevaba mirándola fijamente hasta que vio aparecer en su rostro el fino frunce del entrecejo.

—Perdóneme —le dijo—, mis ojos no están acostumbrados a la oscuridad. Me alegro sinceramente de conocerla.

—Sentémonos, sentémonos —dijo Calcraft. El doctor, que conocía de memoria la disposición inamovible de los muebles, tomó al aprendiz de la mano y lo llevó hasta una pequeña silla de mimbre. Bendix se sentó en el borde.

—Padre —dijo Amelia.

—¿Sí, cariño?

—¿No he oído la voz del señor Defoe?

—Sí, hija —dijo Calcraft.

—¿Y no se ha molestado en venir a verme?

—Tenía mucha prisa —mintió Calcraft al tiempo que levantaba una ceja al aprendiz de una forma cómica.

—Mentira —dijo Amelia—. Jamás ha dejado de venir a verme excepto cuando no se le recibe en casa.

—Tuvimos algunas diferencias de opinión —admitió Calcraft con debilidad.

—No piensas en mí, padre. De no haber sido por la presentación del señor Bendix, habría pasado el día más aburrido del mundo.

Bendix hizo una inclinación no carente de elegancia, desde su incómoda posición.

—Señor Bendix, actúa usted como si se encontrara en medio de las ruinas más antiguas. Un poco de alegría, por favor. Mi padre me ha contado que ha estudiado usted en Francia. Todo lo que sé, de casi todas las cosas, se lo debo a padre y su amigo Defoe.

Bendix no sabía qué decir. Se había imaginado la conversación, pero las cosas no progresaban tan deprisa. Además, su confusión tenía un ingrediente de embriaguez, pues Amelia, al margen del don de la vista, era mucho más bella de lo que se había imaginado.

—Francia, señor Bendix —dijo Amelia, desconcertada, pues empezaba a pensar que el señor Bendix estaba tan poco dotado para la conversación como sus ojos para ver.

—Un país de sofisticación inacabable —comenzó Bendix—. Quizá no pudiera rivalizar en belleza con Inglaterra, de disfrutar siempre nuestros días de la bendición de la luz dorada, pero, desde París hacia el sur, el clima es mucho más benigno. —Señaló hacia las ventanas cerradas, donde ya repiqueteaba el anuncio de la lluvia.

—No soy muy aficionada al sol —dijo Amelia—, no nos gustamos el uno al otro. —Sonrió como para sí misma y Bendix se sintió como una burbuja de champán meciéndose en la brisa.

—Las noches —dijo él— se cuajan de estrellas y la luna es mayor y más suave de lo que haya visto nunca.

—Ahora me toma el pelo, ¿no es así, padre? —Calcraft logró emitir un gruñido de asentimiento—. No comprende usted mis limitaciones, señor Bendix. En mi presencia, no puede lucir ni una simple vela. Lo mejor para mí es que la luz de la naturaleza sea atemperada por la mano del hombre. Mis ventanas, además de las cortinas, poseen gruesas vidrieras. Ya verá como incluso en una noche nublada y lluviosa y con las contraventanas cerradas, hay luz suficiente para vernos el uno al otro.

—¿Me permite preguntar qué sucede cuando se ve expuesta a una luz más intensa de lo que desea? —inquirió Bendix.

—La cabeza —interrumpió Calcraft, alarmado por el tono de la conversación de la pareja y deseoso de reconducir la visita a terrenos más profesionales—. Es como si la cabeza se le hinchara y le fuera a estallar el cráneo. La piel se le llena de ampollas, al sol —dijo, y vio que Amelia bajaba la cabeza, cohibida, y Bendix giraba la cabeza hacia otro lado.

Nadie contestó a Calcraft.

—Querida mía —continuó—, si tuvieras la bondad de cubrirte los ojos, ¿podríamos encender una vela? El señor Bendix no ha venido a tomar el té, y necesitamos luz para poder describir a nuestro amigo el motivo de la visita.

Amelia se sacó una gruesa cinta de satén de la manga y se la apretó alrededor de la cabeza con una sonrisa de aburrimiento, como si tuviera que seguir jugando a un juego infantil.

La cerilla rascó contra la áspera madera y proyectó un pequeño círculo de luz en la habitación. Al encenderse, la vela desprendió un resplandor suave que, por fin, puso color al apagado mundo de Amelia. Calcraft posó la vela en la mesa, al lado de su hija, y pidió a Bendix que se pusiera de pie. Amelia hizo cuanto pudo por mantener la dignidad mientras su padre le levantaba la manga del vestido para dejar a la vista el antebrazo.

Sólo entonces percibió Bendix su verdadera belleza. La huella de todas las sonrisas que se habían asomado a sus labios suavizaba la rotundidad de sus pómulos; el cuello fino, la vacilación del rostro, la maravillosa incertidumbre sobre si sería o no objeto de las miradas de él, la suave pendiente que iba de la nariz a los labios, la piel de porcelana iluminada por el resplandor dorado de la vela...

—Joseph —dijo Calcraft para llamar la atención del aprendiz—, observe. Es la más clara bendición, una señal, ¿no es así? Una piel tan delicada que hubiera permitido al señor Harvey demostrar su teoría de la circulación sin necesidad de diseccionar hombre ni bestia.

Amelia tenía la piel de un color extraordinario. En realidad, iluminada por la cercanía de la vela, parecía carecer totalmente de color. Calcraft le giró el delgado antebrazo para exponerlo a la luz y Bendix vio las cintas azules de las venas que corrían como vetas de mármol hasta los hombros.

—¿No es formidable? —preguntó el doctor—. Ahora que se me ha ocurrido lo de la transfusión, me parece imposible que no se me ocurriera antes. Naturalmente, fue el microscopio lo que me inspiró. La respuesta no es la ingestión, pues lo que así entra, del mismo modo se expulsa. Sin embargo, la transfusión, Joseph, es un procedimiento originado para un cuerpo como éste.

Bendix se estremeció al oírle referirse a Amelia en tales términos.

—Es como si la piel fuera un mapa y las venas las carreteras que lo cruzan. No será tarea difícil, ¿no le parece?

—En este asunto, difiero de usted —dijo Bendix—, aunque mi deseo es ayudar en todo lo que pueda.

—Bien, bien —dijo Calcraft, al tiempo que retiraba el cabello de su hija hacia arriba para enseñarle la nuca. Una piel lisa cubría una cicatriz que se extendía desde la oreja izquierda hasta el hombro, como si hubiera recibido un baño de cera cremosa—. Salió al exterior hace un año, más o menos. La piel se le ampolló inmediatamente y los ojos se le enrojecieron. Desde entonces, el estado de sus ojos empeoró. Hace un par de años, la habitación no estaba tan oscura, ni siquiera tenía vidrieras en las ventanas.

El doctor apagó la vela de un soplido salivoso.

El olor del cabo apagado se le metió a Bendix en las fosas nasales. Amelia se quitó la venda de la cabeza y, poco a poco, volvió a abrir los ojos y a cubrirse con el pelo el hombro abrasado.

—Ya hemos terminado, hija mía —dijo Calcraft—. Joseph, puede retirarse.

A regañadientes, Bendix hizo una profunda inclinación a Amelia y, tras dar las gracias al doctor sin saber por qué, salió de la estancia y bajó las escaleras del ala oeste. No esperaba encontrarse con semejante belleza y se alegró de poner cierta distancia entre Amelia y él.

XV

Octubre terminó, noviembre avanzó sobre el desafío de las primeras hogueras y se adentró en la noche gris del invierno. Había pocos hombres que no lucharan con su salud. Sheppard, cuya ejecución fue pospuesta una vez más hasta el dieciséis, vivía en continua inquietud a los pies de sus vigilantes. Se prohibieron las visitas a la celda, el Ordinario era su única conexión con el exterior y sólo le hablaban del otro mundo. Defoe pasó una semana espantosa al creer que volvía a tener piedras, acompañadas de sudores y sueños de dolor. Tras varias sangrías, los síntomas desaparecieron. Incluso Jonathan Wild empeoró de sus enfermedades venéreas, aunque su estado no se agravó tanto como para volver a requerir los servicios de Bendix.

Calcraft y Bendix trabajaban juntos; el doctor, quisquilloso y pendiente sólo de la captura del cuerpo de Sheppard y el procedimiento subsiguiente. Los días ya no eran divertidos para Bendix. El doctor lo enviaba con frecuencia a la calle a procurarse perros, a los que obligaban a soportar transfusiones con la punta de una pluma insertada en las patas. Los fluidos con los que el doctor experimentaba eran opiáceos potentes, de los que juzgaba la rapidez y la efectividad según la tranquilidad del paciente o su silenciosa muerte, en algunos casos. Bendix estaba nervioso por Amelia, sin embargo el doctor se mostraba boyante en lo referente al optimismo. El aprendiz creía que Calcraft había perdido la esperanza tantas veces que, en esos momentos, el menor atisbo de posibilidad agrandaba sus expectativas.

A Bendix sólo se le permitía ver a Amelia en presencia del

doctor. Desde que se habían conocido, Calcraft se mostraba celoso y suspicaz. Por primera vez desde que era una niña, Amelia se había quejado a su padre de lo gris que era su vida. Achacaba el aburrimiento a la ausencia de Defoe y, aunque Calcraft no cedía en tal punto, tampoco le permitía aliviarse la añoranza con la compañía de Bendix. El doctor conocía muy bien la diferencia entre el encaprichamiento y el noviazgo y sabía que Amelia se mostraba receptiva hacia Bendix porque era joven. Tan pronto como se curase, tendría ante sí todo un surtido de jóvenes que la asombrarían. Su casa resplandecería de sol, abriría ventanas nuevas en honor de su hija y ella, siguiendo su consejo, escogería acertadamente de entre una nutrida oferta de pretendientes.

Para Amelia, los días continuaban claramente racionados, como siempre. A lo largo de sus años nunca había habido sorpresas ni desencantos, hasta la aparición de Joseph Bendix. La primera voz que oía todos los días era la de Julia y, aunque Julia no era gran conversadora, sabía escuchar. Sus oídos eran como esponjas que recogían los recuerdos y pensamientos que Amelia dejaba caer un buen día y se los devolvía en el momento más apropiado al cabo de un mes.

Julia terminaba el día contando cuanto había visto por las ventanas aquella tarde, a cambio del relato que Amelia le hacía de la noche anterior. Habían inventado nombres para las siluetas familiares que pasaban ante ellas. Un caballero obeso con un pie deforme era Mutton, los cocheros que servían a sus vecinos se llamaban Stump y Stoop. Julia hablaba con ellos algunas veces y luego contaba los comentarios arriba.

Noviembre era el mes preferido de Amelia, heraldo de los días más cortos y las noches sin fin y agradable para sus ojos. Las brisas frescas de la primavera la deprimían con falsas promesas y, en esos momentos, sólo las visitas de Defoe mejoraban su mal humor. Si Julia representaba la charla intrascendente, Defoe era el ejercicio en el que opinaba y se sometía a las trampas y bromas de su aguda oratoria. Se despedía de ella con un beso en la frente dejándola con la mente todavía encendida, pero cansada como los caballos de tiro que pasaban bajo sus ventanas, agotada y deshecha, pero avanzando. Algunas veces, los besos duraban más.

Su padre se mostraba cada vez más torpe en sus visitas diarias. No había logrado acostumbrarse a su mundo de sombras crecientes y se golpeaba y chocaba y le pedía que se vendara los ojos para encender un par de velas por egoísmo. A Amelia le parecía que era curioso tener la sensación de que su padre estaba de visita en su propia casa. A partir de ahí, le era fácil concluir que padre e hija vivían en casas separadas.

Percibía poco humor en su padre, aunque frecuentemente le oía reírse con Defoe. Era evidente que ella no le procuraba ningún placer. Aunque Calcraft no podía verle los ojos en la oscuridad, ella sí se los veía a él y descifraba su exasperación y su intranquilidad, su brillo de esperanza y luego, los párpados cerrados de desaliento cada vez mayor. Su vista, o la falta de ella, era como un puñal en las entrañas de su padre y, aunque el doctor creía que disimulaba bien con sus sonrisas y con sus visitas diarias, la torpeza no pasaba desapercibida a su hija. El rato que permanecía en su mundo nunca duraba más de media botella de vino dulce, y era agradable a su manera, como una forma de señalar el tiempo o el repique de una campana conocida, pero Amelia sólo se relajaba tan pronto como él se marchaba.

Cuando era niña, lo que más le gustaba eran las flores. Julia seguía trayéndole margaritas, dedaleras y campanillas, mientras que Defoe le enviaba muchas variedades de tulipanes, jazmines, jacintos o rosas. Antes de que las flores se secaran, Amelia las prensaba haciendo girar los trinquetes para extraer la última humedad de tallos y pétalos. Las flores frescas y las secas olían diferente. Una sola flor fresca podía llenar toda una habitación, pero una vez aplastada y capturada el aroma disminuía, era más suave, pero asimismo agradable. Todavía tenía las prensas en la habitación, una al lado de la otra, como los libros de su padre, impregnadas del aroma suave de lo dulce y lo muerto.

A lo largo de los años había interiorizado los placeres, desde lo aprehensible por el tacto o el olfato hasta lo recuperable por medio de la memoria. La enfermedad no se le había manifestado hasta el final de los tres años y, en los momentos más insólitos, se le presentaban fragmentos de los luminosos primeros días. Un verano de hierbas de intenso color verde que le llegaban hasta la cintura, y manzanas que reposaban, maduras, entre las ramas cargadas de peso. Amelia sabía que su padre creía que las sensaciones se percibían en primer lugar a través de la vista y, sin embargo, todo su ser vibraba con las condiciones de su entorno. Podía percibir en los huesos el más leve estremecimiento del suelo, y saber así que su padre se encontraba en el estudio. Distinguía todos y cada uno de los pasos, había desarrollado una especie de amor hacia el ruido, hacia los sonidos no habituales, como el de la tormenta, e incluso a la conocida monotonía de la lluvia londinense.

Sólo alcanzaba una libertad verdadera cuando dormía. Todos sus sueños eran brillantes y desenfrenados, volaba como un pájaro sobre bosques imaginarios que le permitían olvidar el orden estricto de su habitación. Sin embargo, incluso los bosques que sobrevolaba por las noches, y que sabía que eran agrestes, enmarañados y caóticos, aparecían con formas oscuras y apagadas que se confundían con el verde manto de Inglaterra. Los sueños la entristecían, pero le servían para recordar que debía saludar a su padre con sonrisas y que no debía transmitirle sino su cariño filial. Él era la única fuente de esperanza de liberación. Muchas veces pensaba en marcharse de Lincoln's Inn, pero esa posibilidad quedaba descartada ante el deseo de recuperar la salud.

Desde su más tierna infancia, Calcraft siempre había respetado las reglas de su habitación. Sólo se le permitía sentarse en determinada silla, no podía tocar nada a menos que Amelia se lo ofreciese directamente, una prensa de flores, una taza, un lazo para el cabello o una venda para los ojos. Las normas eran inmaculadas y perennes, estaban organizadas frente a su padre como fosos o trincheras.

El trato con Bendix era de otra forma. Era un invitado y no estaba sujeto al reglamento. Cuando cambiaba un cojín de lugar, Calcraft palidecía por él, pero Amelia no se quejaba. Cuando dejaba una prensa de flores al revés, Calcraft se estremecía en espera del ataque, pero ella guardaba silencio. Calcraft no comprendía que, para su hija, Bendix representaba una historia completa de otro mundo, libros de relatos que ansiaba conocer. Percibió el disgusto en los ojos de su padre y se alarmó sólo por Bendix, pero sabía que mientras permanecieran en su territorio, su padre no diría nada.

Aunque Calcraft no consideraba a Bendix digno de su hija, lo consideraba digno de su profesión. A menudo, durante las discusiones sobre transfusión, el aprendiz planteaba muchas cuestiones interesantes, sobre todo de carácter práctico. La velocidad de la transfusión, la cantidad de sangre que habría que vaciar antes de la operación, la consistencia de la esencia que deseaban transfundir... Calcraft le describió sus intentos anteriores, desde polvos y panaceas hasta la sangría y la administración de astringentes. Incluso se permitió confiar a Bendix, en parte, la creciente depresión que soportaba tras tantos años de pruebas. Sin embargo, en esos momentos ya tenían una fecha de liberación. El dieciséis de noviembre, el día de la ejecución de Jack Sheppard.

XVI

Calcraft no creía que Sheppard tuviera ya la menor oportunidad de fugarse. El doctor leyó con euforia los artículos del diez de noviembre, cuando Sheppard compareció ante la justicia y fue condenado por rufián reincidente, a pesar de que su carrera se había iniciado hacía poco más de un año. Calcraft no deseaba más que hacerse con el cadáver del ahorcado y, con tal fin, renovó su relación con Sixes, que frecuentó la casa durante muchos días. A Bendix le sacaba de quicio, porque rara vez oía la puerta abrirse o cerrarse y, sin embargo, allí se lo encontraba, conferenciando con el doctor. Sus horas de visita era raras, en consonancia con las costumbres del doctor. Bendix sabía perfectamente que lo que tramaban era ilegal y, con los días cada vez más breves, parecía apropiado que las discusiones tuvieran lugar a la hora del crepúsculo y la noche.

Entre la reaparición de Sixes y la evidente reticencia de Calcraft a que Bendix mantuviera contacto con su hija, éste se veía forzado a recordarse constantemente la promesa de mantenerse alejado de las mujeres. Se conformaba con las esporádicas visitas, un par de veces a la semana, cuando el doctor y el aprendiz iban a visitarla profesionalmente.

Le proporcionaban gran placer esas visitas, pues encontraba a Amelia sumamente enigmática e inquisitiva y disfrutaba con las descargas de preguntas que le disparaba. Se estableció entre ellos un sutilísimo flirteo que convertía esos encuentros en lo más importante de la semana para el aprendiz.

—¿Bebe usted, señor Bendix?

—Sí —contestó él.

Entonces Calcraft levantaba la mirada y se producía un minuto de silencio.

—¿Caza usted, señor Bendix? —le preguntó.

—Ya no.

—¿Por qué?

—Porque maté a un búho.

—¿Había bebido? —insistió ella. Bendix percibió una sonrisa en su voz. Guardó silencio un momento y sonrió también.

—Supongo que sí —dijo.

—¿Qué es un búho? —prosiguió ella.

—Dos ojos, un pico afilado, alas, un fornido pájaro de la sabiduría —interrumpió su padre.

—¿Y qué voz tiene?

Calcraft tosió y, entonces, empezó a ulular como una lechuza para satisfacer la petición de su hija. Bendix lo secundó y se enzarzaron en una competición de ululeos hasta que la risa de Amelia se les contagió y se unieron a sus carcajadas a costa de los ridículos sonidos. Después siguió el silencio incómodo que suele seguir a muchos chistes, buenos o malos, y tuvieron que replegarse a sus posturas habituales.

En una ocasión, Bendix se atrevió incluso a sujetarle un brazo fingiendo la actitud del más eficiente de los médicos. Creyó que ella temblaba, en silenciosa comunión. Una vez apagada la vela, Amelia se quitó la venda, miró directamente a Bendix a los ojos mientras éste se acostumbraba a la oscuridad y penetró en ellos brevemente, como reconociendo un nuevo grado de intimidad. Bendix estaba seguro de que el doctor al menos no veía como él en la oscuridad, y mucho menos como su hija.

A mediados de noviembre, el sótano de Bendix era una cueva helada e incómoda. Por cuenta de sus encantos, Julia le proporcionó otra manta y se compró la tercera en una mercería de la esquina de Lewkenor's Lane. Todas las noches se defendía de las corrientes de su habitación deshaciendo el culo de una vela con la llama de otra. Sin embargo, por la mañana, el aire frío había resquebrajado la cera, que aparecía sobre el alféizar de la ventana. El catorce de noviembre, Bendix soñó con tambores y pífanos, un desfile de la infantería que cruzaba Turnstile y Lincoln's Inn Fields bajo una lluvia que golpeaba con la fuerza del granizo. A Sixes le costó al menos doce guijarros lograr que se asomara a la ventana.

—Vamos, Joseph —susurró Sixes con fuerza—, le necesitamos.

Bendix distinguió una silueta acuclillada e impaciente en la oscuridad.

—No comprendo por qué no se puede acudir a un médico en ejercicio.

—Diez libras y algo más para usted, Joseph, así es que, póngase las calzas.

—Necesito dormir —contestó Bendix.

—Doce libras.

Bendix salió por la ventana de su habitación del sótano y subió descalzo, sigilosamente, las escaleras de la entrada de servicio del exterior, envuelto en su gran abrigo. Se sentó entonces en los escalones de la casa de su maestro y se frotó los mojados pies con el forro del abrigo. Sixes le instó a que se pusiera enseguida los zapatos y luego lo tomó del brazo y se lo llevó al cercano Covent Garden a pie.

—¿Qué hora es? —preguntó Bendix.

—Faltan dos horas para el amanecer —dijo Sixes—. Lo traeremos de vuelta con grandes sonrisas antes de que salga el sol.

—Tengo frío —se quejó Bendix, pensando que ojalá hubiera estado más despierto y se hubiera acordado de ponerse la levita más gruesa para protegerse del viento de noviembre.

—Apriete el paso.

Covent Garden no dormía como el resto de la ciudad, sino que sufría un insomnio animado por el alcohol y el café de las tabernas, por las casas de juego y por honorables burdeles. A pesar de la lluvia, la oscuridad alteraba el ruido de la ciudad, el golpe del zapato y la bota contra la piedra era exagerado y el eco reforzaba las carcajadas de los borrachos. Las primeras carretas del campo habían llegado ya con sus productos para el mercado de la mañana, confundiendo los mundos de la noche urbana y el día rural sin desestabilizarlos. Bendix oía resollar a los caballos, veía el vaho caliente de su respiración que se elevaba entre las hileras de llovizna. Se detuvieron ante una estrecha casa de tres pisos y Sixes llamó a la puerta.

—¿Es una casa de juego? —preguntó Bendix.

—Es la casa de citas de Mother Cates —dijo Sixes—. Su paciente yace arriba.

La puerta se abrió ante ellos.

—Mother —dijo Sixes, tocándose el ala del sombrero.

—Ha sido una hora muy larga —dijo ella.

La madame no era el anuncio más convincente de la casa, con sus grandes senos contenidos apenas por el corsé, pero tan blandos y sueltos que, por los bordes del vestido, se le desbordaban pliegues de piel. Sin embargo, se había aplicado polvos con mano experta, como un papel fino, para ocultar presencias no deseadas. La mirada despectiva que lanzó a Bendix fue suficiente para que el aprendiz comprendiera que la simpatía era recíproca.

—Servirá —se jactó Sixes. Mientras subían por la escalera central, Bendix distinguió resquicios por donde salía luz en seis habitaciones, más o menos, del primer piso. Era evidente que la casa entera le esperaba, aunque nadie saliera a demostrarlo.

Entraron en una estancia caliente, con la atmósfera cargada de un intenso olor a incienso y otro más penetrante a sexo. Curiosamente, a Bendix le excitó, pues le despertó recuerdos de noches menos solitarias, hasta que recurrió a los ojos, y no a la nariz, para comprobar lo que había alrededor. Tumbado en la cama, enmarcado por una gruesa alfombra turca, se encontraba un hombre alto, desnudo y pálido, como una larva gorda que sale de un alimento podrido. Lo iluminaban doce velas alineadas en la cabecera. Yacía entre unas sábanas rojas de raso que, en el primer momento, impidieron a Bendix distinguir la mancha de sangre acumulada debajo del cuello. Mother Cates se quedó en el marco de la puerta para que su presencia no afectara al hálito vital que pudiera quedar en su cliente.

—¿Está muerto? —preguntó Mother Cates.

Bendix se acercó al cuerpo.

—No tiene buen aspecto —dijo el aprendiz con una sonrisa profesional, y se pasó un dedo por la comisura del ojo para apartarse la arenilla del sueño.

Sixes lo siguió hasta el lado de la cama y se quedó mirando el cuerpo blanco.

—Parece que se haya ahogado, ¿verdad, Joseph? Tan hinchado y fofo.

—Me temo que sea su aspecto normal —dijo Bendix, y apartó un par de cojines sobrantes antes de quitarse el gran abrigo y dejarlo sobre la alfombra—. ¿Lo conoce?

—Lo cuido —dijo Sixes, en tono bronco, otra vez.

Bendix se inclinó sobre la boca del hombre y, acercando el oído, escuchó una respiración constante. Le pasó las manos por la cabeza y las levantó llenas de sangre espesa y cuajada.

—¿Con qué le han golpeado? —preguntó Bendix.

—Seguramente con esto —dijo Sixes poniendo una rodilla en el suelo. Luego se levantó con un candelabro de bronce en la mano que tenía una esquina de la base llena de sangre negra y cabellos.

—Mother Cates —dijo Bendix—, el caballero y yo le agradeceríamos muchísimo que nos trajera unas tijeras.

—¿Vive? —preguntó ella, tan aliviada como decepcionada.

Cuando se quedaron solos, Bendix se dirigió a Sixes.

—¿Por qué le golpeó la ramera de esta forma?

—Limítese a arreglarlo —dijo Sixes—, o el parlamento lo notará.

Bendix sonrió, recogió del suelo un paño mojado de fregar, lo empapó en la palangana y empezó a limpiar la sangre de la parte posterior de la cabeza del hombre.

—¿Sobrevivirá? —preguntó Sixes.

—No tardará en despertarse con un espantoso dolor de cabeza que no olvidará. A menos que haya perdido la memoria con el golpe.

Mother Cates volvió con las tijeras, entró en la habitación los segundos estrictamente necesarios y volvió a retirarse al umbral.

Bendix le cortó el cabello cuanto fue necesario para poder

ver la extensión de la herida. No era tan profunda, sólo un tajo de pelo y carne que cruzaba lateralmente la parte posterior del cráneo. La hemorragia se había contenido prácticamente sola. Bendix calculó que no habría perdido más de diez u once onzas, el equivalente a una sangría larga.

—Si se despierta —dijo Bendix—, habrá que sujetarlo para que no se mueva.

—Nada me gustaría tanto —dijo Sixes, y se acercó más a la cama.

Bendix utilizó la almohada restante para girar la cabeza del paciente hacia el colchón y lo acostó de lado con el fin de que continuara respirando. Sixes observó con interés mientras Bendix comenzaba a coser la herida.

—Creo —dijo Bendix, mientras pasaba la aguja por el cuero cabelludo— que se ha bebido un barril de vino dulce. No se despertaría aunque lo golpeáramos con el otro candelabro.

—Afortunadamente, sin duda —dijo Sixes.

—Poca cosa más puedo hacer —dijo Bendix—. Le cubriremos la cabeza si Mother Cates se ocupa del cuerpo. —La madame asintió desde la puerta.

—Ya le dije que sería rápido —comentó Sixes.

—¿Y cómo paga un borracho? —preguntó Bendix.

—Inmediatamente —contestó Sixes; se dirigió a un lío de ropa y sacó un par de calzas grandes de seda del montón. Encontró un monedero pequeño y sacó tres monedas de oro, las cuales arrojó en dirección a Bendix. Fueron a caer encima de la cama y Bendix dejó la cura un momento para recogerlas. Sixes lanzó el monedero a Mother Cates, que seguía en la puerta.

—¿No vamos a presentarle la cuenta cuando se despierte? —preguntó Bendix.

—Tiene crédito con Mother —dijo Sixes—, y pagaría diez veces más con tal de que esto no llegara a conocimiento de los disidentes ni de su esposa. Un detalle muy útil de recordar.

—¿Puedo marcharme? —preguntó Bendix.

—Venga por aquí, doctor —dijo Mother Cates, gesticulando con un dedo.

—Nos encontraremos abajo dentro de media hora —dijo

Sixes, y enfiló a Bendix con su instrumental en dirección a la madame, que aguardaba.

—¿Que hay que hacer con el caballero? —preguntó Mother Cates.

—Cierre las ventanas, cierre la puerta —ordenó Bendix— y que descanse.

La mujer condujo al aprendiz por el pasillo, dieron la vuelta a la escalera y dejaron atrás una gran ventana cerrada para entrar después en una habitación del segundo piso. Había una muchacha joven, de no más de dieciséis años, recostada en la cama, sólo con enaguas y una bata liviana. Parecía tan cansada de sorpresas como para estar rotundamente ahíta de aburrimiento.

—¿Está muerto? —preguntó al aprendiz con voz zumbona.

—Póngase un vestido —ordenó Bendix.

—¿Y quién me va a ayudar, a estas horas?

—Yo la ayudaré —dijo Bendix, y posó el estuche plateado del instrumental en la mesilla de noche.

—Si me dice que ha muerto, me pondré el vestido que usted quiera.

—¿Fue usted quien le golpeó? —preguntó Bendix, pero la muchacha no contestó y Bendix supuso que sí—. Vive —dijo, y se sentó en el borde de la cama—. Quédese donde está —ordenó— y apague las velas.

La muchacha se humedeció los dedos y apagó la cuatro velas; la habitación quedó a oscuras. Un minuto después, Bendix se acostumbró a la oscuridad. La prostituta tenía un bonito cuerpo, era alta, de la misma altura que Amelia. Vio cómo se quitaba la bata por la cabeza y observó la curva suave de los senos en la oscuridad. Pocas dudas le quedaron a Bendix en cuanto se justificó a sí mismo. No era más que una transacción carnal que reforzaría la debilitada promesa de mantenerse lejos de las artimañas de las mujeres.

Se levantó, se quitó las calzas y volvió al borde de la cama. La oyó escupirse en las manos, se preparó para recibir el contacto y adelantó el cuerpo mientras ella lo dirigía a su interior. Imaginándose que era Amelia la que tenía debajo, que sus manos le apretaban los muslos y sus suaves gemidos llenaban la estancia, empezó a moverse entrando y saliendo. La sujetó por las caderas y se rió un momento, maravillado, al retirarse dejándole sobre los muslos un hilillo blanco. Ella también se rió, hasta que Bendix se separó del todo poniendo fin a la risa.

Recuperado el control, Bendix se levantó y se dirigió a la bacinilla, donde se alivió sonoramente. Oyó el rascar de una cerilla y la habitación se iluminó de sombras anaranjadas. Al oír el ruido de la orina contra la porcelana, la muchacha se volvió a él y le dijo:

—Estoy limpia.

—Casi no lo dudo —contestó Bendix—, pero con casi no basta. —Se sacudió, se abotonó, recogió el instrumental, hizo una inclinación poco convincente y salió de la habitación deseando olvidar el incidente dándolo por necesidad marginal de su prolongado celibato.

Sixes lo aguardaba fuera.

—Está buena, ¿verdad? —dijo Sixes cuando Bendix cerraba la puerta tras de sí—, la muy guarra. —Bendix asintió sin ganas—. Vamos, le acompaño a casa.

Salieron seguidos por la mirada agradecida de Mother Cates, que se inclinó a besar a Sixes a modo de despedida. Él reculó pidiendo disculpas con una sonrisa y se cruzó el fino y huesudo brazo por delante del pecho, como dispuesto a rechazar cualquier otro acercamiento de la mujer. Suavizó la grosería con una seca inclinación—. A su disposición, madame.

—Dé recuerdos a Jonathan de mi parte y ruéguele que venga a verme —dijo Mother Cates recobrando su actitud.

—Así lo haré —dijo Sixes, con la sonrisa ya retorcida y forzada.

Bendix contempló el torpe desarrollo de la situación y le hizo gracia. Tomó a Sixes del brazo salieron por la puerta principal y volvieron a la esquina noroccidental de Covent Garden, donde aguardaba un coche.

—Un negocio maravilloso —dijo Sixes, al tiempo que abordaba el carruaje metiendo primero una pierna, luego la cabeza, el torso y, por fin, la otra pierna— pero la mujer es horrible. Es más rica que el Rey. —Estiró las piernas ante sí al tiempo que Bendix se sentaba en el cojín de al lado—. Dicen que es usted amigo de Defoe.

—Naturalmente —contestó Bendix—. Sir Edmund me lo confió durante la convalecencia.

—¿Qué le parece ese hombre? —preguntó Sixes, mientras el carruaje se alejaba de Covent Garden y las voces del cochero azuzando a los caballos resonaban, cortantes, al final de la noche.

—A mí me ha tratado con toda amabilidad —contestó Bendix.

—¿Lo dice porque le enseña los paisajes de Newgate? —inquirió Sixes—. Por un penique, puede verlos cuando quiera. —Hizo una pausa y luego añadió bruscamente—: Aunque pocos han pasado dentro tantos días.

—Eso ya me lo había contado él —replicó Bendix, a la defensiva.

—¿Le ha dicho por qué?

—Deudas.

—Sí —dijo Sixes—, seguro que fue eso lo que le contó. Se lo confesó abiertamente, a la ligera, y así lava las culpas. Ese hombre perdió todo su dinero, pero eso no es ningún delito. Luego, el de su familia y luego, el de la familia de su esposa. Y, aparte de eso, ha robado caballos y ha escrito contra Dios y el Estado. Debe conocer a las personas con las que se junta, Joseph. Asegúrese de que no quiere algo de usted.

—No puede decirse que esté en posición de que se aprovechen de mí.

—Aun así.

—¿Mañana estará usted en Tyburn? —preguntó Bendix.

—Sí —dijo Sixes—, como todo Londres y condados de alrededor. Venga conmigo por la mañana, Joseph, y tendrá un sitio como no hay otro.

—He quedado con Defoe.

—Quizá me haya precipitado al juzgar —respondió Sixes con una sonrisa, al cabo de un momento—. Es posible. Usted y Daniel Defoe me acompañarán a mí.

A Bendix no le afectó la noche de putas que había pasado. Era todo lo contrario que las artimañas y demás disfraces del amor que tanto temía. Además, tampoco le había distraído de sus estudios ni le había mermado la bolsa. Amelia no le despertaba la misma simple calentura de lascivia que lo había asaltado. Comprendió que era deseo puro, aunque fuera a posteriori. El trato con Amelia era más extraño, le producía respeto y perplejidad, un deseo incontrolable de crear el espacio del amor, si es que no había llegado ya, naturalmente, en cuyo caso, sólo faltaba el espacio necesario para reconocer ese amor ante sí mismo. Entonces se dio cuenta de que eso había sucedido en el preciso momento en que penetraba a la ramera. La distancia entre el sexo y el amor se había cerrado. El mito de la condesa se desvaneció. Amelia necesitaba tanto su protección como sus conocimientos, y se consideró tan vital para ella como ella para él.

XVII

Sixes insistió en que los tres subieran al tercer piso, desde donde verían mejor a la multitud. A Bendix ya lo habían zarandeado y estrujado, de modo que tenía la levita arrugada e impregnada de olores de cuerpos desconocidos. Sixes tenía razón. Desde la ventana de la taberna miraron hacia Oxford Road y vieron el gentío que se iba congregando por la mañana. A lo largo del camino, niñas vestidas de blanco arrojaban pétalos al aire juguetonamente. Defoe disfrutaba abiertamente de la tregua en medio de tanta agitación y se apoyó con todo su peso en el alféizar de la ventana, hasta que Sixes les instó a continuar, ansioso por llegar a Newgate a las diez en punto para ver a Sheppard saliendo de la capilla.

El prisionero estaba en plena discusión cuando llegaron. En un lado, se encontraba un oficial herrero esperando para quitar las cadenas a Sheppard. Defoe conocía la costumbre: retirar las cadenas y atar los brazos al prisionero a los lados del cuerpo con gruesas cuerdas. Watson, el ayudante del representante de la corona, insistía en que no le quitaran al prisionero los grilletes de las manos, y le llamaba diablo de maldad que sería ajusticiado cargado de cadenas. Bendix nunca había visto al prisionero enfadado, y fue una estampa triste que enseguida se agravó con la llegada del verdugo, que trató de atar la cuerda a Sheppard alrededor del pecho siguiendo su costumbre, pero el prisionero se retorcía y se escurría como un chiquillo que se escapa de la niñera.

—Tienen que tratarme igual que a los demás —gritaba Sheppard una y otra vez—. Son las órdenes del Rey. Igual para uno que para todos. —Watson parecía desconcertado al principio, pero al ver a Defoe, el desconcierto se transformó en preocupación porque el escritor presenciara la pataleta. Sin embargo, finalmente, fue Sixes quien reaccionó; se acercó a Sheppard por la espalda y lo tumbó en el suelo de un puñetazo en los riñones. Allí se quedó, boca abajo sobre la piedra, hasta que Sixes le dio la vuelta con el pie y lo dejó boca arriba como a un escarabajo. Sixes se inclinó sobre él y le pasó las manos por las calzas, luego por el chaleco y, de pronto, las apartó maldiciendo. Bendix vio la sangre que manaba, brillante. Watson, con mucho más miramiento, retiró la navaja, cosa que provocó tal ataque de risa a Sheppard que el herrero se estremeció. Sólo Defoe y Bendix sabían que aquello no era más que el primer intento de fuga.

—Pensaba saltar de la carreta —dijo Sheppard—, a la altura de Little Turnstile, más o menos.

Defoe dedicó a Bendix una sonrisa resplandeciente. Little Turnstile era una callejuela estrecha que llevaba a Lincoln's Inn Fields. De haber estado Calcraft asomado a la ventana, como era lo más probable, tendría que haberse tomado un frasco entero de láudano en señal de protesta.

Sacaron al prisionero del patio de la prensa, lo llevaron por la galería del medio y por el pasillo que rodeaba el calabozo de los condenados hasta la misma casa del guarda. Al salir por las puertas de Newgate, los gritos de apoyo de los maestros deudores silenciaron el ruido de la procesión. La calle estaba llena de agentes que trataban de formar ordenadamente detrás del mariscal y el ayudante del representante de la corona.

Sheppard fue izado a la carreta y Arnet, el verdugo, se subió lentamente al asiento del arriero. Un pelotón desorganizado de lanceros formó en falange detrás de ellos. Wagstaff, el Ordinario, ofreció a Sheppard la mano para que se pusiera de pie, pero el prisionero hizo caso omiso y prefirió quedarse sentado.

—¿Has dejado de beber, Jack? —preguntó Wagstaff.

—Si me hubieras dado ejemplo tú —replicó Sheppard—, a lo mejor te habría imitado.

Wagstaff subió a donde estaba sentado Arnet.

—Más vale que te quedes ahí —gritó Sheppard—, porque si no, a lo mejor ese buen hombre se confunde y nos cuelga a los dos.

Inmediatamente detrás del mariscal de la ciudad desfilaba Jonathan Wild, a horcajadas de un caballo ruano. Su aparición silenció a Sheppard, hasta tal punto que el aprendiz interpretó la cara de seriedad que puso como expresión de miedo o de odio. Wild se acercó trotando a la carreta y dio los buenos días a Sheppard.

—Lamentamos profundamente —dijo Wild— que haya luchado por su independencia hasta este extremo.

—Viste usted un paño muy fino, Jonathan —dijo Sheppard, sonriendo como de costumbre.

—Gracias —dijo Wild con un gesto de asentimiento.

—Habida cuenta de que lo ha adquirido con el aliento de los ladrones.

—Siempre he dicho —contestó Wild dando la espalda al prisionero— que la hipocresía es un obstáculo bajo, para un hombre de altura.

Entre la carreta y los guardias iban a pie Sixes, Bendix y Defoe. Sixes acallaba las objeciones del mariscal de la ciudad con una sonrisa profunda y un gesto de la mano dirigido a Wild, que iba al lado, y que, inmediatamente, suscitó un desprecio mutuo. La procesión avanzó por Newgate Street, dejó atrás Giltspur y Old Bailey y, con el mariscal de la ciudad a la cabeza, se encaminó hacia el atrio de entrada de la iglesia del Santo Sepulcro, donde se detuvo al pie de las campanas, cuyo sonido atemorizaba incluso a Bendix en un resonar atronador que procedía de lo alto y caía rodando sobre Newgate Street envolviéndolos a todos. Bendix se sintió aliviado al ver aparecer al sacristán con una campanita de mano cuyo timbre agudo y humano se distinguía de las fuertes ondas sonoras que emanaban de la iglesia. Veía a Sheppard perfectamente y vio que su expresión cambiaba del horror amortiguado ante el Santo Sepulcro a una amplia sonrisa cuando oyó la voz del sacristán por encima de las dos campanas.

—Buenas gentes, rogad a Dios de todo corazón por este pobre pecador que camina hacia la muerte y por quien tañe la gran campana.

—Vamos —dijo Defoe y, agarrando a Bendix por la mano, se acercaron a la carreta del prisionero.

—Tú que estás condenado a morir, arrepiéntete y derrama lágrimas de dolor —gritaba el sacristán.

Un lancero detuvo a Defoe a menos de tres yardas de la carreta. Pero una señal de Sixes bastó para que el soldado alzara la lanza y el escritor y el aprendiz continuaron su camino hasta el borde de la carreta; ambos se encaramaron a bordo con los pies en el aire, de modo que quedaron frente a las lanzas y la multitud que flanqueaba la procesión.

Cuando el sacristán concluyó sus palabras, el aire se llenó de ramilletes, pétalos y flores arrojados por las damas que habían tomado el atrio, lejos del clero. Bendix se giró y, doblando las piernas, subió los pies a la carreta y se quedó sentado de manera que veía a Defoe de perfil. Miró a su derecha y vio a Sheppard, que seguía con la mirada la lluvia de flores. El prisionero gritó a las damas, pero la campana ahogó sus palabras. El aire siguió llenándose de flores hasta que el caballo, harto ya, tiró hacia delante y la flores cayeron entre las lanzas de atrás.

Descendieron lentamente por las empinadas cuestas de Snow Hill antes de cruzar el río Fleet y entrar en las amplias calles de Holborn, donde los lanceros abandonaron la retaguardia y rodearon la carreta por completo. Sheppard se volvió hacia Defoe y le guiñó un ojo.

—¡Menuda multitud, señor Defoe! ¿No le parece?

—La mejor.

—Esperemos que la venta sea grande.

Wagstaff oyó la conversación y volvió a su lugar adecuado en la carreta, recordando su cargo.

—¿Conoce los mandamientos, Jack? —preguntó el Ordinario.

—Creo que vivíamos en el mismo barrio —contestó Sheppard—, pero nunca fuimos amigos.

Bendix oyó las carcajadas del verdugo y no pudo contener una sonrisa salvaje como la que exhibía Sheppard.

La iglesia de San Andrés estaba rodeada de espectadores, con tres filas apretadas contra el muro y los peldaños. La marcha de la carreta aminoró, pues tenía que abrirse paso entre la multitud. Bendix observó que los vestidos blancos de las niñas se habían tornados marrones de suciedad, con pegotes de barro seco hasta muy arriba. La gran sonrisa de Sheppard produjo un clamor que empezó entre los que le veían de cerca y fue extendiéndose con naturalidad en todas direcciones, apagando las oraciones de Wagstaff.

En Oxford Road, de Marylebone Fields, se detuvieron para que Sheppard cumpliera una promesa hecha a un admirador. Figg, el púgil, aguardaba el paso de la procesión con una pinta de caliente vino claro, y se abrió paso entre las lanzas hasta llegar al lado de la carreta. El preparado caliente dejó un aroma de especias en el aire frío que recordó a Bendix lo sediento que estaba y lo mucho que le entumecía noviembre. Se quedó mirando a Sheppard mientras éste apuraba la bebida de un trago y sintió una envidia que le llamó la atención por absurda.

Delante se levantaba el árbol triple de Tyburn y hacia el norte, los campos despejados de Marylebone y las cúpulas de Hampstead, claras y resaltadas en gris. La procesión concluyó no lejos de los muros de Hyde Park. Defoe y Bendix tuvieron que apearse de la carreta y ésta continuó sola hasta detenerse definitivamente al pie del árbol triple. La gran multitud guardaba silencio. Sheppard, mirando hacia arriba, vio que habían colocado hileras de asientos en su honor y que estaban abarrotadas de gentiles vestidos de seda y terciopelo. Por encima de su aliento olió a ostras, pero sólo deseaba otra pinta de vino caliente. Arnet se apeó y le quitó la cuerda, la colgó del árbol y luego la pasó por el cuello del condenado.

Sheppard tenía intención de comportarse jocosamente, pero al levantarse a instancias de Wagstaff, empezó a confesar sus robos tartamudeando. Quizá fuera el frío, el fino traje de seda o las primeras semillas de la duda respecto al plan de Defoe, pero se veía perfectamente que había empezado a temblar. No podía dejar de mirar la cuerda que tenía alrededor del cuello. Cada vez que el caballo movía la cabeza, notaba el temblor de la carreta y las piernas se le tensaban de ansiedad. Al final, no se olvidó de su promesa.

—Todos los que deseéis conocer la verdad —dijo Sheppard— sabed que yo mismo he escrito la narración de todos los robos de Jack Sheppard, y que será impresa por Applebee, de Blackfriars. Ahí tenéis mi confesión. —Desde donde se encontraba, Bendix vio que, en las manos del condenado había aparecido un curioso montón de papeles—. Es la verdad —repitió Sheppard e, inclinándose, saludó a alguien que se había abierto paso entre la multitud. Era Defoe. El viejo, con su enorme pelucón, sostuvo las confesiones en alto, por encima de la cabeza, como si fueran las Sagradas Escrituras, y con ellas se alejó del árbol. El Ordinario no podía consentir que el extraño llamamiento al público fueran las últimas palabras del día, y pronunció una oración a voces para las masas silenciosas antes de bajarse de la carreta. Arnet permanecía delante del caballo y, a una señal de asentimiento del ayudante del representante de la corona, hizo avanzar a la bestia un par de pasos. A Sheppard no le dio tiempo a bajarse la venda para taparse los ojos.

Bendix permaneció horrorizado más de diez minutos. La multitud exhaló un suspiro colectivo y un gruñido desmayado y, luego, se sumió en el silencio, como Bendix. Sheppard se retorcía y pataleaba por librarse de la soga.

—Vamos, hombre —dijo Defoe para sí.

En contraste con las diez mil estatuas que formaban la multitud, las sacudidas y los espasmos del condenado parecían exagerados. Tan sólo se produjo otro movimiento más, el de un carruaje que bajaba por Edgware abriéndose paso entre la gente lentamente. Cuando por fin Bendix apartó los ojos del cuerpo, una vez quedó éste colgado e inerte, ni Sixes ni Defoe se encontraban allí.

Un hombre vestido de soldado irrumpió por entre la barrera de lanceros. Se detuvo como sorprendido por la facilidad con que podía moverse y entonces desenvainó la espada y, cortando la soga, bajó a Sheppard, acompañado por las exhalaciones entrecortadas del público. Bendix buscó a Defoe entre la multitud y lo vio a menos de diez yardas de su propio carruaje, conduciéndolo por entre la gente. Un pelotón de hombres seguía al soldado, que cruzaba la barrera de lanceros y, levantando el cuerpo por encima de sus cabezas, se acercó al carruaje que se aproximaba.

No habían avanzado diez yardas cuando el murmullo de la multitud aumentó, dejó de ser un océano de murmullos y se convirtió en un unánime rugido de duda.

—Son los cirujanos —gritó una voz desde lo alto de la carreta de Newgate, y Bendix, al reconocer el tono, se giró y vio a Sixes señalando frenéticamente hacia el carruaje de Defoe—. Lo llevan a los cirujanos.

Bendix jamás había visto una multitud tan de cerca ni tan excitada, pero sabía que seguía una corriente, que tenía una dirección, oleaje y furia igual que el mar en invierno, y vio que el cuerpo de Sheppard y los hombres que lo transportaban se perdían entre la aglomeración creciente de la gente. Vio un instante a Defoe, separado del carruaje, y después, también a él lo engulló la masa.

El torbellino no duró mucho, pero fue de una emoción tan intensa que Bendix empezó a recular alejándose del vórtice. Vio levantarse el cuerpo de Sheppard otra vez, pasando de mano en mano desde la horca y en dirección sur. Desaparecía y volvía a surgir, nadie sabía hacia dónde pasarlo, nadie sabía que con su propio acto, lo matarían por segunda vez en el día.

El carruaje de Defoe estaba destrozado. Bendix divisó las cabezas de dos caballos sacudiéndose y girándose y oyó gritar a los hombres y mujeres que se encontraban cerca. El carruaje se resquebrajó y se partió, quedó reducido a astillas bajo la fuerza de la multitud. Una de las portezuelas pasaba de mano en mano por encima de las cabezas, a imitación del cadáver. Bendix volvió a girarse buscando a Sixes, pero también había desaparecido, como el cuerpo de Sheppard. Sospechó que, al margen de lo que hubiera sucedido en esos minutos, hacía un buen rato que había ganado la apuesta a Defoe.

La multitud se dispersó lentamente, comentado el paradero de Sheppard, separándose, volviendo a congregarse, moviéndose otra vez, hasta quedar de acuerdo en reunirse en Long Acre, no lejos de la sede de los cirujanos. Si la muchedumbre era un perro ladrador, Bendix representaba uno de los últimos pelos de la cola, yendo y viniendo astutamente de un lado a otro de la calle. Dio a Sheppard por muerto y las intenciones de Defoe por frustradas y siguió andando con los intereses de Amelia en el corazón.

La muchedumbre siguió su camino por Bond Street a una velocidad sorprendente que le obligaba a avanzar diez pasos al trote de cada diez que daba. Vio a un pobre hombre delante que no estaba acostumbrado a tal paso, con una peluca pasada de moda caída hacia atrás. De haber sido un día de calor, estaba seguro de que el hombre se habría desmayado. Algunos miembros de la multitud habían cogido teas por el camino, de modo que el crepúsculo quedó pospuesto y las masas se concentraban alrededor del fuego como polillas. Bendix comenzó a caminar a zancadas exageradas para no perder la luz de vista.

—Joseph, Joseph.

El aprendiz se detuvo y miró a su alrededor, al hombre que avanzaba tan apurado delante de él, y se encontró a la altura de Defoe.

—¿Adónde demonios van? —dijo Defoe resollando; tomó a Bendix del brazo y se dejó llevar por él.

—Señor Defoe —dijo Bendix con sorna—, creía que lo habían aplastado.

—Sólo el sombrero, caballero —contestó Defoe.

—Y el carruaje.

—No era mío —dijo el escritor con una sonrisa—, sino de Applebee. La verdadera pena del día, Joseph —prosiguió Defoe corriendo un momento en silencio para recuperar el aliento—, fue que estuve tan cerca que pude ver señales de vida en la cara de Sheppard. Lo habría logrado, fugarse delante de toda Inglaterra, si no lo hubiera matado el afecto.

—Entonces, supongo que ignora el paradero del cuerpo.

—Si lo supiera —dijo Defoe—, me ahorraría seguir a todos estos.

Defoe y Bendix desembocaron en Long Acre y comprobaron que, si la multitud había seguido a algunos cabecillas, éstos habían desaparecido. No sabían en qué edificio podría encontrarse el cuerpo, de modo que comenzaron a apedrear las casas una tras otra. Fuertes descargas de ladrillo y cemento hicieron explosión por todo Long Acre, acompañadas por el estrépito agudo de ventanas rotas y protestas de los asaltados. Pequeños grupos de vigilantes ancianos luchaban por avanzar y abrirse camino de casa en casa, aunque sus movimientos quedaban ahogados de vez en cuando en el torbellino de la multitud.

Bendix y Defoe se quedaron entre las sombras de un callejón observando el caos cada vez mayor. Se habría dicho que cuantos habían estado en Tyburn iban llenando Long Acre. Los combatientes llegaron primero, pero después, el público aumentó tanto que toda la escena adquirió una dimensión teatral. Los participantes más activos subían cada vez más arriba, arrancaban verjas, golpeaban puertas, arengaban con valentía a los hombres para que se unieran a ellos, aunque nadie les hacía frente.

Los disturbios cesaron con la llegada de la infantería del príncipe, procedente del Savoy. Todavía quedaba luz más que suficiente como para que las bayonetas centellearan y el orden en que llegaron aniquiló toda muestra de osadía con la misma rapidez con que la multitud se disolvió.

—Mire, Wild —dijo Defoe, señalando al comendador de ladrones que se movía entre los soldados. Quilt Arnold lo seguía y los dos iban dispensando garrotazos entre la plebe, que desaparecía a su paso. Bendix vio que uno de los amotinados más exacerbados se atrevía a plantarse en el camino de Wild. Luego lo amenazó con un palo y se lo rompió en el hombro antes de caer bajo el garrote de su secuaz y guardaespaldas. Wild se detuvo a comprobar el estado de su brazo mientras su colega continuaba abriendo paso a golpes por Long Acre. Wild sopesó el bastón con la mano sana y empezó a descargar golpes contra el hombre que le había atacado hundiéndoselos en la carne, abriéndole heridas y partiéndole los huesos. El griterío impedía que se oyeran las descargas del garrote, pero tanto el aprendiz como el escritor se estremecían con cada golpe. Defoe observaba fascinado, pero para Bendix era un espectáculo excesivamente cruento y no tardó en dar media vuelta, asqueado.

Tomó a Defoe por el brazo y lo arrastró hacia lo más denso de las sombras, hasta salir a Holborn.

—Va a matar a ese hombre —musitó Bendix, conmovido.

—Fue alguacil mucho antes que comendador —dijo Defoe casi sin resuello a causa de la excitación—. No creo que sea la primera alma que manda a Dios directamente. Es extraordinario, ¿no le parece?, ver a un hombre reducido a la condición de animal.

—Si estaba borracho... —comenzó Bendix, pero sólo logró sacudir la cabeza como si así pudiera borrar la inhumana conducta de Wild. El escritor le dio una palmada en la espalda y luego agachó la cabeza para entrar en la taberna Barley Mow a buscar a un mozo antorchero que los guiara, el cual los condujo por estrechos callejones que Bendix no había pisado nunca.

—Sospecho —dijo Defoe— que Sheppard volverá a levantarse. Si no lo encuentran y lo entierran antes de que termine el día, la muchedumbre volverá a reunirse. De eso podemos estar seguros.

Defoe le deseó buenas noches cuando desembocaron en Rope Maker's Alley y continuó por su cuenta. Bendix, siguiendo la luz del mozo, llegó cansado a lincoln's Inn Fields.

El rostro serio de Lemon lo recibió en la puerta como si fueran las cuatro de la madrugada, en vez de las cinco de la tarde.

—El doctor está abajo —dijo el lacayo—, y dice que llega usted tarde al trabajo.

Bendix debió de quedarse allí plantado, inmovilizado por la incertidumbre o la incredulidad, porque Lemon tuvo que darle una palmada en el hombro para que entrara en la casa y poder cerrar la puerta al frío.

El aprendiz bajó las escaleras a toda prisa tan concentrado en averiguar la verdad del asunto que no se daba cuenta de que avanzaba. Calcraft se encontraba de pie junto al cuerpo de Sheppard, trazando despacio una línea que le cruzaba el pecho con el escalpelo más fino.

—Estuve allí —dijo Bendix, asombrado—. La multitud se llevó el cuerpo.

—Cien hombres pueden mover un cadáver rápidamente —dijo el doctor levantando la mirada—. ¿Fue desagradable, Joseph? Es casi un milagro que haya llegado entero.

Bendix miró el cadáver y una gran tristeza le acometió desde el estómago, un vapor lacrimoso al que no quería dar rienda suelta por vergüenza. La muchedumbre había infligido mucho daño a su héroe. Además de las lógicas señales crueles del ahorcamiento, el armonioso cuerpo de Sheppard estaba contusionado a causa del zarandeo y los batacazos, tenía el brazo derecho retorcido y el tobillo izquierdo alargado. Los ojos, brillantes y rojos, se unían a la boca torcida hacia abajo en una mueca de protesta por el trato recibido.

—No me sorprendería —dijo el doctor— que hubiera muerto por los golpes, y no por asfixia.

—Es lo que opinaría Defoe.

—Ya veo —replicó Calcraft con una sonrisa— que volvemos a estar de acuerdo.

El doctor abrió la caja torácica a Sheppard de la misma forma que hiciera con Pink, de Waltham Blacks. Mientras se oía el ruido de la sierra dividiendo músculos, huesos y cartílagos, Bendix se quitó la levita y se dirigió a la cabecera de la mesa a tapar los ojos a Sheppard. Después, siguiendo los deseos del doctor, repitió las tareas que había llevado a cabo con tanto entusiasmo hacía tan sólo unos meses. El interior del cuerpo presentaba mejor aspecto que la piel abierta y los huesos rotos. Todos los órganos internos parecían intactos y la idea de la curación de Calcraft ganó credibilidad a los ojos de Bendix. Si aquel ahorcado tenía algo de sagrado para Calcraft, eso estaba en las partes que permanecían completas, no en los ojos inyectados de sangre, en el cuello abrasado o en los brazos y piernas descoyuntados por la multitud; eran los órganos internos los que acumulaban la valía del hombre.

—En una ocasión, el señor Defoe me dijo que el padre de

Sheppard era carpintero —dijo Calcraft, mientras Bendix pesaba el bazo—. Como cristianos que somos, debemos creer que su ejecución representa el primer paso de su salvación. La liberación divina del pecado, la victoria sobre el mal. —Bendix se debatía entre la mayor repulsión, si consideraba a Sheppard un hombre malo, y la esperanza de que tal vez Amelia sanara, confirmando así la teoría del doctor. Apuntó el peso con tiza y volvió al cadáver con los ojos puestos en sus propias manos, llenas de sangre—. En el fondo de todo milagro —prosiguió Calcraft— se encierra la transformación de lo que juzgamos pernicioso en lo que tenemos por beneficioso.

—Sí, señor —fueron las únicas palabras que Bendix pudo pronunciar.

Una vez retirados todos los órganos internos, los dos hombres atizaron el fuego y prepararon varios hervidores pequeños para dar comienzo a la necesaria reducción. El sótano se impregnó del olor acre de sangre empapada en serrín, olor que recordaba a Bendix el de las carnicerías, cuando pasaba por delante de sus puertas abiertas. Contemplando el armazón vacío del reo, Bendix no pudo evitar que Calcraft se le presentara como el mayor de los ladrones. Calcraft se enfrascó inmediatamente en su diario de piel de becerro y pasó diez largos minutos llenando páginas con la descripción del trabajo a rápidos golpes de pluma y tinta.

A ojos del aprendiz, el nivel físico del trabajo del doctor no dejaba de tener un carácter infame, un aura repelente que lo igualaba con la conducta de Wild. Bendix se debatía continuamente contra su educación para adaptarse a la vertiente visceral de la práctica de la medicina. De no haber cortado los vínculos su familia con él, dudaba de que hubiera continuado su educación hasta ese punto.

Cuando Calcraft terminó de escribir, se levantó y se dirigió al aprendiz, sudoroso todavía por los esfuerzos. Entre los dos, echaron capas de serrín en el charco más grande hasta que la mancha roja dejó de verse.

—Ya casi lo tenemos, Joseph. Más tarde comenzaremos la decocción.

—Sí, señor.

—Ahora voy a retirarme. El señor Sixes nos espera en la cocina. Lo mandaré aquí para que, entre los dos, terminen con el asunto del cuerpo.

—¿Y en qué consiste el asunto del cuerpo? —preguntó Bendix con un rencor que empezaba a abrirse camino hacia el exterior.

—Pues, en enterrarlo, ¿en qué va a consistir? Tengo entendido que hay que darle sepultura convenientemente para que el pueblo se tranquilice. —El doctor recogió el diario, se lo encajó debajo del brazo y, con una inclinación, dio las buenas noches alegremente.

Los dos minutos que Bendix pasó a solas con el cadáver resultaron mentalmente crueles. En ausencia del doctor, se le ocurrió otro pensamiento. Quizá, la excepcionalidad de Sheppard radicara en su exterior, no en su interior. La tradición de Dorset, según la cual era la mano del ladrón ahorcado lo que sanaba a los niños, parecía más lógica. Miró detenidamente las manos de Sheppard, las giró y las volvió a girar preguntándose sobre los poderes curativos de los ahorcados. Al ladrón se le habían roto dos dedos de la mano izquierda, durante o después de la ejecución. Eran muy largos en proporción con las finas muñecas, endurecidos tras años en el oficio de carpintero.

—Señor Bendix —dijo Sixes bajando.

—Una actuación excelente la de hoy —replicó Bendix; dejó el brazo derecho de Sheppard en la mesa y avanzó un paso hacia el visitante—. Creo que fue usted el instigador del caos.

—El dinero, no yo —dijo Sixes—. ¿Qué no hará el hombre por dinero? —Llevaba colgado al hombro un objeto largo dentro de un saco y lo dejó en la mesa donde yacía Sheppard—. El dinero —dijo Sixes—, es una vieja historia... el primer invento del hombre y, por desgracia, también el último: el dinero.

—Para usted y para mí, quizá —dijo Bendix—, pero Sheppard no hizo nada por dinero.

—¿Y qué es lo que desea un ladrón, sino vivir de los beneficios del esfuerzo del prójimo? —preguntó Sixes.

—Supongo que le habrán pagado bien —dijo Bendix.

—Teniendo en cuenta la bajeza de mis deseos —replicó Sixes—, ha sido casi una fortuna.

—¿El señor Applebee no pujó por sus servicios?

Sixes empezó a aflojar la cuerda que cerraba el saco.

—Cuando se es persona independiente y se ha recibido el don de un poco de sentido común —dijo Sixes—, es mejor trabajar del lado de la ley, y no al margen de ella.

—Pobre justificación —dijo Bendix.

—Sheppard estaba al margen, sí. Ahora dígame, si este cuerpo pudiera hablar, ¿no desearía morir a manos de la atención general, en vez de una tumba fría?

—No tiene usted en cuenta la atención que el señor Wild recibe de la prensa— respondió Bendix.

Sixes señaló el cadáver de Sheppard.

—Éste era un juguete de la prensa, jugaban con él como si fuera una pelota. Si la prensa fuera la pelota, Jonathan sería un gran jugador. —Sixes cogió el saco y vació varias libras de vísceras a los pies de Sheppard.

—¿Ha asistido a otras ejecuciones hoy? —le preguntó Bendix.

—Sí —contestó Sixes—, ¿lo rellenamos?

—¿Rellenarlo?

—Ponerle tripas nuevas, coserlo, vestirlo. Tiene que asistir a su propio entierro, señor Bendix y, aunque el servicio en el Santo Sepulcro sea reducido, tenemos que asegurarnos de que nadie piense que los cirujanos lo han manipulado.

—Claro —dijo Bendix. Entre los dos, siguiendo las instrucciones del aprendiz, sustituyeron las tripas de Sheppard por todo el saco de despojos de cordero, que Bendix notó calientes.

XVIII

Los tres días fueron agotadores y caóticos para Bendix. No tenía la misma energía ni la misma entrega que el doctor y no era capaz de sacar de la nada una fe semejante en las habilidades ajenas. Sin embargo, cuando fueron los dos a visitar a Amelia, creyó verla prácticamente recuperada. Se la imaginó a las puertas de Hyde Park, paseando por el huerto de Defoe en Stoke Newington o por las Tullerías. Cuanto más febril era la entrega del doctor, más se inclinaba Bendix a medirse por el rasero de Calcraft. No durmió la noche en que se deshicieron de los restos de Sheppard, sino que permaneció vigilando los hervidores con el doctor, pendiente de las minuciosas observaciones con que éste atendía el proceso. Juzgó sumamente generoso por su parte que no hiciera la menor alusión a su anterior descuido.

La principal preocupación de Calcraft a la hora de la transfusión era emparejarla con el ritmo del corazón. Sin embargo, la mayor preocupación de Bendix radicaba en conseguir una densidad igual a la de la sangre. Leyó, horrorizado, las secuelas que había dejado el éxito del club de filosofía experimental, ochenta años antes. Los imitadores se habían dedicado a transfundir orina, cerveza, leche y vino. Lo mejor que podía decirse de los experimentos era que no todos los resultados habían sido fatales. El paso más definitivo se debía a Lower, que supuso que el fluido más compatible para transfundir con la sangre sería la sangre. De no haber sido prohibidos los experimentos en 1685, quizás en ese momento dispusieran ellos de bases más firmes. Aunque la decocción del doctor contenía esencia de sangre y tejidos, su viscosidad la hacía completamente inadecuada para la transfusión directa.

Siguiendo el procedimiento del experimento original de Denis, transfundirían a Amelia la sangre de un becerro. No obstante, la sangre pasaría por la decocción, confiando en la predicción de Calcraft de que, con su calor, arrastraría una concentración de animáculos vitales al pasar a las venas de su hija.

La noche anterior a la transfusión repasaron los detalles por última vez. Calcraft llevó dos vasos de vino humeante al sótano y los dos brindaron por la curación de Amelia. El doctor sacó una cajita del bolsillo y se la regaló a Bendix.

El aprendiz abrió la tapa, negra y lacada, y sacó una flor seca de color morado del interior.

—Eufrasia —dijo Calcraft mientras Bendix se acercaba la flor a la nariz—, que en griego significa alegría, un buen augurio.

Bendix sonrió y asintió.

—¿Sabe cómo la llaman en la costa sur? —preguntó el doctor—. Ojo brillante. El arcángel san Miguel envolvió los ojos a Adán con ella antes de la caída. La he añadido también a nuestro reconstituyente.

Bendix volvió a guardar la flor en la caja y miró el líquido turbio que tenía delante.

—¿Y qué me dice de Sheppard? Elsholtz dice que la transfusión recíproca entre el hombre y la mujer acerca el carácter del uno al del otro, y así se atenúan la discordia y la tensión, una vez mezcladas las sangres.

Calcraft sacudió la cabeza con una sonrisa.

—¿Qué es lo que le hace gracia? —preguntó Bendix, muy ofendido.

—¿Cree que Amelia se quitaría el corpiño y escalaría por los muros de la casa como Jack Sheppard? —El doctor trató de contener la risa, pero finalmente estalló en carcajadas otra vez—. Ridículo —añadió—. Cuando Mercklinus recibió la sangre de un cordero, ¿se puso a balar y a pastar por el jardín?

Bendix sonrió y asintió.

—No obstante —dijo—, no hay precedentes.

—Y, por tanto, no disponemos de más juicio que el nuestro

—replicó el doctor. Levantó el vaso brindando por el aprendiz, bebió un trago largo y posó el vaso en la mesa otra vez—. Antes de que usted viniera —prosiguió con sobriedad—, creo que no hablaba tanto. No me favorecía ni me desfavorecía. Leía en voz alta, pero no eran mis propias palabras. Me gusta el silencio, es una afición difícil de mantener en Londres, me gusta de verdad. Por eso me pregunto si habrá alguien a quien le guste la oscuridad.

—Quizá —dijo Bendix con una sonrisa— tendría que haber un término medio entre el ruido y el silencio, entre el sol y la sombra.

Calcraft alzó el vaso en dirección a Bendix.

—En estos momentos, para usted no hay término medio, Joseph. Amelia solicita su compañía. Se cansa de mí y está nerviosa por lo de mañana. Tranquilícela, tranquilícela cuanto pueda.

Amelia estaba sentada en su silla de siempre. Bendix entró y, sin poder evitarlo, pensó en la cantidad de horas que pasaba sola, en la extraordinaria semejanza de sus días y sus noches. La compasión no le gustaba gran cosa, pero era tan fácil caer en ella y tan infinitamente difícil evitarla... Sin la presencia de su padre gravitando sobre ella como un heraldo de la etiqueta, Amelia se puso en pie para saludar a su invitado y le rogó que tomara asiento. Bendix la complació sin darse cuenta de que se había quedado con la boca abierta, con los labios separados como si se hubiese petrificado en un momento divertido de la conversación. Era una mujer alta y, mientras él se sentaba y ella todavía estaba de pie, le pareció como una columna de luz que hendiera la estancia. Era la primera vez que se encontraban los dos a solas y, aunque cada cual conocía la vida del otro lo suficiente como para comenzar cualquier tema de conversación, Bendix se sentía tan torpe como el primer día en que se conocieron.

Amelia parecía cómoda, en silencio, pero la mirada vacía de Bendix revelaba una conmoción interior que impedía a su boca asumir las posturas necesarias para hablar. Por fin, se contuvo los nervios y dijo, con la mayor calma.

—¿Hay flores en la habitación?

—No es época de floración, señor Bendix, ni siquiera en nuestro jardín.

—Naturalmente —dijo Bendix, y le alivió que su propia voz saliera por fin correctamente de la boca. Entonces, recuperada la confianza, dijo—: No da usted la impresión de ser una dama que necesite ser tranquilizada.

—¿Eso es lo que le encomendó mi padre?

—Comprendo que la serenidad no es igual a la felicidad —dijo Bendix—. Puede usted negarse a someterse al procedimiento. Aunque se le apague la vista, en esto se juega la vida.

—Sería absurdo preferir una eternidad de esperanza a un momento de posibilidad —respondió Amelia en voz baja, casi para sí misma—. Confío en mi padre.

—Sin embargo, reconoce que está un poco preocupada.

—Quizá busque consuelo.

Amelia sabía que Bendix no podía imaginarse ni remotamente cómo se habían ido apagando, de forma casi imperceptible, los amortiguados colores de su mundo, hasta confundirse en matices semejantes. Si no hubiera visto jamás, la carga habría sido más fácil de sobrellevar, pero tener conocimiento de cuanto podía verse y confiar en un recuerdo que se apagaría sin duda igual que la vista, le producía una gran tristeza. Añoraría sobre todo las expresiones, los gestos peculiares y las reacciones que diferenciaban unos rostros de otros. Perdería para siempre los torpes movimientos semivelados de Bendix.

El aprendiz vaciló pensando que alimentar dudas era impropio de un caballero.

—No sabemos lo que va a suceder —dijo—. Sólo pienso en el momento en que su padre aplicó por primera vez su propio método de extraer piedras de la vejiga. Estoy seguro de que a su ayudante le horrorizaría la heterodoxia y, sin embargo, el doctor estaba sin duda en lo cierto.

—¿Está usted horrorizado?

Bendix sonrió forzadamente.

—Creo y dudo al mismo tiempo, igual que usted.

—¿Y si sucediera lo peor, señor Bendix, qué más podría pasarme? Sólo que, cuando volviera a despertar, el mundo fuera aún más oscuro. De todos modos, ese momento no tardará en llegar. Prefiero apostar la juventud ahora; otro año de espera sería para mí un plato completamente vacío.

Bendix sonrió ante su franqueza.

—¿Y la cicatriz? —le preguntó—. ¿Por qué quiso exponerse al sol, si sabía lo que iba a suceder?

—Para asegurarme —contestó Amelia, y dejó tras de sí un silencio de reflexión. Le avergonzaba la cicatriz y se la tocó con desasosiego. El día que salió a pasear por el tejado, sabía perfectamente lo que podía suceder. No lo hizo por llamar la atención, sino como única alternativa a la monotonía. Había tomado la decisión varias semanas antes y, en el momento en que la puerta se abrió ante ella, el asombro y el arrepentimiento la embargaron. No llegó a ver nada en absoluto, sólo una claridad atronadora, y tuvo que volver la cabeza al notar en los ojos un dolor fortísimo. Inmediatamente, se le ampolló la piel de la nuca y se vio obligada a refugiarse de nuevo detrás de la puerta.

Mientras volvía a tientas a su habitación, el dolor aumentó y se concentró en el hombro y el cuello. Se secó las lágrimas de los ojos, se curó la herida ella sola ante el espejo y percibió al tacto las ampollas que se inflamaban y se abrían, incluso el enrojecimiento de la carne. Antes de terminar, afortunadamente perdió el conocimiento. La despertó el roce de Calcraft. Le arregló el vendaje pero no dijo nada, aunque, en las semanas posteriores, relacionó sin lugar a dudas el deterioro de su estado de salud con el pago por el acto de rebeldía. Si hubiera preguntado algo a su hija, le habría dicho que no era sólo la vista lo que estaba perdiendo, sino también la esperanza.

—No sé por qué —dijo Bendix para romper el silencio—, pero tengo la impresión de que va a funcionar. La he visto paseando alrededor de los campos, la he visto al otro lado de las verjas de Hyde Park. —Se calló súbitamente y clavó la vista en el suelo, como si se le hubiera derramado una información irrecuperable.

Cuando volvió a levantar la mirada, Amelia fruncía los labios de risa y se había olvidado de la cicatriz. Le hacía gracia la aparatosa serenidad de Bendix.

—¿Cuántos años tiene, señor Bendix?

—Me llamo Joseph —contestó el aprendiz con una sonrisa.

—Sé cómo se llama, señor, pero quisiera saber su edad.

—Tengo treinta años.

—¿Dónde está su familia?

—Mi madre murió —dijo, distraído por el rápido giro de la conversación y sintiéndose un aprendiz de nuevo—. Mi padre pasó aquí su juventud, pero ahora vive en Northumberland.

—¿Va a verlo?

—Es un viaje terriblemente largo, pero no, no he ido a verlo, aunque iré.

—¿Viajará en carruaje, o quizá por mar?

—¿Acosa al señor Defoe con tantas preguntas? —inquirió Bendix sonriendo abiertamente.

—Con muchísimas menos —dijo Amelia permitiéndose una sonrisa semejante—, porque sus respuestas no terminan nunca.

—¿Cómo le gustaría viajar a usted? —preguntó Bendix.

—Si mi padre viviera en el norte —dijo Amelia y, a pesar de la oscuridad, Bendix vio que arqueaba la espalda en posición atenta y unía las manos—, me envolvería en pieles para combatir el hielo y viajaría por el mar. No me pondría enferma. Me pondría al lado del capitán y él me indicaría los puertos más interesantes del trayecto para que me fijara. Habría un temporal que no duraría mucho, pero que hiciera rezar a los hombres, y llegaríamos a Northumberland bajo el más radiante cielo azul.

Bendix se rió junto con su anfitriona y, por primera vez desde que se la imaginara o desde que la conociera, se acordó de la diferencia de edad que mediaba entre ellos. El relato de Amelia le había parecido infantil.

—Dígame, Joseph, ¿cuánta sangre contiene el cuerpo?

—Creemos —dijo Bendix con la sonrisa apagada, pero se limpió la boca y comenzó de nuevo—. Nos acercamos a las veinticinco libras, de las cuales se pueden sangrar veinte sin correr riesgos.

—¿Y cuando el paciente se desmaya?

—Quiere decir que reacciona a la medida extraída.

—¿Cuánta sangre me van a sacar?

—No mucha, unas veinte o treinta onzas, según su reacción. ¿Su padre no la ha sangrado nunca?

—Se burla de los barberos.

—Personalmente, me parece vivificante. Ocho onzas aumentan la vivacidad.

—¡Vaya, Joseph! —dijo Amelia en son de broma— Me anima a probarlo. Mañana tiene que contárselo a mi padre también.

—No necesita que lo animen —dijo Joseph—, lleva días cabeceando como un petirrojo.

—¿Y con qué van a sustituirme la sangre?

Antes de mentir, Bendix se aseguró de que sus miradas se encontraran a través de la oscuridad.

—No lo sé. Es un secreto de su padre. He visto restos de una florecilla que llaman eufrasia.

—Supongo que lo que vamos a hacer mañana no tiene nada que ver con el señor Lower —dijo Amelia, y Bendix miró al techo, porque aquello no era una pregunta sino una afirmación enunciada con la certidumbre del pleno conocimiento.

—¿Lee mucho? —preguntó Bendix.

—Leo poco —contestó Amelia—, pero me leen en voz alta con frecuencia. Comprenda que la diferencia, Joseph, emana de la censura del contenido.

Bendix respondió a su comprensión, y también al hecho de que lo hubiera llamado por su nombre de pila, con una leve inclinación.

—¿Por qué se dirigió a mí utilizando palabras de otro? —inquirió.

—Porque no las tengo propias —dijo Amelia sonriendo al recordar las cartas—. Es lo que nos toca a las mujeres, ¿no es así? Saber leer pero no escribir.

—¿Según su padre?

Amelia asintió.

—Así es en general —respondió Bendix, que no deseaba contradecir la opinión de Calcraft—, pero eso está cambiando en Inglaterra.

—Aun así, ¿a quién iba a escribir yo? —preguntó Amelia.

Bendix se encogió de hombros, desazonado. Había pretendido insinuar que él mismo podía ser el receptor de las cartas de Amelia, pero decirlo habría sido excesivamente sincero, tan expresivo que se avergonzó sólo de pensarlo. Una imagen de la ramera de Mother Cates titiló en su mente, e inmediatamente la desechó.

—Hace algún tiempo, su padre me dijo que usted pensaba que yo tenía un aspecto raro.

—No tenía que habérselo dicho —replicó Amelia con una risita, y se pasó la mano por la cara sonriendo todavía—. No pretendía insultarle. Opino todo lo... es porque es usted joven. Es usted tan joven, comparado con mi padre y sus pocos amigos...

Bendix comprendió que la conversación iba haciéndose más incómoda para los dos.

—Defoe la visita constantemente.

—Según el humor de mi padre.

—Es un hombre que gusta de escuchar su propia voz, ¿verdad?

—Sí —dijo Amelia con una sonrisa—, y pienso que, para mí, es una suerte. Antes de Defoe, sólo venía mi padre, y yo era tan tonta que creía que todo lo que me leía era verdad. Defoe me enseñó la falibilidad de las palabras, y que no hay que tragarse todos los libros enteros.

—Hay pocos temas sobre los que él no haya escrito —dijo Bendix—. No creo que haya tenido ningún pensamiento que no haya constatado por escrito.

—¿Ha leído *Crusoe*? —preguntó Amelia.

Bendix asintió.

—¿Y *Venturas y desventuras de la famosa Moll Flanders*?

—He estado en el extranjero.

—¡Ah, claro! —dijo Amelia—. En tal caso, será nuevo para los dos.

—¿No se la quiere leer él?

Amelia se inclinó hacia delante y miró a Bendix atentamente.

—Fue hace dos años, una época de distanciamiento similar entre los dos amigos. —Bendix asintió comprendiendo la situación—. Puede comprarlo en Cato's Head, en Russell Street, cerca de Covent Garden —prosiguió ella—. Lo empezaremos durante la convalecencia.

Bendix volvió a bajar las escaleras del ala oeste sumido en una sensación de perplejidad total por la agradable manipulación de que había sido objeto.

XIX

La casa, desde el ala oeste hasta el sótano, estaba equilibradamente bañada en luz. No la iluminaban las brillantes velas que solían acompañar el trabajo del doctor ni estaba sumida en la sombra como el mundo apagado de Amelia. Lemon había colocado faroles protegidos con cristal opaco en la escalera del sótano, de modo que, a cada diez yardas, se derramaba una suave luz anaranjada como si otros tantos soles estuvieran poniéndose por toda la casa.

Amelia llevaba una venda estrecha de percal en los ojos y, del brazo de su padre, bajó las escaleras, con Bendix cerrando la marcha. Durante el descenso, se produjeron algunas risas, una corriente de buen humor entre padre e hija, mientras que Bendix los seguía en actitud sobria. Amelia se había vestido con sencillez para la ocasión, un vestido blanco suelto con mangas hasta los codos. Aquella alegría tenía un sabor tan cercana a la conspiración que, aunque Amelia conocía lo esencial de la operación, a Bendix le hizo sentirse más cómplice que aprendiz.

Sólo una hora antes, Bendix había tenido una fuerte sensación de absurdo cuando, con Lemon, bajaba una ternera por la escalera a golpes. En muchos hogares, las aves, las ovejas o los cerdos compartían la casa con las personas que la habitaban, pero Bendix se habría jugado consigo mismo que, en Lincoln's Inn, ellos eran los únicos. Y lo peor de todo era que Lemon se negaba rotundamente a compartir el buen humor de Bendix, de modo que los mejores chistes del aprendiz no recibieron respuesta alguna, salvo algún resoplido ocasional del aturdido becerro.

Calcraft dejó que Amelia acariciara al becerro, lo cual pareció tranquilizar a ambos.

—¿Vivirá? —preguntó Amelia.

—Claro que sí —contestó su padre.

Amelia veía algo por debajo de la venda de algodón que llevaba en los ojos, porque cuando se sentó al lado de la mesa, miró al alrededor y dijo:

—¿Qué es eso del suelo?

—Serrín —contestó Bendix.

—¿Y por qué lo han esparcido encima de la piedra?

—Porque resulta más cálido para los pies. —Y, para reforzar la mentira, añadió—: y porque es más firme de pisar que la piedra.

Amelia asintió. En realidad, a ella no le importaban sus propias palabras, ni las respuestas que le dieran, lo hacía simplemente por ejercitar el pensamiento, por producir sonidos que le impidieran demostrar miedo abiertamente. Mientras su padre empapaba una toalla para colocársela a Amelia sobre los ojos, Bendix echó una gruesa capa de serrín por el suelo. Calcraft envolvió la frente a su hija con la toalla, que hacía las veces de pantalla para que no le viera cortar, aunque a ella le dijo que era para evitar un posible aumento de la luz.

Cuando por fin lo tuvieron todo preparado, Calcraft practicó un corte en diagonal a su hija cerca de la muñeca y empezó a sangrarla. Bendix cuidaba dos grandes cuencos tapados que esperaban en la mesa y que contenían el mejunje, e hizo una última comprobación de la textura con los dedos. Frotó el interior de los tubos de plata y los catéteres con el reconstituyente para que la sangre caliente pasara deprisa.

El doctor llenó de sangre tres cuencos de ocho onzas y, cuando Amelia dijo que se encontraba como si estuviera hecha de aire, cortó el flujo y le colocó suavemente el brazo sobre la mesa. Con rapidez, efectuó otro corte que hizo estremecerse a Amelia de tensión. Bendix le tomó el brazo y se lo sostuvo, a pesar de su grito de protesta. Calcraft tardó menos de medio minuto en localizar la vena más gruesa del antebrazo y otro minuto en colocar el catéter de plata. Un borbotón de sangre cayó al suelo describiendo un arco. Bendix soltó el brazo a Amelia y rápidamente conectó el segundo catéter en una arteria de la pata del becerro y, enseguida, la primera dosis de reconstituyente entró en el flujo sanguíneo de la enferma.

A Bendix le sudaban las manos, sabía que era una mezcla de grasa y adherencia resinosa. Si se le caía el tubo de plata, fracasarían. Miró hacia la cabeza desnuda de Calcraft y vio que también a él le molestaba el sudor que le caía en hilillos por el mentón. Amelia arqueó el cuello hacia atrás. La tensión entre padre e hija se palpaba, la paciencia y la esperanza de ella luchaban contra los deseos de ambos. La rabia se le acumuló en la garganta y, a pesar del dolor, se tragó las palabras que le habría gustado escupir a su padre a la cara.

Bendix oía cómo se reprimía las lágrimas. El becerro permanecía mudo allí al lado. Bendix le había tapado el hocico con una correa para impedir que mugiera, pero el animal parecía indiferente a la sangría de que era objeto. Calcraft levantó la mirada y asintió con una sonrisa que no era más que un mohín nervioso, pero a Bendix le asaltó de pronto la indecisión, el recelo respecto a todo el proceso, y sintió una acometida de odio contra el doctor por someter a su hija a semejante incertidumbre.

—Noto mucho calor —dijo Amelia débilmente.

—¿Dónde? —preguntó su padre.

—Me sube desde el brazo. —Bendix vio las perlas de dolor que se le levantaban en el cuello e hizo una señal a Calcraft para que lo mirase—. No me gusta.

Calcraft se acercó a tocar el tubo de plata.

—Se le ha acelerado el pulso —dijo Bendix.

Amelia se limitaba a tomar y expulsar el aire mientras Bendix la convencía y la calmaba, hasta que el pulso se normalizó otra vez. Se llevó el brazo derecho al final de la espalda y ahogó una tos de protesta. Se colocó la mano plana debajo de la columna vertebral y luego, se retorció de dolor.

—Basta —dijo.

—Tiene unas veinte onzas dentro —dijo Bendix.

—Ahora no habla —dijo Calcraft.

Bendix se inclinó hacia delante y le puso la mano en la sien.

—Es porque apenas respira —dijo y, sin esperar el consentimiento del doctor, sacó el catéter de la vena y se arrodillo al lado de Amelia a vendarle el brazo.

Estaba el aprendiz situado entre la paciente y el maestro, cuando Amelia volvió en sí y vomitó. El fuerte olor de los ácidos se extendió por el sótano. Bendix siguió cosiendo mientras el doctor limpiaba el vómito del vestido de su hija.

—Tenemos que llevarla a la cama y sangrarla —dijo Bendix.

Calcraft levantó la mirada para oponerse, pero la vista de su hija, derrumbada y con los ojos vendados parecía reprochárselo, como si él fuera el único instigador de su estado. Sin mirar siquiera al doctor, Bendix sabía que ver así a Amelia le rompía el corazón. Esa noche no tomaría más decisiones respecto a su hija. Bendix la llevó arriba, pasó de largo a Lemon, que estaba con la boca cerrada, y continuó hacia el ala oeste.

Calcraft fue detrás de ellos tambaleándose, sujetando el diario con fuerza, perdido en sus pensamientos o, quizá, simplemente perdido, vagando como un amante rechazado. Sin embargo, tuvo la suficiente presencia de ánimo como para dirigirse a la habitación de su hija. Con las prisas por abrir los postigos, rompió una bisagra y los amarillos y grises de la noche entraron en el dormitorio. Bendix nunca había visto tanto encaje. Aquella habitación estaba vestida según modas que no existían en Londres ni en París, una habitación tan refinada y multicolor que, de haber pertenecido a una reina, ni el más adulador de los cortesanos habría podido evitar, al verla, frotarse los ojos de horror. Encajes azules formaban pliegues sobre encajes rojos, bandas de seda de colores con prolijos jardines imaginarios bordados colgaban de las paredes. Incluso el techo estaba cubierto por una pieza de percal ilustrada con escenas celestiales de soles, lunas y estrellas que brillaban sobre sus cabezas. Debía de haber mil cojines allí, amontonados unos encima de otros como setos bajos compitiendo por los rayos del sol. Era una habitación tan recargada que molestaba a la vista y soliviantaba la mente.

Bendix dejó a la paciente sobre los luminosos encajes azules de su cama e, inmediatamente, salió de allí y echó a correr por los pasillos en busca de su cuchillo y un cuenco para medir. Cuando volvió, le sorprendió encontrar al doctor sentado al pie de la cama de Amelia, sin haberla atendido, sin haberla mirado siquiera.

—Doctor —le dijo—, ¿seguro que tenemos que sangrarla ahora?

El doctor levantó la cabeza y asintió, e hizo un gesto al aprendiz para que procediera. Rápidamente, Bendix hizo un torniquete a Amelia en el brazo izquierdo y, sujetando la lanceta entre el pulgar y el índice, practicó un corte diagonal en la vena. Bendix dejó manar la sangre lentamente en el cuenco para medir hasta que se completaron ocho onzas; luego le vendó los brazos y se los cruzó sobre el pecho.

—Creo —dijo Bendix— que tendríamos que administrarle un poco de láudano para que pueda dormir.

El doctor se volvió hacia Bendix.

—Lo encontrará en mi estudio, detrás de la fila de tinteros, en el escritorio. Son los frascos azul oscuro.

Después de despertar a Amelia hasta un nivel de consciencia que le permitiera tomar la medicina, los dos salieron de la habitación. Bendix no tenía dudas sobre lo que sucedería esa noche y se dirigió a la cama sumamente enfadado con el doctor y su debilidad. Si por la mañana lo encontraba en un mar de sueños opiáceos, la recuperación de Amelia, su vida, dependerían únicamente de él. No era una idea que le ayudase a dormir y pasó una gran parte de la noche musitando canciones de París para tranquilizarse.

Grande fue su alivio cuando, a las seis de la mañana siguiente, encontró al doctor en la mesa del desayuno. No se había afeitado ni se había puesto la peluca. Ciertamente, de no haber estado tan cansado, habría sabido que el doctor tampoco había dormido.

—¿Ha estado velándola esta noche? —preguntó el aprendiz.

—Sí —dijo Calcraft.

—¿Y ha dormido?

—Profundamente.

—Bien —dijo Bendix, y se sentó.

—Quité el pestillo a las ventanas por la noche —continuó el doctor— y le retiré la venda de los ojos mientras dormía. Después me quedé dormido yo y, cuando me desperté, había salido el sol y Amelia se había escondido entre sus telas y había cerrado los postigos que yo había dejado abiertos. Su estado no ha cambiado, Joseph, ni un ápice.

—Tenemos que esperar unos días para asegurarnos —dijo Bendix con cierta rebeldía.

—Su orina es negra —continuó Calcraft— y presenta gran lasitud en los brazos y las piernas. No sé lo que hemos hecho.

—Yo la cuidaré —dijo Bendix.

—No ha habido ningún cambio —repitió Calcraft, escupiendo las palabras con una gran carga de arrepentimiento como si fuera a la vez el reo y el juez.

—Amelia —llamó Joseph desde la puerta del dormitorio en penumbra.

Oyó un revuelo en respuesta, pero no alentadoras palabras de reproche. Encendió una vela, la cubrió y entró en la estancia. Las capas de encaje de colores que tan horrendas le habían parecido a la luz, el día anterior, poseían ahora cierta belleza. Formaban una trama intensa de grises y negros que no daba pistas ni engañaba respecto a su color verdadero. El ejército de cojines que tan absurdo le había parecido por su excesiva abundancia se transformaba, en la profunda penumbra, en un paisaje de suaves ondulaciones. Incluso el llamativo percal del techo engañaba la vista de modo que uno parecía encontrarse en el exterior.

No tenía forma de saber si Amelia estaba dormida o despierta, quizá no lo supiera ni ella misma, pero no se resistió a la breve revisión del brazo y los ojos que Bendix le hizo. Él estaba asombrado de su capacidad como médico practicante. La verdad era que Amelia, después de haber soportado una sangría, una transfusión, un vómito, una medicación y otra sangría, parecía haber perdido toda la efervescencia anterior y haberse quedado de color gris. Bendix estaba familiarizado con los cadáveres, y la temperatura de la piel de Amelia no respaldaba su derecho a la vida. Y sin embargo, no tenían idea del efecto que produciría el tratamiento, ignoraban si la reacción era positiva o si su vida estaba en peligro. Por mucho que hubieran forzado los límites de la filosofía natural, Bendix decidió que, para la recuperación, aplicaría métodos más probados. Estaba al borde de las lágrimas. Si hubiera parpadeado un momento, se le habrían desbordado de sus grandes ojos.

Se sentó a ver cómo respiraba. Quizá lo que le conmovía fuera el débil hilo de vida del que pendía Amelia. Yacía ante él en toda su belleza. Pensándolo, lo que más miedo le inspiraba no era la posibilidad de que muriese o de que continuara enferma, sino de que se recuperase. Si sanaba, podría dejarse ver por otros hombres. La mera idea le enfurecía y se apartó la humedad de los ojos.

Había tardado semanas en reconocer en ella a una verdadera mujer, una mujer que podría pertenecer a cualquiera, cuya sola belleza podría atraer a los hombres por docenas, tan cierto como que el agua azucarada atrae a las avispas. Se le ocurrió entonces la más simple de las ideas: tenía que casarse con ella, no podía ser de otra forma. No sabía si la idea era válida, si era fruto del amor o sólo la expectativa de conseguirlo, pero poseerla se convirtió en su único deseo. Era un amor que no quería declarar pero que ansiaba merecer.

Encontró a Calcraft en la mesa del desayuno como lo había dejado hacía una hora. El doctor lo miró expectante, pero con un deje de cinismo, como si el aprendiz no pudiera evitar la coincidencia con el maestro.

—Creo —dijo Bendix— que sufre excitación de los vasos sanguíneos.

Calcraft sonrió y asintió sin palabras, como si hubiera inclinado la cabeza ante la victoria de la medicina antigua.

—Tres días de opiáceos —continuó Bendix, buscando la

aprobación del doctor—. Después, un vomitivo y purgantes. El sexto día, habrá que ampollarle el pecho.

—¿La atenderá usted? —dijo Calcraft.

—Si no lo hace usted.

Calcraft asintió de nuevo.

—No he dormido. Tengo que dormir.

Bendix se puso nervioso. Temió una vez más que el doctor volviese al láudano y que toda la responsabilidad de la salud de Amelia recayera sobre él solo.

—¿Le parece bien el plan?

—Hemos fracasado, Joseph, no importa lo que haga, pero reduzca a la mitad cada dosis que desee administrarle. Ha perdido la vista. Se quedará ciega, la hemos perdido.

—Podemos volver a intentarlo —dijo Joseph.

—Hemos echado a perder el mejor espécimen —replicó Calcraft, cansado.

—Con el debido respeto, señor —dijo Bendix—, no nos hemos acercado siquiera al espécimen perfecto, sólo hemos escogido a un sujeto inadecuado. Sheppard era un delincuente, pero no un asesino. A quien queremos es a Wild, a Wild, que manda en Londres y ahorca a los hombres. Padece gonorrea crónica. Podríamos visitarlo juntos.

—¿Se ha visto a sí mismo, Joseph? Ha dormido usted tanto como yo. Estamos diciendo insensateces; ya hablaremos esta noche.

A Bendix no le sorprendió que el doctor no apareciese a la hora de la cena, ni que hubiese dado instrucciones a Lemon para que le informase de que se encontraba indispuesto, que guardaría cama y que no deseaba que lo molestaran. La señora Hemmings hizo la cena sólo para Bendix. El aprendiz, con gran consternación, se enfrentó a una gallina asada y un par de truchas. Sabía que comer solo le induciría a la melancolía, y lo convirtió en un proceso que cumplió apresuradamente. Pensaba en la cuestión de la responsabilidad, porque si la insinuación sobre Sheppard había partido de él, también le correspondía asumir parte del fracaso. No obstante, ¿no se había sometido a las enseñanzas de Calcraft y había enterrado sus propias creencias confiando en él?

A la mañana siguiente, el doctor no hizo acto de presencia. Bendix prosiguió con las visitas al ala oeste y recorrió los pasillos que tanto pánico le produjeran unas semanas antes. Vivía entre inválidos, todos los hombres y mujeres de la casa se encontraban disminuidos por la adicción o por la debilidad, y él estaba solo para atenderlos. Administró a Amelia cuarenta gotas de láudano dos veces al día y trató de hacerle ingerir un poco de caldo. También Julia la cuidaba, aunque no había gran cosa que hacer, puesto que Amelia y su padre flotaban a la deriva en un mundo de sueños inquietos que a Bendix, cansado ya de resistir, se le antojaba más atractivo cada día.

XX

Al final de la semana, mientras Bendix daba un corto paseo envuelto en su gran abrigo, se detuvo, frotándose las manos, junto a un charco de lluvia de finales de noviembre y, mientras las ondas morían en sus pies, se vio reflejado con las nubes del cielo por fondo. Se había olvidado de los afeites y los polvos y, sin embargo, estaba pálido como la nieve virgen, parecía un fantasma miserable. El único color que tenía en la cara eran unas manchas sucias que le ensombrecían los ojos. Inmediatamente, acortó el ejercicio dando media vuelta, regresó a Lincoln's Inn Fields y ordenó a Lemon que mandara a buscar a Defoe.

Defoe llegó al cabo de dos horas y miró a Bendix de buen humor. Se sentaron junto al fuego en la biblioteca del doctor. El viento del exterior no paraba de hacer travesuras y, de vez en cuando, arrojaba una nube de humo chimenea abajo que hacía toser a Defoe y apretar los párpados a Bendix, el cual terminó por abrir la puerta. Entonces, la habitación se quedó helada y ambos arrimaron la silla al fuego. Bendix no tardó más de un minuto en poner a Defoe al corriente del rotundo fracaso de la operación y de la caída subsiguiente del doctor y la paciente en un sueño inducido por la droga.

—¿Para qué me ha hecho venir, Joseph?

—Supongo que soy un perro que busca quien le rasque la panza.

—No ha sido un éxito, desde luego; sin embargo, usted ha actuado bien —dijo Defoe, y se inclinó hacia las llamas—. ¿Se siente mejor ahora?

—Sí —dijo Bendix, y sonrió por primera vez en la semana—. Ella me ha hablado de usted, echa de menos su compañía.

—¿Le lee?

—No está en condiciones de entender.

—¿Y sir Edmund continúa en cama?

—¿Siempre ha sido así?

—Hace años que le conozco, pero no toda la vida. Susceptible, diría yo, siempre ha sido susceptible. ¿Amelia duerme ahora?

Bendix asintió y se acercó a remover el fuego con el atizador.

—¿Cómo conoció al doctor?

—¡Vaya! —Defoe se quedó en silencio un momento como pensando en la importancia de la revelación—. No sé si podrá entenderlo, señor Bendix, pero el escritor observa, necesita un tema, muchos temas, grandes temas. Yo había oído hablar mucho de nuestro querido doctor, rumores de que utilizaba procedimientos ideados por él mismo que no se practicaban en ningún otro lugar de Europa. Me atraía por motivos egoístas, pero enseguida me absorbió.

—¿Buscó su amistad?

—Deseaba conocerlo, ambos teníamos en común algunos criterios políticos amorfos. Había perdido a su esposa, su recipiente de cháchara liviana, y me escogió a mí como sustituto. Naturalmente, deseaba escribir sobre él, pero la amistad y el análisis no casan. Llegamos a intimar mucho.

—¿Y ésa es toda la razón del atractivo que usted sentía?

—Así es.

—¿Y su riqueza?

Defoe levantó la mirada con una sonrisa cordial en la cara.

—En aquel momento, yo estaba endeudado. El doctor había hecho una fortuna sacando piedras de debajo de bolsillos llenos. Gozaba de la estima de las cortes europeas. Él rompió mi cadena de deudas. Sí, el dinero es una preocupación, siempre es una preocupación. En un amigo, es una cualidad muy atractiva. ¿A usted no le interesa?

Bendix se encogió de hombros como si no hubiera reparado en la fortuna del doctor, aunque no era cierto, pero jamás había pensado en beneficiarse de ella. Se creía con ambición y talento suficientes como para amasarla por sí mismo.

—Entiéndame —prosiguió Defoe—, la observación, la tinta y el papel no dan para mucha guarnición. El doctor ha sido sumamente amable conmigo. ¿Niega usted el atractivo de una bolsa llena?

Bendix negó con un gesto de la cabeza.

—Yo estaba acostumbrado a disponer de carruaje de seis caballos y prefiero el ganso al pan. Si usted pensaba sacar provecho de su dinero, yo creía que sacaría provecho de su mente.

—Muy noble por su parte —dijo Defoe con una sonrisa—. ¿Y qué me dice de Amelia? Somos hombres, Joseph, el padre duerme, ¿no le parece una mujer muy bella?

Bendix asintió lentamente, como si no estuviera seguro de lo que afirmaba.

—La muchacha está bastante bien.

—Es un pensamiento que se le ocurre a cualquier hombre —dijo Defoe—. ¿Cree que no me llevo un poco de su juventud y su belleza conmigo cada vez que me voy de esta casa? Usted está solo en Londres —prosiguió Defoe—, no ha acudido al teatro ni a desfiles ni a bailes de disfraces. No es natural en un hombre, a menos que toda su atención se concentre en otra cosa. Hábleme de ella, cuénteme las intenciones que tiene usted.

Bendix abrió la manos enseñando las palmas a Defoe como si fuera a confesarse.

—Deseo el éxito, como todos los hombres —dijo con claridad—, tierras, una esposa y un nombre que viva mil años. Deseo todo eso.

—¿Ama a Amelia?

Bendix se removió, incómodo por lo íntimo del tema.

—He estado enamorado antes, y me dio miedo.

—¿Lo rechazaron?

—Claro —dijo Bendix con resignación.

—¿Lloró?

—Día y noche —dijo el aprendiz con una sonrisa—, durante semanas.

—¿Y ahora?

—Estoy —murmuró Bendix—, estoy bien. Pocas cosas me

inquietan. Respecto a Amelia, aunque me enamorase, creo que no me haría verdadero daño.

—¿Había sentido lo mismo alguna vez?

—No.

—Antes —concluyó Defoe—, estuvo usted de duelo. Ahora, está enamorado. —Sonrió afablemente al aprendiz con una sonrisa muy cálida—. ¿Se quedaría con Amelia?

—Si ella me aceptara.

—¿Y si sir Edmund se opusiera?

Bendix se encogió de hombros.

—La tendría junto con cinco mil libras; de tenerla, claro —dijo Defoe—; es una suma considerable. ¿Eso aumenta su belleza? —como Bendix no respondiera, Defoe añadió—: ¿Aumenta eso su atractivo, a ojos de un aprendiz?

—Desde luego que no —contestó Bendix llanamente.

—Me alegra oírlo —dijo Defoe con una sonrisa y dando palmadas de entusiasmo—. Ojalá se cumplan sus deseos —dijo, y se levantó para marcharse.

—¿Qué tengo que hacer? —preguntó Bendix.

—¿En lo tocante a Amelia?

—En lo tocante a la práctica de la medicina.

—Yo continuaría como hasta ahora —dijo Defoe—. Empezó usted con dos pacientes y, una semana más tarde, todavía los conserva. Un logro envidiable. Sólo tengo una recomendación que hacerle, y atañe a su propia salud. Busque un motivo para salir de casa todos los días, preferiblemente cuando no llueva. Compre una cinta a su amor.

—Un momento más —dijo Bendix—. En el plan que he seguido hasta ahora, antes de los opiáceos practico una sangría y administro un vomitivo. Dentro de poco, tendré que aplicar emplastos de mostaza a la paciente.

—¿Cuál es el problema?

—Es preciso aplicarlos sobre el pecho desnudo para que se forme una ampolla.

—¡Ah! —exclamó Defoe—. ¡Qué situación tan interesante! ¿Desea ahorrarle el sonrojo?

—Y ahorrármelo yo.

—Recomiendo dos posibilidades —dijo Defoe—. Primera, puede llamar a otro doctor, aunque apostaría que sir Edmund se opondría a semejante medida. Segunda, si tanto le horroriza la idea, ¿por qué no aumenta la dosis de láudano y le aplica la compresa cuando esté dormida?

Al día siguiente, uno de diciembre, Bendix fue a ver a sir Edmund y a Amelia a primera hora de la mañana, y nuevamente a mediodía. Por el doctor, poca cosa podía hacer, pues suponía que seguiría tomando láudano hasta agotar las existencias de la casa. Sin embargo, Amelia, aunque estaba débil, se despertó, pero todavía no atacó a Bendix con la acostumbrada ráfaga de preguntas. Bendix casi había salido ya del dormitorio cuando ella levantó la mano para retenerlo y le hizo acercarse con una pregunta en voz baja.

—¿Dónde está mi padre?

Bendix se estremeció.

—Ya lo sé —dijo ella—; no es necesario decirlo.

—Está decepcionado —dijo Bendix—. No volveremos a intentar nada con usted, de momento.

—¿Y si tuviera que quedarme así? —preguntó Amelia. Bendix creyó que la pregunta iría acompañada de lágrimas, porque la duda quebró la voz a Amelia. No veía bien en la oscuridad—. ¿Y si Dios hubiera querido que yo sufriera esto? Es tan suave, Joseph, una simple pérdida de fuerzas. He visto el dolor que las piedras producían al señor Defoe. ¡Cuántas personas han sufrido en un momento mucho más que yo en toda mi vida!

—No se resigne a padecer algo que tiene cura —dijo Bendix, muy en su papel de médico—. Si Dios ha dado al hombre tanto la enfermedad como la capacidad para curarla, ¿sufrir no sería un insulto al Todopoderoso? Sería fariseísmo sobre rectitud.

—Creo en mi padre —dijo Amelia—, creo en sus métodos. Volveremos a intentarlo.

—No hasta que esté completamente restablecida —dijo

Bendix con una sonrisa—. Si no tiene nada que oponer, deseo ir a velar por su entretenimiento.

Amelia le obsequió con una amable sonrisa que le abrió el corazón cuando salió por la puerta al cielo plomizo y lluvioso. Se dirigió a Russell Street y, con las gotas de lluvia que se le iban acumulando en el sombrero de tres picos, llegó a Cato's Head y compró un ejemplar del *Moll Flanders* de Defoe.

Bendix necesitaba el aire de Londres más de lo que creía. Se había apoderado de él una rabia contra el doctor que no había sabido reconocer hasta la última visita a Amelia. Daba la impresión de que hubiera sobrevivido a pesar del tratamiento. Le parecía inconcebible haber participado en lo que habría podido acarrearle la muerte. Deseaba que se restableciera, igual que el doctor, pero pensaba que no sería capaz de repetir el proceso de nuevo. Sin embargo, sabía que la teoría del doctor seguía sin haber sido puesta prueba; él había escogido a Sheppard y suya era la culpa. Si las suposiciones del doctor eran correctas, sería necesaria un alma mucho más negra que la de Sheppard para demostrarlo.

XXI

Aunque a Bendix nunca le había gustado derramar alabanzas sobre sus amigos, sabía reconocer ante cualquiera que quisiera escucharle que la imagen de la huella solitaria de Robinson Crusoe en la arena se le había grabado desde el momento en que la leyó. Pensaba que era un análisis maravilloso de la filosofía de Locke, pero envuelta en agradables aventuras. *Moll Flanders*, tal como descubrió cuando abrió el libro por la primera página y leyó en voz alta el título completo a Amelia, la mañana siguiente, era la historia, extraordinariamente fuera de lugar, de una prostituta, ladrona y bígama. La paciente, apuntalada por un seto de cojines, se había sentado en bata y camisón con una venda de encaje meticulosamente atada sobre los ojos. A Bendix le aliviaba que tuviera los ojos tapados, porque así no veía sus sonrojos.

—¿No desea continuar? —preguntó Amelia con una sonrisa desvaída, al notar su azoramiento. Tenía la voz débil, pero lo suficientemente fuerte como para burlarse de él.

—Es la historia de un prostituta, Amelia —dijo Bendix.

—Ya lo sé —dijo Amelia—, pero como no sé nada de la vida, tengo grandes deseos de escuchar.

—No quiero continuar —dijo Bendix secamente, y cerró el libro de golpe.

—¿Ha visitado alguna vez a una mujer así? —preguntó Amelia.

—No —mintió Bendix sombríamente, sin levantar los ojos.

—¿Qué clase de hombres las frecuentan?

—Los que reciben malos consejos —dijo Bendix—. Las prostitutas son portadoras de enfermedades contagiosas que pueden hacer perder la cara a un hombre. Buscaremos otra lectura.

—¿La enfermedad la originan las prostitutas o los hombres que tratan con ellas? —preguntó Amelia.

—Las prostitutas —contestó Bendix.

—¿Y cómo es eso?

—Porque someter el cuerpo constantemente al asalto de cualquier hombre que disponga de un par de peniques, tarde o temprano debilita la mente y, cuando la mente desaparece, el cuerpo se somete al contagio.

—¿Eso son cosas que sabe todo el mundo o es su propia opinión?

—¿Cuánto van a durar las preguntas? —dijo Bendix.

—Hasta que vuelva a abrir el libro —dijo Amelia con una sonrisa.

—No puedo.

—Lo ha escrito un hombre que podría ser mi tío. —Amelia susurraba con gran claridad, como si hubiera practicado mucho—. Quiero leer todo cuanto ha escrito; me parece una cuestión de cortesía. Él ha sido muy amable con usted, desde que llegó, y creo que debería sentir la misma obligación.

Bendix volvió a abrir el libro con una sonrisa extraña.

—Él no ha querido leérselo, ¿verdad?

—Comience —le rogó Amelia con una risa, y así lo hizo él.

Para alivio del aprendiz, las primeras páginas no contenían nada de la bajeza que el título prometía. Tanto fue así que la bondad de Moll le convenció, tras tres días de lectura, de que las palabras «prostituta» y «ladrona» sólo figuraban en el título para atraer al público. Sin embargo, no tardó en darse cuenta de que se había equivocado, aunque, cuanto más hondo caía Moll en su mundo de matrimonios y riqueza, más le interesaba la lectura, y se quedaba leyendo a Amelia hasta que se dormía e incluso después de dormida. No diría que la obra de Defoe era erótica, comparada con los grabados en plancha de madera que había visto en París y, sin embargo, no podía negar que le excitara un poco a medida que leía para Amelia.

> Por fin, repitiendo las mismas palabras de siempre, que podía yacer conmigo en la cama sin hacerme el menor daño, sale de su cama y, «querida —me dice—, ahora verás cómo me comporto contigo y cómo cumplo mi palabra», y se acerca a mi cama... y así se quebró el gobierno de nuestra virtud.

Moll obtuvo oro en recompensa, Bendix, sólo un deseo de placeres carnales. Memorizaba las palabras de la frase siguiente para pronunciarlas observando la reacción de Amelia, por si pudiera detectar una excitación compartida, pero no descubrió nada que pudiera interpretarse en tal sentido. No se humedecía los labios ni exhalaba suspiros de amor al estilo francés, sólo sonreía o no expresaba nada, y no podía leer en su mirada.

A Moll le obsesionaba el dinero. Apenas podía leerse una página donde no se aludiera a un cobro o a un cofre de guineas. El cuestionamiento constante de intenciones por parte de Defoe y la fascinación de Moll por las riquezas no tardaron en hincharse en la mente del aprendiz. Sin poder evitarlo, veía la suciedad del oro hasta en el último de sus movimientos, igual que en el caso de la condesa. Sin embargo, él tenía más que ofrecer a Amelia. No una bolsa, sino amor, conocimiento y tiempo.

Moll adoraba las guineas, el oro, las posesiones. Comprendía que el mundo era un mercado desfavorable para su sexo y se casó por dinero cinco veces seguidas. Moll adoraba la plata, los anillos de boda, los relojes y los relicarios. Defoe la investía de conciencia, pero, ¿qué era la conciencia sino un saco de coartadas y excusas? Bendix volvió a preguntarse si él era mejor en algo que la heroína prostituta y ladrona del libro. Andaba por la casa como si fuera de su propiedad. Se trasladaba en el carruaje del doctor, daba órdenes a los criados del doctor como si fueran suyos y había considerado a su hija primero como una aparición, luego como una responsabilidad y, finalmente, como mujer.

Con intención de aclararse mentalmente, Bendix siguió el consejo de Defoe una vez más y se fue a pasear por Londres;

anduvo hacia el oeste, cruzó Bloomsbury y llegó a las congeladas obras de Soho Square. Se dirigió luego hacia el sur por St. Giles y se mezcló con el gentío de Drury Lane. Hacía dos días que no llovía y, a pesar del frío de la época, varios comerciantes tenían entreabierta la puerta de sus establecimientos. Atraído por los colores que se insinuaban tras una de dichas puertas entreabiertas, Bendix entró en una mercería sin darse cuenta.

—Frío día, caballero —dijo el propietario, un hombre rechoncho con unos pelos como cerdas que le salían de las fosas nasales.

—Quisiera... —dijo Bendix, aunque en realidad no sabía lo que deseaba—, quisiera un regalo para una dama. —Fue una idea repentina, una manera de disipar la inquietud que le causaban sus propias intenciones.

—Tengo piezas de seda floreada de gran calidad —dijo el comerciante, dirigiéndose hacia una mesa que parecía un arco iris de telas.

—¿Qué precio tiene? —preguntó Bendix.

—Cuarenta y seis libras. —Era una suma fuerte, superior a un año entero de estudios en París.

—Quisiera una máscara.

—¿Va a ir a un baile de disfraces?

—Me gustaría que hiciera la máscara más elegante. Dos. —Bendix dio unos golpecitos con su bastón de médico en los tablones irregulares del suelo de la tienda—. Una con forma de sol, la otra, de luna. ¿Es posible?

—Ocasionará cierto gasto.

Bendix sacó la bolsa del abrigo y sacudió el oro que había ganado practicando la medicina para que el comerciante oyera el tintineo.

—Pinte la tela en el lugar donde cortaría los ojos de la luna.

—¿Y cómo andará?

—Eso no es asunto suyo —dijo Bendix—. Volveré dentro de siete días.

Aunque Bendix siguió con sus paseos y fue a la botica de Streatham a comprar emplastos de mostaza y láudano, pasó la mayor parte de la última semana del año terminando el sórdido relato de Defoe. Por fin, Moll fue a dar con sus huesos en Newgate, triste y arrepentida, para ser juzgada por robo en Old Bailey.

> Bendix leyó:
>
> Me flaqueó la entereza antes de que el curtido y abyecto empecinamiento de espíritu que había adquirido en la prisión cediera, y la conciencia de la culpa empezó a fluir por mi mente: En resumen empecé a pensar, y pensar es un verdadero paso adelante entre el infierno y el cielo; todo ese empecinamiento infernal y entereza del alma de los que tanto he hablado hasta ahora no son más que la falta de pensamiento; quien recupera la capacidad de pensar, se recupera a sí mismo.

—¿Cree esas palabras, Joseph? —le interrumpió Amelia.

—No se me había ocurrido pensar en ello. Está bien expresado —concedió Bendix.

—Creo que Defoe se equivoca —dijo Amelia—. Dice que el infierno no es más que la falta de pensamiento, pero ¿cuántos hombres se han condenado por pensar en exceso?

—Quizá se refiera a los que se quejan de que piensan demasiado. En ese caso, estaría de acuerdo. Sería la prueba de que no piensan suficiente.

Amelia no le escuchaba.

—¿Cree que Defoe podría referirse a mi padre?

—Defoe posee una inteligencia considerable —dijo Bendix—, pero no es un profeta. Nadie puede predecir el destino del prójimo.

—A menos que lo controle —replicó Amelia.

Bendix asintió.

—¿Continuamos?

—Mañana —dijo Amelia, pero cuando Bendix comenzó a levantarse, Amelia siguió hablando—. Joseph, ¿sabía que cuando era pequeña y mi padre me leía en voz alta, creía que se leía por medio de las manos, y no de los ojos? No comprendía que los libros no hablaran cuando cogía uno entre las manos. —Sonrió ante su propio recuerdo.

—¿Y ahora qué piensa? —inquirió Bendix.

—Creo que no estaba tan lejos de la verdad —contestó Amelia—. Los libros tienen poco que ver con los ojos. No son objeto de la barrera de los sentidos. Cuando me lee usted, los dos somos iguales.

Bendix buscaba las palabras, la frase que convirtiera la idea sencilla de Amelia en algo más atractivo y optimista. Quería decirle que no sólo no eran iguales, sino que ella era muy superior a él. La duda le arrebató las palabras y la confianza y se retiró torpemente con la promesa de una pronta respuesta.

Le administró la dosis habitual de láudano contra el dolor, que iba remitiendo, e interceptó a Julia, que subía con el caldo de la señora Hemmings. Tras despedirla, añadió seis gotas más de opiáceo en el caldo, que ya contenía alcohol, y se sentó con Amelia mientras ella tomaba la sopa. Después llevó el cuenco a la cocina, pidió a la cocinera que pusiera una olla de agua a hervir antes de retirarse y fue a su habitación a buscar los emplastos de mostaza de Streatham.

Subió con el agua hirviente y con los emplastos colocados en el hombro. Había dejado una sola vela encendida fuera del dormitorio. Como esperaba, Amelia se había sumido en un sueño profundo. El doctor seguía incapacitado, tumbado abajo, en su estudio, mientras su hija se sumergía en láudano delante de él. Se diría que el mundo que le rodeaba se había congelado, aunque él podía moverse con libertad, interferir o afanarse en lo suyo. Dejó el agua hirviente al lado de la cama, se inclinó sobre la enferma y, con dedos ligeros como los de los rateros de Brick Lane, retiró la sábana de su cuerpo y la bajó hasta el pie del lecho. Era un acto razonable, profesional. Con dos dedos, pellizcó la bata por los lados y, con cuidado, se la levantó, de modo que sólo quedaron las enaguas. Oía la respiración suave del sueño. Cobrando ánimos, le tocó un lado del muslo para asir las enaguas y las enrolló hacia arriba como un remolino de nieve, hasta la altura del cuello, sobre la bata. La tenía desnuda ante sí. Los senos, los pezones, el centro del sexo. Oyó entonces su propia respiración, no la de ella. Se alejó y probó el agua, que todavía humeaba. Aún estaba muy caliente.

Dejó de mirar el movimiento de su pecho al respirar, se fijó en la cinta negra de terciopelo que le tapaba los ojos y volvió a bajar la mirada siguiendo la línea de la barbilla hasta el comienzo de las piernas. Le pasó la mano derecha por el esternón, acarició con los dedos un suave pezón y luego el otro, que se endurecieron con el roce. Se arrodilló al lado de la cama, colocó la cabeza sobre el estómago de Amelia y respiró en el centro de su calor mientras la cabeza se le movía con la ondulaciones de su respiración.

El agua se mantenía muy caliente, aunque la nube de vapor ya no era tan densa y permanecía cerca del recipiente como una neblina. Bendix metió una mano, se estremeció y la retiró para evitar quemarse; para aliviar un poco el dolor de la quemazón, se la frotó con la otra. Cogió los emplastos del lado de la cama, los empapó en el agua caliente y los puso a enfriar al aire un momento antes de aplicárselos suavemente a Amelia en el pecho. Amelia arqueó la espalda al notar el impacto, apretó los puños y levantó las rodillas, pero el láudano le impedía comprender. Un momento después, el espasmo pasó. Cuando Bendix retiró el emplasto, se alegró al ver la rojez de la piel y el comienzo de una ampolla perfecta sobre la piel de marfil. Ni Calcraft lo habría hecho mejor. Se le disiparon todas las dudas que hubiera podido albergar respecto al alcance de la recuperación.

Bendix recogió el agua, los emplastos, la vela y, tras apagar la llama con un breve soplido, esperó a que sus ojos se adaptaran a la oscuridad, hasta que distinguió el gris de la puerta abierta. No se detuvo a considerar su conducta hasta que hubo devuelto el recipiente a la cocina y se encontró en su propia cama, con el camisón cayéndole sobre la piel desnuda. Había sentido deseo e intimidad, y sabía que había hecho un acto de amor.

Por la mañana, no lograba acallar en su mente los rumores de la desnudez de Amelia. Tenía el pene rígido bajo las sábanas. Se puso de pie en el frío suelo y se desinfló la exhibición de lujuria, pero no se extinguió el deseo en su mente. Se vistió rápidamente con las calzas más gruesas que tenía y, presuroso, salió al aire cortante de la mañana. Pasó de largo el establecimiento de Mother Cates en Covent Garden, pensó que no volvería allí a sentar fama de putero y continuó la búsqueda por Drury Lane.

Dejando a la espalda el sol de la mañana, entró en un callejón empedrado y, de pronto, una vieja bruja empapada en ginebra se le agarró del brazo. Bendix no se estremeció ni se resistió como habría hecho cualquier otro día. Siguieron andando por Drury Lane hasta que se encontraron detrás de unos barriles rotos de una tienda de toneles. Bendix pagó a la mujer un par de chelines y, sin mirarle el rostro ni un momento, la puso cara a la pared, se bajó las calzas y se escupió en el pene. La penetró bruscamente y la folló sujetándose a las faldas sucias y grasientas, subidas hasta la cintura. Vio unos mechones grises que caían retorcidos por la nuca de la mujer y cerró los ojos para no ver la luz ni la sombra ni nada.

Durante los dos días siguientes, se comportó con absoluta profesionalidad y mantuvo a la paciente drogada con láudano mientras la ampolla se hinchaba y, se deshinchaba. En Nochevieja, la ampolla había desaparecido y la rojez de la piel se había disipado como un sonrojo olvidado. Bendix reconocía el placer que le había proporcionado retirarle la bata y las enaguas y contemplar la suavidad de su piel y el paisaje de su cuerpo en hibernación, pero no había vuelto a sucumbir a la debilidad del deseo. Volvió a Drury Lane, pero no a aplacar la lujuria sino a recoger las máscaras, y volvió enseguida junto a Amelia a leer las doce últimas páginas de *Moll Flanders*.

Amelia no sabía cuánto había dormido, suponía que había pasado una noche de sueño profundo, idea que Bendix le confirmó felizmente, y le instó a terminar el relato de la prostituta viajera. Tardaron menos de una hora en concluir la novela, pero Moll aún tuvo tiempo de regalar a sus lectores con una prolija enumeración de sus pertenencias. Defoe camuflaba sus instintos mercenarios con un colofón de amor, estabilidad y perdón. Sin duda, si Defoe era capaz de perdonar la prostitución, el latrocinio, el incesto, el adulterio y la bigamia de su creación, Bendix podía perdonarse sus livianos pecados.

Amelia se sentó en la cama y rogó a Bendix que apagara las

velas que lucían a ambos lados de los dos. Bendix cerró el libro por última vez, se mojó los dedos y apagó las velas.

—Un libro precioso, ¿verdad?

—Sí, pero ¿ahora qué?

—Hay otro libro que quisiera leer.

—Basta de libros —dijo Bendix—, es muy aburrido. —Bendix irguió la espalda y apoyó las manos en las rodillas—. He tenido una idea maravillosa. Va a venir conmigo al teatro, o a una fiesta popular o a un baile de disfraces.

—No voy a ir a ninguna parte —contestó Amelia sonriendo.

—Amelia —insistió Bendix—, me pidió que le leyera para descubrir algo de lo que pasa fuera de estas ventanas. No me negará que una noche por la calle no vale más que cien libros.

—No puedo.

Bendix sacó la máscara de Drury Lane. En la oscuridad de grises, el perfil de la media luna, la espléndida cúspide de la sonrisa del astro y la constelación de estrellas sobre las mejillas captaron toda la luz de la habitación.

—Es preciosa —dijo Amelia pasando las manos por encima.

—Es suya.

Bendix se la quitó de las manos y, con forzada delicadeza, le ató las cintas en la nuca. Ella se llevó las manos a los agujeros no practicados y se le encendió la sonrisa al comprender que la máscara había sido hecha para ella expresamente.

—Si saliéramos, si estuviera suficientemente oscuro —dijo Amelia—, ¿pasearíamos juntos?

—No me apartaría de su lado.

—Tenemos que decírselo a mi padre.

—Su padre sigue durmiendo, Amelia. No se enteraría de nuestra salida.

Bendix no volvió a hablar de la invitación a salir en busca de diversión, prefirió confiar en que Amelia se dejara llevar por sus deseos y se lo pidiera. Y no tardó en suceder, pues el sueño iba fermentando poco a poco en la cabeza de Amelia y concretándose en pensamientos. Bendix aumentó sus ausencias, se iba a recorrer las calles heladas y volvía una y otra vez al café de Tom de Covent Garden. Allí se sentaba, compraba un jarro a la muchacha que estaba al lado del fuego, pedía una pipa de tabaco de Virginia y buscaba un sitio en una mesa pequeña donde nadie le molestara. La mayoría se congregaba en las sillas más cercanas al fuego, pero Bendix prefería quedarse, bien abrigado, contemplando Covent Garden por la ventana y observando las arcadas oscuras que llevaban a la iglesia de St. Paul.

De las cornisas pendían carámbanos de hielo y hasta los desagües de desperdicios y heces avanzaban más despacio a causa del frío; el olor que despedían ya no era tan constante, sino que llegaba en vaharadas que el viento invernal no tardaba en llevarse. Hacía unos días que no llovía, sólo se veía algún retal de nieve y el cielo se mantenía singularmente azul, con las nubes en la lejanía. Bendix volvía a Lincoln's Inn Fields por el río, disfrutando de la vista del Támesis, que mermaba hasta quedar sellado por el hielo. Los niños eran los primeros en probar la firmeza de su grosor, deslizándose con cuidado, con los pies envueltos en trapos, cerca de la orilla. La segunda semana de enero, Bendix vio parejas que cruzaban osadamente por el hielo desde Horse's Ferry hasta la catedral de St. Paul. En el café no se hablaba más que de la organización de una feria sobre hielo en las aguas sólidas.

El frío también hizo salir al doctor de su habitación dando trompicones, como un gran oso cuando le interrumpen la hibernación. Mientras Bendix y Julia habían atendido a Amelia durante la convalecencia, Lemon se había mantenido celosamente pendiente de su señor. El lacayo observaba siempre con recelo a Bendix durante su visita diaria al dormitorio del doctor, como si el aprendiz fuera a ponerse a registrar el colchón de repente en busca de dinero. Bendix se encontró con Calcraft en la biblioteca, tenía los ojos enrojecidos y hundidos en las cuencas y los párpados hinchados. Observó la pérdida de peso y los movimientos lentos de los brazos y escuchó su conversación, tan lejos del sentido común, de cualquier forma de lógica, que inmediatamente temió por el efecto que causaría a su hija si lo veía en tal estado. Sin embargo, Calcraft conservaba la suficiente sensatez como para preguntar por Amelia y, tras saber que no sólo había recuperado la salud, sino que incluso se encontraba mejor que antes, asumió una actitud como si el aprendiz le hubiera informado de que había muerto.

—Lo recuerdo —dijo Calcraft, sentado delante del fuego, abrigado con dos batas y los pies envueltos en zapatillas de terciopelo.

—¿Qué? —dijo Bendix, de pie junto a él, con las mejillas brillantes todavía del viento del Támesis.

—Lo recuerdo todo —dijo Calcraft—. Lo repaso una y otra vez. Recuerdo los errores, todos los errores. Me los he imaginado y he decidido que el maestro fue aprendiz y que fue el error más sencillo. Sencillo, corriente.

—¿Y cuál es? —le animó Bendix.

—Dejé que la verdad entrara en mi casa —dijo Calcraft—, pero no quise escuchar su voz. Volveremos a intentarlo porque los dos hemos errado, Bendix. No nuestras creencias ni las de ella. Cada cosa en sí misma, sin terreno común, sin laterales ni verticales, sin días ni noches, sino todo lo intermedio.

Bendix no entendía nada, aunque, por la forma en que Calcraft abría los ojos y por el tono de voz, el doctor debía de creer que lo que estaba diciendo era palabra sagrada. Lo único que Bendix entendía, en todo caso, es que parecía que el doctor, desde su nebulosa, tratara de apropiarse de las ideas de su discípulo, que la clave de la salud se encontraba en la mente, y no en las complicadas decocciones y en la virtud del contacto.

—Supongo que iré a verla —dijo Calcraft—. ¿Defoe está arriba?

—No, señor.

—Lástima.

—Sir Edmund, no me parece oportuno que vaya a ver a su hija hasta que se haya recuperado usted por completo. Ha pasado usted una enfermedad larga y muy agotadora.

—¿A qué enfermedad se refiere, Bendix? —dijo Calcraft secamente—. ¿A la enfermedad de pensar, de comprender, de desentrañar? ¿O al delito de subordinarse, traición mezquina, y consentir que el propio aprendiz nos dicte el paradero?

—Está delicada —dijo Bendix con firmeza.

—Delicada, sin duda —dijo Calcraft—. No le considera a usted más que a un mozo maletero, Bendix. No es usted nada más.

El golpe fue duro, pero Bendix mantuvo la calma. Parecía que el mes en la cama había desequilibrado tanto los humores al doctor que saltaba de la concesión al recelo en un instante.

—¿La toca usted? —preguntó Calcraft, con la voz ronca de malicia—. ¿La toca por dentro?

—No —dijo Bendix—, sólo deseo que se recupere.

—Que se recupere —repitió el doctor, aparentemente confortado por las palabras del aprendiz—, eso es lo más importante.

—¿Trabajaremos juntos? —preguntó Bendix.

—Sí —dijo Calcraft—. Es en mí en quien ella cree.

—Eso me ha dicho.

Calcraft asintió y luego dedicó a Bendix la más perfecta de las sonrisas, como si todo lo anterior, las palabras murmuradas y las acusaciones, fuera el preludio del calidísimo cumplido de sus labios, tocados por el color del fuego.

—Ayúdeme a volver a la cama —dijo Calcraft, y tomó a Bendix del brazo con una actitud cariñosa y paternal.

XXII

El *Daily Courant* anunció que la feria sobre hielo comenzaría ese anochecer. Figg, el púgil, lucharía a la puesta del sol. El señor Guilding actuaría con sus extraordinarias ovejas, que contarían cartas sobre el hielo. Se organizarían carreras de orilla a orilla y el grito de salida correría a cargo de un auténtico gigante irlandés. Desde los arcos del puente de Londres habría abundancia de acróbatas, malabaristas, charlatanes y payasos actuando por la orilla del río. Bendix no siguió leyendo. Apretó el jarro de café entre las manos dejando que el calor le subiera por los dedos y le aliviara el entumecimiento de las articulaciones. A su alrededor, los hombres caminaban, se levantaban, lo saludaban, pero el aprendiz estaba sumido en sus pensamientos y en sus esperanzas.

Amelia tardó casi dos horas en prepararse para el frío. Había pasado muchos años asomada a la ventana en invierno y conocía el escozor y los pinchazos de los vientos del norte, pero siempre había tenido cerca un fuego al que arrimarse. En ese momento, cuando el sol se hundía rápidamente por detrás de la casa, Julia la ayudaba con las cintas y los cordones, los broches y los nudos.

La idea de salir de la casa siempre había estado latente. Amelia vivía en un mundo de ventanas. Lo que veía no era más que una corriente de objetos que pasaban de largo sin afectarla. El interior y el exterior estaban completamente separados. Dentro de la casa, el aliento y la vida, sin desconocidos ni marionetas. Alguna vez había pensado que quizá todo fuera al contrario, y que los demás vivían mientras que ella estaba sólo en suspenso en un mundo falso. Se preguntaba qué era ella, sino fragmentos de pensamientos tomados de los libros. ¿No se rompería en pedazos si un desconocido le hiciera una pregunta? Bendix era un puente entre los mundos, para ella, porque era el único habitante de la casa que entraba y salía, que había vivido en otro lugar, que había pasado por ciudades, mares y tierras que ella sólo imaginaba.

Si Bendix deseaba enseñarle que había vida más allá de las barreras de cristal de Lincoln's Inn, no podía resistirse. ¿Y si no volvieran a ofrecerle la oportunidad de sentir Londres? Refrenarse sería una locura. Llevó a cabo la preparación para el frío con miedo, con mucho miedo. Deseaba poder colarse en el bolsillo de Bendix sin ser vista, aprender cosas sobre la ciudad sin renunciar a la seguridad y el calor. La idea primera de pasear por Londres le pareció tan atractiva, pasear al lado de Bendix, envolverse en ropa, conocer la sensación de pisar la nieve... Después, la idea se solidificó ante ella ganando peso a cada momento que pasaba, por la fuerza de la gravedad de lo desconocido. Tenía miedo. Le temblaban los dedos junto a la ventana cerrada. Julia veía su inquietud, los ojos temblorosos y lacrimosos, todo su cuerpo resistiéndose a la idea de salir de la casa.

Por fin, salió al oscuro pasillo. Bendix estaba allí en silencio, observando su sonrisa, convencido de que era el fantasma más bello. Se quedó contemplando su descenso con orgullo y respeto. Vestida de seda de color azul claro, parecía moldeada en hielo, nieve y luz, con una elegancia etérea y espléndida. Se había cubierto toda la piel, aunque sólo saldría a la oscuridad.

A diez pasos de la casa, la pureza del aire, el azote del viento y la conciencia de no tener paredes detrás, de que la exhibían sin que ella pudiera ver, supusieron una inversión de los puntos de vista que la desbordó. Pareció derrumbarse ante la aproximación de la noche, como si las nubes fueran de arcilla y el cielo un océano amenazador en lo alto. Se tapó la cabeza con las manos, se dobló por la cintura y se agachó hasta casi tocar el suelo. Se volvió y musitó «a casa» y, cuando Bendix se detuvo, desconcertado, Julia tomó a Amelia de la mano y le hizo dar media vuelta. Cuando la puerta se abrió, Amelia jadeaba. Una vez dentro, cerró la puerta, se apoyó contra ella y lloró delante del joven doctor.

Bendix estaba perplejo y azorado, con sensación de culpabilidad. Desde luego, no quería hacer daño a Amelia de ninguna manera, no se le había ocurrido que tan ínfimo paseo pudiera provocarle semejante estrago.

—Lo lamento —dijo Bendix, tanto a Julia como a su señora—, no se me ocurrió.

Julia asintió, pero Amelia no levantó la cabeza.

Bendix miró hacia las escaleras como si esperase ver aparecer a Calcraft blandiendo el cuchillo de cirujano para arrancarle la nariz.

Sin una palabra a Bendix, Amelia se dejó acompañar por Julia al ala oeste.

No recibió ningún mensaje del ala oeste hasta el día siguiente, cuando le llegó la invitación de ir a tomar un refresco con Amelia al atardecer. Estaba sentada con perfecta compostura y saludó a Bendix con tanta ecuanimidad que el aprendiz creyó que no abordarían el tema de la salida frustrada. Sin embargo, Amelia no preparó el camino con una charla intrascendente, sino que, tan pronto como supo que Bendix tenía una bebida a su disposición, dijo:

—No quiero que piense que soy débil.

—No creo que lo sea —contestó Bendix—, en absoluto. Si jamás me hubiera puesto de pie e intentara dar unos pasos, no consideraría una debilidad caerme.

Amelia asintió agradeciendo sus amables palabras.

—Anoche no dormí —dijo Amelia, y luego sonrió—. Supongo que su vida no será así, pero confieso que la mía sí: todos los días tienen el mismo ritmo, la misma pulsación de breve placer y pérdida. Las palabras me proporcionan paz, pero muy pocas veces me maravilla lo diferente. Las únicas diferencias, Joseph, me llegan por la ventana al anochecer. Un carruaje conocido con libreas nuevas, un niño que crece, ésas son las únicas maravillas.

—Todas las vidas son así —dijo Bendix riéndose suavemente—, todos los días son la repetición del anterior. Lo familiar nos es necesario.

—Eso no puedo creerlo —contestó Amelia.

—Las estaciones cambian —replicó Bendix—, las mareas cambian, pero son procesos corrientes que se repiten una y otra vez.

—Entonces, ¿haber fallado no debe asustarme? Debería intentarlo otra vez.

—No hay necesidad —contestó Bendix con una sonrisa—. Yo podría describírselo.

—Usted dijo que salir un momento a la calle vale más que cien libros —contestó Amelia—, ¿acaso no le he demostrado que tenía usted razón?

Bendix se encogió de hombros.

—Me aturdí —prosiguió Amelia—, me aturdí por lo repentino y novedoso del momento. Si lo repetimos, ¿no se convertirá enseguida en una cosa corriente?

Julia temblaba delante de la puerta, calentándose las manos con una corona que Bendix le había puesto en la palma. La señora Hemmings había salido, Lemon atendía a sir Edmund y cuidaba de la chimenea de su dormitorio. El cielo de la tarde tenía el color de la leche cortada, a la luz del sol moribundo, un espejismo del calor. Amelia, con la máscara fuertemente atada tapándole la cara, se agarraba con afán del brazo de Bendix, el cual torcía los labios en un gesto inmóvil de aprensión y gloria. Julia había escogido para Amelia el mismo vestido de seda de Flandes de color azul clarísimo, el color del agua pura congelada bajo el sol. Llevaba unos guantes del mismo color, embellecidos por la flor abierta de los puños.

—Se ha puesto el sol —dijo Bendix.

—Sólo noto el viento —contestó ella, y se arropó en la capa—. Es muy penetrante, se cuela hasta los huesos.

—¿Volvemos?

—No —dijo Amelia.

—¿Ni a buscar un abrigo?

—Bajemos.

Bajaron juntos los peldaños hacia el jardín.

—Tiene que hablar conmigo, Joseph —dijo Amelia—. Cuénteme lo que vamos a hacer. ¿Vamos a subir a un carruaje?

Amelia logró sonreír al oír el ruido de grava que hacían al pisar los diminutos trocitos de hielo, que cedían o aguantaban y les permitieron cruzar la plaza sin contratiempos. Bendix no recordaba haber visto una sonrisa tan nerviosa. Amelia se aferraba a su brazo clavándole los dedos como si sujetara una presa, pero empezaba a disfrutar de los pasos y rehusó subirse al primer y único carruaje que pasó a su lado; por el contrario, insistió en seguir paseando. Bendix temía por su debilidad, pero prefirió que ella juzgara por sí misma y se concentró únicamente en proporcionarle todo el apoyo posible.

Daba la impresión de que un río de gente siguiera su mismo camino, hacia el sur, en dirección al Támesis por Chancery Lane, dejando atrás los tribunales de justicia, cruzando el Fleet hasta Temple. Bendix informaba de cuanto veía, a excepción de un par de mendigos que divisó haciendo el amor debajo de un pilar del puente. La pareja siguió hacia el este por el río, pasó ante la reluciente cúpula de St. Paul y Cheapside hasta que apareció el puente de Londres, con sus incontables arcos encendidos como farolas con la última luz. Arriba, los comercios que se alineaban en el puente formaban un perfil irregular. Amelia parecía adaptarse a Londres confiando en Bendix, dejándose llevar y permitiendo incluso que la tomase por los hombros cuando cruzaban por delante de un carruaje. Parecía que se desplegara como una sombrilla para protegerse de la lluvia o el sol, cada vez más segura de sus pasos, más confiada en su escolta.

Iba congregándose gente alrededor, unos paseaban a lo largo del río acompañando la noche con un placer compartido. La risa les rodeaba, las exclamaciones y carcajadas que provocaban los resbalones, los pasos en falso, el volver a levantarse.

Bendix oyó comentar que era la helada más dura desde hacía cuarenta años. Un carruaje se deslizó a su lado por el hielo envuelto en aliento de caballos. Con mucha paciencia, se lo describió todo a Amelia. Era domingo y la feria estaba muy concurrida por gente singularmente bien ataviada, casi todos los hombres vestían traje de lana, estambre o seda, todos se tocaban con gruesos sombreros que ocultaban la calidad de las pelucas. Entre tanto frío y tanto júbilo, era difícil distinguir al señor del lacayo.

En el momento en que pisaron el hielo, Amelia se aferró con ambas manos a las dos de Bendix, asustada por la falta de estabilidad, por la forma en que resbalaban los pies sobre algo tan sólido y tan poco fiable. Bendix miró alrededor. Apenas llamaban la atención en medio del regocijo general, nadie reparaba en la máscara de Amelia, nadie la consideraba afectada, simplemente, la noche la absorbía.

El sol desaparecía poco a poco por el horizonte, pero mil antorchas se encendieron en su lugar. A pesar del barullo general, Bendix oyó un sonido de violines y un retumbar grave de tambores. Un caballero con levita pasó volando a su lado en patines con la cara rebosante de buen humor. Llegaba gente del norte y del sur del río y todos convergían debajo del puente, cerca de la puerta principal de la taberna Southwark's Bear.

Habían montado varios tenderetes juntos a lo ancho de la franja helada, un cinturón de lona que ceñía la cintura del río a menos de cien yardas de los arcos. Bendix se entretuvo un momento en limpiar el suelo de escarcha y nieve con la punta de la bota para ver el agua helada del Támesis. Entonces, descubrió una cara pálida apretada contra la superficie, por debajo de ella, sorprendida en un paródico gesto de sorpresa. No comprendió que estaba mirando su propio reflejo hasta que Amelia le apretó la mano y él levantó la cabeza hacia ella. Amelia quería continuar, quería saber, quería saber todo lo que él veía. Siguieron paseando por la fila de tenderetes, deteniéndose cuando Amelia lo deseaba. A veces, la detenía un olor, el aroma dulce de las castañas, la tenue fragancia salada de las ostras, o si no, los gritos de los malabaristas, de los vendedores de panaceas y periódicos.

Escuchaba todos los sonidos y distinguía las voces, seguía una conversación un momento y luego saltaba de los relinchos de una dama a los barboteos de un caballero. Nada se había entrometido jamás tanto en su vida ni la había deleitado tanto. Los primeros miedos parecían olvidados.

Bendix, inevitablemente, se estremecía de orgullo por ser el guía de Amelia en su viaje virginal. El orgullo se le mezclaba con una sensación de alivio, con la alegría de que Amelia se hubiera acostumbrado tan pronto a encontrarse rodeada de la multitud de la ciudad. La veía volver la cabeza en tantas direcciones, sin saber, en medio de tanta excitación, adónde dirigirse a continuación. Ni siquiera había vuelto a acordarse del frío desde que salieran de Lincoln's Inn Fields. Bendix se dejaba llevar por una felicidad absurda, sonreía con tanta intensidad que empezaban a asomársele las lágrimas a los ojos. No era orgullo lo que sentía, no, sino la embriaguez del amor. El aire era tan puro que le quemaba la garganta cada vez que se reía al verla disfrutar.

—¿Esto es Londres? —preguntó Amelia, ahuecando la mano e inclinándose hacia Bendix.

—Toda la ciudad se ha congregado para saludarte —dijo Bendix.

Atendiendo los ruegos de Amelia, se detuvieron en un tenderete donde se anunciaba al hombre más pequeño del mundo. Aunque Bendix no entendía su deseo, pagaron tres peniques él y uno la dama y entraron al interior. Se sentaron junto con otras doce personas en un banco de iglesia; Bendix se quedó mirando al presentador, que salió del fondo del tenderete llevando de la mano a un ser pequeño que andaba como un pato y vestía calzas de cuero y jubón y un sombrero de tres picos encajado hasta las orejas. Tenía cara de viejo, enjuta y deforme, con la nariz oscura y puntiaguda y los ojos negros, rebosantes de entendimiento. Una señora que estaba a la derecha de Bendix, movida por la compasión, aspiró con fuerza.

—¿Habla? —preguntó un hombre.

—Dejó de hablar cuando las ratas se comieron a su madre —contestó el presentador.

—¿Cuántos años tiene? —preguntó otro hombre.

—Sesenta.

—¿Cómo se llama? —preguntó Amelia.

—Se llama Benjamín.

Cuando les invitaban a salir del tenderete, Amelia insistió en tocar al hombre. Bendix, atento a todos sus deseos, se dirigió al presentador, que ya se retiraba, y le ofreció dos chelines si permitía a la dama, que apenas veía, tocar un momento a su protegido.

—Tres chelines —dijo el hombre, y cerraron el trato.

Amelia le tocó la cabeza entre risitas de placer. Benjamin no decía nada, permanecía allí pacientemente, soportando el paseo de las manos enguantadas por la frente y los diminutos brazos. Amelia se agachó a tocarle las botas. Bendix dio las gracias al hombre y se arrodilló a poner un penique a Benjamín en la mano. El presentador lo impidió con la punta de su garrote y le señaló la salida del tenderete. Bendix le hizo un guiño de complicidad.

—Era un osezno —dijo Bendix, cuando volvieron al aire helado—. He visto el truco en París. Lo acababan de afeitar.

—Lo he tocado —dijo Amelia para sí misma, asombrada.

—Se les puede domesticar —le informó Bendix, siguiendo con el paseo por la fila de tenderetes.

—Señor Bendix.

Bendix oyó que le llamaban, pero no respondió.

—¡Señor Bendix!

Amelia se detuvo como paralizada y apretó la mano a Bendix.

—Le llaman —dijo.

—Señor Bendix.

—Yo mismo —dijo Bendix y, lamentándolo, se dio media vuelta hacia la voz conocida. En dos zancadas sobre el hielo y con un farol en la mano, Sixes salvó la distancia que los separaba. A Bendix le recordó a los zapateros de los estanques de verano, esos insectos negros que se deslizan sin esfuerzo por la superficie del agua. Iba vestido de una forma muy particular, con pantalones de dril e impermeable de marinero y el pelo negro sujeto en el cogote con una redecilla floja.

—Parece que vaya a una fiesta de disfraces —dijo Bendix.

Sixes se inclinó ante Amelia y su máscara y contestó:

—Por fortuna, no soy el único.

—¿Es que no va a presentarme? —preguntó Amelia.

Bendix, estupefacto, no fue capaz de oponerse ni de hacer las presentaciones.

—Soy el señor Sixes.

—Le presento a la señorita Amelia Calcraft —dijo Bendix, por fin.

—¡Ah! —exclamó Sixes—. Una prima de nuestro querido doctor.

—Su hija —puntualizó Amelia.

Si aquello fue una sorpresa para Sixes, se la tragó discretamente.

—Admiro mucho a su padre y he tenido el honor de hacerle algún trabajo.

Sixes, que evidentemente no se daba cuenta de la condición de Amelia, interpretaba una pantomima para ella, con muchos retorcimientos de manos, una sonrisa llena de dientes y una benevolencia falsa de alegre campesino ante su señor feudal.

—Su padre es amable y generoso, sumamente generoso.

Amelia sonrió. Tenía una sonrisa encantadora.

—Señor Sixes, ¿había visto usted un día como éste?

—Jamás —dijo Sixes— había salido a la calle en una noche presidida por dos deidades lunares.

Amelia estaba entusiasmada con la atención y Bendix se inclinó agradeciendo el halago.

—No nos habíamos conocido hasta ahora —dijo Sixes—, aunque su padre me ha recibido muchas veces.

—Espero que la próxima vez que vaya a casa —dijo Amelia—, me visite a mí también.

—Es usted muy amable. —Y volvió a inclinarse—. Ahora tengo que marcharme, pero no podía dejarles pasar sin desear buenas noches a un amigo.

—Muchas gracias —dijo Bendix, e hizo dar media vuelta a Amelia.

El frío de la noche se le colaba por las diversas capas de

seda y lana. Parecía que el hielo le traspasara las botas, le congelara los pies y las pantorrillas y le apretara los muslos contra las calzas. Por otra parte, Amelia continuaba vibrante ante los sonidos y los olores de la feria sobre hielo y, a pesar de que ya no había tanta gente, demostraba el mismo interés por lo que la rodeaba que desde el primer momento en que pusieron los pies en el Támesis. Un leve remolino de nieve barrió el río y desapareció en el aire como el velo de una dama al levantarse.

Amelia tardó todavía media hora en emitir el primer murmullo de queja, que Bendix aprovechó para solicitar los servicios de dos forzudos mozos antorcheros para que les alumbraran en el camino a casa. A pesar de lo tardío de la hora, había una agradable procesión de gente deambulando por Cheapside. El ruido de los pies aplastando el hielo se levantaba frente la presencia de St. Paul y resonaba con ecos graves.

La aparición de Sixes destrozó la velada a Bendix. No era que no le gustara verle, pues ciertamente la relación que mantenían siempre había sido beneficiosa para ambos; pero si tuviera que ver al doctor para algún asunto, si el nombre de Amelia saliera de sus labios, Bendix no podría volver a estar con ella nunca más. Se desentumeció un poco los dedos apretando ligeramente los de Amelia, y ella le devolvió un fuerte apretón.

Tendría que ir a buscar a Sixes por la mañana, confiar en él, o al menos, encontrar la forma de que no hablara. Recorrieron Holborn y luego bajaron por Little Turnstile hasta Lincoln's Inn Fields, lejos del camino de los peatones. Después de despedir a los mozos con un par de peniques para cada uno, anduvieron los últimos metros en la oscuridad para no ser vistos por posibles ojos indiscretos desde ninguna ventana. La fina capa de nieve que había caído en su ausencia amortiguaba los pasos. Bendix sacó del bolsillo la llave de la casa y por fin se libraron del viento.

El silencio en el interior de la casa aturdía. Ya no había roce contra el hielo ni rugidos de ráfagas invernales, sólo el eco de madera de su propia respiración que les devolvían las paredes. Bendix se frotó las resecas manos y luego hizo una pausa.

Amelia puso la mano entre las de Bendix y él la acogió entre las suyas. Se oyó el deslizarse de las botas de Amelia sobre el suelo, luego, su aliento cálido en la mejilla de Bendix. Fue un beso tan leve, un roce tan sutil que Bendix ni siquiera creyó que hubiera sucedido hasta que Amelia lo repitió y volvió a apretar sus labios contra los de él en la oscuridad. Amelia no sabía lo que era un beso, sólo sabía qué partes del cuerpo debían entrar en contacto y, sin embargo, no habría podido sorprender más a Bendix.

Él se inclinó y recabó hasta el último gramo de energía que poseía para hacer una exhibición de pavo real de su deseo, para demostrar que era capaz de dar un beso tan perfecto y honesto que llegaría a comprender hasta el último pensamiento que jamás se le hubiera ocurrido. Al acercarse a ella, se encontró solamente con el ruido de una puerta que se cerraba. Ya se había ido, ágil en la oscuridad. Bendix se quedó escuchando atentamente y oyó los pasos suaves de sus pies en el ala oeste.

No quería sentirse un necio en la oscuridad y sonrió ante la decepción. Pensó en lo rápidamente que se había alejado de él, en lo acostumbrada que estaba a moverse en las sombras. No había dónde escoger, o aprendía a moverse como ella en un mundo de claroscuros o tendría que trabajar mucho más buscando el remedio a su condición. Y el desaliento que hubiera podido experimentar al compartir su pérdida de visión se convirtió en un estímulo.

XXIII

Bendix se levantó a las seis en punto de la mañana de un humor imprevisible a consecuencia del beso de Amelia y del sentimiento de culpabilidad por haber sido descubiertos. Creía que tenía dos posibilidades. Una, ganarse el favor de sir Edmund y dos, convencer a Amelia de que se fugara. En cualquier caso, era imprescindible que Sixes guardara silencio de momento. Defoe le había preguntado por sus intenciones respecto a Amelia y su situación económica. Sí, era amor, se dijo a sí mismo, pero ¿perderse por el país, con tan poca práctica y con una mujer que no tenía ni un penique? No sobrevivirían ni un mes. Por ser marido de Amelia, heredaría la fortuna de su padre. Ganarse el favor del doctor sería ganarse a su hija y saltar de la condición de aprendiz a la de maestro. El amor era lo que le había asustado, el amor, el dinero y malograr su carrera. Con Amelia, las tres cosas estaban aseguradas. Ella no le distraía de la medicina como la condesa, al contrario, su estado de salud era un estímulo para seguir trabajando.

A pesar de la promesa de la puesta del sol del día anterior, el día amaneció gris, decepcionante. Bendix veía la nube de su aliento delante de sí, y no notaba los dedos de los pies. Se puso medias y calzas, camisa y chaleco y se fue presuroso a la cocina, donde se alegró de ver a la señora Hemmings con un fuelle en la mano reavivando el fuego. Bendix se quedó al lado de la chimenea y entabló un breve diálogo de cortesía sobre el frío que hacía, que fue interrumpido por un fuerte golpe en la puerta de la casa. Lemon apareció unos momentos después e informó al aprendiz de que Sixes lo esperaba en el pasillo.

—Dos veces en un día, señor Bendix —dijo Sixes al ver

acercarse al aprendiz—. Agotaremos los temas de conversación.

—Tengo que hablar con usted —dijo Bendix secamente, deseando tapar la boca a Sixes, y se lo llevó fuera de la casa antes de que Calcraft pudiera oír una palabra a propósito de la feria sobre hielo.

—Usted se equivoca —supuso Sixes—. He venido por un asunto importante, nada de jueguecitos amorosos. Acompáñeme.

Bendix vaciló.

—Se trata de Wild —dijo Sixes—. Mucho oro, pero tenemos que movernos con rapidez, corren tiempos muy interesantes. Prepare vendas, agujas, hilo y el instrumental de su profesión.

Bendix lo preparó todo en una neblina de placer culpable y no poco agradecido de que requiriesen sus servicios, después de haberse creído a un paso de la traición.

Sixes lo aguardaba fuera manteniendo la puerta del carruaje abierta con una mano y, con la otra, instándole a que se diera prisa.

—No parece usted muy conmovido —comentó Bendix al tiempo que subía al carruaje.

—¿Lloraría usted la muerte de su maestro? —preguntó Sixes con intensidad. Bendix se sentó y se encogió de hombros inexpresivamente. El cochero fustigó a los caballos, el carruaje salió con brusquedad hacia delante y continuó a medio galope.

—Wild lo ha nombrado a usted —dijo Sixes—, no quiere que nadie más entre en su habitación.

—¿Ha empeorado de la sífilis?

—La sífilis no acaba con un hombre como Jonathan —dijo Sixes sacudiendo la cabeza—. Un amigo de nuestro Sheppard le ha clavado el acero en la garganta. Saltó sobre él con una navaja corta y mal afilada, llena de orín, y le atravesó el gaznate.

Inconscientemente, Bendix se pasó la mano por la garganta.

—El noble gesto de venganza —dijo Bendix.

—Puede que se muera antes de que lleguemos allí —dijo Sixes.

Bendix soportó el silencio sólo un momento, hasta que no pudo más:

—Tenemos que hablar de Amelia.

—Debe de ser muy bonita —dijo Sixes en voz demasiado alta para el gusto de Bendix. El aprendiz se sobresaltó e hizo un gesto a Sixes con la mano para que bajara la voz—. ¿Quién habría dicho que el viejo tenía tierra tan fértil para una rosa semejante?

—No tiene que decirle una palabra —dijo Bendix—. Nadie debe verla.

—¿Por qué no? —susurró Sixes—. ¿Por qué no ha de verla nadie, si tiene el don de la belleza?

—Es la voluntad de su padre —dijo Bendix—. Es sumamente sensible al sol, a toda la luz en general.

—¡Ah! —dijo Sixes, dándose por enterado, y se pasó la mano por los ojos indicando que comprendía el propósito de la máscara de la noche anterior.

—¿La corteja? —preguntó.

—No —mintió Bendix sacudiendo la cabeza.

—¡Cómo, no! —dijo Sixes sonriendo—. Al doctor no le gustaría, ¿verdad?

—Por eso le pido que guarde silencio.

—No sabrá nada por mi boca, se lo juro.

Bendix sonrió, aliviado.

—Agradezco su bondad profundamente.

—No hay por qué. Usted me ha ayudado anteriormente, ahora me toca a mí, y la rueda no tardará en dar otra vuelta.

—¿Wild podía hablar todavía?

—Sí —dijo Sixes—. Cuando se le acercó el Ordinario, lo despachó con una maldición.

—Entonces el corte no será profundo —dijo Bendix—. Apostaría una libra a que todavía respira.

—No me gustan las apuestas —dijo Sixes—, me conformo con la esperanza.

—¿Le gustaría que muriera?

—Yo soy un agente —dijo Sixes encogiéndose de hombros—, me muevo a mi aire en la sombra. ¿Qué ganaría yo con su muerte?

—Éntonces, ¿por qué le importa tan poco?

—Este es un mundo de favores, Joseph, y los favores se miden y se pesan. Verá que lleva un libro atado a la cintura, un libro lleno de información sobre toda la ciudad y la mitad de sus hombres. —Mirando a Bendix, chasqueó los dedos—. Cinco minutos, quiero tener ese libro cinco minutos.

Bendix dejó el requerimiento en el aire y el eco de la desesperación de Sixes resonó de modo que los dos comprobaron la intensidad extrema de su deseo.

—Si yo le proporcionara ese libro, ¿la rueda de los favores volvería a estar a mi favor?

—En el mismo día —dijo Sixes—. Yo quedaría doce travesaños por debajo de usted; humillado, sépalo; agradecido hasta el infinito.

Era una curiosa estampa, Wild sentado con la espalda recta en una silla junto a un hogar de carbón frío. Se había envuelto en una manta azul y un pliegue ensangrentado caía por un lado. No llevaba peluca y el sello de plata de la cabeza estaba de un negro lustroso. Se tapaba la herida con la mano izquierda y, con la derecha, hizo una señal a Bendix para que se acercara. La sangre había resbalado por el interior de los puños dejando gruesos regueros de vida a lo largo del brazo. Aunque se había quedado sin color en la cara, la piel seguía siendo gruesa y correosa, parecía un cerdo acorralado.

Bendix sólo podía pensar en la silueta que se le había plantado delante la noche de la muerte de Sheppard en Long Acre, no sólo distribuyendo castigos en nombre de la ley sino regodeándose en ello, además. La excitación simiesca de Wild le había revuelto la tripas y, en ese momento, le animó a actuar a favor de Sixes. Además, pensó que la esencia de Wild era exactamente lo que el doctor necesitaba.

—Arrégleme —dijo Wild.

—Hablemos de los honorarios —contestó Bendix fríamente.

Wild logró esbozar una débil sonrisa.

—Aún pierde sangre —le advirtió Bendix, acercándose a él.

—Le pagaré bien —susurró Wild.

—Tendría que haber acudido al cirujano inmediatamente.

—Cuántos habrían acabado conmigo —musitó Wild—, a cambio de un buen pago. Usted viene con Sixes, es de confianza.

—Retire la mano —dijo Bendix—, y le apartó los dedos de la herida con dificultad, pues la sangre coagulada se los había adherido a la piel. Muy despacio, Bendix retiró la pieza de gasa que Wild tenía puesta. Le daba varias vueltas alrededor del cuello y, aunque al comendador de ladrones le causó gran dolor, Bendix pensó que le había salvado la vida.

—¿Agua? —preguntó Bendix. Wild señaló a un lado del hogar. Bendix tomó el recipiente, humedeció un pañuelo en el agua y procedió a limpiar el cuello a Wild hasta que la herida asomó y el recipiente se puso de color teja.

—Fue con una navaja pequeña y herrumbrosa, ¿no es así? —preguntó Bendix.

Wild asintió.

—Pues se limpió un poco la herrumbre en su barbilla —continuó el aprendiz—. Sería mejor para los dos que se tumbara a lo largo. ¿Podemos usar la mesa de los cadáveres?

Wild miró su propia mesa, que antes servía sólo para tumbar cadáveres, pero que en ese momento estaba cubierta con un fino paño de percal. Sonrió como si comprendiera el humor negro que tenía yacer en la mesa de los cadáveres, pero de pronto se le borró la sonrisa como si dudara de que pudiera volver a levantarse de allí.

—Tenga la bondad de tomar un poco —dijo Bendix, y le ofreció una copa de cerveza diluida, reforzada con una fuerte dosis de láudano que el aprendiz vertió.

Con ayuda de Bendix, Wild tragó un poco de brebaje, luego, con esfuerzo, se puso en pie y se tumbó en la mesa con los ojos abiertos de espanto. Bendix disfrutó del momento y tardó más segundos de los necesarios en preparar el instrumental, agitando agujas y cuchillas ante los ojos del comendador de ladrones. Quitó la manta al paciente y la dejó caer a un lado de la mesa; luego le cortó la camisa en sentido ascendente hasta la manga y continuó cortando la seda hasta dejarla en dos trozos. Innecesario, pensó Bendix, pero divertido.

Wild tenía el pecho cubierto de densos rizos de vello que se cerraban en círculos perfectos y se tocaban unos a otros desde los omóplatos hasta perderse calzas abajo. Bendix nunca había visto semejante pellejo en un hombre. Sobre el vello del vientre se encontraba el libro de tapas gastadas, atado al cuerpo con un cinturón negro de cuero pasado por un par de presillas cosidas a la tapa. Incluso en medio de tanto dolor, el paciente no retiraba la mano del libro.

El aprendiz, empapado de sangre del comendador de ladrones, se elevaba por encima de él con los instrumentos de plata y las manos rojas, limpiando la sangre de la herida otra vez. Hablaba sin parar mientras procedía y, con frecuencia, apartaba los ojos de la herida y comprobaba el avance del láudano en la caída de párpados de Wild. La piel del cuello estaba afeitada, moteada de vivos granitos de irritación. Con mucho cuidado, Bendix pinchó la aguja en la piel y comenzó a cerrar la herida. Mientras daba las cuarenta puntadas, se le ocurrían muchos pensamientos. Sobre todo pensaba en la facilidad con que podría matar a ese hombre que confiaba en él. De todos los cuerpos con los que podrían trabajar el doctor y él, de todos lo que podrían servir para curar a Amelia, estaba seguro de que no había ninguno mejor que el de Jonathan Wild.

Jamás hasta entonces había pensado en matar a un hombre, y menos aún en un estado de sangre fría y pensamiento fluido. Y sin embargo, con las tijeras y las cuchillas a su lado, mantenía la mente suficientemente clara como para adelantarse mentalmente a sí mismo varios minutos. Aunque le hundiera la cuchilla en la garganta y completara el buen trabajo perpetrado ya, seguiría siendo imposible sacar el cuerpo de Wild de su propia casa. Suponiendo que el asesinato estuviera justificado, no podría perdonarse la pérdida del cadáver.

Wild cerró los ojos. Bendix cortó y anudó el hilo y tocó la frente del paciente con las manos. No hubo reacción. Recorrió el brazo de Wild por sobre la sangre y el vello hasta llegar a la mano que sujetaba el libro. No tenía la certeza de que estuviera dormido, pero el favor que esperaba asegurarse gracias a Sixes era tan enorme que se superpuso a la vacilación. Introdujo la mano por debajo del cuerpo de Wild, notó el vello de la espalda resbaladizo de sudor y por fin encontró la hebilla del cinturón. Con todo el cuidado posible, esforzándose por sujetar el torso a Wild en el aire lo suficiente como para deslizar el cinturón por debajo, logró soltárselo. Deshizo la vuelta que el cinturón daba alrededor del libro, lo dejó al lado de Wild, en la mesa de los cadáveres, se lavó las manos en el ensangrentado recipiente y se las secó en las calzas del comendador de ladrones.

En cada página del libro había un nombre inscrito. Debajo del nombre había una lista de nombres, direcciones y apuntes sobre las propiedades. Bendix supuso que el primer nombre sería el del ladrón y los otros nombres, direcciones y propiedades, los de sus víctimas. La primera página y la última estaban amarillentas de sudor y la cubierta de piel apestaba a sudor rancio. Todos los nombres de los ladrones estaban tachados con un trazo, pero algunos, como el de Pink, con dos. Al pie de cada página había dos grupos de cifras que expresaban guineas y chelines. Si alguna de ellas representaba la comisión de Wild en el negocio, debía de ser un hombre muy rico. Había algunas páginas con signos codificados nada más, un caos de disparates para el aprendiz. Cerró el libro, lo envolvió en el cinturón y se lo metió en el bolsillo del abrigo; luego, se acercó a la puerta y llamó a Sixes.

Sixes cerró la puerta tras de sí y echó un breve vistazo a Wild.

—¿Vivirá?

—Sin duda —susurró Bendix—. No sé si duerme muy profundamente o no, así que apúrese.

Sixes se sentó detrás de la mesa de modo que, si Jonathan se despertaba, no vería a su confederado tramando nada. Pasó por alto el olor del libro y las emborronadas páginas amarillentas y, chupándose la punta de un dedo, empezó a pasar las páginas rápidamente chasqueando la lengua de placer en casi todas.

Bendix intentó ejecutar una somera imitación de paciencia golpeando el instrumental contra un paño blanco de lana y volviéndolo a guardar en el maletín. Empezó a limpiar también las piezas que no había utilizado.

—No sé qué pretende usted —dijo Bendix—, pero tenemos que devolver el libro a su sitio ya.

—Un momento más —dijo Sixes sin levantar la vista, pasando las páginas con cuidado, totalmente concentrado en absorber la información.

Menos de medio minuto después, Bendix, cerniéndose sobre el cuerpo de Wild, interrumpió a Sixes de nuevo con un gesto.

—Si me permite citar las palabras que Jonathan utilizó, Joseph —dijo Sixes cerrando el libro—, por lo general, la conciencia hace sufrir más que el delito. Siempre es mejor entregarse a los peores empeños con la máxima determinación. —Con esas palabras, devolvió el libro a Bendix y se quedó mirando al aprendiz que, con dedos resbaladizos sobre la piel húmeda, volvió a pasar el cinturón por las presillas de la tapa.

—Creía que me había dicho que no le deseaba ningún mal —dijo Bendix.

—No he dicho semejante cosa jamás —dijo Sixes—; por mí, no mataría a nadie, pero tampoco tiemblo cuando veo morir a alguien.

Cuando Wild se despertó, Sixes se había marchado hacía mucho y Bendix dormía en una silla junto al fuego, que había reavivado convenientemente. El carbón era una estampa estival de naranjas y blancos.

Wild se despertó en la mesa, bajó las piernas, se puso de pie y se mareó. Se palpó el cinturón y encontró el bulto confortante del libro. Luego se llevó las manos a la garganta y se tocó el nudo de los puntos, la sutura perfecta ejecutada por el aprendiz. Una sonrisa de satisfacción se asomó al rostro del comendador de ladrones. El darse cuenta de que la paciencia y el saber delegar podían proporcionar recompensa inmediata le produjo una alegría poco animosa.

Como buen conocedor de la medida y el sentido del dinero,

Wild decidió zanjar sus cuentas con Bendix inmediatamente, tan seguro estaba de su recuperación. Unas horas antes, con la camisa manchada de su propia sangre, se había asombrado por lo indolora que resultaba la aproximación de la muerte, por la forma en que el castigo le había pasado de largo y porque la suerte hubiera querido ofrecerlo como mártir de la delincuencia. Y sin embargo, ese aprendiz le había abierto las puertas de una segunda vida. Wild contó cincuenta guineas de oro ante él y, tras guardarlas en una bolsa, las sopesó en la mano antes de lanzárselas a Bendix al regazo.

Bendix se irguió en la silla sobresaltado al ver a Wild de pie a su lado, con el torso desnudo como un felpudo de pelo y sangre y la sonrisa estúpida del superviviente.

—¿Piensa quedarse de pie mucho tiempo? —dijo Bendix—, se caerá redondo al suelo y se abrirá de nuevo la herida.

Wild se sentó enfrente del aprendiz.

—No tengo espejo donde mirarme, pero me encuentro bien.

—Es pasajero —replicó Bendix—, estará débil unos cuantos días. Esto es sólo un breve momento de euforia.

—Un canto a la vida —musitó Wild, y echó un vistazo a su alrededor—. Vamos a servirnos un poco de vino.

—Yo le aconsejaría que no lo tomara —dijo el aprendiz moviendo la cabeza—. Tenemos que llevarlo a la cama.

—A la cama me llevo yo solo —contestó Wild. Señaló la bolsa que Bendix tenía en la mano—. Está bastante llena, ¿no?

—¿De agradecimiento? —preguntó Bendix, sopesándola en la palma de la mano.

Wild se echó a reír y, de pronto, se agarró la garganta en un breve espasmo de dolor.

—Oro o agradecimiento —contestó el comendador de ladrones—, nunca las dos cosas a la vez.

Bendix volvió a casa en un carruaje de alquiler que pagó Wild. Iba sumido en sus pensamientos, sin percibir la forma en que el viento quería hacer volcar el carruaje ni los gritos del cochero y los juramentos que lanzó en el trayecto hasta Lincoln's Inn. Rumiaba sobre las responsabilidades del médico. Calcraft le había dicho antes que era una cosa sencilla: consistía en curar al enfermo o aliviarle el dolor. No obstante, sin duda sería algo más complicado. Algunos quizá merecían el dolor, la muerte incluso, pero Bendix sabía que no correspondía al hombre tomar esas decisiones. O, mejor dicho, la decisión no era responsabilidad moral del hombre, a menos que se tratara de un magistrado respaldado por el poder de la corona y de Dios. Sin embargo, ¿quién era Jonathan Wild para llevar un libro de pecados consigo? Para utilizar las vidas humanas a modo de fulcros con los que manipular a los hombres como si fueran máquinas, ahorcando a los que se oponían a él, manejando el delito como si fuera un negocio. ¿Lo moral tenía derecho a castigar a lo inmoral? Echó de menos a Defoe, a su lucidez. Quizá bastara con haber dejado el libro a Sixes.

Se detuvo frente a la casa de Calcraft, en Lincoln's Inn, y pensó en las cortinas y los postigos oscuros que tapaban las ventanas. En el interior, caminando sigilosamente, se encontró a la señora Hemmigns dormida en la cocina y al doctor descansando en su dormitorio. Al verlo respirando con tanta calma le entraron ganas de abrir las ventanas y tocar un gong para proclamar su independencia. Sólo Amelia estaba despierta, sentada en medio de la oscura residencia. El resto de la casa era efímero, pensó Bendix. Comparados con Amelia, todos eran delgados como el papel y, si una ráfaga de viento barriera la casa, los esparciría a todos.

Amelia oyó las pisadas, reconoció los pasos, sabía que iba sumido en sus pensamientos por su forma de caminar. Hacía unos minutos que cerraba primero un ojo y luego el otro, con la intención de determinar si uno era más débil que el otro. Era prácticamente imposible saber más, pero el sonido de los pasos de Bendix expulsó de su mente todo pensamiento sobre la oscuridad. Julia le había contado que algunos besos no duraban sólo un momento sino que eran capaces de desafiar las leyes del tiempo y quedarse flotando muchos días entre un hombre y una mujer. Le agradaba pensar que todavía notaba la suavidad de sus labios sobre los de ella, un débil aroma de tabaco que recogió con la punta de la lengua pocos minutos después del beso.

—Tengo que dar por supuesto que piensa en mí —dijo Amelia—, o de lo contrario, me sentiré celosa.

Bendix sonrió al oírla.

—Pienso en usted.

Le hizo una señal para que se acercara y se sentara a su lado. Cuando lo tuvo cerca, le pasó la mano por la frente.

—En la feria sobre hielo —dijo Amelia, y retiró la mano de la frente de Bendix—, ¿qué clase de gente había?

—De todas clases —contestó Bendix—, desde lores hasta lacayos, desde soldados de la guardia hasta el sastre del Rey.

—¿Qué hay fuera de la ciudad? —preguntó Amelia—. ¿Hasta dónde ha visto, más allá?

—¿Se refiere a París? —Bendix percibió tensión en la sonrisa de Amelia, el buen humor no era más que una proyección falsa. Decidió que no sólo tenía la responsabilidad de curarla, sino también la de procurarle distracción constantemente.

—No, ciudades no. El campo. ¿Qué animales ha visto? ¿Ha visto un zorro alguna vez? —Cuando Amelia comenzaba con sus preguntas, Bendix siempre se acordaba de lo joven que era. A pesar del roce sutil, del beso robado, seguía siendo una niña en muchos aspectos, cosa que aumentaba el deleite que le proporcionaba, como si el estado de salud le hubiera conservado la inocencia. Quizás hubiera en Amelia un trasfondo de resentimiento contra su padre por haberla mantenido encerrada, pero ¿acaso Calcraft no había preservado la pureza?

Bendix no dudaba en embellecer las respuestas.

—En una ocasión, vi a una duquesa ir a la iglesia montada en un carruaje tirado por siete bueyes. A la sombra de los Alpes, vi un oso que era todo blanco, desde el hocico hasta las zarpas. Me subí a la copa de un árbol y le vi peleando contra cuatro lobos, luego se los comió. «¡Hola, *monsieur* —dije al oso—. Si me bajo del árbol, ¿me tratará como a un hombre o como a un lobo?» «Caramba —contestó en alemán porque había venido de lejos—, ¿acaso me toma por una bestia? Soy un oso civilizado como ningún otro», me contestó. «Ciertamente

—le dije yo— tiene usted un sastre de talento poco común, pues nunca he visto un traje de tan gran calidad como el suyo.»

—¿Dónde se había hecho el traje? —preguntó Amelia con una sonrisa.

—En Leipzig, naturalmente —dijo Bendix, sonriendo también. Hacía años que no decía tantas tonterías, ni siquiera cuando tenía oro en la bolsa, tanto como el que le había dado Wild y más. Recobró la juventud y las ganas de encantar. Además, también la sonrisa de Amelia era más fresca.

—Inmediatamente le pregunté el nombre del sastre, y le dije que deseaba un traje de calidad similar. Me dijo: «No existe más que un solo traje tan elegante, y su usted desea conservar su cabeza, yo conservaré la mía». Me bajé del árbol, el oso me trató con los mejores modales, y sin embargo, no pude evitar sacar la espada y tratar de quitarle el traje.

—¿Y lo consiguió? —preguntó Amelia riéndose.

—¿Acaso llevo una piel de oso? —contestó Bendix.

—¡Vaya! No, señor.

—Y entonces —dijo Bendix—, por mi hostilidad, me quitó el traje a mí y me quedé tal como vine al mundo en el lugar más frío de la tierra.

—¿Cómo sobrevivió? —preguntó Amelia, sonriendo contenta de verdad.

—Saqué a un lobo de dentro de su pellejo y me lo puse a modo de traje durante unas cien millas, soportando las carcajadas de los niños y las sonrisas de los campesinos, hasta que la piel se gastó. Encontré sedas finas, para sustituir el pellejo del lobo, y me sentí dos veces más a gusto que nunca. Desafortunadamente, no tengo testigos, ni del elegante traje del oso ni del asunto de la piel del lobo, de modo que le ruego que crea mi relato, pues no es más insólito que el de Jonás y la ballena.

Amelia batió palmas y se acercó a Bendix para darle un beso en la mejilla. Él se llevó la mano a la cara sin percibir el beso hasta que le hubo rozado y encendido el rostro.

—Si quisiera viajar, Joseph, ¿me acompañaría?

—Por descontado —dijo Bendix.

—Lo digo en serio —dijo Amelia, y se acercó tanto que Bendix no sólo le veía el fondo de los ojos sino que también notaba su aliento.

—Yo también —musitó.

—Bien —dijo ella, y se retiró un poco—. ¿Podemos volver a salir, como en la feria sobre hielo? Llevaré la máscara hasta que me reponga del todo y podamos ir por ahí como cualquiera.

—Claro que sí.

Bendix había sido objeto de las artimañas de muchas coquetas y, aunque siempre había creído que las artes femeninas de persuasión se aprendían y se practicaban, pensaba que los artificios de Amelia tenían un ingrediente impresionante de naturalidad. ¿Qué podía ser mejor que descubrir por uno mismo la forma de hacer realidad los deseos propios?

—¿Y si tuviera que vivir en la estepa de la montaña? —preguntó Amelia— ¿Vendría a visitarme?

—Aunque estuviera rodeada de osos blancos —dijo Bendix con una sonrisa.

—Lo digo totalmente en serio —replicó Amelia.

—¿Lo de los osos o lo de la montaña? —preguntó Bendix riéndose.

—Lo de marcharme de aquí —contestó Amelia.

—No puede marcharse —adujo Bendix con calma y, al ver que la idea ofendía a Amelia, pues giró el rostro hacia otra parte, trató de hacérselo comprender—. Es usted la hija de su padre. Los derechos de propiedad y capital sólo pueden pasarse a un hijo varón.

—A menos —dijo Amelia— que la hija se case, en cuyo caso, ella puede hacer lo que quiera.

Bendix no respondió.

—¿Va a dejarme ahora? —le preguntó, preocupada por haber hablado con tanta franqueza.

—No —dijo Bendix—. ¿Cómo podría dejar a una mujer de la que estoy enamorado?

A partir de la noche siguiente, comenzaron una serie de paseos. Los días seguían gobernados por la oscuridad, pues la noche se cerraba a media tarde. Bendix contrató a dos mozos antorcheros, uno que abría la marcha, pero lo suficientemente adelantado como para no molestar a Amelia, y otro que los seguía a unas doce yardas con una espada en su mano callosa. Amelia y Bendix, embriagados por las declaraciones de amor de éste, no reconocían los peligros de los lugares por donde les guiaba el capricho. De todos modos, aunque Amelia no había recuperado visión, tampoco la pérdida había aumentado; continuaba en el mundo evanescente que siempre los había separado y al que nunca se referían.

Amelia insistía en no prescindir nunca del paseo, aunque hacía un tiempo horrible en Londres y sólo se veían filas de vacas dirigiéndose a Smithfield en medio de la noche, y en el Támesis, turbulento y revuelto, no podía echarse al agua ni una sola barca de pescadores. Incluso en esas noches tan oscuras y despobladas, cuando todos los sensatos y los sabios se guarecían bajo techos y junto al fuego, Amelia insistía en retar al viento y a la lluvia. Bendix empezó a toser espantosamente y le dolía la garganta; sólo los brebajes más potentes de la señora Hemmings lograban aliviarlo. La enfermedad no tocaba a Amelia. Aunque estuviera empapada hasta el tuétano y los huesos le temblaran de frío, disfrutaba tanto con la novedad constante de Londres, asomándose por encima de la máscara en las calles más oscuras, que se libraba del contagio. En esos momentos, ambos olvidaban casi por completo la desesperante pérdida de la vista, aunque daba la impresión de que la sed de experiencias de Amelia fuera a despojarla del resto de los sentidos. Cuando se separaban, cada cual lamentaba por su lado la pérdida de visión. Amelia sufría grandes altibajos de humor, saltaba de la depresión a la euforia y sólo lograba el equilibrio en presencia del hombre que la amaba.

Amelia no dispensó a Bendix de su deber hasta la décima noche, cuando la tos era ya tan profunda y viscosa que parecía que respirase agua; se sentó a su lado con los ojos tapados con una venda de terciopelo y los pies cerca del fuego.

—Joseph —le dijo—, he estado pensando sobre lo que hablamos el otro día respecto a mi deseo de dejar esta casa.

—¿Desea venderla? —dijo Bendix con voz nasal.

—No —contestó ella con calma—, es la casa de mi padre y seguirá siéndolo. —Se giró en la silla y se arregló los pliegues del vestido—. Sólo deseo dos cosas, recuperar la vista y gozar de la libertad que eso supondría. Quiero una casa para mí, Joseph, en el campo, cerca de mi padre pero lo suficientemente lejos como para evitar las visitas diarias.

—Ya hablamos de eso —dijo Joseph, y se tragó una tos—, y dijimos que era imposible. Aunque estuviera bajo la tutela de la cancillería, en vez de estar más tranquila en manos de su padre y el señor Defoe, seguiría siendo imposible.

—Si usted y yo firmáramos un contrato —dijo Amelia—, como una especie de negocio, si lo prefiere, que me otorgara independencia... —No lograba devolver a Bendix sus palabras de amor. Pensaba que no era por las dudas, sino porque Julia le había advertido muchas veces de que, para las damas, era peligroso susurrar declaraciones románticas. No se le ocurrió que a Bendix le extrañaría oírle hablar de matrimonio sin nombrar siquiera el amor. Aunque sabía que sus sentimientos por él eran profundos, creía que pecaría de inmodestia si pronunciaba tales palabras, pues le daría pie a imaginarse la hondura de sus emociones.

—En todo contrato —dijo Bendix— hay un espacio donde el padre debe estampar su firma.

—Julia me ha hablado mucho de Lamb's Chapel —contestó Amelia—, allí no hace falta ninguna firma, sólo una o dos guineas.

—¿Sabe de lo que habla? —inquirió Bendix con énfasis.

—Hablo de matrimonio —dijo Amelia—. Deseo que se case conmigo.

—¿Sabe lo que eso implica? —dijo Bendix riéndose.

—Volar —contestó Amelia con una sonrisa.

—Es un gran cambio que hay que considerar —dijo Bendix levantándose—. Creo que debería pensarlo. —Se detuvo delante de ella. De pronto, Amelia se sintió como una niña, al notarlo allí por encima de su altura, oponiéndose a su fuerza mental con la mera presencia física. «¿Me besará?», pensó, pero, no bien lo hubo pensado, supo que Bendix no cedería. Comprendió que sus palabras le habían causado inquietud, pero tenía que decirlo.

—No voy a cambiar de opinión —añadió Amelia, levantando la barbilla hacia el aprendiz. Él se despidió con una inclinación y se retiró a su frío dormitorio.

A Amelia no le inquietó la reacción de Bendix, aunque sabía que se movía de puntillas entre sus preocupaciones. Creía que era impropio confesarle su amor y, sin embargo, le parecía perfectamente apropiado expresar el deseo de contraer matrimonio con él. Puesto que era imposible que una joven se gobernara sola, consideraba el matrimonio como la respuesta más lógica, un voto contra el derecho divino de su padre y a favor de la elección popular de Joseph Bendix.

Bendix puso su enfermedad por excusa durante los dos días siguientes con el fin de evitar a Amelia y darse tiempo para pensar. No dudaba de su amor por ella, pero el proceso del cortejo se había acelerado e intensificado. La decisión ya no era suya. Había sido Amelia quien había hablado de matrimonio, y de forma inapropiada. Si no hubiera estado tan desinformada respecto a la forma de hacer las cosas en el mundo, le habría ofendido profundamente. Sin embargo, dejando a un lado la etiqueta y los ritos propios de su clase, ¿por qué no había aceptado, simplemente? La deseaba, la deseaba por completo, desde el cuerpo sobre el cual había posado la cabeza hasta la mente de interminables preguntas... y sí, también hasta el fondo de la bolsa de su padre. No obstante, parecía que el matrimonio no fuera para ella sino un mero contrato que le garantizaría la huida, aun en contra de los deseos de su padre. ¿Y si el beso y la caricia en la frente no eran más que artificios para consolidar la devoción de él?

Aquello era impensable. Si pudiera curarla, sin duda su padre aceptaría el matrimonio. Y si pudiera documentar el caso y publicar un informe sobre el restablecimiento de Amelia, conseguiría un renombre que quizá lo llevara a la corte y le llenara la bolsa. Aunque Bendix temía sus inclinaciones mercenarias, seguía creyendo que podía ganarse el derecho a casarse con Amelia, que debía ganárselo. En cierto modo, agradeció que no hubiera murmurado palabras de amor todavía. Cuando las pronunciara, quería ser digno de ellas.

Pensó que lo que hacía falta era un catalizador que diera empuje a toda la casa, que hiciera salir de la cama a Calcraft con ganas de trabajar y que sacara a Amelia del mundo particular en que vivía y la llevara al suyo. Con esas ideas, se acercó al doctor para hablarle de sus intenciones. Calcraft tenía los ojos cerrados y su rostro no registró la menor señal de que hubiera oído los saludos de Bendix. En actitud totalmente profesional, se sentó al borde de la cama y, con un suave movimiento del pulgar, levantó al doctor el párpado derecho para comprobar si se encontraba bajo los efectos de los opiáceos. El ojo lo miró a su vez, rojo pero frío, silencioso y comprensivo. Asustado, Bendix apartó la mano y el ojo se abrió de golpe. No se percibía el dulce olor del láudano alrededor del doctor, sólo la rojez de los ojos indicaba la presencia de medicinas. Era como si Calcraft estuviera sólo ocultándose tras una apariencia de desintegración. El aprendiz se levantó y repitió las preguntas, pero no recibió respuesta alguna, ni siquiera un guiño o un movimiento de cejas, y así, el muro de silencio férreo lo expulsó enseguida de la habitación.

Mientras se dirigía al Blue Boar, se dijo que estaba seguro de que sabía el paso que habría dado Calcraft de no haber estado tan aturullado por el láudano. Avanzaba con el paso de quien se dirige tan decididamente a un lugar que no presta atención a las incidencias del camino. Se le mancharon los zapatos, el barro empezaba a subirle por las calzas, los juramentos de los jornaleros y pastores eran silencio en sus oídos. Sólo se tranquilizó al ver a Sixes junto al fuego, con un pie descalzo, sin zapato ni media, acercando la planta a las llamas y pellizcándose un callo a conciencia. Tuvo el amable detalle de bajar el ofensivo pie al ver acercarse al aprendiz, aunque le tendió la mano y Bendix se la tuvo que estrechar.

—Según sus propias palabras —atajó Bendix sin más— los favores van y vienen en círculo.

—En efecto, así es —dijo Sixes—, y la rueda gira ahora a su favor.

—Usted me debe un favor muy grande —replicó Bendix—. No sé ni quiero saber el uso que hace de la información. Sin embargo, necesito un favor.

—¿Desea su mano?

Bendix hizo caso omiso de la observación.

—El libro que lleva a la cintura ¿podría conducirlo a la horca?

—¿Qué cree usted? —preguntó Sixes.

—Yo diría que el comendador general de ladrones ha trabado buenas amistades en tantos años de negocios. Quizás una de ellas interviniera en su favor. Quizá le aplicaran unos latigazos o lo deportaran, pero ¿lo ahorcarían?

—Hay quien insinúa —contestó Sixes— que no son muchos los íntimos que tiene a su favor. Dicen que existen pruebas de que ha enviado ladrones a Windsor, que mandó a un hombre que robara un reloj al príncipe de Gales. Una protección densa como la niebla desaparece enseguida cuando el viento sopla fuerte. Creo que la niebla se levantará y Jonathan se encontrará solo.

—¿Y usted?

—Saben dónde buscarme. Vamos, Joseph... ¿quién colocaría a un malhechor en la carreta de Tyburn sin saberse a salvo?

—Necesito a Wild —dijo Bendix.

Sixes levantó la mirada.

—¿De la misma manera que el doctor deseaba a los señores Pink y Sheppard?

—De idéntica manera.

A Sixes pareció gustarle la idea y en su cara apareció una sonrisa que las sombras no lograron ocultar. Le brillaron los dientes con el tono amarillo de una nube teñida por el sol.

—No será fácil —dijo—. No estoy nada convencido de que pueda hacerse. ¿Sabe usted cuánto oro pagó sir Edmund por Sheppard? ¿De dónde va a sacar tanto dinero un hombre como usted?

—Olvida usted su pregunta anterior —dijo Bendix—. Si me casara, tendría los bolsillos tan hondos como Calcraft.

—Es que serían los de Calcraft —replicó Sixes con una sonrisa.

Bendix se encogió de hombros.

—Matrimonio clandestino —dedujo Sixes— y, aunque Defoe se muerda la lengua por una vez, esa historia podría causar sensación en otras partes. Evidentemente, no es el caso, pero ¿no habría algún desgraciado que llegara a creer que usted había traicionado al padre y se había llevado a la hija a un cura cualquiera, es decir, que le hubiera robado la dote?

—Que crean lo que quieran —contestó Bendix fríamente.

—Además, si la cancillería se involucra —prosiguió Sixes—, podría atar las propiedades con tantos nudos que costaría muchas generaciones deshacerlos todos.

—Hable más claramente —replicó Bendix—. Me confunden sus intenciones.

—Mis intenciones son las mejores —dijo Sixes—, sólo quiero que sepa todo lo que debe saber. ¿Hasta qué punto necesita a Wild?

—Yo diría —contestó Bendix— que es fundamental para mi felicidad y, lo que es más importante, para la de Amelia y su padre.

—Tengo que hacer averiguaciones —dijo Sixes—. Nos vemos mañana en el café de Tom.

—No olvide la ley de los favores —le reconvino Bendix.

Sixes hizo una inclinación.

—Es por lo que, al menos, me paro a considerar semejante acto —dijo—. Voy a pasar la noche sopesándolo.

Bendix no dudó en ningún momento que aquello le costaría una bonita suma, pero sin el cuerpo de Wild no había futuro o, al menos, un futuro aceptable. Si había algo de verdad en las teorías del doctor, la reducción de un hombre a su esencia sólo podía dar lugar a un reconstituyente de gran potencia si su alma estaba negra de pecado. Pensaba que aunque viajara por toda Europa y pasara cien años buscando, nunca encontraría un ejemplar mejor que Wild. Si se las ingeniara para ofrecer a Amelia el regalo de la vista, se labraría una gran reputación, recibiría una recompensa, un orgullo bien merecido y, lo más importante de todo, el amor de su esposa. Se acordó de las palabras de Sixes cuando afirmó que, en general, se sufría más por la conciencia que por el delito. Naturalmente, él no quería sufrir en absoluto, pero sus actos eran delictivos, sin duda. ¿Qué otro rumbo podía tomar? Sus fechorías no eran más ilícitas que las del doctor y, por descontado, sí más legales que las de Wild, pero esos hombres eran viejos, estaban acostumbrados a tales trabajos, mientras que para él eran nuevos y conllevaban la aflicción de la intranquilidad.

Pensando en Sixes, no pudo dormir aquella noche y el amanecer, desconsideradamente, llegó tarde y con el regalo de unas bolsas debajo de los ojos. Se sentía incapaz de sustraerse al pensamiento de que era excesivamente joven e inexperto para mezclarse con hombres que llevaban media vida jugando a juegos mortales.

A la mañana siguiente, Bendix esperó con ansiedad durante una hora sentado en una de las mesas del café de Tom, sabiendo que si Sixes traicionaba al que era su compadre desde hacía veinte años, poco le costaría acabar con una amistad de un año. Unos veinte minutos después —calculaba el tiempo por las páginas que pasaba y los sorbos de café que tomaba—, levantó la mirada y vio a Sixes, que se acercaba. Le acompañaba un hombre vestido con un sencillo traje negro de negocios que andaba abriendo los pies hacia los lados como si desearan llevarlo en direcciones opuestas. Al principio, Bendix se tensó pensando que podía ser el peón de un magistrado. No obstante, tenía una expresión excesivamente desamparada, carente de la seguridad que solían adoptar los criados de los poderosos. Daba la impresión de estar tristemente agradecido, como si, simplemente, se alegrara de sobrevivir con las migas de la mesa ajena.

—Señor Joseph Bendix —dijo Sixes—, permítame presentarle al señor don Josiah Worth.

—¿De la cancillería? —preguntó el aprendiz.

—De la abogacía —dijo Worth.

—Sin duda —dijo Bendix dirigiéndose a Sixes—, la conversación que teníamos pendiente queda prohibida.

—En absoluto —dijo Sixes—, en absoluto. El señor Worth conoce perfectamente nuestras intenciones.

—¿Y cuáles son nuestras intenciones? —preguntó el joven doctor.

—No seamos tímidos —dijo Sixes—, todos sabemos cuál es su deseo.

—Ciertamente —dijo Bendix—, pero yo ignoro el de ustedes dos.

—¿Me permite? —interrumpió Worth.

—Gánese el sustento —contestó Sixes con una sonrisa.

Worth rebuscó en una cartera de cuero, sacó un pequeño rollo de papeles y los desplegó uno tras otro; parecía perdido entre las diversas cartas hasta que, con un satisfecho movimiento de las aletas de la nariz, cogió una de ellas y se la puso a Bendix ante los ojos.

—¿Qué es esto? —preguntó Bendix.

—Un contrato —dijo el abogado.

Bendix lo leyó muy despacio.

—«¿Envío de la caja?» —inquirió.

—No podemos referirnos al difunto en particular en tinta y papel —dijo Sixes—. De otro modo, este contrato podría llevarnos a los tres a la horca.

—¿Quinientas libras al año? —dijo Bendix en un susurro.

—Para ser exactos y acelerar así su comprensión —comenzó Worth—, las condiciones son sencillas. Si usted recibe lo que desea, el antedicho Abram Mendes Ceixes, conocido por usted como Sixes, recibirá la suma de quinientas libras al año. En caso de que usted dejara de respirar, pasara a mejor vida o muriera, si lo prefiere, antes del cumplirse un período de cinco años, el antedicho señor Sixes recibirá una única suma de cinco mil libras, con lo cual quedaría cumplido el contrato entre ustedes.

Bendix rompió a reír y señaló el papel que tenía en la mano.

—¿Y esto, se supone que es latín?

—Tendría validez en la cancillería —dijo Worth.

—A mí me basta —añadió Sixes.

—Señor Sixes —dijo Bendix—, aunque pagarle a usted quinientas libras al año sería una carga pesada pero manejable, entregar cinco mil de una vez sería poner en peligro las propiedades de Amelia. Y aparte de todo —prosiguió—, ¿no se ha olvidado de la rueda de los favores? ¿No recuerda que, no hace tantos días, usted reconoció que el favor que me debía era inestimable?

—En efecto, ésas fueron mis palabras —contestó Sixes— y, tras reflexionar sobre ellas detenidamente, descubrí que podían estimarse, sin duda. Tiene ante sí nuestra estimación. —Sonrió amablemente a Bendix—. Sigo considerándolo un favor, a pesar del contrato. Usted mismo dijo que su felicidad dependía de ello.

—No pretendía insinuar que estuviera dispuesto a dejarme explotar.

—Son los negocios —dijo Sixes—. Quizá no pueda devolverme jamás el favor que voy a hacerle, por lo tanto, es preciso medirlo en oro. Le aguardamos junto al fuego —añadió—, mientras usted se toma su tiempo para pensarlo. Aquí le dejamos el mandamiento.

Bendix se quedó mirándolos mientras se acercaban al fuego y encendían las pipas con la misma naturalidad que si hubieran ido a comprar una tajada de cordero o una col. Bendix pensó que era un ultraje, aunque no se sentía totalmente ultrajado. Al fin y al cabo, Wild era único, de un valor incalculable según su apreciación. No debía pensar en sí mismo como aprendiz sin posibles, sino como esposo terrateniente y preocupado por la felicidad de su esposa. Si estuviera derrochando el dinero en sus propias teorías o locuras, le pesaría pero, ¿Calcraft no habría pagado la mitad de su fortuna por hacerse con el cuerpo?

Hizo una señal a Sixes y a Worth para que se acercaran.

—¿Estamos de acuerdo? —preguntó el abogado.

Bendix asintió y Worth sacó un frasco de tinta china y una pluma. Joseph Bendix escribió su nombre con una alargada floritura de la mano.

—¿Me lo conseguirá? —preguntó a Sixes.

—Ahora —contestó Sixes— es asunto exclusivamente mío.

Bendix sentía aprensión y alivio a partes iguales. No había manos más seguras que las de Sixes. No le cabía la menor duda de que ese hombre era capaz de llevar a cabo los actos más bajos con el mayor grado de perfección, pero él había apostado una fortuna que no era suya estrictamente. Un nudo de tensión en el estómago acusó su desasosiego, pero no era momento de consideraciones morales ni éticas. A partir de ese instante, era simplemente una cuestión de medicina y amor. Después de pensarlo un poco, concluyó que no había mejores motivos para quebrantar la ley.

Para su gran sorpresa, al volver a Lincoln's Inn Fields un carruaje negro aguardaba a la puerta de la casa. El vaho envolvía el lomo a los caballos. Sólo los médicos y los alguaciles tenían necesidad de hacer visitas por la mañana, pensó. Hasta los comerciantes sabían esperar cortésmente a la tarde. Defoe estaba solo en la cocina, de pie junto al fuego. Al principio, apenas lo reconoció, pues se había cambiado la enredada peluca de costumbre por otra similar pero entrecana y recogida en una cola de caballo, que a Bendix le pareció más pobretona. Defoe se giró y se quedó mirando al aprendiz fijamente, sin dar señal de un saludo afectuoso. Bendix se dio unas palmadas a sí mismo en la cabeza y señaló a Defoe.

—Cometí el error de mandar que la lavaran —contestó Defoe—. Ese estúpido criado mío la dejó lejos del fuego y esta mañana me la encontré tiesa como un muerto.

Bendix debió de dejar escapar un pequeña sonrisa.

—No tiene ninguna gracia, Joseph —dijo Defoe—. Me levantaron de la cama hace una hora porque no daban con usted.

—Tenía un compromiso.

—Lemon fue a buscarme. No sabe qué hacer.

—¿De qué se trata? —preguntó Bendix.

—No hay quien lo entienda —contestó Defoe—. Acabo de ir a verle.

—Señor —dijo Bendix—, hace semanas que no se entiende lo que dice. Naufraga en su propia medicina. Si desea ver algún cambio, retire todos los frascos de su alcance.

—Lemon los retiró hace una semana. Creo que debemos llamar a un médico.

Bendix puso cara de haberse ofendido mucho.

—¿Dónde está Amelia? —preguntó Defoe

—Supongo que todavía descansa —dijo Bendix con irritación—. ¿Puedo ir a verle?

—La única respuesta del día, de la semana, si creemos a Lemon, fue cuando oyó pronunciar su nombre. A pesar de tantas preguntas como le hice, fue como si me dirigiera a un perro dormido. Sin embargo, cuando le pregunté si podía entrar usted en su habitación, negó sacudiendo la cabeza de la forma más vigorosa. Más vale obedecer.

Bendix no asintió sino que se quedó mudo de asombro, pensando en sus fechorías pero sin lograr convencerse de que podían ser la raíz de su exilio. Aquel primer día comparecieron no un médico, sino dos, y ninguno pensó en consultar a Bendix. En realidad, tampoco se consultaron el uno al otro, pues se consideraban competidores. Bendix oía arriba el golpeteo autoritario de sus bastones, luego el ronroneo del diagnóstico al transmitir a Defoe lo que pensaban y lo que habían descubierto. El escritor despidió a los dos. Al día siguiente, se presentó el doctor Monroe, el médico jefe de Bethlem, un personaje bastante respetable y muy famoso.

Al parecer, Defoe y él eran amigos y se saludaron con un cálido apretón de manos. Cuando Bendix se acercó, le entregaron el gran abrigo del doctor. El aprendiz creyó ver una sonrisa en los labios de Lemon y pasó el abrigo al lacayo. Monroe era un hombre alto, de mejillas brillantes como manzanas tersas. Emanaba tal solidez y tal sensación de resistencia tan ajenas a Londres que el aprendiz no se sorprendió al oírle hablar con un marcado acento escocés. Monroe no estuvo más de media hora y luego, también se marchó.

Defoe no liberó a Bendix de las preguntas y ansiedades acumuladas hasta la noche, cuando por fin bajó, salió del ala oeste y se reunió con él frente a la chimenea de la biblioteca.

—¿Dónde ha estado?

—Atendiendo a Amelia y a su padre.

—¿Qué novedades hay?

—Ninguna —dijo Defoe—, sólo que se han abierto las puertas de la ley. Monroe volverá mañana, así como los abogados de sir Edmund.

—¿Por qué son necesarios los abogados? —preguntó Bendix, profundamente perturbado.

—Sus días de aprendiz concluyen, Joseph, puesto que, según la ley, usted ya no tiene maestro. Amelia desea hablarle en nombre de su padre.

—¿Sir Edmund no me recibirá?

—No quiere recibir a nadie, ni siquiera a su hija. Nos ha exiliado a todos de la comunicación. El doctor Monroe emitirá el veredicto mañana. Sospecho que, siempre y cuando Amelia pague los costes, se lo llevarán de la casa en breve.

—Absurdo —dijo Bendix—. Su sitio está aquí. Su trabajo está aquí.

—Mañana —dijo Defoe— lo entenderá.

Fue una reunión notable, sobre todo por la ausencia de los dos miembros de la familia objeto de la discusión. Monroe llegó en un carruaje modesto, con un cuello de pieles que confería cierto romanticismo a su robustez y a sus duros rasgos. Lo acompañaba otro escocés, de nombre Macready. Si Monroe se había resistido al carácter insidioso de la vida londinense, Macready parecía haberse sometido a él voluntariamente. Tenía los ojos de un azul fiero, pero el resto de la cara se le había desdibujado, pues la nariz le caía sobre la boca, los labios sobre la barbilla y la barbilla se confundía con el cuello. Mientras el doctor Monroe se preocupaba por la elegancia sobria de su atavío, a Macready le habría dado igual presentarse con un saco de arpillera, por la figura que componía. Se reunieron en la biblioteca, Defoe sentado, Bendix y Macready de pie, de espaldas a la chimenea; el aprendiz, vestido con sus sedas de costumbre, el abogado, envuelto en lana negra y asintiendo en dirección a Defoe. Monroe, que ocupaba cómodamente la silla favorita de sir Edmund, parecía haber adoptado la actitud de un magistrado en el ejercicio de sus funciones.

—Naturalmente, es una decisión difícil de tomar para un hombre —dijo Monroe, con su acento levemente suavizado por el tono de respetabilidad—. Macready se ha ocupado de las propiedades del doctor durante treinta años y conoce bien su oficio. Le hemos llamado aquí porque, en tiempos de indecisión, a qué mejor sacramento deferir que al de las leyes de la nación.

Hizo una inclinación en dirección a Macready y el escocés de menor envergadura se enterró entre documentos durante un breve lapso de tiempo, disculpándose por la falta de preparación y murmurando unas palabras sobre sus dedos entumecidos. Por fin, volvió a su lugar ante la chimenea y habló en voz baja.

—¿Conocen el acta de 1714 «para mayor efecto del castigo a tales malhechores, vagabundos, mendigos tenaces y trotamundos y su envío allá donde deban ser enviados»? ¿Lo conocen?

—Yo no —confesó Defoe.

—Naturalmente —dijo Macready, y se disculpó con una inclinación—. Es cosa de la ley.

—Quizá sería útil que me dirigiera a usted en términos médicos —interrumpió Monroe. Se volvió hacia el aprendiz y levantó la voz como si el aludido fuera extranjero y de corto entendimiento—. Su maestro padece una perturbación del ánimo. Una extraña hipocresía femenina del hígado, una fiebre anímica, si lo prefiere. Se encuentra en una condición positivamente vaporosa.

—¿Eso cree usted? —preguntó Bendix.

—Joseph —le reconvino Defoe—, el doctor Monroe sabe mucho de estas cuestiones, mientras que usted y yo carecemos de tal jurisprudencia.

—Sé que un hombre reducido al silencio no pone su casa en peligro —dijo Bendix.

—Señor Bendix, no lo entiende —dijo Monroe rigurosamente—. Todo lo que se ha dicho y cuanto se diga no será repetido fuera de estas cuatro paredes. El doctor me acompaña a Bethlem por el bien de Amelia.

Bendix se estremeció al oír el nombre de Amelia, como si Monroe no tuviera derecho a conocerla, cuanto menos a nombrarla en la conversación.

—Vive usted a cien yardas de la cancillería —comenzó Macready— pero ignora sus funciones. Si otros menos comprensivos que los que estamos entre estas paredes conocieran las condiciones en que se encuentra el doctor, el lord canciller dictaría la orden *De Lunatico Inquirendo*. Una prueba, si lo prefiere, de agudeza mental que sir Edmund, sin duda, no superaría. El heredero no puede participar en el comité del canciller, sólo los allegados, pero no hay ninguno. En el mejor de los casos, la fortuna de sir Edmund pasaría a la corona y, en el peor, a la cancillería. Amelia quedaría bajo la tutela del tribunal, convertida en personaje público y expuesta a los cazafortunas y demás.

—¿Y si no estuviera loco? —preguntó Bendix.

—Según la ley, ya lo está —explicó Macready—. El lacayo Lemon nos ha informado de la afición del doctor al láudano. A eso lo llamamos «locura contraída voluntariamente». Sometimiento voluntario a las consecuencias de la intoxicación. Una y otra vez es excesivo. Así nadie puede ya controlar sus cuentas, como hemos demostrado esta mañana.

—La locura —dijo Defoe a Bendix— no es una cuestión de la mente ni del corazón, sino de la bolsa.

—Semejante al matrimonio, si lo prefiere —dijo Macready.

—¿Cuánto tiempo permanecerá en Bethlem? —preguntó Bendix.

—No admitimos a los incurables —dijo Monroe—. Se quedará un año, al cabo del cual, será juzgado de nuevo. Si se ha curado, saldrá; de lo contrario, será declarado incurable y también saldrá.

—Muy sensato —dijo Bendix con amargura, y sacudió la cabeza como si quisiera reorganizar los argumentos—. Si su locura consiste en permanecer en la cama y negarse a entablar conversación, ¿qué nos importa a nosotros? ¿Y si todo esto no fuera, sencillamente, nada más que una retirada voluntaria de toda compañía?

—Señor Bendix —dijo Macready—, ya se lo hemos explicado. El señor Edmund no está en condiciones de incrementar su propiedad personal. Le hemos hecho las preguntas rutinarias para sopesar el veredicto. No hay *mens rea*, sino un defecto de comprensión. Si no es él quien se pone al frente de la casa, ¿quién lo hará?

El silencio que siguió puso punto final a los argumentos.

—¿Ha ido alguna vez a Bethlem, señor Bendix? —preguntó Monroe.

—No, aunque he oído hablar mucho de ese lugar.

—Todo el mundo ha oído hablar mucho —continuó Monroe—, y nada bueno. Una visita le sería muy beneficiosa. El doctor dispondrá libremente de la galería y podrá llevarse una buena parte de su biblioteca. Cada paciente tiene celda propia, incluso los sospechosos de incurables. Ya he hecho una promesa a Amelia, y también se la hago a usted, puesto que parece conducirse por el mismo afecto. Intentaré curar a sir Edmund todos los días.

Los dos escoceses se fueron al carruaje deteniéndose de vez en cuando para asentir entre ellos. Bendix se quedó mirándolos desde la ventana de la biblioteca hasta que cruzaron Little Turnstile.

—¿Los llamó usted? —preguntó Bendix.

—Después de consultárselo a Amelia —dijo Defoe—, aunque no fue una decisión en realidad, sino algo inevitable.

Bendix asintió.

—No me parece tan inestable como cualquiera de nosotros dos. Sólo que está derrotado. —Bendix sacudió la cabeza con desagrado—. Se ha retirado, ha cedido la victoria.

—Tenga cuidado con lo que dice —le aconsejó Defoe—. Usted ha impresionado profundamente a Amelia, supongo que no lo ignora. Es muy resuelta, pero el momento es delicado. Ya oyó el pronunciamiento de Monroe sobre la dolencia de sir Edmund, una enfermedad femenina del bazo. No queremos vernos otra vez en el mismo apuro.

—Naturalmente.

—Amelia reconoce que ansía su compañía. ¿Vamos? —dijo Defoe, y juntos cruzaron la puerta del ala oeste.

Si Amelia había dicho verdaderamente que tenía en gran estima a Joseph Bendix, a éste no se lo pareció cuando entraron en su habitación.

—Hay muchas cosas que debemos tener en cuenta —dijo Defoe.

—Señor Bendix —dijo Amelia—, ¿se encuentra usted a gusto en su alojamiento actual? Estoy segura de que a mi padre no le gustaría que, a causa de su salud, se quedara usted en la calle repentinamente.

—Estoy convencido de que tiene razón, Amelia —dijo Defoe.

—Su padre tenía una sola obsesión —dijo Bendix—, usted.

—No, yo no, mi salud —puntualizó Amelia, un tanto secamente—. Las mujeres somos algo más que debilidad y sangre aguada. Mi padre se ha entregado a la búsqueda de un remedio para mí y, en ese punto, confío en él plenamente. La verdad es que —añadió en voz más baja— deseo animarle a que continúe con su trabajo.

—Entre nosotros —dijo Bendix—, estuvimos a punto de terminar con su vida.

—¿Y si pierdo la vista? —preguntó Amelia—. Volveré a apostarme la vida cuando esté usted preparado.

Bendix miró a Defoe en busca de apoyo. El escritor se encogió de hombros y se dio unas palmadas en el estómago.

—Es una propuesta razonable, Joseph. Tendrá alojamiento seguro una temporada y un gran laboratorio a su disposición. ¿Qué más puede desear un aprendiz?

La respuesta estaba cantada.

—Nada —dijo Bendix.

El doctor había dejado a la servidumbre exhausta, incluso a Lemon, que había soportado el silencio autoimpuesto desde el fracaso de la operación; Bendix aún conservaba cierta esperanza de arrancar algunas palabras a Calcraft con una visita personal. Contra los deseos de Defoe y sin conocimiento de nadie, esperó hasta altas horas de la noche para abrir la puerta del dormitorio de Calcraft. Lo encontró leyendo, pero no los habituales libros encuadernados de medicinas, sino una novela. La cerró, miró al visitante de arriba abajo, se puso el libro en el regazo y clavó la vista al frente.

—Sabe que se lo van a llevar —dijo Bendix sentándose en la punta de una silla—. Se lo llevarán a Bethlem.

Calcraft se frotó las manos y estiró los dedos separándolos unos de otros. El aprendiz oía la respiración tensa y nasal del doctor.

—Perdóneme, señor —prosiguió Bendix—, pero es usted un insensato. Ya me he hecho con el cuerpo de Wild. Van a colgarlo. Podemos llevar a cabo sus teorías, tratar de devolver la salud a su hija otra vez.

Calcraft seguía mirándolo fijamente. Era una mirada llena de entendimiento, una confirmación del engaño. Bendix no estaba seguro de lo que el doctor creía saber. ¿Sabía que su aprendiz y su hija se habían prometido, creía que era imposible salvarla, que estaba sentenciada? Aunque hubiera llegado a la conclusión de que había perdido media vida galopando por los caminos erróneos de la filosofía natural y había condenado a su hija a la ceguera, ¿por qué no se enfrentaba al fracaso, en vez de contemplarlo en silencio? Si abriera la boca, pensaba Bendix, todo podría cambiar con una palabra y, sin embargo, permanecía en silencio.

Monroe llegó a la mañana siguiente con un carruaje de cortinas negras. Hundidos en el barro hasta los espolones, los caballos sacudieron la cabeza con impaciencia. Era la primera vez en varias semanas que Bendix veía a Calcraft a la luz del día. Los trajes que antes llenaba con su sólido abdomen le sobraban por todas partes, el globo que era su estómago se había reducido a una panza encogida. Y sobre todo, la cara le había envejecido, las arrugas se le habían pronunciado, las mejillas parecían dos esbozos huecos y los ojos habían perdido su brillo habitual. No había señales de inestabilidad, sólo una actitud general que Bendix recordaba haber presenciado en París, los hombros caídos de los que han perdido el corazón en aras del amor o han derrochado su fortuna al azar. Calcraft pasó a Bendix de largo sin una mirada, sin una palabra, bajó los peldaños y se subió al carruaje. Bendix se quedó escuchando los sonidos de succión que los cascos de los caballos arrancaban al barro, mientras se llevaban la carga hacia Great Queen Street.

XXIV

La primera semana sin el doctor sumió la casa en un humor brumoso. Lemon pasaba muchas horas fuera de Lincoln's Inn, siempre ataviado con perfección dominical, buscando, sin duda, un nuevo puesto de trabajo. Julia y la señora Hemmings no estaban tan animosas, charlaban sobre el alcance de sus obligaciones mientras se calentaban tazas de ginebra en el fogón de la cocina. Amelia fue la única persona que reaccionó positivamente a la partida de su padre, pues amplió sus dominios sumiendo en la penumbra toda el ala oeste; pidió a Lemon que cerrara todos los postigos y luego amortiguó las pocas velas que había con cristales ahumados, de modo que la parte privada adquirió la luminosidad acogedora de una pequeña iglesia de campo.

A quien más pesaba la ausencia de Calcraft era a Bendix. Desde el intento de transfusión, había recibido pocas pautas para proseguir con sus estudios, pero sin el doctor, no había maestro ni instructor que lo guiara. Tenía la mente como en barbecho. Cuando se quedaba sin ideas, en esos momentos en que le abrumaba la certidumbre de ser incapaz de pensar algo nuevo, juzgaba sensato leer. Asaltaba la biblioteca del doctor en busca de conceptos y teorías de un mes o mil años de antigüedad. ¿Qué era un pensamiento nuevo, se preguntaba, sino la reacción ante una idea animada e imperfecta?

A las cuatro, cuando el sol ya se había puesto, dejaba de trabajar e iba a ver a Amelia a sus habitaciones. Le resultaba insólito no sentir miedo ni peligro cuando pasaba esos momentos a escondidas con la hija del doctor. Y, sin embargo, en vez de tomárselo como una liberación, le corroía la sensación de que, sin el doctor, se estancaba.

—¿Mal día? —preguntó Amelia.

—Tengo los ojos hinchados —se quejó Bendix—, agotados.

—Siéntese aquí —dijo Amelia y, en la oscuridad, Bendix se acercó a compartir el sofá. Amelia le tocó la frente con la mano, se detuvo encima de la nariz y presionó un poco con la yema del pulgar. El dolor de los ojos se derritió.

—Esta casa es excesivamente grande —dijo Bendix.

Si Amelia estaba de acuerdo, no lo manifestó.

Aunque al día siguiente no se pronunció la palabra «matrimonio», Amelia expresó deseos de acudir a algún espectáculo, en vez de dar el acostumbrado paseo nocturno. Obedientemente, Bendix ojeó los periódicos tratando de distinguir las ofertas más embaucadoras de las que lo parecían menos. Una vez reducida la lista de posibilidades a un espectáculo de caballos o uno de un pato de tres patas, dio a escoger a Amelia. Aunque caballos era lo que veía con mayor frecuencia desde su ventana y, por el contrario, los patos (menos aún de tres patas) escaseaban, no supo resistirse al anuncio: «Shamyl Lubanov, el impío circasiano, no cabalgará sobre un caballo, ni sobre dos, sino sobre tres caballos al mismo tiempo en el lado sur de Moorfields, en el cruce con Chapel Lane, a mediodía, a las cuatro y nuevamente a las seis. Tres peniques por la diversión».

Amelia prefería ir andando, pero a Bendix, antes siempre dispuesto incondicionalmente y valeroso como dos y más, le preocupaba ese trayecto en particular. La noche estaba muy encapotada y no disponían más que de un mozo antorchero, un hombre picado de viruelas, con un ojo morado y la lengua suelta por la ginebra. Bendix pensó que serían el blanco perfecto de cualquier bandolero sanguinario que pudiera verlos paseando. Amelia entrecerraba los ojos detrás de la máscara ajena a los posibles peligros de la ciudad, creyéndolos aprisionados en las páginas de los libros.

Llegaron a Chapel Lane y no había una multitud, solamente un par de sombras sentadas en un muro bajo de ladrillo.

—¡Eh, vosotros! —gritó el mozo antorchero con la mano en el arma—, ¿dónde está el caballista?

No le respondieron.

Bendix pensó que si preguntaba él en un tono de voz más culto, tal vez contestaran.

—Estamos buscando a Lubanov, el caballista circasiano.

—¿Sabe una cosa? —contestó una sombra, la de inocua forma de naranja—. Creo que se ha marchado, ¿usted no, señor? —dijo, dirigiéndose a su compinche—. ¿Han venido a arrojar monedas a los caballos?

—No hay hombre tan necio como para andar por ahí con más de lo que pueda prescindir —dijo Bendix procurando mantener la compostura. El mozo permanecía clavado al suelo, con la antorcha en alto, inseguro del sesgo que tomaban las cosas.

—¿Es usted hombre de bolsillos de terciopelo? —preguntó el más delgado de los dos—. Tiene un aire francés, creo, con esta luz.

—Me llamo Joseph Bendix —dijo el aprendiz y, como la declaración no aliviara la tensión, añadió—: médico de Jonathan Wild.

—Los caballos se han marchado —dijo la sombra redonda poniéndose de pie—. Tenían un compromiso. ¿Dónde era, Smithers?

—En Oxford, creo —dijo el compinche.

—Pues se han ido a Oxford. —Bendix percibió la decepción de Amelia.

—Tenemos una mujer con piernas de conejo una puerta más abajo —dijo el gordo a título de oferta—, o un caballero oriental que anda sobre carbones encendidos, por si les interesa.

—El caballero oriental —dijo Amelia, pues a pesar del desánimo que Bendix percibió todavía en su voz por la ausencia del circasiano salvaje, el personaje que andaba sobre fuego pareció intrigarla.

—Sígannos —dijo el de la figura rotunda acercándose a la luz del mozo—. No muerdo, y menos en presencia de las damas—. Con un gesto, les indicó que le siguieran. El antorchero, perfectamente sobrio, esperó las órdenes de Bendix, el cual asintió y los cinco avanzaron por la oscura calleja de Chapel Lane dejando atrás el ruido de una licorería hasta detenerse ante la puerta de una bodega.

—Está aquí abajo —dijo el hombre gordo abriendo la puerta de la bodega. Señaló al mozo antorchero, el cual, siguiendo instrucciones de Bendix, desapareció poco a poco escaleras abajo. Bendix ayudó a Amelia a bajar uno a uno los podridos escalones.

Smithers apartó la paja dejando un estrecho pasadizo de ladrillos que llegaba al centro de la bodega, mientras el tipo gordo iba a buscar al oriental. Sólo tardó un momento en localizar al señor Rhyme, el oriental que caminaba sobre fuego, en el interior de la casa. Bendix contuvo la lengua, pero era evidente al primer vistazo, incluso a la titubeante luz de la antorcha, que el señor Rhyme parecía extranjero porque se había teñido el pelo con carbonilla y la piel con té. Sensatamente, en vez de decir algo, asentía a menudo mientras el hombre se preparaba extendiendo una fina franja de brasas sobre los ladrillos, alumbrado por Smithers. El hombre gordo empezó a abanicar al público con sonrisas y espectaculares pases de capa. Las brasas no tardaron en relumbrar y dar calor. Bendix, perdido el temor a encontrarse con una daga entre las costillas, tomó una mano a Amelia y se la acercó a los trozos de carbón anaranjados hasta que ella la retiró, sobresaltada, con una sonrisa en la cara por la curiosa sensación.

—¿Qué hace? —preguntó Amelia.

—Está de pie en los ladrillos, delante de las brasas.

El señor Rhyme señaló al hombre llamado Smithers.

—Dama y caballero —anunció Smithers—, para su deleite, desde las montañas de hielo del confín de la civilización, nos llega una hazaña de horrorosa importancia. Este sabio procedente de una tierra oriental tan remota que se encuentra más allá del mismo sol, se dispone a mostrarles lo que sus padres le enseñaron, y recorrerá, pisando con todo su peso, estas brasas encendidas de un extremo a otro. Su nombre es Shadrach, su nombre es Meshach. Nos hallamos en el interior de un horno furioso.

El señor Rhyme adelantó un pie como una cautelosa ave acuática y luego lo posó sobre el brillante carbón anaranjado. Smithers contuvo el aliento aparatosamente y Amelia también, luego, el antorchero y el hombre gordo y finalmente, Bendix, mientras el señor Rhyme gesticulaba terriblemente con la cara y seguía cruzando.

—¿Se quema? —preguntó Amelia.

—No —dijo Bendix sin podérselo creer, y se agachó a tocar las brasas con la punta de un dedo. Gritó y se llevó el dedo a la boca. Amelia temblaba de emoción. Aunque el señor Rhyme no fuera de más allá de Clerkenwell, poseía un talento completamente desconocido para él.

—Otra vez —dijo Bendix, tan pronto como el señor Rhyme hubo salido de las brasas sano y salvo.

—Otra guinea —dijo Smithers con una sonrisa.

—Otra vez —repitió Bendix y, la hazaña se repitió una vez más ante sus ojos.

Para Amelia, era un espectáculo deslumbrante. El sonido de gritos desconocidos, el olor acre de las brasas y el aumento de la temperatura, que le daban la sensación de estar a punto de quemarse, le envolvían los sentidos. La oscuridad que le proporcionaba la máscara se transformó en una imagen de llamas danzantes, con la alta silueta negra del oriental en el centro del fuego.

Tras el segundo pase, el hombre gordo arrojó un cubo de agua a las brasas y la bodega quedó inmersa en una nube de vapor que rizó los bigotes al señor Rhyme dándoles forma de corazón. El artista respondió a los aplausos del público con una reverencia y observó atentamente a Bendix cuando éste, sabiendo lo que hacía, vació prácticamente todo el contenido de la bolsa en la mano recogedora de Smithers. El mozo antorchero miraba con idéntica atención para comprobar si valía la pena esperar y acompañar a la pareja de vuelta a Lincoln's Inn.

Bendix y Amelia volvieron a casa en silencio bajo una lluvia fría, ambos sumidos todavía en las emociones de la velada. El fuego comenzaba a apagarse bajo la máscara de Amelia, y también la euforia, pero a Bendix le espumeaban las ideas. El señor Rhyme le había inspirado la respuesta al reto que Defoe lanzara unos meses atrás. El escritor había dicho que la teoría de la imaginación de Bendix no podía demostrarse ni refutarse, pero el fakir de Clerkenwell que caminaba sobre el fuego le había inspirado una forma de poner a prueba sus opiniones que podría convencer a cualquiera, incluso a un viejo cínico como Defoe. Naturalmente, necesitaría voluntarios para el experimento.

Durmió poco y se levantó al alba, se envolvió en el abrigo grande, se puso la bufanda más gruesa que tenía y salió al barro londinense en busca de Sixes. El cielo estaba de un gris inquebrantable, hacía dos semanas o más que el sol no daba el menor indicio de existencia. Una lluvia constante que los vientos hacían caer en rachas oblicuas se había encargado de que las calles no hubieran tenido un momento para vaciarse y secarse. Las avenidas más anchas, con sus canales de barro, parecían una parodia de Venecia. Se habría dicho que los coches de alquiler hubieran desaparecido en la densa niebla o que el viento se los hubiera llevado volando, de modo que no tuvo más remedio que meter la cabeza en el temporal y luchar contra los elementos por cada yarda. El paseo, que normalmente duraba unos quince minutos, le llevó casi una hora y las piernas, el abrigo y los brazos se le llenaron de manchas de barro y porquería.

El Blue Boar estaba casi vacío, evidentemente, el tiempo también afectaba al negocio de Wild. Aunque hubiera seguido mandando a los ladrones a robar, las víctimas no se habrían visto con ánimos de salir a la calle en busca de sus propiedades. Sixes dormitaba en la silla de costumbre junto al fuego, con las piernas apoyadas en una banqueta de tres patas y la bolsa vacía colgada con una vuelta del respaldo de la silla, respirando ruidosamente con la boca abierta.

Abrió un ojo cuando Bendix le quitó la banqueta y se sentó en ella. Habló con voz suave y relajada, como si hubiera dormido un mes y, al despertarse, se hubiera encontrado con todos los problemas resueltos.

—Joseph Bendix —dijo—, el peor día del año. ¿Viene a buscar a Jonathan o a mí?

—De él no quiero nada —dijo Bendix quitándose el abrigo de los hombros.

—Sí —contestó Sixes con una sonrisa.

Bendix se quitó los guantes mojados y los colocó cerca del fuego.

—Le busco a usted.

—Un honor, sin duda. No he dicho nada al doctor sobre su hija. No han solicitado mi compañía en Lincoln's Inn. No me atrevo a llamar amigo a ninguno de ustedes, cuando recibo tan pocas noticias. Me alegro mucho de que haya venido a verme. —Por fin se irguió del todo, enderezó la espalda y se desperezó con un largo bostezo, que proporcionó a Bendix una amplia panorámica de amígdalas ennegrecidas y cuello descarnado—. ¿Qué puedo hacer por usted?

—Necesito uno o dos voluntarios —dijo Bendix en voz muy baja. Aunque no se veía a nadie más por allí, Bendix no se fiaba de las planchas de madera del Blue Boar.

—Es usted muy impaciente —dijo Sixes—. Éste es mal sitio para hablar.

—No me ha entendido —dijo Bendix.

—¿Desea hombres en las mismas condiciones?

—No —dijo Bendix—, los quiero vivos y coleando.

Sixes se sorprendió, se horrorizó, incluso.

—No sólo entrarán en la casa por su propio pie —añadió Bendix leyéndole el pensamiento—, sino que también saldrán por su propio pie. No les pasará nada malo, o muy poco.

—¿Qué tengo que decirles?

—Que ganarán dos chelines cada uno de la manera más fácil.

—¿Cómo es eso?

—Dígales que serán marcados.

—No se puede marcar a los hombres —dijo Sixes moviendo la cabeza negativamente en dirección al aprendiz—; es derecho exclusivo del clero de Newgate, lo que los tribunales hacen a los ladrones a los que no quieren ahorcar. Es la señal del delito, nadie se somete a ella por voluntad propia.

—Los marcan en la mano, ¿no es así? —preguntó Bendix.

—Sí.

—Bien, diga a sus hombres que se les marcará en la parte del cuerpo que prefieran, o tráigame a un par que ya tengan señales de quemaduras.

—No sé si podré convencer...

—Pues claro que sí —dijo Bendix—, ofrézcales primero un chelín, luego tiéntelos con otro más, ofrézcales tres, incluso, si fuera necesario. No me importa a quién traiga, siempre y cuando sepan hablar lo suficiente como para entender y no estén tan podridos de ginebra que hayan perdido la sensibilidad al dolor.

—Usted ha cambiado mucho —dijo Sixes riéndose.

—¿Lo hará? —preguntó Bendix.

—Sí —dijo Sixes—, y no le cobraré ni un penique.

Bendix se adelantó y dio a Sixes un fuerte apretón de manos. Si el contrato por el cuerpo de Wild había sido un acto ilegal y deliberado, la lucha por llevar a cabo su propio experimento era empecinada y de estrechas miras. Había aprendido que para conseguir un fin maravilloso se necesitaba una fachada de crueldad. En realidad, no le importaba en absoluto. Estaba en juego la vista de Amelia y, con ello, suponía que también sus posibilidades de felicidad.

Llevó a cabo los dos primeros experimentos en solitario. Cada voluntario recibió un chelín antes de consentir y otro al salir de la casa, diez minutos más tarde. Sixes los había convencido con argumentos y no tuvo que ofrecer el tercer chelín de Bendix, lo cual estaba muy bien porque al aprendiz le quedaban muy pocas guineas. A Bendix le sorprendió tanto el primer hombre como le decepcionó el segundo. Aunque Sixes le había prometido voluntarios sobrios, le explicó que era muy difícil convencer a una persona sobria de pasar por semejante prueba, por eso le había mandado a dos borrachos, uno que sólo hablaba y entendía gaélico y un jornalero tan pobre que llevaba los pies envueltos en trapos de lona.

Los dos se marcharon con lágrimas en los ojos, uno de risa, el otro de dolor. Bendix estaba convencido de que la borrachera tenía mucho que ver en el efecto del experimento. Creyó que al tercer intento lo conseguiría y decidió buscar un testigo de confianza. Escogió a Daniel Defoe, el cual, al enterarse de que a Bendix se le había ocurrido una forma de demostrar el poder de la sugestión, no pudo contenerse y se presentó ese mismo día a visitar a Amelia, aunque descargó el peso de su atención en Bendix.

El aprendiz no quería echar a perder la sorpresa y mantuvo a Defoe a raya con una mezcla de gestos quijotescos y referencias ambiguas que le hicieron poner el grito en el cielo de pura impaciencia.

—Al menos —dijo Defoe—, tenga la consideración de burlarse de mí con delicadeza. —Ambos sonreían—. ¿Su gran descubrimiento será suficiente para curar a Amelia?

—Las palabras no lo convencerían —dijo Bendix—, me limito a rogarle paciencia, y así, sus propios ojos le convencerán el sábado próximo.

—Le miro —contestó Defoe— y veo que no duda usted de sí mismo.

La exactitud de la apreciación de Defoe amplió la sonrisa de Bendix.

—La mitad de mí cree que la enfermedad de Amelia es una ilusión. Quizá hay más de temor al doctor que una condición natural auténtica. ¿Acaso el hijo no escucha y confía en el padre?

—No tiene importancia —dijo Defoe— cómo llegó a desarrollar tanta sensibilidad a la luz. Ahora la padece. Lo que usted crea no hace al caso, y tampoco lo que crea sir Edmund. Sólo importa lo que crea Amelia. —Defoe se rascó detrás de una oreja—. Se quemó de una forma horrible, la cicatriz lo demuestra.

—Aunque su enfermedad sea incurable —contestó Bendix—, ¿por qué no le enseñó más? ¿Por qué no la llevaba a pasear de noche?

—Olvida usted —dijo Defoe— que cuando se enseña Londres a una jovencita, también se enseña a la jovencita a Londres.

—En tal caso —respondió Bendix—, usted reconoce que la condición de Amelia se ha visto exacerbada por el egoísmo de su padre.

—Yo no he dicho tal cosa —replicó el escritor riéndose del aprendiz—. El padre es a la familia lo que el rey a la nación.

—Usted ha escrito en contra de los reyes en otras ocasiones —dijo Bendix.

—Pero jamás firmé los artículos con mi propio nombre —cedió Defoe.

Aunque Defoe no había sido invitado hasta el sábado por la tarde, para que Bendix tuviera tiempo de negociar con el voluntario y tranquilizarlo, incapaz de contener la impaciencia, se presentó mucho antes de la hora de comer. Saludó a la señora Hemmings en la cocina y después fue a ver a Amelia llevando consigo un libro de piel de becerro lleno de periódicos que quería leerle. Bendix tuvo la impresión de que no había visto mejor a Defoe en todos los meses que llevaban de amistad. Quizá se debiera solamente al roce del viento de marzo en la cara.

Sixes apareció a mediodía y entró por la puerta de servicio. Detrás de él entró una mujer con un sencillo vestido de percal que podía haber pertenecido en el pasado a una dama gentil, pero la negra suciedad del invierno lo había estropeado. Bendix la miró y le calculó entre cuarenta y sesenta años. En las arrugas tenía porquería incrustada y del vestido emanaba un ligero olor a ginebra.

—Se llama Lizbeth —dijo Sixes—; quiere ver el chelín.

—Le daré dos —dijo Bendix mirándola a los ojos. Tenía el izquierdo castaño y el derecho gris, pero Bendix no sabía lo que veía, la mujer no le comunicaba nada. La sífilis le había llegado al puente de la nariz, se lo había roído y devorado. Había visto a mujeres así al pasar por Newgate, sombras de sus paseos. Las prostitutas más pobres, putas callejeras, que se tomaban de pie, que no podían permitirse ni dos peniques de suelo o paja.

—Hola, Lizbeth —dijo esbozando una sonrisa.

—¿Va a quemarme? —preguntó.

—Una pequeña señal —dijo Bendix; sacó un chelín del bolsillo y se lo pasó de una mano a otra—, no mayor que un penique.

La mujer miró a Sixes.

—Sí —dijo Sixes—, es un buen hombre. Escúchale y te dará dos chelines. No va a engañarte.

Satisfecha con las palabras de Sixes, Lizbeth dio un paso adelante.

Nada más entrar en el sótano, Defoe se horrorizó al ver la pobre sombra sentada en la mesa que miraba a Bendix, mientras éste alimentaba el fuego. El aprendiz manipulaba una aljaba de badiles que se calentaban entre las brasas. El escritor se quedó un momento en el último escalón, mientras Bendix sacaba un atizador del fuego y lo introducía en un gran cubo de roble. El subsiguiente bufido estremeció la columna vertebral de la mujer de arriba abajo. ¿No era suficiente con torturarla, pensó Defoe, como para provocarla de aquella forma?

La mujer no prestó la menor atención a Defoe cuando éste se acercó, miraba fijamente a Bendix y al fuego, atrapada entre pensamientos de necesidad y miedo. En un momento quería echar a correr escaleras arriba y salir como una exhalación por la puerta de la calle, pero al siguiente se resignaba a un minuto de dolor que tal vez la eximiera de unos días de sumisión más sórdida. Trató de mirar a otra parte, primero a la estantería de los huesos, luego a los libros y, finalmente, a las abrazaderas de las velas de la pared.

Bendix saludó a Defoe con un movimiento de cabeza. Se había quitado la peluca y el pelo cortísimo de la cabeza se le arremolinaba con el sudor. La actuación de Bendix tenía algo de teatral, pensó Defoe, una expansión de la personalidad desconocida hasta entonces. O bien no conocía en absoluto a Bendix después de meses de amistad o bien estaba interpretando un papel sólo para petrificar a la mujer. Si Amelia lo viera en semejante estado, sus sentimientos podrían desaparecer.

—Lizbeth —dijo Bendix.

La mujer se tumbó boca abajo sobre la mesa. Defoe le vio los ojos, cerrados y llorosos en espera de lo peor. El aprendiz se inclinó sobre ella y se los vendó con una cinta de Amelia. Luego, con una delicadeza incongruente con la fiereza de su actitud, retiró el vestido a Lizbeth desde los hombros y se lo amontonó en sucios pliegues sobre la cintura. Defoe vio la larga cicatriz que le recorría la espalda, una limpia y solitaria pincelada de marfil que bajaba desde el hombro hasta el hueso de la cadera.

Bendix cogió un hierro de la chimenea y lo apagó sólo por provocar el desgarrador chisporroteo de vapor. Fue rápidamente al estante de los recipientes por un camino de serrín muy pisoteado y sacó una pequeña barra de hielo. Volvió al fuego, cogió otro hierro de entre las brasas y lo llevó a la mesa donde esperaba la mujer. Sostuvo el hierro a pulgadas de la cara de Lizbeth, vio que torcía la boca alejándose instintivamente del calor y luego, posó el hierro suavemente en el suelo.

Lizbeth gritó cuando Bendix le puso el hielo en la espalda y apretó, un grito que sobresaltó a Defoe por su intensidad, que le hizo apretar los párpados y encoger los hombros al recordar el sufrimiento de su propia operación. Bendix mantuvo el hielo sobre la espalda de la mujer no más de cinco segundos y luego lo retiró; quedó un verdugón notable y virulento. Ante los propios ojos del escritor, la piel se hinchó y se ampolló, era una quemadura producida por un fragmento de hielo. Bendix esperaba que cruzase una mirada con él, una mirada de tranquilidad y confirmación de que sólo sentía una leve compasión por el dolor que había infligido a la mujer.

—Ya está —musitó Bendix a la mujer—. No se mueva. Voy a ponerle un poco de aceite y un vendaje. Le daré un penique más por haber sido tan valiente.

Sin dirigir la palabra a Defoe, Bendix cruzó la habitación y cogió un frasco azul de aceite y un rollo de venda blanca. Con las manos desnudas, aplicó el aceite a la pulgada cuadrada de la quemadura. Defoe no entendía cuál de sus sentidos estaba en acción. Por ejemplo, no habría podido decir si percibía el olor acre de carne asada, primero le parecía que sí pero enseguida olía sólo el carbón de la chimenea y el perfume del aceite. Su mente ponía en duda lo que sus ojos veían. Deseaba tocar la herida pero no quería seguir contemplando el sufrimiento de la mujer.

Bendix vendó a Lizbeth pasándole la gasa por debajo del cuerpo y luego envolviéndole la espalda hasta tapar la pequeña quemadura por completo. Le subió el vestido hasta los hombros y luego le ofreció la mano para ayudarla a sentarse. Tenía la piel de las mejillas húmeda de lágrimas, pero miró a Bendix y le tendió la mano. Cuando notó dos peniques más en la palma de la mano, cerró el puño con fuerza.

—¿De quién es la marca? —le preguntó, señalándose la espalda.

—De nadie —dijo Bendix.

Ella siguió mirándolo.

—Ya basta —dijo Bendix—, nuestro trato ha terminado. Márchese.

Señaló los escalones del sótano y Lizbeth, obediente pero con desgana, los subió escoltada por el aprendiz, que la acompañó hasta la puerta de servicio y la hizo salir a la tarde.

—¿Y bien? —preguntó Bendix al volver—. ¿Qué opina ahora?

Defoe estaba clavado en el suelo, cruzado de brazos. Sacó una ráfaga de aire de los pulmones.

—No sé cómo interpretarlo —dijo—, ¿y usted?

—No del todo —dijo Bendix— o, mejor dicho, hay tanto que aprender de una acción como ésta que el conocimiento resulta excesivamente vasto como para aplicarlo a un caso concreto.

—¿Amelia?

—Exactamente —dijo Bendix—. En este caso, podemos afirmar con seguridad que la expectación dio como resultado lo que se esperaba, y no lo lógico. Pero no siempre ha sido así.

—¿Qué otros resultados se han producido?

—Uno se quemó, el otro se rió con tantas ganas por la facilidad con que se había ganado unos chelines que me humilló por completo.

—¿Qué va a hacer?

—Seguir experimentando —dijo Bendix.

—¿Prosigue usted con el trabajo del doctor? —preguntó Defoe en tono paternal.

—Sí —dijo Bendix—, y también con el mío.

—¿Y cuál de ellos merece mejor crédito?

—Dudo de su camino, pero también dudo del mío.

—La certeza es cosa de locos —dijo Defoe con una sonrisa—. Por otra parte, no es usted quien tiene que estar convencido, sino Amelia.

—Entonces —dijo Bendix—, ¿no le parece peligroso seguir los dos caminos a la vez?

—Ya me conoce, Joseph —dijo Defoe mostrándole las palmas de las manos—. En una carrera con pocas probabilidades, se suele apostar por dos caballos.

Bendix no cedió al sueño aquella noche, sino que se sentó en el estudio a la luz de doce velas. No podía detener el tictac de la mente, que parecía un reloj. Cuando salió el sol, le dolía tanto la cabeza que le parecía que la columna vertebral le terminaba en una nube de dolor. Llegó a la conclusión de que Defoe tenía razón. Amelia seguía creyendo en la transfusión a pesar de que la había llevado al borde la muerte. Supuso que eso equivalía a decir que creía en su padre.

Por lo tanto, no podía dejar de lado los métodos del doctor, aunque ya hubiera demostrado que su hipótesis era más acertada. A lo largo de la noche, cuanto más pensaba en las dos teorías, más creía que podían tener un fundamento común. Si su teoría se apoyaba en las expectativas del paciente, la de Calcraft confiaba en lo que el doctor esperaba de su paciente. Con gran orgullo, determinó que su método era más lógico que el de Calcraft.

El punto flaco de la teoría del doctor radicaba en creer en la solidez de los juicios de la mente. En el caso de Calcraft, no habrían podido cometer mayor error que escoger a Sheppard. Si el doctor hubiera hablado personalmente con el ladrón, quizás hubiese reconocido en Sheppard a un hombre de cierto ingenio y bondad, y no al diablo que buscaba. Por otra parte, Wild era un hombre de intrincado artificio, el cual, con el libro negro atado a la cintura, llevaba el peso de las pruebas de sus propios pecados con frivolidad. De haberse detenido el doctor a pensar en el comendador de ladrones en vez de en el ladrón, quizá Bendix no estuviera en esos momentos abandonado al pensamiento solitario y silencioso.

Pensó que la tentación era llegar a la conclusión de que una teoría no probada era un ejercicio intelectual. Sin embargo, la experiencia sin interpretación carecía de valor. Creía que la cuestión sólo podría resolverse por medio de la repetición de experimentos. No obstante, Bendix no poseía ni estimaba la virtud de la paciencia.

Durante la semana siguiente, repitió el experimento de la sugestión, el fuego y el hielo. El lunes siguiente, hubo de confesar a Sixes que ya no podía pagar a más voluntarios, lo cual indujo al colaborador a expresar su compresión en murmullos y, acto seguido, a ofrecerle un préstamo. Las obligaciones entusiasman a pocos, las deudas a nadie. Bendix sopesó la oferta unos momentos, pero la rechazó. Juzgó más prudente hacer una pausa en los experimentos y considerar los pormenores de los hallazgos, detenerse a reflexionar sobre por qué, de los diez voluntarios, seis se habían ampollado mientras que los otros cuatro habían salido intactos.

No parecía guardar relación con el sexo, puesto que dos mujeres y dos hombres no habían manifestado quemaduras. Pensó que el problema radicaba en el hecho de que estaba inmiscuyéndose en cuestiones mentales, nada que ver con los animáculos, decocciones y demás minucias empíricas de Calcraft. ¿Y quién podía prever una reacción, a menos que se conociera la mente sobre la que se operaba? ¿Quién tenía la idea más remota de lo que esos desgraciados habían visto y sufrido antes de aparecer en Lincoln's Inn? O quizá fuera más sencillo. Tal vez la ginebra enturbiara la imaginación, quizá la cerveza negra pudriera el cerebro, o tal vez la sífilis, la gonorrea crónica o la fiebre afectaran al poder de sugestión. Bendix tenía la impresión de vivir en un mundo de «síes» y «quizases», un mundo de posibilidades tan flexibles que la cabeza se le hinchaba cuando quería seguir el hilo de un solo pensamiento en toda la retahíla de voluntarios.

Durante las visitas diarias, Amelia llegó a percibir la distracción de Bendix, lo acosaba a preguntas, siempre satisfecha de que sufriera tanto por ella. A su vez, el aprendiz agradecía sus sonrisas y sus favores. Desde la partida del padre de Amelia, Julia había empezado a compartir la cama con ella. Aunque Bendix sabía que se trataba de una costumbre de las jóvenes para evitar cualquier clase de indiscreción en una casa, se preguntó por qué la costumbre había revivido precisamente entonces. Quizá no confiara en él. Al principio le enfureció, no porque pretendiera hacer ninguna incursión nocturna a su habitación, sino porque ella lo supusiera. Cuando la rabia lo invadió por completo y la indignación le tiñó la frente de rojo y le aceleró el corazón inmoderadamente, se obligó a recordar la noche en que había reposado la cabeza sobre su vientre desnudo, y comprendió que las precauciones de Amelia eran, en verdad, sensatas.

Le preocupaba el dinero. Pasó los días siguientes más pendiente de Amelia que de los estudios que tal vez la curaran. Envió una carta con un ruego desesperado a Northumberland, al mayor de sus hermanos. Recibió en respuesta un sermón alentador y fortificante sobre sus intentos de cambio, expresado con sombrías palabras y evocaciones de Dios en las alturas, pero en la misiva no había las necesarias raspaduras de plata. Era lo que Bendix esperaba, y quemó la carta lentamente en medio del carbón.

En París, cuando su padre le mandó palabras en vez de oro por primera vez, se vengó bebiendo cuanto fue necesario para olvidar, y tardó dos días de borrachera en comprender el verdadero alcance del hecho. El único dolor que le causó la carta de su hermano fue el jaque en el terreno moral. Le insinuaba enérgicamente que, si continuaba sumiso como un perro, un día se haría merecedor de los huesos.

Antes del desembolso en voluntarios aptos, cuando todavía le tintineaban monedas en el bolsillo, el dinero no le preocupaba. Y lo que es más, había comenzado a adoptar la actitud de Calcraf y hablar de dinero le parecía innecesario entre caballeros comprometidos con metas más altas de filosofía natural. Naturalmente, no se había opuesto a ganar algunas guineas cuando le daban trabajo con la colaboración de Sixes, pero los chelines y la chatarra no le habían obsesionado tanto como en ese momento. Cuando reanudaron los paseos, empezó a mirar la máscara de Amelia preguntándose la cantidad de voluntarios que habría podido contratar si la vendiera.

Consideraba a Amelia la causa y el remedio de su queja. Dependían el uno del otro de una forma extraña. Únicamente cuando llevaban solos un buen rato lograba Bendix dejar a un lado todos sus miedos y cuitas y recuperar la serenidad habitual, que siempre llevaba consigo una sonrisa de amor dedicada a Amelia. No estaba seguro de si continuaba con los experimentos sólo por ella o por los dos, aunque, de todos modos, no había rastro de insinceridad en la forma en que se tomaban de las manos o se sentaban en silencio intercambiando algún beso esporádicamente. Ninguno leía los pensamientos del otro. Bendix siempre procuraba contenerse, pues deseaba tratar a su futura esposa con el máximo respeto, en atención a su inocencia. Amelia mostraba mayor curiosidad y cierto miedo respecto a lo que físicamente podía esperarse de ella. Todavía no estaba acostumbrada al contacto de los cuerpos y vacilaba entre el deseo y la compostura. Sin embargo, se llenaba la cabeza de los menores recuerdos eróticos, que el tiempo se encargaba de exagerar, como los diferentes olores que le recordaban a los labios de Bendix: tés, chocolate, tabaco. Un vestigio de jabón, brandy o humo de leña, todo quedaba registrado y almacenado y, cuando lo recordaba, le producía tanto placer como el propio momento en que lo había recabado. No obstante, a pesar de la intimidad, Bendix era incapaz de pedirle dinero, sabiendo que sería una demostración tan palpable de pobreza que se delataría como pareja desaconsejable e incluso desastrosa.

Amelia se levantó a las diez, se vistió, tomó un desayuno ligero y salió de su habitación a mediodía dispuesta a celebrar su encuentro cotidiano con Bendix, fingiendo una actitud distante con tan poca fortuna que Bendix supo que se presentaba con un programa preparado de conversación; pensó que la modestia estaba a punto de ser arrasada por la franqueza.

—¿Qué es lo que le están leyendo? ¿Etherege? —preguntó el aprendiz cogiendo el ejemplar—. Menudo entretenimiento.

—Joseph —dijo Amelia—, me gustaría encontrar alternativas que me ocuparan la mente.

—He tenido trabajo —dijo Bendix, y dejó el libro de nuevo en la mesa.

—¿Relacionado conmigo?

—Siempre —dijo Bendix.

—En tal caso, supongo que si me quejo de lo poco que le veo sería poco considerada. No salimos a pasear tanto como me gustaría.

—Todo el placer de que gozo —dijo Bendix con una sonrisa incipiente— se lo debo a su compañía. Lo demás, para mí es sólo trabajo.

—Dígame —dijo Amelia, iniciando una sonrisa de complicidad—, ¿qué aman los hombres?

Lo tomó por sorpresa, como si Amelia hubiera acelerado otra vez la actitud de cortejo y etiqueta que él se esforzaba en mantener.

—Una pregunta que se responde mil veces al día, pero nunca a satisfacción de uno.

—Bien —replicó Amelia sin inmutarse—, ¿qué significa amor, para usted?

—Algunos consideran que no existe tal cosa —dijo Bendix con un gesto distraído.

—Para usted, señor Bendix —le reprendió ella.

—Antes me parecía una enfermedad —confesó Bendix—; hace que un hombre se duerma y se despierte con el rostro de la amada ante sí. Y lo peor de todo es que el hombre enamorado cree que jamás había pensado con tanta claridad, que jamás había percibido el mundo como en ese momento.

—¿Y es así?

—Sin duda —dijo Bendix—; en el peor de los casos, es ceguera; en el mejor, es una fiebre alta propia de los jóvenes.

—¿Y usted es joven o viejo? —preguntó Amelia.

—Ni lo uno ni lo otro —contestó Bendix.

—¿Y a mí, qué me considera?

—Usted es joven, desde luego.

—Y, por tanto, ¿objeto de esa fiebre y de esa ceguera?

—La respuesta a esa pregunta sólo la sabe usted —dijo Bendix.

—La sé —dijo Amelia—, pero me gustaría que me lo ahorrase y se declarase usted.

Bendix sabía que había ido zafándose de las embestidas hasta ser arrinconado.

—Conoce mis propósitos —dijo—, soy el aprendiz de su padre. Lo único que deseo más que usted es que se recupere. Y, aunque entre el maestro y el aprendiz no exista contrato, el aprendiz no puede casarse hasta que concluya el aprendizaje.

—No tiene contrato con mi padre —dijo Amelia—, pero ¿no firmaría uno con su hija?

—No sin el permiso del padre. Si el padre se recupera, la hija podría ser desheredada por un acto tan impetuoso.

—En tal caso, no debe saberlo. Tenemos poco tiempo —enfatizó Amelia. Conocía mejor que Bendix hasta qué punto iba perdiendo la vista. Los juegos y adivinanzas que solía jugar con Julia a costa del vecindario eran recuerdos lejanos. Hacía mucho que había olvidado incluso los colores. Sin embargo, no quería dar rienda suelta al pánico. Disfrutaba de las reacciones de Bendix, de la espalda recta y el carácter fuerte que no había forma de apartar del camino derecho. Si fuera sincera, habría confesado a Bendix que el tiempo le importaba menos de lo que daba a entender. Daba la ceguera por cierta, como una sólida puerta que se cerrase y que ella no tenía fuerzas para mantener entreabierta.

—A pesar de todo —dijo Bendix—, insisto en que se solicite su permiso.

Amelia cogió una pequeña moneda de oro, un doblón, se lo colocó entre los dientes y lo dobló en dos como media luna llena. Se lo ofreció a Bendix y éste se detuvo, atónito por la oferta y lo que ésta significaba.

—¿Está segura de lo que hace? —preguntó.

—Sí.

—¿Iremos a visitar a su padre, a declararle nuestras intenciones?

—Si insiste, como mi futuro esposo.

—Tampoco nos presentaremos ante Dios hasta que haya intentado devolverle la salud.

—Claro que no, aunque espero que enseñe a algún amigo la prenda de mi devoción.

Bendix se rebuscó en el bolsillo y encontró una de las últimas guineas de Wild. Se llevó la moneda a la boca y, de la misma forma que Amelia un minuto antes, dobló el blando metal entre los dientes y se la entregó. En silencio, y con algo semejante a lágrimas por parte de Amelia, cerraron el contrato.

—¿Esto es el amor? —preguntó ella, dando por sentado que a partir de ese momento le concedía más valor que a su vista, más que a su libertad respecto a Lincoln's Inn.

—Te prometo que lo es —contestó Bendix.

Fue una proposición repentina que Amelia había urdido y Bendix aceptó. Sabía algo de las leyes del matrimonio, como cualquier soltero que alguna vez se hubiera planteado sacar provecho del compromiso del matrimonio. Amelia, como soltera, quizá no pudiera intervenir en la administración de las propiedades de su padre. La finca se mantendría entera hasta que se casara y, entonces, pasaría a manos del esposo. Si no se casaba, dispondría de las rentas que produjese la propiedad de Calcraft, pero la propiedad misma quedaría en depósito hasta su muerte, y luego sería dividida entre los familiares o dispondría de ella la cancillería. Entonces, Bendix comprendió su verdadero papel: Amelia no sólo le amaba, sino que además era su instrumento para la libertad.

No le disgustaba tal manipulación, cualquier hombre la aceptaría con agradecimiento. A cambio de proporcionar a Amelia cierto grado de libertad, pasaría a ser el administrador de toda la propiedad, y casado con la mujer que deseaba. Era una circunstancia tan poco usual que Bendix rompió a reír a carcajadas. Erróneamente, pensó que su amor no era correspondido con tanta pureza como él entregaba el suyo. No le preocupaba excesivamente porque sabía que sobre Amelia pesaba no sólo el deseo de libertad que él mismo había sembrado en la feria sobre hielo, sino también el de recuperar la visión. Si lograba concederle ambos deseos, a continuación llegaría el amor, tan cierto como que, después del trueno cae la lluvia.

A instancias de Amelia, Bendix redactó una nota para Defoe rogándole su compañía en nombre de los dos. Defoe se tomó la noticia del contrato con la mejor voluntad y, aunque Bendix lo conocía suficientemente bien como para saber que raramente dejaba traslucir sus verdaderas emociones, cuando brindó por su felicidad por tercera vez, se convenció de la autenticidad de su alegría. Amelia pareció contagiarse de la presencia del amigo. Enseñó las monedas a Defoe con gran ceremonia, y hasta Bendix llegó a atacarse de un contagio similar y sonrió con la debida inanidad. El hecho de haber confesado el contrato en voz alta pareció alterar el aire que respiraban. Bendix tenía la sensación de que, al haber pronunciado las palabras, se había abierto un camino hacia el amor y casi llegó a olvidar la necesidad de acudir a Bethlem.

Se trasladaron al anochecer, en el carruaje de Calcraft, con Lemon en librea sencilla y un cochero al que contrataron para conducir los caballos bajo la lluvia. Ya que Amelia sufría ese rechazo a la luz, pensó Bendix, era una suerte que hubiera nacido en Inglaterra. No sabía si sus temores habían aumentado ante la perspectiva de ver al doctor otra vez, pero la compacta nube de coque y gris que permanecía suspendida sobre Londres desde hacía un mes parecía haber descendido hasta posarse en los tejados. Era tan densa que no la atravesaban ni las agujas de los edificios.

Durante el camino, Defoe intentó entablar conversación varias veces, pero Amelia estaba completamente pendiente de la novedad de viajar en el interior de un carruaje y Bendix iba concentrado en el vacío del estómago y la sequedad de garganta que sentía.

—Debo advertirles —dijo Defoe— que, como la mayoría de las instituciones públicas, las cosas funcionan para provecho de los empleados, no de los pacientes.

Bendix asintió por costumbre. En la oscuridad, sorprendió a Amelia atisbando por la ventana con los ojos entrecerrados cuando pasaban por Thames Street. Dieron la vuelta a Monument y subieron por el Royal Exchange, ante los puestos de dientes de marfil para dentaduras rotas y anteojos para los ojos débiles. Abriéndose paso entre la multitud de mozos porteadores y hortelanos, dejaron atrás los establos de la posada del Flying Horse y, por fin, disminuyeron la velocidad y se detuvieron. Hacia el norte se encontraba Moorfields. «Qué diferencia de viaje en coche», pensaba Bendix, respecto al de su primer encuentro con Sixes, cuando con palas de madera removieron la tierra y sacaron el cuerpo del ahorcado.

Tanto pesaba Bethlem sobre la conciencia de Londres que cuando Bendix por fin se apeó del carruaje, se quedó estupefacto por su pequeño tamaño. Puesto que era una de las dos únicas instituciones para dementes que había en toda Inglaterra, esperaba una masa desparramada de edificios de ladrillo, una amalgama de estilo y construcción que reflejase su utilidad. Sin embargo, Bethlem parecía apropiado hasta para el mismísimo alcalde. Pensó que cualquier extranjero habría creído que los ingleses consideraban la locura una cualidad social.

Un puñado de putas callejeras deambulaba por los alrededores. Dos estatuas colosales flanqueaban la entrada. La de la derecha estaba encadenada y con las mejillas hundidas de cólera. Su compañera del otro lado de la verja estaba sentada en actitud de lastimosa melancolía, que a Bendix le pareció un símbolo de la disolución sifilítica. Desde el vestíbulo de la entrada partían dos largas galerías, una hacia el este y otra hacia el oeste. El pequeño grupo, con Lemon a la cabeza, se quedó de pie pacientemente aguardando la llegada de Monroe. No se oían gritos estruendosos, como aseguraban los rumores que habían llegado a Bendix hasta París, pero aun así, lo que oía le inquietaba. Creía oír a cincuenta hombres respirando como uno solo. Por encima, sonaban las cuerdas de un violín, no mal tocado. Sólo una voz predominaba elevando una plegaria. En definitiva, pensó Bendix, tanto podía parecer un monasterio como un manicomio.

—Qué frío —comentó Amelia.

—Qué menos, para la mortificación de los excesos —dijo Defoe por hacerle una gracia.

Todos pensaban en sir Edmund, las sonrisas de cortesía se quebraban. Lemon fulminó a Defoe con una mirada por encima del hombro.

Defoe tiró al aprendiz de la manga y juntos dieron unos pasos en dirección este. La primera puerta tenía un ventanuco con rejas y los dos se asomaron a mirar. Todo estaba a oscuras, no había nada que ver y sólo se oían la respiración grave de alguien que descansaba. Siguieron hasta la puerta contigua. Defoe advirtió que no estaba cerrada con llave y la abrió. A la luz de la galería, olieron primero y vieron después a un hombre tumbado y desnudo, con restos de sus propios excrementos pegados a la parte posterior de los muslos. Descansaba, ajeno o indiferente a su condición, encima de paja, con dos mantas a los lados, inmune al frío. Bendix vio la abrazadera de hierro que llevaba en el tobillo derecho y la cadena que trepaba por la pared hasta un soporte oxidado.

Defoe tocó al hombre con el pie. El loco se desperezó como un gato, se puso en cuclillas y empezó a hablar con los visitantes en un lenguaje de chasquidos y silbidos graves. Defoe dio unas palmadas para que se callara y luego levantó la mano como si fuera a pegarle, pero el hombre, en vez de recular, saltó desde el suelo de piedra y sólo la cadena impidió que alcanzara a Defoe. De todas formas, consiguió estamparle en la cara un sucio gargajo de saliva. Con sensatez, Bendix tomó a Defoe del brazo y cerró la puerta al salir los dos.

—La provocación —explicó Defoe— enseña mucho sobre los hombres. ¿De qué nos habría servido quedarnos mirando a un durmiente? Sin embargo, ahora sabemos cómo se sienta, cómo habla...

—Y cómo escupe —añadió Bendix al tiempo que ofrecía un pañuelo a Defoe.

El eco de unos pasos llamó la atención de todo el grupo hacia Monroe, que se acercaba a paso vivo por el pasillo. Debía de llevar refuerzos metálicos en los tacones, porque pasaba por delante de todas las puertas de la galería con un *clic clac* que levantaba un eco penetrante e inconfundible. A veinte yardas de distancia, parecía brillar de vigor. Se inclinó profundamente ante Amelia y dio un apretón de manos a Defoe y a Bendix; luego los encaminó hacia la escalinata central, cuyos peldaños tenían los bordes gastados por el uso. Arriba, el panorama era idéntico, y siguieron a Monroe hacia el ala oeste.

—El progreso —dijo Monroe en voz baja a los visitantes— ha sido lento. Es condenadamente difícil tratar a un hombre que se encierra en el silencio.

—¿Disfruta de libertad en la galería? —preguntó Amelia.

—Sí —dijo Monroe—, va y vine como le place, sin traspasar la verja de la entrada, naturalmente, pero no ha dado motivos para que se le restrinjan los movimientos. Simplemente, no se comunica.

Bendix advirtió que era la segunda puerta que pasaban que no tenía cerradura. Entraron y Lemon procedió inmediatamente a oscurecer la estancia para comodidad de su señora. Por entre los altos barrotes de hierro no entraba luz alguna. Lemon sólo tuvo que girar hacia la pared el farol de ojo de buey que alumbraba los dominios de Calcraft, y luego tamizar la luz con un paño anaranjado de seda. Si no hubiera hecho tanto frío, Bendix habría creído que se encontraba en el interior de una hoguera.

El doctor estaba sentado en una cama baja de paja, con el mismo traje con el que saliera de Lincoln's Inn. No llevaba peluca pero tenía la cabeza envuelta en vendajes a modo de turbante oriental. No se levantó ante la intrusión ni reaccionó bien ni mal; ver allí a tres miembros de su casa y a su mejor amigo no le sorprendió más que la lluvia de abril. Bendix se alegró de encontrarlo corpulento y consideró el apetito un síntoma de ganas de vivir.

—Es mejor tratar el asunto directamente —dijo Monroe—, pues ya no sirve ni para hablar del tiempo.

—¿Le ocurre algo en la cabeza? —preguntó Bendix.

—Nos indicó que quería que se la afeitaran —dijo Monroe—, y luego compró vendas a un ayudante, creo que se lo agradeció mucho.

—¿Qué significa? —preguntó Amelia.

Monroe se encogió de hombros.

—Querida niña, dentro de estas paredes, pocas cosas tienen un significado discernible.

—¿Y la enfermedad puede curarse? —preguntó Amelia.

Monroe se frotó la nariz y luego se sopló las manos, por el frío.

—Sí —dijo—, todos tienen remedio, de lo contrario no se les internaría aquí.

—¿Y cómo espera curar a mi padre? —preguntó Amelia.

Monroe se giró y se dirigió a Amelia directamente con el pecho hinchado como un gallo enardecido, pero en un tono sedoso de profesional.

—No tiene que soportar visitas a diario, come bien dos veces al día, pasea para mantenerse sano, duerme y descansa. No se me ocurre ningún otro paciente entre mis muros que presente síntomas tan positivos de recuperación.

—Pero —insistió Amelia— sigue sin querer hablar.

—En efecto —dijo Monroe—, a mí no me habla.

—Padre —dijo Amelia dejando a Monroe y arrodillándose ante Calcraft.

El doctor la miró, lo cual, pensó Bendix, era toda una mejoría respecto a la última vez que lo había visto.

—He venido por un motivo.

No hubo respuesta.

—Deseo contraer matrimonio con Joseph Bendix —prosiguió Amelia—. Sé que tenías una gran opinión de él. —Bendix asintió ante el uso del tiempo pretérito—. Esperaba nos dieras la bendición con palabras, no sólo que firmaras el contrato de matrimonio.

Calcraft metió los labios hacia dentro, fruncidos como si pensara. Finalmente, exhaló un leve soplido, pero no habló. Si la noticia le había sorprendido, se tragó la sorpresa.

—Sir Edmund —dijo Bendix adelantándose—. Pongo todos los medios a mi alcance para curar a su hija. Continúo con su trabajo a diario y creo que me acerco mucho al remedio.

El doctor expresó que comprendía las palabras y que le producían bienestar con una gran sonrisa.

—No me casaré con ella hasta que se produzca una mejoría en su estado —prosiguió Bendix—. En este punto, tiene usted mi palabra.

Calcraft dejó de sonreír y volvió adoptar la expresión de antes.

—¿Nos da su consentimiento? —Bendix estaba incómodo, sabía que Lemon lo miraba con desprecio—. Significa mucho para la felicidad de su hija.

Amelia se adelantó y tomó la mano a su padre; el doctor no se resistió, pero Bendix percibió que retenía el flujo vital de esa parte del cuerpo, como si hubiera detenido hasta el paso de la sangre por ella. Amelia apretó los labios contra el dorso de la mano de su padre. Calcraft levantó la mirada, más allá de su hija y, muy despacio, hizo un gesto negativo con la cabeza en dirección a Defoe. El escritor no se movió ni una pulgada y siguió contemplando la escena que se desarrollaba ante él.

Durante la visita, había escampado y, después de que Monroe los acompañara a las verjas de Bethlem y Lemon cerrase la portezuela del carruaje de sir Edmund con todos en el interior, los caballos se los llevaron de vuelta, arrastrando el vehículo por el barro a lo largo de la muralla de Londres.

—No lo he encontrado en un estado tan perturbador como esperaba —dijo Bendix, aunque sólo fuera por romper el silencio.

Miró a sus compañeros en busca de algún apoyo para iniciar la conversación y sólo vio escurrirse un par de lágrimas por debajo de la venda de seda de Amelia.

Defoe percibió el disgusto de la joven y, amablemente, empezó a hablar para camuflar sus hipos, en caso de que los hubiera.

—Me ha parecido que estaba bien alimentado —dijo Defoe—. Esta noche estaba todo muy tranquilo. Muchas veces —continuó el escritor—, los pacientes se emocionan tanto con las provocaciones de las visitas que exageran su locura para procurarles mayor diversión. Hasta he visto que les echan guineas algunas veces.

—Parece que no todas las celdas están en las mismas condiciones.

—Como en Newgate —dijo Defoe—, la estancia puede suavizarse a fuerza de oro. En una ocasión, vi a un hombre que se creía el rey, y le permitían salir a la galería con una corona puesta y tapizarse la celda con sedas y terciopelo.

—¿Y los demás? —preguntó Bendix.

—Había un marinero que estuvo encerrado diez años —dijo Defoe—. Un hombre que resoplaba y movía las aletas de la nariz. Las jovencitas lo encontraban muy divertido; lo tenían atado con correas de cuero. Un caballo que nunca se rendía...

—¿El silencio significa que rechaza o que acepta la proposición? —preguntó Amelia.

—La desaprobación de un loco es igual a la aceptación de un cuerdo —sentenció Defoe.

—Pero no dijo que no al matrimonio —arguyó Amelia—. No dijo nada de nada.

—No parecía disgustado —apuntó Bendix.

—Legalmente —dijo Defoe—, no puede tomar decisiones sobre sus bienes, entre los cuales se encuentra usted, querida niña y, por muy buena que fuera la intención de pedir su aprobación, era tan innecesario como inclinarse ante un rey sin trono. Sir Edmund se lo agradecerá a su manera, pero no era un requisito indispensable.

—¿Podemos casarnos, entonces? —preguntó Amelia.

—Los dos tienen edad suficiente —dijo Defoe con un encogimiento de hombros—. Casarse no es más difícil que caminar o respirar. Una guinea y una visita a Lamb Chapel y serán uno a los ojos de Dios. —Las palabras de Defoe devolvieron una ecuanimidad al ambiente del carruaje que les permitió continuar el trayecto en un silencio cómodo. Amelia buscó subrepticiamente con su mano enguantada la de Bendix, y se la tomó por el meñique con el meñique. Defoe hizo un gesto de asentimiento.

En Lincoln's Inn, Lemon acompañó a Amelia al ala oeste, donde Julia había encendido el fuego y calentado agua por si el barro o la suciedad le habían saltado a la piel. La señora Hemmigns había preparado un recipiente de ponche de leche caliente. Los dos hombres tomaron una copa con la cocinera y luego se retiraron a la biblioteca, cuya chimenea permanecía encendida sin descanso desde hacía seis meses. Defoe y Bendix lograron intercambiar sonrisas y entablar una charla animada a pesar de la visita a Bethlem a primera hora de la noche. Al parecer, no se les ocurría pensar que la nuez moscada que perfumaba el ponche, el fuego que les templaba la cara y el tejado que los libraba de la lluvia pertenecían al hombre al que habían ido a ver y acababan de olvidar.

—Ha conseguido su deseo —dijo Defoe—, Amelia está ansiosa.

—Por casarse, ciertamente —dijo Bendix con un encogimiento de hombros—. Yo me he enamorado de veras, aunque creo que ella sólo se ha enamorado de la perspectiva de un cambio.

—Creo que es muy injusto consigo mismo —dijo Defoe—. Para un hombre de mi edad es evidente que, aunque su afecto sea difícil de descifrar, le presta a usted una atención considerable.

—¿Es lo que ha visto usted?

Defoe asintió.

—Sin embargo —dijo Bendix—, mientras que otros han trabajado por conseguir la gloria, a mí me ha caído a las manos. —Tomó un sorbo de ponche de leche—. La suerte no merecida suele estar maldita.

Defoe se rió a carcajadas.

—Le pesan sus propios deseos. Tendrá propiedades, matrimonio, rango social...

—Y falta de reputación —añadió Bendix—. Todo me lo jugaría a cambio de encontrar el remedio para ella. Si sólo nos enfrentamos a la ceguera, me siento capaz de perseverar, pero la condición física general de Amelia es cada vez más delicada.

—Por lo que me ha mostrado —dijo Defoe—, no creo que

la reputación tarde en acercarse a usted. Si pudiera ejecutar ante la corte, o ante un duque, el experimento que ejecutó ante mí, rápidamente ascendería a los círculos reales. Joseph, se trata nada menos que de una nueva rama de la medicina. Todas las dudas que albergue respecto a su matrimonio se disiparán al calor de la gloria futura.

Bendix se quedó pensando en las palabras del escritor.

—¿Por qué me rechaza el doctor?

—Sólo está esperando su fracaso —dijo Defoe—, que vuelva al nivel en el que se encuentra él o, mejor todavía, que caiga más abajo.

—Es posible que tenga razón —dijo el aprendiz—. Me corroe la impaciencia de elevarme por encima.

—Bien hecho —dijo Defoe.

—De todos modos —replicó Bendix—, la curaré.

Defoe abrió las manos enseñando las palmas, dando a entender que no era de los que se interponían en el camino de las nuevas generaciones.

XXV

Una vez más, Bendix comprendió que Amelia lo manejaba. Tenía la impresión de que apenas hacía una noche y un día que se habían despedido de Defoe, cuando Amelia decidió que debían fijar una fecha para la boda. Ebria de deseos de abandonar Lincoln's Inn, creía que el juramento que Bendix había hecho a su padre, de volver a intentar curarla otra vez, podía saltarse tan fácilmente como un arroyuelo de lluvia estival. Era preciso confirmar el amor. Al parecer, recuperar la vista le parecía menos importante que ser libre, aunque había confesado a Bendix que su visión se había debilitado más.

No celebrarían una gran ceremonia, no habría ceremonia de ninguna clase. Los dos testigos serían los únicos amigos con que contaban en Londres. La emoción de la boda, una emoción que Amelia lograba demostrar a Bendix, no se centraba en el día fijado sino en la búsqueda de una nueva casa. Sería una cosa de los dos, sólo de los dos. Por lo que a Amelia concernía, Lincoln's Inn podía hundirse hasta las rodillas en el polvo antes de que ella volviera allí siquiera de visita. Necesitaba aire fresco, hierba, ver los bosques y el río; deseaba vivir y respirar como mujer todo lo que se le había negado de niña.

Se llevaría a Julia, naturalmente, y a Lemon, si así lo quería él, aunque era hombre de Londres y era posible que prefiriera buscar empleo en otra casa. En cuanto a la señora Hemmings, Amelia confió a su futuro marido que no le importaba si continuaba con ellos o si se quedaba. Bendix suponía que el sentimiento era mutuo, o que quizás la señora Hemmings no se daría cuenta de si se quedaba o si se iba, hasta tal punto le nublaba la vista el alcohol.

Los paseos nocturnos se trasformaron en incursiones nocturnas; la clemencia de principios de mayo bañaba el campo de calidez, ya que no podía ser de sol. Salían cuando la señora Hemmings comenzaba a preparar la cena. Bendix asomaba la nariz por la cocina y se aseguraba de que la langosta estuviera hirviendo, o las anguilas listas para quitarles la piel. Naturalmente, entre comida y cena no era posible alejarse mucho de la casa, pero Amelia no tenía un apetito tan voraz como Bendix. Tenía hambre de sensaciones, no de alimento.

Visitaron unas tierras cerca de Chelmford, varios acres de Fulham y Vauxhall y dieron más de una vuelta por Richmond. Bendix siempre hacía coincidir las visitas con la desaparición del sol y describía los contornos de la tierra. Amelia pasaba la siguiente media hora caminando al lado de Bendix, ensalzando la belleza del paisaje enterrado en la oscuridad, inventando acres y acres de bosques ininterrumpidos. Mientras aguardaban el carruaje de vuelta a casa, Bendix corregía la soñadora imaginación de Amelia y, entre los dos, decidían si les atraía la vecindad o no.

Aunque pasaba casi todo el tiempo con Amelia, Bendix todavía encontraba la forma de dedicarse unas horas a sí mismo. Celoso siempre de sus horas de reflexión, mantuvo la costumbre de pasear solo. Era una práctica diaria, pero la dejó en dos días a la semana, que empleaba en visitar su antigua guarida del café de Tom. Quizá, pensó, Amelia no fuera la única que deseara ardientemente salir de Lincoln's Inn Fields.

La mayor parte de la energía empleada en los paseos a Covent Garden no se la llevaban los pensamientos sobre medicina, sino la solvencia económica. La adquisición de la casa era el cumplimiento de un sueño que no se había ganado, aunque pensó que pocos ingleses se habían ganado la fortuna que disfrutaban. Era un país aferrado a la propiedad de la tierra y se agarraba a la herencia con uñas y dientes. Aunque Calcraft y Hooke, Wren y Boyle se hubieran ganado la fama y la fortuna, eran incontables los que heredaban tierras, rentas, arrendamientos y granjas. A veces, en París, oía hablar de sumas; la hija del duque valía cuatro mil libras al año. El hijo segundo del conde tenía dos mil libras al año y una propiedad en el Loira.

Como hijo menor, él no esperaba nada más que una paciencia infinita y oro. Había abusado de la posición, de la confianza y del dinero y había caído en el trabajo físico de la medicina. Sin familia, un hombre no podía ascender, a menos que tuviera la bendición de que la fortuna le sonriese. Por fin, todo cobraba sentido para él. Un doctor innovador entregaba a su hija a un discípulo prometedor, media luna en aumento a la plenitud. Era como si sir Edmund hubiera establecido una sociedad aparte donde se cosechaban propiedades mediante el pensamiento y el progreso, en vez de por el traspaso no ganado de padre a hijo. Era una forma de sucesión absolutamente preferible.

Bendix paseaba a la sombra de la iglesia de St. Paul y bajo los arcos de Covent Garden. Traspasaba las puertas del café de Tom, se compraba una buena pipa de tabaco de Virginia y una taza de chocolate humeante y se sentaba al lado de una sucia ventana a contemplar los húmedos días de primeros de mayo. Luego, abría el *British Journal* con mucha aparatosidad para defender su territorio.

Unas palabras atrajeron su atención y fijó los ojos en la página. Era un breve párrafo de la primera plana, de hacía cuatro días. «El famoso Jonathan Wild ingresó el lunes en Newgate.» Se acercó rápidamente a la mesa principal, derramó la copa de oporto de un caballero, se disculpó secamente y le arrebató la colección de periódicos que tenía delante dejando en su lugar el delgado *British Journal.* El afrontado recogió los pies debajo de la silla y se preparó para levantarse a protestar, pero su compañero, de constitución tan enclenque como él, le puso la mano encima y, juntos, permanecieron en sus asientos sin dejar de lanzar miradas asesinas al absorto señor Bendix.

El día veintidós, el *Parker's London News* informaba de que Wild había sido acusado de «comprar joyas sabiendo que procedían del robo perpetrado en Windsor del que se hablaba en el artículo anterior». Y añadía que «estaba bastante seguro y muy afligido porque la gota podría ser, con el tiempo y mediante una receta del verdugo, curada por completo». Después, nuevamente, el veintiséis, el *Parker's* continuaba: «Hay diversidad de opiniones sobre el juicio del famoso cazador de ladrones. Unos dicen que se celebrará en Chelmsford, otros que en Burntwood, otros que aquí y otros que en otra parte». Bendix leyó las crónicas hacia atrás y hacia delante repasando todos los días y sólo pudo deducir que no había dos periódicos que coincidieran en el delito por el que habían arrestado a Wild, e incluso, en algunos casos, ni siquiera coincidía el mismo periódico en días consecutivos.

Bendix no tenía idea de lo que Sixes habría visto e interpretado en los cinco minutos que pasó con el libro de Wild, ni de lo que había hecho con los datos averiguados, pero el fin fulminante del comendador de ladrones parecía apuntar en una sola dirección. También las contradicciones respecto al delito por el cual había sido llevado ante el magistrado apuntaban a Sixes. ¿Quién, si no Sixes, podía relacionar delito y delincuente, propiedad y propietario, instigador y empleados? Pensó que lo más probable era que dispusieran de tantas pruebas para ahorcar a Wild que no supieran de qué fechoría acusarle. Cuanto más pensaba en la próxima desaparición del comendador de ladrones, más volvía a centrarse en su propio mundo. El borroso recuerdo del contrato de matrimonio, la visita a Bethlem y los recorridos por el campo se disolvieron. Se quedó a solas con los deseos de poseer el cuerpo de Wild, de continuar con los experimentos, de devolver la salud a su futura esposa y de procurarse tanto la paz mental como una entrada espléndida en la corte del rey George. Con pleno conocimiento de la frialdad con que emanaban esos pensamientos, sabía también del calor que tan cruel devoción al progreso podía acarrear.

Transcurrió el tiempo suficiente entre la captura y el juicio como para que los escritores de folletines hicieran circular relatos diversos de la vida de Jonathan Wild. Las narraciones pasaban de los tenderetes al café, de la barbería a la taberna y vuelta a empezar. El *Parker's London News* y el *British Journal* se conformaban con reseñar la lista de socios de Wild aprehendidos por la justicia. Todos los días, Bendix comprobaba las listas buscando el nombre de Sixes. Finalmente, el diez de mayo, leyó que Sixes había ingresado en Clerkenwell Bridewell, donde vivía de la manera más espléndida. El juicio estaba fijado para el quince del mes. Al parecer, la justicia había sido despertada y fustigada a cuenta del comendador de ladrones.

Bendix asistió al juicio de Wild durante una hora, tras pagar por un lugar a un correveidile bien situado con una guinea del propio comendador de ladrones. Wild se tapaba la cicatriz de la garganta con un pañuelo, una peluca apropiada le ocultaba las fisuras de plata de la cabeza y un elegante traje de seda negra disimulaba bien su corpulencia. Old Bailey estaba atestado de gente y la ligera lluvia de mayo no molestaba a los que se habían acomodado a ver la resolución del destino de Wild. La lluvia había diluido los polvos de la peluca al comendador de ladrones y la mezcla de gris, negro y ocre le daba aspecto de enfermo. Sin embargo, su rostro mantenía una expresión de seguridad. Wild estaba tan familiarizado con Old Bayley que parecía ajeno al proceso.

Bendix estaba seguro de que la corte y el consejo del rey estaban de acuerdo en contra del prisionero. El interrogatorio se detenía o no se completaba y llamaban y despachaban a tantos testigos que al prisionero ya debía de darle vueltas la memoria. Baynes y Kettleby, los abogados del comendador de ladrones, parecían más distraídos que Wild. Bendix no entendía la mayor parte de lo que se decía, expresado velozmente en jerga legal. Parecía que el consejo del rey se concentrase en un solo delito, el robo de cincuenta yardas de blonda de la parroquia de St. Andrew, organizado supuestamente por Wild. Cuando los testigos y el consejo no lograron convencer al tribunal de que Wild había estado presente, cambiaron de táctica y pusieron el énfasis en el hecho de que, con toda certeza, él había sido el receptor del botín, delito castigado con la horca. Lo absolvieron del primer delito y fue declarado culpable del segundo.

La lluvia cesó, el sol de la tarde parecía burlarse del comendador de ladrones cuando el tribunal se dirigió a él.

—¿Tiene algo que alegar en su favor para no ser condenado a la pena de muerte? —Wild, confundido, frunció el entrecejo cual hombre cuya fe en la justicia acababa de derrumbarse. «Dios mío —pensó Bendix— se cree inocente.» El comendador de ladrones se puso en pie y, tambaleándose bajo el sol, miró fijamente a la cara a la corte, al consejo, a los testigos y a la multitud que tenía ante sí. Bendix percibió que sus miradas se reconocían y se detenían y pensó que, de todo el odio y el desprecio que emanaban los ojos de Wild, a él le correspondía una carga particularmente venenosa.

—No olviden el servicio que he prestado a este país —dijo Wild—. Lo he librado de malhechores. Tengo el cuerpo cubierto de las cicatrices de las heridas que he recibido por ello. Señoría, he hecho el bien. Usted lo sabe, en efecto. Me han hecho una jugada rara. El gobierno me estimaba por mis méritos, por tanto, señoría, espero compasión. Me someto a la benevolencia de su majestad y ruego humildemente un informe favorable de mi caso.

—Confíe en la justicia —dijo el tribunal— y sólo en la justicia.

El verdugo se adelantó y ató a Wild por los pulgares con una tralla. Probó el nudo y, después, el prisionero, escoltado, fue empujado hacia delante y conducido a pie hacia los muros de Newgate.

Bendix no se había alejado todavía muchas yardas en dirección este, cuando divisó una sombra conocida acechando desde donde no llegaba el sol, de pie e inmóvil como un poste entre un vendedor de ostras y un carruaje negro. El aprendiz miró fijamente a la sombra un momento y luego siguió la indicación de su olfato.

—Sixes —dijo con auténtica sorpresa—. En el *Post* decían que había trasladado su residencia a Clerkenwell.

—La prensa publica lo que le paguen por publicar —dijo Sixes. Hizo una señal a Bendix para que se acercara a la sombra del carruaje.

—Pensaba ir a hacerle una visita —dijo Bendix—, después del juicio, claro.

—La caída de los poderosos —comentó Sixes con un suspiro—. Una cosa triste de ver, cuando los pecados de un hombre lo superan. Naturalmente, volveremos a vernos pronto, usted y yo. Después de sus esponsales, espero. Hizo una inclinación de cabeza, miró a su alrededor y echó a andar en contra de la multitud de mirones, en dirección a Newgate.

Bendix se fue andando a casa. No tenía prisa, el sol brillaba, alto, espléndido y lejano. Habían reinado las sombras durante tantos días que casi había olvidado los colores de la ciudad; los ladrillos rojos, los reflejos agrandados o empequeñecidos de los cristales, la corriente suave y azul del Támesis. Hasta el cielo que se alzaba por encima de sus cabezas parecía hecho de mil colores sin nombre. Lo único que le decepcionaba era su propio atavío, al que la luz parecía traicionar acusando claramente la transparencia de la seda en las partes más desgastadas. Pensó que quizá no ofreciera una estampa tan elegante como suponía.

La esplendidez del día elevó los ánimos en Lincoln's Inn. Se abrieron las ventanas de par en par como si la casa tragase dulces bocanadas de frescor que expulsaban la humedad primaveral de las paredes. Bendix descubrió a Julia en el jardín de hierbas aromáticas, agachada, prodigando cuidados a las plantas. Lemon se encontraba en la cocina con la señora Hemmings compartiendo un vaso de vino. Saludaron a Bendix casi como si se alegraran de verlo. Finalmente, Bendix se dirigió al ala oeste. Aunque continuaba sumida en la oscuridad de costumbre, Amelia había abierto las ventanas liberando al ala entera de las miserias en que la habían hundido los meses de invierno. Julia había escogido para Amelia un vestido rosa claro, de un alegre tono de capullo de rosa que realzaba suavemente su piel marfileña.

—Daniel tiene buenas noticias —dijo Amelia—. Una casa en Chiswick, construida hace menos de siete años por un sombrerero que perdió su fortuna en los Mares del Sur.

—¿Eso son buenas noticias? —preguntó Bendix.

—Para nosotros sí. ¿No te gustaría ir a verla? Daniel vendría con nosotros.

—No se me ocurre nada mejor —dijo Bendix con absoluta sinceridad, porque no había disfrutado de un día tan puro en todo un año de soportar el clima británico.

Chiswick, como descubrió Bendix aquel atardecer de altas nubes anaranjadas, era un pueblo pequeño situado a un lado de un meandro cerrado del Támesis. No estaba lejos de los bosques de Richmond, que tanto le habían gustado hacía una semana, y contaba con una animada vecindad en Trunham Green, una serie de posadas y establos abiertos en casas modestas. Al otro lado del río había un muelle excavado en una orilla de mimbreras y sauces, desde donde llegaba el olor de la cebada procedente de unas pequeñas fábricas de malta. Defoe era el guía idóneo, pues conocía muchas historias, algunas realmente increíbles, sobre la pequeña nobleza lugareña. Habríase dicho que no torcían por una calle en la que no hubiera estado ya ni se encontraban con iglesia alguna que no albergara el cuerpo de algún amigo querido.

Aquella noche, el tráfico por el Támesis era denso, lleno de barqueros y transbordadores que subían por el río y desaparecían detrás del islote dejando sólo a la vista los pequeños mástiles. Los niños corrían entre el abundante barro y las gabarras que la marea había varadado en tierra. Todo era bonito y sereno. Amelia, de espaldas al sol poniente, oía el chapoteo del agua, creía notar las aguas profundas del río corriendo bajo sus pies y supo que había encontrado su casa.

La ribera estaba llena de cabañas de pescadores, aunque había también un número más que suficiente de casas solariegas como para que Bendix dejara de preocuparse por la posición social. Defoe llevó a la pareja más allá de Prebendal Manor, al final de Chiswick Lane. Contó al aprendiz que Sutton Court se encontraba cerca de allí. Defoe puso de relieve el potencial del distrito. Todavía no estaba de moda, pero a Bendix le gustaba la idea de presenciar la transformación de Chiswick de zona exclusiva en ampliamente selecta.

La casa que fueron a ver no era señorial. Pero Bendix no estaba dispuesto a confesar a su futura esposa la gran decepción que se le instaló en el estómago. Por un momento, estuvo a punto de reventar de furia contra Defoe, creyendo que el escritor los desairaba suponiendo que no contaban con muchos medios económicos. No obstante, tampoco podía negar que la casa poseía encanto. Se acercaron a ella desde la iglesia de St. Nicholas, caminando entre losas rodeadas de musgo y tejos silvestres, hasta que encontraron los muros de la propiedad. Los postes de la verja de entrada estaban flanqueados por sendas moreras y, una vez dentro, un alargado jardín triangular llevaba hasta la puerta. Era un edificio de tres niveles, ni una cabaña ni una mansión, construido más según los dictados de la comodidad que los del esplendor.

Todas las ventanas daban al lado opuesto de los jardines, huertos y prados de la ciudad. En el piso inferior se encontraban la cocina, el comedor y el cuarto anexo a la cocina; en el superior, las ventanas con tejadillo a dos aguas inundaban de luz los dormitorios por la mañana. Todas las habitaciones vacías inspiraban mil posibilidades. Cada vez que Defoe agitaba los brazos, aparecían ante ellos mesas y tapices, juegos de plata y lacayos con librea. No había ni un solo mueble, pero todo estaba bien barrido y sin rastro de insectos. Y lo mejor de todo, en opinión de Bendix, era la altura de las paredes, que combinaba la intimidad con la modestia de una forma que disimulaba la verdadera humildad del lugar.

—Es bonita —dijo Bendix.

—Será nuestra —contestó Amelia con una sonrisa que no dejó lugar a más conversación.

—Volveré mañana —dijo Bendix limitándose a proclamar lo que Amelia sabía que tenía que pasar— a comunicar nuestras intenciones a la señora del lugar y a reservar la casa para nuestra boda.

—Vendremos juntos —dijo Defoe.

Amelia tomó a Bendix del brazo y acercó los labios a su mejilla. Serían felices en esa casa, pensó el aprendiz. Defoe se interpuso entre la pareja y, tomando a cada uno por un brazo, se los llevó de nuevo fuera de la propiedad, hasta más allá de la iglesia donde el carruaje de Calcraft les aguardaba.

XXVI

El viaje proyectado tuvo que retrasarse hasta la tarde, porque, cuando regresaron a Lincoln's Inn Fields, un criado esperaba a Joseph Bendix. Le llevaba una nota de Newgate y le habían ordenado que no se marchara de la casa de sir Edmund hasta haber conseguido una promesa por parte del aprendiz. La descortesía de semejante intrusión ofendió a Bendix, pero a Defoe le intrigó en buena medida.

—Si quien le llama es el señor Wild, vaya, no lo dude —le aconsejó Defoe.

—No está en condiciones de exigir nada —contestó Bendix.

—Por curiosidad, Joseph —dijo Defoe—, me matan las ganas de saber lo que desea.

—¿Está escribiendo la crónica del día en que lo ahorquen?

—Ya está escrita —dijo Defoe con una sonrisa—, pero usted podría añadirle detalles singulares que quizá la hagan destacar del resto. Seguro que tiene algún deseo, y usted debe concedérselo a cambio de confesiones. Haré que le retribuyan por ello.

—Iré —dijo Bendix—, aunque sólo sea por contemplar la caída de los poderosos.

—¿Le acompaño?

—A Chiswick sí —dijo Bendix—, pero a Newgate, sólo hasta la garita de la entrada.

Bendix viajó solo. En Newgate no había ni rastro de la muchedumbre que se había congregado para ver a Sheppard en la capilla o simplemente sentado en su celda. Wild era un personaje demasiado conocido, y sus fechorías tan grandes e intrincadas que quizá la mayoría se sentía cómplice de sus culpas. Bendix supo lo que esperaba al comendador de ladrones en el día de su ejecución: multitudes imbuidas de justa ira, un paseo hasta Tyburn tan impregnado de odio que ni el corazón más duro escaparía a la duda.

Sorprendido al ver que Wild se encontraba en el calabozo de los condenados con otros prisioneros, Bendix pagó tres peniques y bajó con inseguridad las escaleras hacia la oscuridad. Los barrotes por donde Sheppard se había escapado habían sido tapiados con ladrillos por orden de Wild. De este modo, por ninguna parte entraba aire que refrescara la pestilencia del sótano. Bendix levantó el farol prestado e iluminó los sucios rostros de los cinco inquilinos. Como no creyó ver al comendador de ladrones, pasó el farol por segunda vez ante los rostros.

—Joseph.

Bendix se volvió hacia la voz y luego se dirigió hacia ella. Wild se alegró tanto de verlo como si fuera su único hijo. Tendió los sucios brazos encadenados y tiró de Bendix hacia sí, lo envolvió en un abrazo y apretó contra él su cara de buldog. La luz del farol danzaba locamente por el calabozo. Wild le dio las gracias en susurros, el aliento le apestaba a cebollas rancias. Tanta descompostura inquietó a Bendix. Era como si tuviera delante a un hombre diferente al de antes, un hombre que, de pronto, mereciera comprensión y compasión, pero vio que el caso estaba perdido y conocía Newgate lo suficiente como para suponer que los temerosos carceleros no dispensarían ningún miramiento a su comendador de ladrones. Sólo si supieran que todas las apelaciones habían fracasado y que hasta el último amigo le había dado la espalda, se atreverían a dispensárselo a título póstumo.

Wild lo miró con admiración y luego volvió a sentarse en la cama de paja sucia; hizo una señal a Bendix para que hiciera lo propio. Muy a regañadientes, el aprendiz se agachó hasta el suelo cautelosamente. El comendador de ladrones se le acercó como un amante y le habló en susurros para que los demás condenados no le oyeran.

—Fue usted, ¿no esa así? —preguntó Wild.

—¿Yo? —dijo Bendix haciéndose el interesante.

—Usted me delató. Me durmió con el opio y me cogió el libro. ¿A quién se lo enseñaría? ¿A quién? —Wild hablaba en un extrañísimo tono de aceptación que Bendix no había oído nunca. Se habría dicho que sólo buscaba una explicación de su destino y que ya no le importaba librarse de la soga.

—Es cierto —susurró Bendix— que le dormí y es cierto que, después de coserlo otra vez, le dejé descansando. Incluso sé a qué libro se refiere, a uno que llevaba sujeto a la cintura. Yo no lo cogí ni se lo enseñé a nadie.

—Me lo volvió a poner, pero al revés. Y por eso ahora me veo en esta situación.

Bendix desvió la mirada tapando la luz del farol. En el extremo opuesto del calabozo empezaron a toser con fuerza.

—Si deseara su muerte —dijo el aprendiz—, ¿no me habría sido más fácil ahondar en su herida, en vez de cerrársela?

Wild hundió la cabeza entre las manos y luego se tocó la pierna gotosa.

—Me lo debe —dijo—. Fue su medicina la que me hizo dormir y me dejó a merced de mi perdición.

Bendix se dio por aludido con una inclinación de cabeza.

—Tráigame más medicina —ordenó Wild—, hoy mismo.

Bendix no contestó.

—¿Le parece impío? —Wild sonrió—. Hubo nobles griegos y doctos romanos que se suicidaron, y la historia los recuerda. El hombre entra de todas maneras en el reino de Dios, ¿no es así? No importa si es por medio de la soga o en la cama. Nadie puede impedírselo.

—¿Qué le hace pensar que el propio demonio no le estará aguardando al pie de Tyburn? —preguntó Bendix—. «Porque maldito es el que está colgado del madero» —citó el aprendiz.

—Me traerá más sueño, ¿verdad, amigo? —le rogó Wild—, lo suficiente como para no volver a oír las campanas.

—¿Ha apelado?

—Hasta al mismísimo Rey —musitó Wild—. La sentencia de muerte ha llegado. Limpié esta ciudad de malhechores, la domé como a un caballo y ahora me quieren hacer desaparecer. Londres arderá sin mí. No me queda nadie más que usted, Joseph. Tráigame ese líquido, déjeme morir en paz.

Bendix se preguntó si habría proporcionado láudano a Wild, en caso de que Tyburn no hubiera sido necesario para sus propósitos. Decidió que habría sido lo más probable, como hombre compasivo que era.

—Va contra la ley de Dios —dijo Bendix.

—Hágalo por mí —susurró Wild apretándole la mano con tanta fuerza que le clavaba las cadenas.

—Lo pensaré —dijo Bendix—, a mi pesar.

—Bien —murmuró Wild—. Es usted un buen hombre, un ángel. Tan pronto como pueda.

Bendix se levantó de la paja, se sacudió los faldones del abrigo de briznas y barro y, con el farol por delante, subió las escaleras hacia la luz del día. Cualquier hombre violento, despojado de sus delitos, era capaz de despertar compasión, pero la compasión, una vez detectada, se desecha fácilmente.

En el exterior, Bendix trató de apartarse de la cabeza el ruego de Wild. Fue un esfuerzo excelente y pudo sustituirlo pensando en Amelia y en los pormenores para asegurarse la adquisición de la casa de Chiswick. El comendador de ladrones desapareció incluso de la periferia de sus pensamientos, tan pronto como se le ocurrió que, en un día tan espléndido, no habría mejor forma de trasladarse a Chiswick que por agua.

Los dos hombres buscaron un barquero en Horses' Ferry y escogieron a un tipo fornido, barbudo y con tan escaso conocimiento de su lengua que tuvieron que describir el destino que llevaban a fuerza de gestos y gritos. Defoe llevaba un ejemplar del *Daily Journal*, que publicaba la petición de Wild al Rey en primera página. A Bendix le irritó que Defoe pasara los cinco primeros minutos de la travesía leyéndola en voz alta. El aprendiz habría preferido olvidar la visita de la tarde a Newgate, pero Defoe deseaba obtener toda la información posible, cuando faltaban sólo dos días para la ejecución. A regañadientes, Bendix le contó algunos detalles centrándose sobre todo en la depravación del hombre, en la petición de láudano y en su deseo de quitarse la vida.

Defoe quedó satisfecho en pocos minutos y los dos se acomodaron a sus anchas a contemplar los sudores del barquero, que bogaba a contracorriente. Al escritor se le sacudía la camisa por debajo del chaleco y llevaba la peluca torcida sobre la cabeza. «La edad —pensó Bendix despreocupadamente— es un antídoto eficaz contra la vanidad.» Se preguntó si Defoe poseería un espejo porque, en tal caso, no se dejaría ver por ahí con tanta frecuencia.

Pagaron al barquero un chelín de más para que se quedara en el amarradero hasta su regreso; se alejaron por Chiswick Lane y emplearon media hora en pasear perezosamente entre el zumbido de las moscas y la hierba que les llegaba a las rodillas. De vez en cuando, preguntaban el camino a algún viandante. Encontraron a los propietarios actuales de la casa, el señor Rupert Quinn y su madre, en el registro de la propiedad, cerca del campo de bolos de Chiswick.

En un apropiado tono directo de negocios, el señor Quinn declaró ante el tribunal que había vendido toda la propiedad al señor Joseph Bendix de Lincoln's Inn Fields, a sus herederos y cesionarios para siempre. Bendix no esperaba que el momento fuera a desbordarlo, pero después de que Defoe y él estamparan su firma en el contrato e intercambiaran un apretón de manos con el propietario anterior, la ternura se apoderó de él y apretó la mano a Quinn hasta reducirlo a puras sonrisas de preocupación. Defoe, amablemente, se lo llevó otra vez por el campo de bolos hasta la orilla del Támesis.

—Nunca le había visto tan feliz —dijo Defoe—, ni me acuerdo de haberlo estado yo.

Bendix se encogió de hombros con placer y culpabilidad.

—No sé por qué me pasa —dijo—. Quizá sea orgullo. Me gustaría escribir a mi familia, comunicarles mi alegría, invitarlos, quizás, a pasar unos días aquí después de celebrar la boda.

—Yo esperaría un año —dijo Defoe en el momento en que las embarcaciones y su leal barquero aparecieron a la vista—. Es mejor dar tiempo a que su esposa se acostumbre a usted, antes de molestarla con la familia. Sin embargo, con la descendencia hay que animarse enseguida.

—Tendremos muchos hijos —dijo Bendix sin recato—. Primero, haremos que Amelia pasee al sol y, luego, le llenaré el vientre de preocupaciones mayores.

Defoe le dio una palmada paternal en la espalda y después, para no mancharse los zapatos de barro, saltó por encima de la gabarra tomando la mano que le tendía el barquero y dejándose caer en la embarcación con un suspiro de agotamiento.

XXVII

Por más que Bendix se esforzara en expulsar a Wild de sus pensamientos, el comendador de ladrones no desaparecía de su mente, pero no como persona sufriente y necesitada de opio, como esperaba, sino como mercancía, como ingrediente de una medicina curativa. Confiaba en acordarse del proceso de decocción de los señores Pink y Sheppard, pero no tardó en darse cuenta de que desconocía algunos pormenores del proceso. Había prestado atención, pero no siempre había estado presente. Absorto en su propio trabajo, Calcraft le había mandado muchas veces a buscar especias o a realizar tareas sin importancia. Naturalmente, el doctor había anotado meticulosamente todos sus pasos en los diarios de piel de becerro. Bendix registró el estudio, el dormitorio y el sótano. Durante la búsqueda, redujo y reconstruyó torres enteras de conocimiento, pero ni una palabra de lo que Calcraft había escrito a lo largo de los dos últimos años se encontraba en la casa. No sabía si los diarios habrían sido arrojados al fuego o el doctor los conservaría en su celda de Bethlem.

Fue a caballo hasta las puertas de Bethlem aquella extraña tarde húmeda en que los olores de la ciudad se mantenían al nivel del suelo sin que los agitara el viento. La camisa de algodón se le empapó de sudor y emanaba un olor almizclado de suciedad. Dio cinco peniques a un mozo de cuadras para que cepillara al caballo y luego se vio obligado a entregar el doble al guarda para que le dejara traspasar las puertas.

Eran más de las ocho de la noche y ya no había visitas, por la inclemencia del tiempo y lo tardío de la hora. La presión del tiempo debía de afectar también a los pacientes y en la galería resonaban grandes gritos, pues un par de internos situados en extremos opuestos se esforzaban constantemente por comunicarse. Bendix subió las escaleras y vio que los peldaños de piedra sudaban porque el calor del suelo hacía rezumar la humedad en la superficie. La puerta de la celda de Calcraft estaba abierta, el doctor leía en silencio a la luz de dos velas y ya no tenía la cabeza envuelta en un turbante, sino cubierta de pelo corto y áspero.

—Doctor —dijo Bendix desde la sombra de la puerta abierta. Sabía que había pocas posibilidades de que lo invitara a entrar, de modo que esperó cortésmente un momento antes de continuar. A la derecha del doctor, sobre el estrecho escritorio, había una pila de diarios, unos veinte en total. Bendix pensó que a lo mejor tenía que arrebatárselos. El doctor le siguió la mirada.

—Necesito ayuda —comenzó Bendix con una sonrisa—. Se acerca el momento de realizar un nuevo intento de devolver la salud a su hija. Por favor, señor; no conozco los pormenores de la decocción, si me concediera unas palabras, o me permitiera quizá consultar los diarios, en ese caso...

Abrió las palmas de las manos en gesto de súplica y buscó la mirada del doctor con ojos igualmente suplicantes. Cuando las miradas se cruzaron, le sorprendió descubrir que la situación hacía gracia al doctor, una gracia desagradable de ver.

—No creo que pueda curarla sin su ayuda —añadió.

Una vez más, Bendix recibió una mirada preñada de intencionalidad, pero ni una palabra. Así pues, retrocedió hasta la pared de la celda y se preparó para acosar al doctor con su presencia hasta que le diera una respuesta. Sin pedir permiso a Calcraft, encendió la pipa y trató de adoptar una actitud como si estuviera perdido en un mundo de sueños. Al cabo de unos momentos, vino a interrumpirles el vigilante nocturno, el cual pidió otro chelín y unos pellizcos de tabaco para desviar cualquier queja que pudiera producirse. Después de que el eco de sus pasos se perdiera entre los gritos de la galería inferior, el doctor sacó la lengua de la boca y se humedeció los labios.

—¿Se ha casado? —preguntó.

Bendix consiguió exhalar una fría bocanada de humo con la esperanza de disimular un cierto sobresalto. Calcraft tenía la voz más grave de lo que recordaba, pero el silencio le había acortado y afilado las palabras.

—¿Con Amelia? —preguntó en voz baja.

Calcraft asintió y Bendix negó con un gesto de la cabeza.

—No, no me he casado —continuó el aprendiz—. Le hice a usted un juramento, al que no he faltado, de atender primero la salud de Amelia.

—¿Ha empeorado?

—Sin duda —contestó Bendix—. Si empeora más, no será sólo la vista lo que pierda. No es tan fuerte como su padre.

Calcraft asintió casi con placer por encontrar a Bendix tan inepto como él para mejorar el curso de la enfermedad de Amelia.

—¿Por qué habla? —preguntó el aprendiz.

—¿Desea que guarde silencio?

—No —dijo Bendix en voz baja.

—¿Cuánto ha gastado en Wild?

—Quinientas libras —dijo Bendix, omitiendo el detalle pertinente de que había firmado un contrato con Sixes por quinientas libras anuales.

Calcraft rompió a reír.

—¿Y de dónde ha podido sacar semejante suma? De Defoe no, seguro que no dispone de tanto dinero.

—No, de Defoe no.

—¡Aaah! —exclamó Calcraft—, se ha restablecido la comprensión de la familia. El mequetrefe ha vuelto al redil y el padre le proporciona fondos.

Un impulso abrasador de desmentir la acusación le subió por la garganta. Habría querido saltar de indignación a cada una de las palabras que Calcraft escupió. Pero ya había aprendido la lección del temperamento, y negarlo sólo significaría tener que admitir algo peor, por ejemplo, la verdad.

—Sí —dijo, sabiendo que sólo era una mentira a medias—, el dinero proviene de mi padre.

—Es dinero perdido —dijo Calcraft—. No la curará.

—Deseo que me preste los libros, los diarios. Permítame intentar que le devuelva la salud.

—¿Antes de atentar o intentar nada con su cuerpo?

—No la he tocado, se lo prometí a usted.

—Qué forma tan vehemente de pedirme ayuda —dijo Calcraft—, cuando ya se ha demostrado que soy inútil. En tal caso, supongo que ha dejado de lado sus necias ideas sobre la mente.

Bendix se encogió de hombros.

—He pensado mucho en ello —continuó Calcraft— y, finalmente, se me ocurrió que esa distracción suya con la medicina de la mente no es nada más que holgazanería. La incorporación de su pasado a su presente. Ninguna de sus teorías puede probarse ni refutarse, es un argumento que no tiene nada que ver con el cuerpo, sólo con la mente. Es pura filosofía, nada que ver con la práctica de la medicina, cazar liebres con palabras. Naturalmente, no es usted más necio que yo, pero usted sigue siendo un asno.

Bendix se mordió la lengua. Deseaba jactarse de sus descubrimientos, del fuego, del hielo y de las ampollas que demostraban el poder de la mente. Pero no se delataría, no daría una información que había de proporcionarle poder y dinero. Sin embargo, a pesar de sus descubrimientos, no había formulado la forma de aplicación al caso de Amelia.

—No ha respondido a mi pregunta —dijo Bendix.

—¿De qué pregunta se trata?

—¿Puedo quedarme con sus diarios?

—Por favor —dijo Calcraft señalándolos.

Bendix se acercó a ellos y, con ayuda de Calcraft, los ató en dos montones separados.

—Hubo una vez un rey —dijo Calcraft probando el nudo de su montón—, el primer rey de Tebas, llamado Cadmio, que llevó el alfabeto a Grecia. También plantó dientes de dragón, de donde brotaron hombres armados. Cuando termine con estos libros, quémelos.

Bendix asintió.

—Por último —dijo Calcraft—, si se le ocurre decir a Monroe que he hablado, por mi parte sólo recibirá silencio. No le creerán, y su vanidad se resentiría.

Bendix volvió a asentir.

—¿No desea nada de su hija? —preguntó.

—¿Por qué —contestó Calcraft insidiosamente—, si ya ha encontrado un compañero tan apto?

XXVIII

Bendix no vaciló en su determinación de negarse a la súplica de Jonathan Wild, cuando volvió a ver al comendador de ladrones, había cientos de personas más, todas aplastadas contra los muros de la iglesia del Santo Sepulcro. Tampoco se había equivocado respecto a la reacción de la multitud. Sobre la cabeza de Wild parecía caer eternamente una lluvia de grava, guijarros y piedras afiladas. Bendix agradeció que Wild no le distinguiera, pero advirtió y lamentó los cortes que el comendador de ladrones tenía en la frente y su pálido semblante, como si no hubiera dormido desde el día en que se vieron.

El sargento del representante de la corona iba con su caballo muy por delante de la carreta, así como el mariscal de la ciudad. Los lanceros los seguían, muy rezagados, de modo que sólo el verdugo y dos compañeros ladrones sufrían una parte del vilipendio dedicado a Wild. El comendador de ladrones iba sentado, con su camisón de calímaco, con los ojos abiertos pero sin ver, despreocupado de los cortes de la frente. Lloraba abiertamente. Bendix siguió a la carreta incorporándose otra vez a la riada de gente. Avanzaban al mismo paso que la carreta, se detuvieron ante una taberna cerca de la posada Gray y contemplaron a Wild, que procuraba no derramar su vaso de vino. No llevaba las manos atadas, como Sheppard, pero tampoco la esperanza le prestaba compostura. Sus temblores, prueba del efecto que le producía la muchedumbre, no lograban sino aumentar los aullidos generales.

La carreta se detuvo dos veces más. Una en el White Lion y otra en el Oxford Arms, lo cual enardeció aún más la ira de la multitud. A Bendix le ensordecían las voces de los que tenía alrededor y se abrió paso hacia la izquierda de la taberna, donde había quedado en reunirse con Defoe. El escritor, aplastado contra un reposadero de mozo porteador, tenía mucho que contar, pero Bendix no oía nada a causa del constante griterío dirigido a Wild. Dejaron pasar delante el grueso de la multitud y luego continuaron con los rezagados en dirección a Tyburn.

—No venderemos mucho —dijo Defoe—. Qué decepcionante.

—Locos —replicó Bendix sacudiéndose de encima a un niño sucio—, hay miles de locos sueltos, miles.

—Podían haber sido más —dijo Defoe—. Anoche pasé un poco de láudano a Wild. —Defoe hizo un gesto con la mano respondiendo al bufido sancionador de Bendix—. Applebee no reimprime para publicar la historia. Se lo tomó todo, Joseph. Se quedó dormido en la capilla y el Ordinario y un par de ladrones lo devolvieron a la vida como pudieron. Ha pasado su última noche enfermo y febril. Esta mañana temblaba como una novia virgen.

—Usted interfiere —dijo Bendix secamente— donde no le llaman.

—No hay nada de malo en eso —dijo Defoe tomándole del brazo—, no es más que la creación de un episodio. El público quiere un final, y lo tendrá.

Los amigos apuraron el paso hasta que la densidad del público les obligó a aminorar otra vez. Se abrieron paso hasta las filas de la señora Candrey y gastaron una corona cada uno en los últimos asientos de una plataforma alabeada que se asomaba al árbol triple.

Ahorcaron juntos a los tres hombres. Wild, al caer, se impulsó hacia delante y se agarró al ladrón de al lado. La cuerda se aflojó y el comendador conservó la vida unos preciosos segundos más, hasta que el verdugo lo obligó a soltarse golpeándolo con su propio báculo. Cayó retorciéndose a un lado, solo, para deleite del público. Pasó casi un cuarto de hora hasta que su lucha cesó, cada destello de sufrimiento y vida era recibido con vivas. No hubo intento de sublevación para librarlo del carruaje del cirujano. Bendix, suponiendo que Sixes lo habría arreglado todo convenientemente, se dirigió a Defoe y, poniendo a Amelia por excusa, se despidió y volvió apresuradamente a Lincoln's Inn Fields a esperar la llegada del cadáver.

Cuando Sixes llamó a la puerta de Calcraft, el cielo estaba más negro que azul. Bendix había pasado la tarde en su estudio y mirando hacia la calle a cada minuto, esperando ver aparecer la sombra larguirucha. No vio ni caballo ni carruaje, pero no estaba al corriente de las sutilezas del transporte de cadáveres y, rápidamente, corrió escaleras abajo saltando los peldaños de dos en dos.

—Usted hace envejecer a cualquiera —dijo Bendix con una sonrisa, saludando a Sixes desde la puerta. Le hizo señas para que lo siguiera hasta la biblioteca—. Imposible trabajar, un día como hoy. Creo que he contado los adoquines de la calle tres veces.

Una vez en la biblioteca, Bendix se detuvo un momento y, por primera vez, advirtió la forma en que Sixes le esquivaba la mirada.

—¿Vamos a la entrada de servicio? —preguntó Bendix. Sixes negó con la cabeza—. Entonces, no lo ha traído, ¿verdad?

—Me descubrieron el truco —musitó Sixes—, por haberme confiado, se lo aseguro.

—¿Quién tiene el cuerpo? —preguntó Bendix.

—Su mujer.

—No sabía que estuviera casado.

—Es una arpía supersticiosa —dijo Sixes sentándose en el escabel. Se pellizco primero la nariz y luego los labios—. No lo suelta ni a tiros. Lo enterraría con sus propias manos, si pudiera. Se quedará con el cuerpo y lo velará un par de días. Tengamos paciencia, Joseph, paciencia y los dos saldremos ganando.

—Se pudrirá.

—Las noches son frescas —lo tranquilizó Sixes—, y ella lo cuidará. Lo retendrá tanto como pueda soportarlo, pero luego lo trasladará. Estaremos vigilando día y noche, siempre.

—La putrefacción la obligará a salir —dijo Bendix—. ¿Quién vigila la casa?

—Los que me son fieles sólo a mí —dijo Sixes—. No es usted el único que desea el cuerpo. Hay otros vigilando, también. Dejaremos rastros falsos. Lo único que le pido es paciencia.

—No le daré nada más —contestó Bendix con frialdad.

Las cosas se tornaron confusas dos días más tarde, cuando la viuda de Wild intentó acabar con su vida. En breves momentos, cortaron la cuerda y la mujer sólo pudo hacerse una idea muy somera del destino de su marido.

Sixes informaba a Bendix todos los días; ambos iban agotándose de tal modo que, a finales de semana, habían desarrollado entre ellos un lenguaje de agotamiento. Una caída de ojos cansados o una cabezada sin fuerza bastaban para darse a entender que la espera debía continuar. La noche del séptimo día, Wild fue enterrado en el cementerio de la iglesia de Pancras, pero la viuda y la familia siguieron montando guardia en la tumba todo el día y toda la noche. Cuatro días completos después de haber sido enterrado, la tumba de Jonathan Wild fue abierta y vaciada.

La llegada del cadáver no produjo el éxtasis que habría podido producir la semana anterior. A Sixes sólo lo consumía el alivio, tan intenso como el del propio Bendix. Trabajando solo, consultando constantemente los diarios de piel de becerro, el proceso de decocción fue largo y llevó un día y medio de sudor y trabajo duro. Le sorprendió mucho la asistencia continua de Sixes, como si temiera que Wild pudiera resucitar, colocarse los intestinos otra vez entre las adiposidades de los huesos y fastidiarle el contrato. A cada hora, Sixes mojaba el suelo con vinagre para evitar que el hedor del muerto se expandiese. Mientras Bendix trabajaba, Sixes abría todos los frascos de la habitación y metía la nariz en especias y polvos, ninguno beneficioso, pero cualquiera preferible al putrefacto Wild.

El cuerpo tenía un color crema cerúleo. Sólo los pormenores del muerto mantenían despierto el interés del anatomista por lo que de humanos tenían; el vello que cubría el cuerpo, las palmas de las manos convenientemente arrugadas, las placas de plata que cerraban las fisuras del cráneo... Bendix vio señales de gota en los pies del comendador de ladrones y, a ambos lados de la nariz, la inconfundible erosión de la sífilis. Era como si la muerte hubiera acelerado el proceso de la enfermedad. Incluso si el huésped estaba vivo, la sífilis siempre estaba dispuesta a pudrir a un hombre. Bendix había visto a muchos que habían perdido la nariz por causa de la enfermedad. Qué curioso, la importancia que tenía la nariz. Sin ella, la imagen de la calavera se insinuaba de forma sobrecogedora.

El cinturón y el libro, que con tanta lealtad llevara encima tanto años, le había pelado la zona de la cintura dejando un rastro evidente de su existencia. A Bendix le pareció un cuerpo notable por las intrincadas rarezas que poseía. Lamentándolo, cortó desde los hombros hasta el esternón y siguió bajando hasta el pubis infectado.

Cuando Bendix hubo sacado los intestinos, los hubo pesado y medido, hubo encendido el fuego y puesto a calentar los hervidores, Sixes comenzó con los preparativos para deshacerse del cuerpo. Trataba con esmero a su antiguo amo. Al principio, Bendix lo tomó por una actitud de respeto, pero sólo cuando desechó semejante noción comprendió que, aunque él hubiera sido el cliente receptor del contenido de la cavidad, habría otros que querrían estudiar el cráneo, la piel, el cerebro y los huesos. Sixes no hacía más que tratar con sumo cuidado un paquete valioso.

XXIX

Tras dos días de decocción, Bendix cometió el mismo error que la primera vez. Dejó el hígado a hervir y se retiró a descabezar un breve sueño reparador que le restituyera la claridad mental. El agotamiento lo ató de pies y manos, se le aferró a los párpados, le clavó el cuerpo a la cama y no le permitió levantarse hasta doce horas más tarde, dando tiempo a Amelia a mandar a Julia dos veces abajo a comprobar su estado. Julia informó a su ama de que Bendix dormía en paz y, aunque Amelia tenía sed de palabras, juzgó más prudente dejarlo dormir.

Bendix salió corriendo de su dormitorio, bajó al sótano con medias pero sin zapatos y con la vista borrosa de cansancio. El fuego se había enfriado y el hígado se había reducido a una masa de color negro ciruela. No creía que los animaculos del doctor hubieran podido sobrevivir. Entró entonces en tal estado de indignación que no podía parar quieto ni creer que hubiera vuelto a cometer el mismo fallo de hacía un año. Dejaba caer los brazos, los ponía en jarras, los cruzaba, se llevaba la mano a la sien, mantenía los dedos en constante movimiento, pero ninguna postura le proporcionaba el menor consuelo. Sencillamente, no sabía si había destruido el experimento.

Volvió a encender el fuego, colocó varios montones de carbón de alturas diferentes en la chimenea y se convenció de que el sueño no había destrozado el trabajo ya hecho. El resto de los órganos había sobrevivido a la decocción. A modo de penitencia, se practicó una sangría inmediatamente, que le procuró una claridad embriagadora; con seis onzas de sangre fresca en el cuenco, empezó a efectuar las diversas mezclas con la esperanza de encontrar el reconstituyente perfecto. Arrasó el jardín en busca de eufrasia, arrancó las flores y las prensó y luego revolvió entre los frascos y botes del doctor en busca de sasafrás y calomelanos.

Dieciocho de los veinte diarios de Calcraft estaban apilados en tres columnas en la estantería de huesos desordenados. Los otros dos se encontraban abiertos en la mesa. Se referían a la consistencia y la textura del reconstituyente y apelaban al uso de todos los sentidos para lograr la semejanza ideal con la sangre. La tinta de los párrafos que describían el sabor y el tacto, la vista y el olor de los líquidos era más fresca, de un tono de azul diferente al del resto de los diarios escritos con anterioridad. Bendix pensó que tampoco la mano que los había escrito era tan firme, sino que temblaba como presa de un resfriado.

Aquella semana, el aprendiz sólo salió de la casa una vez, cuando tenía los ojos tan débiles y el cerebro tan borroso que casi había olvidado en qué estación se encontraban. En el sótano, la piedra retenía el frío de la humedad invernal y Bendix se vistió en consonancia, con una traje de lana y el abrigo grande. Cuando Londres lo saludó con el sol y las flores propios de junio, miró alrededor y vio que la gente de la calle le miraba fijamente con un interés asombrado, como si fuera el oso afeitado de la feria sobre hielo. Detuvo a un mozo en Covent Garden y le dio un chelín de propina para que le llevara el abrigo a Lincoln's Inn. No le importaba que el hombre pudiera huir con el abrigo y el dinero, pero calculó el riesgo según la confianza que se desprendía de la cara del mozo.

El café de Tom había abierto las ventanas, había clientes dentro y fuera, y se oía el rumor satisfecho de la conversación, lo cual recordó a Bendix la soledad en que le sumía su ocupación. Se confortó pensando en Amelia, e inmediatamente se castigó pensando en la poca atención que le prestaba. Se dijo que de qué servía curar a la mujer que uno deseaba tomar por esposa si la cura podía poner en peligro el amor de ella por él. Decidió ir a verla tan pronto como regresara a casa, pero deseaba enterarse de alguna novedad sobre la ciudad que introdujese un cambio en sus intereses. Nadie podía pasarse el día mezclando y probando.

Sólo encontró una historia divertida, en el *British Journal*, y le pareció el epitafio perfecto. Le hizo hervir la sangre. Miró alrededor, a los hombres que charlaban. Escritores y holgazanes, comerciantes y jugadores, todos los que leían, ninguno que pudiera tener la menor idea. Los observó con desprecio por su ignorancia y alzó tanto la cabeza que habría sido comprensible que cualquiera creyera que su nariz despreciaba en gran medida a su boca. Poco significaba la compañía si favorecía las habladurías y la mutua admiración. La reflexión sólo podía hacerse en solitario, y no había hombre más acostumbrado a contar sólo con su propia compañía que Joseph Bendix.

Volvió a leer el párrafo: «El domingo pasado por la mañana, en la playa de Whitehall, en la parroquia de St. Margaret, aparecieron la piel, el cuerpo y las entrañas (desprovistas de huesos) de un cuerpo humano. El juez de instrucción y el jurado que se ocupan del caso ordenaron que fuera enterrado, lo cual se llevó a cabo el martes pasado en el cementerio de los pobres, y el cirujano presente dio su opinión de que no podía tratarse sino de los restos de un cadáver diseccionado. Se observó que la piel y el pecho eras peludos, de donde la gente deduce que es parte del famoso Jonathan Wild».

Bendix sufría la emoción de haber quebrantado la ley. La ética de la mayoría había sido pasada por alto, pero sabía que perseguía una meta superior a los representantes de la corona y a los magistrados con sus báculos plateados de autoridad. A pesar del estallido de superioridad suscitado por el *British Journal*, se tornaba humilde con el recuerdo de Amelia. No había curado a nadie, sólo había concebido una idea imperfecta. Dobló el periódico y se lo metió en el bolsillo mientras la señora de la casa atendía a los clientes de fuera.

En casa, Bendix se cambió el traje de lana, se secó el brote de sudor veraniego del torso y buscó en los cajones una camisa blanca de seda. Tenía demasiada prisa como para preocuparse de los polvos y escogió un traje azul de brocado de plata, se abrochó los zapatos y se dirigió al ala oeste. Amelia dijo que estaba encantada de verle. La primavera había llevado frescor a su morada, pero el verano, con su calor y su luz, había vuelto a encerrarla.

Bendix se sentó en el sofá como de costumbre y Amelia despidió a Julia con un gesto de la mano. La doncella desapareció de la habitación como fundiéndose lentamente, como si, arrastrando los talones, pudiera verles un poquito haciendo el amor. Sin embargo, la tarde no estaba reservada a la coquetería tímida y al acercamiento. Tras permitir a su futuro esposo las alusiones mínimas a su estado de salud, Amelia le lanzó una serie de reproches y acusaciones reforzadas por un entrecejo fruncido y subrayadas con el silencio.

Bendix le ofreció todo cuanto ella deseaba oír, que no había hecho nada más en quince días que trabajar por su felicidad, que se iba acercando a la meta, que muy pronto saldrían de la casa, de la oscuridad, del exceso de trabajo.

Amelia se aplacó y se permitió esbozar una sonrisa.

—Ojalá mañana fuera hoy —dijo Amelia—; todos los días deseo que el tiempo pudiera adelantarse.

—Y se adelanta —contestó Bendix—, es sólo cuestión de días.

—¿Te imaginas el río esta noche? —preguntó Amelia—. Podríamos pasear por St. Nicholas y mirar el transbordador y los caballos.

—Pronto —le prometió Bendix— pasarás los días caminando, hasta que llegues a la conclusión social de que el suelo es para los pobres y los animales de cuatro patas. Tendrás palanquines de alquiler y un par de lacayos que te lleven de un asiento a otro.

—Jamás —dijo Amelia con una sonrisa—. Andaré, y tú me enseñarás a tomar las aguas.

Bendix asintió riéndose.

—No hay que precipitarse.

Naturalmente, Bendix no se marchó sin que saliera a colación el tema del matrimonio y, aunque era una cuestión que prefería posponer hasta haber terminado su trabajo, sabía que decepcionaría mucho a Amelia si empezaba a darle vueltas. Una vez que se pusieron de acuerdo, Amelia se entusiasmó como una niña. Como era de esperar, a Bendix le enterneció y volvió a sentirse enamorado.

—Lo haremos hoy —dijo Amelia—. Mandaremos una nota a Daniel. Lemon será testigo. Julia sabe dónde está Lamb's Chapel. Así pues, esta noche.

—No, esta noche no —dijo Bendix con una sonrisa—. Hicimos una promesa a tu padre: primero intentaremos devolverte la salud.

—Pero —objetó Amelia— no faltaremos a la promesa, sólo la alteraremos en unos días. Vamos, ¿qué diferencia puede haber?

Bendix se encogió de hombros. Sabía que, para Calcraft, el matrimonio era sobre todo una cuestión concerniente a la inocencia de su hija. Si respetara su virginidad, seguiría manteniendo la promesa hecha al doctor.

—Tenemos que avisar con un poco de antelación para asegurarnos de que el coadjutor nos esté esperando —dijo sonriendo—. Y hay que pensar en algo de comer. Aunque no celebremos una gran fiesta, tiene que ser una boda decente.

—¿Cuánto tardaremos en eso? —preguntó Amelia.

—Es sólo cuestión de avisar a las personas necesarias y pagar el dinero correspondiente.

—¿Podrá ser mañana?

—Es posible.

—Si es posible, entonces es seguro —dijo Amelia, provocando otra carcajada por parte de Bendix, el cual levantó ambas manos en señal de que se rendía ante su determinación.

No cabía la menor duda, Amelia había vuelto a forzar a Bendix, pero al pensar en ello de nuevo esa misma noche, llegó a la conclusión de que si un hombre se acercaba con buenas noticias arrastrándose, caminando o corriendo, sería bienvenido sin importar la velocidad a la que avanzase. No había necesidad de esgrimir contra Amelia su inocente insistencia. Puesto que no tenía nociones de la etiqueta, no se la podía juzgar por ese rasero. Bendix creía que era una mujer de personalidad abierta. Había que aprender a saborear su frescura, había que potenciar su optimismo, concederle los caprichos; si su fe en la imaginación resultaba cierta, la alegría mental de Amelia ejercería un efecto enorme y directo sobre su cuerpo.

Bendix no estaba acostumbrado a confiar sino en sí mismo. En París había confiado en otros, les había confiado su educación, su insolvencia, sus secretos de amor. Jamás había sido una confianza recíproca. Sin embargo, Amelia confiaba en él plenamente. Su padre permanecía encerrado en un silencio autoimpuesto, receloso de sus intenciones y revolcándose en una fría compasión. Defoe, por muy paternal y amistoso que se mostrara, no había sido nunca nada más que un analgésico temporal. Y sin embargo, él, Joseph Bendix, con su corazón arruinado y de segunda mano, se había ganado el amor de la dama más pura. Para él, no era sino la prueba de que el progreso conllevaba recompensa. Era una teoría suficientemente sencilla y demostraba fácilmente la adoración mutua.

XXX

El reverendo doctor Henry Holloway conocía a Daniel Defoe, pero no era amigo suyo ni mucho menos. Habían coincidido cuando eran treinta años más jóvenes y ambos estaban cargados con esposa e hijos y, posteriormente, de deudas. La cárcel de Fleet puso color a su miseria compartida y, mientras Defoe había pasado la vida dando bandazos entre la prosperidad y la adversidad y había descubierto los beneficios de la estabilidad en la vejez, la trayectoria de Holloway no había sufrido tantos altibajos. Se ganaba la vida precariamente, informó Defoe a Bendix, enseñando las lenguas latina y francesa y, a veces, haciendo de capellán en los barcos.

La morosidad formaba parte de su personalidad, era propietario de su vestuario y de su bolsa y mantenía su libertad. Vivía de acuerdo al reglamento de Fleet, incapaz como era de romper las amarras de la ley sin que lo arrestaran inmediatamente por moroso. Así pues, no era sorprendente que cediera a las peticiones de amigos y desconocidos. Por un par de coronas, prometió celebrar el matrimonio y proporcionarles el certificado. Tampoco le importaba que se casaran a mediodía o por la noche ni si creían en Dios; no, no le importaba en absoluto. Dos coronas bastaban para tener la bendición del Señor.

Amelia había leído sobre el matrimonio y sobre el matrimonio clandestino, y prefería el segundo por fácil, emocionante y adecuado a sus condiciones del momento. Cuando el carruaje de Calcraft se detuvo, después del anochecer, ante el café Turk's Head, Amelia parecía mucho menos preocupada que el novio, la doncella o el lacayo de librea. Sólo Defoe compartía su optimismo. Le agradaba pensar que, a sus sesenta y pico años, había pocos aspectos de Londres que no conociera.

El grupo fue recibido por el señor de la casa, un hombre de Lancaster, de nariz aplastada a causa de una temprana y breve carrera pugilística. Los condujo por las escaleras traseras hasta una estancia del segundo piso llena de cojines desgastados e iluminada por un fuego generoso. La única mesa que había estaba preparada a imitación de un banquete. Medio pollo esquelético y el cuerpo de una langosta, gruesos cortes de cordero que goteaban grasa sobre el sucio mantel y una pirámide de ostras que se elevaba detrás de las carnes.

El rotundo reverendo doctor Holloway se encontraba ante el fuego impidiendo que una buena parte de la luz alcanzara los rincones de la habitación. Decir que tenía la ropa raída sería hablar mal de la ropa raída de cualquiera, pues su abrigo era poco más que un harapo. Bendix no recordaba cuándo había cobrado algo por última vez, pero se imaginó que había visto llenarse y menguar al menos una luna desde que tuviera los bolsillos llenos. Miró al reverendo, que arrojaba un muslo de pollo medio comido al fuego como preliminar del apretón de manos. Holloway se limpió las manos en las calzas, cosa que no aumentó las ganas de Bendix de saludarlo. Pero era preciso mostrar decencia observando la etiqueta, de manera que apretó la sucia mano e inclinó levemente la cabeza ante el caballero.

—Bienvenido, joven —dijo Holloway, y le dio una palmada amistosa en el hombro. No tendió la mano a Defoe ni el escritor le ofreció la suya. Parecían estar de acuerdo en no dirigirse la palabra, como si lo que cada cual sabía del otro impidiera fingir amabilidad. El señor de la casa se rascó la chata nariz, les suplicó que se tomaran el tiempo necesario y que aceptaran los alimentos y se excusó. Lemon cerró la puerta tras él.

Holloway no sabía cómo dirigirse a Amelia con su venda en los ojos, aunque ciertamente, había visto cosas más extrañas y había casado a parejas más insólitas, de modo que alabó su vestido y luego mordisqueó un poco de cordero.

—¿Tiene el anillo? —preguntó Defoe a Bendix, el cual asintió sin palabras—. Guárdelo en la mano, de lo contrario, podría terminar en el bolsillo del reverendo.

—Supongo —dijo Bendix— que la rapidez es, en este caso, lo esencial del contrato.

—¿Se fijó en los que salían de la taberna? —preguntó Defoe con una sonrisa—. Era una convención de fanfarrones, algún que otro vigilante seboso y las prostitutas más rastreras que no se hayan muerto en una zanja.

—Creo que usted recomendó el Turk's Head —dijo Bendix.

—Por su felicidad —dijo Defoe refiriéndose a Amelia con un gesto.

En justicia, era cierto que a Amelia no parecía perturbarle en absoluto la situación ni el hombre que iba a casarlos. Estaba ocupada con Julia, que le arreglaba el pelo, mientras Lemon permanecía estoicamente a la puerta como si no estuviera tan lejos de las habituales soperas de plata.

—¿Procedemos? —preguntó Holloway. Se limpió los dedos con el mantel y tomó un trago de cerveza de barril que debía de haber pedido mucho antes de que llegara el grupo de la boda.

Bendix sacó el anillo y dio la espalda a Holloway para dirigirse a la novia y a Defoe, el cual sostenía el brazo de ésta. Lo curioso, pensaba Bendix, era que Holloway tenía un timbre de voz maravilloso por el que casi podía perdonársele la caída en desgracia. Leyó unos párrafos del libro de oraciones con gran sinceridad y entusiasmo, como Bendix no había oído nunca. El joven doctor consintió al matrimonio sin darse cuenta apenas de las palabras que pronunciaba. Miró a Amelia, convertida únicamente en una sonrisa perfecta. El resto de la estancia, los malolientes rincones, el fuego crepitando, las miradas de todos y cada uno de ellos, todo desapareció y, por un momento de jubiloso y cortante silencio, se olvidó de respirar, no veía nada más que el rostro de la novia.

Un crujido del fuego lo sacó de ese estado de exaltación; entonces, cuando el sentimiento le hizo sonreír, Amelia le tomó una mano, se la apretó y la incierta unión de ambos quedó sellada. El aprendiz tragó saliva con fuerza para alejar las insidiosas lágrimas y, cuando rompió el momento para mirar a su alrededor, vio la cosa más notable: Julia lloraba y Lemon lucía una sonrisa. Por primera vez, el aprendiz vio que el lacayo tenía pocos dientes. Holloway interrumpió la absoluta dicha doméstica para pedirles que firmaran el registro y el certificado de matrimonio. Bendix secó la tinta con su propio aliento y se guardó el certificado en el fondo del bolsillo superior. Era el documento que le ligaba no sólo a su esposa sino también a su fortuna y propiedades. Así pues, no era de extrañar que mereciese un lugar tan cercano al corazón.

Aunque Bendix invitó al reverendo doctor a cenar en Lincoln's Inn, sabía perfectamente que éste no podía alejarse de los alrededores de Fleet.

—Debo atender un compromiso —dijo Holloway—, tengo mucha prisa. —Sin embargo, no hizo el menor amago de marcharse antes que el grupo de la boda; con un ojo miraba la concha roja de la langosta y con el otro, las ostras.

Amelia estaba tan contenta que poco le importaba dónde se encontrara. Al oír unas voces roncas que llegaban de abajo por entre los tablones, tanto Defoe como Bendix se acordaron de la clientela que acechaba en la taberna y decidieron marcharse de allí inmediatamente.

Holloway los acompañó hasta el final de las escaleras, donde aguardaron a que regresa el señor de la casa antes de aventurarse a continuar. El hombre de Lancaster de la nariz rota los acompañó al carruaje, entre melifluas expresiones de buena suerte, felicidad y fortuna por parte de Holloway. Bendix notó que alguien le clavaba la mirada, o, mejor dicho, a Amelia. Oyó que la gente se burlaba en voz baja dando por sentado el motivo de la boda clandestina.

Bendix no tenía intención de ejercer sus derechos conyugales antes de haber devuelto la vista a Amelia, o al menos, habérsela mejorado. Quedaría muy decepcionada, pero Bendix tenía la esperanza de que su inocencia en dichos asuntos suavizara la necesaria contrariedad. Subieron al carruaje de uno en uno, Lemon al lado del cochero, mientras los demás intercambiaban sonrisas y felicitaciones. Un pequeño cortejo salió de la taberna y echó a andar detrás del carruaje pidiendo a gritos un aguinaldo de bodas al novio. Bendix oyó que Lemon los echaba de allí con un grito y luego pedía al cochero que se ocupara de sus asuntos, hasta que por fin se alejaron del Turk's Head y se dirigieron a casa a medio galope.

Lemon se horrorizó al encontrar la puerta de Lincoln's Inn Fields entreabierta. En casa sólo se había quedado la señora Hemmings, pero, si se había tomado unos tragos y se había quedado dormida o si había caído en la incoherencia, una pandilla de ladrones habría podido robar cuanto de valor había en la casa. Detrás de Lemon entraron los demás, con la misma actitud cauta y la misma preocupación. Al cruzar ante el hogar, se remangó el abrigo. Allí, delante de él, había un servicio de plata completo, tan limpio que brillaba como un espejo. Al primer vistazo, Lemon supo que no había visto nunca aquel servicio. Sobre una bonita jarra de crema de leche había una carta doblada y dirigida al señor y la señora Joseph Bendix. Lemon levantó la nota de su sitio, esperó a que todos hubieran expresado su asombro con diversos gritos o silencios y entregó la misiva a Bendix.

Si Lemon no hubiera encendido rápidamente un par de velas, Amelia habría arrancado la nota de las manos de su esposo, tan grande era su deseo de conocer el nombre del benefactor.

—«Con mis mejores deseos de felicidad y larga vida» —leyó Bendix—, firmado, «Abram Mendes Ceixes».

—¿De quién es? —preguntó Amelia, de pie junto al regimiento de tenedores y cucharas, trinchantes y fuentes—. ¿Es bonito? —La luz de las velas arrancaba destellos de fuego en todas las superficies de plata, de forma que el pasillo chispeaba como un cofre del tesoro—. ¿De quién es? —repitió Amelia.

—Del señor Sixes —dijo Bendix.

—¿El caballero de la feria sobre hielo? —preguntó Amelia. ¡Cuantísima amabilidad!

A Defoe se le pasó el buen humor.

—¿Cómo ha podido saberlo? —preguntó—. La boda era clandestina y todavía no hace una hora que se ha celebrado.

Amelia estaba encantada con la coincidencia y seguía allí desgranando ristras de superlativos.

Bendix sólo se encogió de hombros.

—Fue usted quien escogió a Holloway —dijo Bendix con un encogimiento de hombros—, pero yo diría que, mediando ginebra y dinero, no sabe mantener la lengua quieta; creo que cambiaría a su propio hijo por un lechón.

Defoe observaba detalladamente un cuchillo de mesa.

—¿Dónde lo habrá robado? —musitó el escritor.

—¿Reconoce el sello? —preguntó Bendix.

—Es más viejo que yo —contestó Defoe, enfadado—. No sé nada más. Supongo que pondrá una nota de brillo en Chiswick. —Inmediatamente, decidió retrasar un poco la entrega de su regalo de bodas. Sabía que lo habían superado en esplendor.

—Qué generoso —dijo Amelia.

Si hubiera sabido lo generoso que había sido ya su esposo con sus propiedades, quizá no le hubiera merecido tan alta opinión el regalo de Sixes, aunque Bendix sabía que, para ella, recuperar la vista no tenía precio.

Defoe se deslizó hasta el hombro derecho de Bendix.

—No estoy seguro —susurró el escritor— de lo que se habrá hecho o de qué se hará, para merecer semejante trato. Las sospechas me asaltan de forma natural. Permítame decirle solamente que dar trabajo al señor Mendes es como recetar un veneno a modo de antídoto. Una identificación peligrosa para los no iniciados.

—¿Desea que devuelva el regalo? —preguntó Bendix.

—¡No, ni mucho menos! —dijo Defoe derrochando su acostumbrado buen humor—. Con semejantes galas podríamos financiar una guerra.

Mucho después de que Defoe hubiera terminado el cuarto vaso de vino dulce y de quejarse porque pronto sería víctima de la gota; mucho después de haber despertado a la señora Hemmings y haber escuchado su relato del caballo y el carro en que Sixes había llevado la plata a la puerta y después de que Lemon apagara las velas del piso inferior, Bendix se dirigió al dormitorio de su esposa. Sabía que sería un tema difícil de tratar, pero como esposo y señor, tenía que hacerlo.

—Tenemos que hablar —dijo Amelia, y apagó de un soplido la única vela encendida. Poco a poco, los ojos de Bendix se adaptaron a la oscuridad y se quedó mirando los tonos azules y negros mientras Amelia se quitaba la venda de los ojos.

—Ciertamente —dijo Bendix—. Ahora que somos marido y mujer, hay muchas cosas que decir.

—Es un asunto escabroso —dijo Amelia—, pero si me amas como yo te amo a ti, entonces es una bagatela.

—¿A qué te refieres? —preguntó Bendix.

—Al asunto del esposo y la esposa —musitó Amelia—. Sé lo que se espera de mí, pero es que no puedo. En esta casa no.

Bendix sonrió. No obstante, no fue más que un esbozo de un sonrisa, porque, aunque le agradaba no tener que ingeniárselas para iniciar una conversación en torno al escabroso tema del ayuntamiento carnal, creía que el marido tenía derecho a llevar a cabo o excusar el acto. Tenía tan poco conocimiento del matrimonio como su esposa. Ninguno de los dos sabía si su conducta era aceptable, pero para ellos lo era. Por otra parte, no había faltado a la promesa hecha a su padre, ni pretendía hacerlo. Amelia seguiría inmaculada hasta que hubiera intentado curarla, al menos.

Durmieron uno junto al otro, Bendix le tomó la mano durante la noche y ella no puso objeciones a sus maniobras. Por la mañana, le dio un beso cuando todavía estaba dormido y pensó que era guapo. Le acarició el brazo, le rozó el hombro con los labios y no podía dar crédito al placer que ya le producía su estado de casada. La excusa para posponer la consumación era solamente una mentira a medias. Era cierto que su mayor deseo consistía en librarse de la casa, pero también temía la intimidad más de lo que la deseaba. No obstante, no podía negar el placer que le había dado despertarse junto a su marido. Tocarle la cara, pasarle los dedos por el pelo y por la curva de la oreja, conocer tan bien a un hombre la emocionaba. Amelia, que había pasado la vida en una soledad inconsciente, contemplaba a su marido con la misma fascinación con que paseaba por el campo y por las calles de Londres. Le fascinaba lo desconocido que era para ella, la forma en que respiraba reposadamente con los labios entreabiertos, o de cruzar los brazos durante el sueño, o las medias lunas de las uñas.

La única persona decepcionada tras la boda fue Julia. Después de que Bendix compartiera el desayuno con su esposa y se marchara al sótano y Amelia se instalara en un asiento de espalda a la chimenea, con la mente ocupada en recordar los detalles de la piel de su marido, Julia se llevó las sábanas a la cocina. Con la señora Hemmings, comprobó las pruebas y grande fue su decepción al no encontrar rastro de sangre de Amelia en las sábanas. La señora Hemmings, gran conocedora de los efectos de la bebida, consoló a Julia diciéndole con sensatez que quizá el señor Bendix hubiera tomado mucho oporto y no hubiera podido cumplir.

Bendix no había bebido en exceso. En realidad, se había abstenido razonablemente mientras estaba en compañía de Defoe, después de volver del Turk's Head. Estaba contento, pues el feliz estado de casado y la claridad mental dieron como resultado un avance, en el transcurso del cual llegó a convencerse de que estaría preparado para intentar curar a Amelia en cuestión de días. Fue a las cuatro, poco después de tomar una taza de chocolate con su esposa, cuando concibió la idea. Amelia había manifestado con insistencia, de la forma más coqueta y convincente, cuánto mejor sería para su matrimonio trasladarse a Chiswick ese mismo día. Naturalmente, los dos sabían que era imposible, pero la exhibición de anhelo por parte de Amelia enterneció a Bendix hasta el punto de prometerle que lo harían con la mayor brevedad.

Cuando volvió al sótano, pasó ante una caja de vino que Lemon se disponía a decantar. El olor de las especias lo asaltó un momento antes que el fétido olor de la decocción de Wild. En un instante de frivolidad, pensó que sería mucho mejor reconstituirse con unos tragos de vino de Calcraft que con el reconstituyente, tan bajamente concebido. La última visita de

Sixes le había inquietado, suponía que era por la inminencia del matrimonio, pero después de que todo hubiera pasado envuelto en sonrisas y sensación de alivio, supo que la inquietud provenía de otra cuestión.

Descorchó una botella, se la llevó a los labios y se retiró al estudio en busca de paz. No era el matrimonio, sino las consecuencias de la boda lo que le corroía. Había firmado el contrato con Sixes, había recibido el cuerpo y conseguido la mano de Amelia. Sin embargo, se había hecho con Wild casi más por Calcraft que por Amelia. Si lograba curarla sin el remedio de Calcraft, entonces, lo único que hubiera hecho habría sido regalar de forma ultrajante la fortuna de su mujer.

La paciente, continuó Bendix tomando otro trago, no sabría distinguir el olor y el sabor del vino del de la decocción. ¿Y si le agitara una bolsa de vino debajo de la nariz, fingiera que era la decocción y luego le practicara los cortes en el brazo y le aplicara láudano? No le insertaría el catéter en ningún momento. Amelia sólo se sometería a la ilusión de una transfusión. Si fracasaba, no necesitaría convalecer un mes para recuperarse y, sin embargo, él podría retomar inmediatamente las teorías de Calcraft. No podía haber mal alguno en prescribir primero su propio remedio. Por otra parte, ¿no era la combinación perfecta entre las ideas de Calcraft y las suyas propias?

Cuando Bendix informó a Amelia aquella misma noche de que estaba preparado para intentar devolverle la salud al día siguiente, los recuerdos de la última operación la asaltaron. Además, empezó a preocuparse por su padre y, al cabo de un momento ya no pudo ocultar las lágrimas.

Bendix se enorgulleció de consolarla. La estrechó contra el pecho, le ahogó los sollozos y la calmó con palabras de confianza y descripciones de la vida que llevarían en Chiswick. Cuando logró que se durmiera, le había dado permiso para efectuar la transfusión al día siguiente.

El equipo estaba preparado sobre la mesa, el serrín refrescado con vinagre y la mesa tapizada de ramilletes de flores que el propio Bendix había ido a comprar a Convent Garden por la mañana temprano. La tomó de las manos y la llevó hasta la misma silla donde su padre la había sentado hacía tantos meses. Poco a poco, le extrajo once onzas de sangre. Amelia volvió a sentirse al borde del desmayo y los recuerdos la hacían temblar.

Bendix había tardado menos de una hora en preparar la solución falsa. No habría sido capaz de repetir la receta, pues no tomó notas de la mezcla. Contenía vino, limón, leche espesa, unas dosis de sasafrás y eufrasia, calomelanos, cerveza y láudano, pero no recordaba en qué orden ni en qué proporción los había puesto. Sin embargo, tenía un sabor exquisito y, sin duda, la señora Hemmings le daría la razón. Se había inspirado en la decocción de Wild y había logrado una consistencia semejante y un sabor que, aunque mucho más agradable, podía tener un aroma remotamente parecido. Como todos sus reverenciados filósofos naturales, Bendix aplicó la mente y los sentidos e hizo pruebas con ambas decocciones una y otra vez, se frotó las manos con ambas, las olió, las cató. Con el último diario de Calcraft ante sí, siguió las reglas escritas en tinta al pie de la letra. Siempre hacía las pruebas primero con la decocción de Wild, pues el sabor y la idea de lo que era la hacían tan poco apetecible que siempre necesitaba tomar después un poco de su potente brebaje.

Llenó una vejiga de cerdo con el vino lechoso y se acercó a Amelia.

—Han cambiado muchas cosas —le dijo— entre lo que tu padre te dio y lo que ahora te doy yo. Este líquido es agradable. Puedes probarlo, si lo deseas.

Aunque Amelia no lo deseaba, Bendix le estimuló el interés hasta que capituló. Le puso una gota en la palma de la mano y observó cómo lamía el líquido rosado. Tal como suponía, el dictamen fue favorable, pero no cedió a sus preguntas sobre el origen de la gran cantidad de sabores.

Si Amelia se había mostrado reticente a probar el brebaje, se tragó con alegría las cincuenta gotas de láudano que Bendix le ofreció.

—No es suficiente para inducir al sueño —dijo el aprendiz—, pero te procurará serenidad mental. Así, la transfusión será muy rápida.

Al principio, Amelia se animó gracias a las cualidades medicinales del opiáceo, pero cuando Bendix le tomó el brazo y, ocultando el corte a sus ojos, le pasó el cuchillo por la piel, Amelia empezó a caer en una especie de ensueño. No se preguntó dónde estaría el becerro. Parecía que los huesos de la estantería se movieran. El serrín se acumulaba en montañas diminutas ante sus ojos y luego se esparcía con el suave soplo de su aliento. Oía los pasos de Lemon arriba y le resonaban en la cabeza como pisotones de un gigante con botas claveteadas.

Cuando Bendix vio que ya no enfocaba los ojos y que los movía sin el menor signo de reconocimiento, hizo la segunda incisión en el brazo y la cosió rápidamente. Tendría en un brazo una cicatriz igual que la que había hecho su padre en el otro, pero no había habido transfusión. Recordaría que el líquido era agradable, vería las cicatrices en el brazo y se sentiría mucho mejor de salud que durante la operación anterior. No habría orina negra, ni fiebre ni ampollas. Bendix esperaba que la transfusión le pareciera un gran éxito.

Mantuvo a su mujer a base de láudano durante dos días. Informó a los criados de que todos irían con ellos a Chiswick y que Lincoln's Inn Fiels permanecería cerrado hasta que el doctor volviera de Bethlem, pero dio a entender claramente por su tono de voz que no debían confiar en esa posibilidad. Mientras Amelia dormía, Bendix seleccionó algunos de los muebles del ala oeste que más le gustaban a ella.

XXXI

Lemon miraba la invasión con malos ojos. Hordas de mozos subían y bajaban por las escaleras, con el señor Bendix siempre detrás de uno u otro. Defoe fue a ayudar y daba instrucciones a los hombres sobre dónde debían colocar cada mueble dentro de los vagones. Poco a poco, los dos vagones se fueron pandeando bajo el peso de armarios y sillas. A primera hora de la tarde, arrancaron con su traqueteo y salieron de Lincoln's Inn Fields; Defoe, siempre atento, había partido delante en barco para supervisar la descarga.

Aquella noche dejó de administrar láudano a su esposa, la cual siguió durmiendo sin la ayuda de la medicina hasta el alba del día siguiente. No vaciló en despertar a Bendix, que estaba tumbado a su lado, completamente vestido, para velarla hasta el despertar, teóricamente. Al principio, aturdida, se miró el vendaje del brazo con gran extrañeza y luego apoyó la cabeza en el pecho de su marido. No tenía venda en los ojos ni luz que la molestara cuando él se incorporó, apenas despierto, y la besó.

—¿Cómo te encuentras? —musitó.

—Estoy, no sé —dijo ella—, como si hubiera dormido doce años. Soñé con mucha gente, con colores y ríos que corrían mucho. ¿Cuánto tiempo he dormido?

—Dos días —dijo Bendix—, y una noche más.

—¿Dónde está el sol? —preguntó.

—¡Ah! —exclamó Bendix haciéndole una broma y señalando hacia la ventana abierta—. Creo que se ha retrasado una o dos horas. Y pensar que lo consideran un caballero...

Juntos, esperaron que el sol se levantara y surgiera de un

denso cúmulo de nubes, que se tiñó de oro con el amanecer. Amelia no se tapó los ojos, sino que los entrecerró y siguió mirando la suave luz. Contempló en silencio la primera hora del día, al lado de su marido, y cuando por fin habló y le pidió que cerrara los postigos, lloró por la belleza de lo que había contemplado.

El asombro de Bendix era de otra clase. Sin duda, cuando Amelia le pidió que cerrara los postigos, fue porque no podía soportar el dolor y, sin embargo, había sufrido, si es que había habido sufrimiento, toda una hora de luz solar. Aunque no pudiera convencerla de nada más, Bendix daba el experimento por bueno. Maldito el doctor, malditos mil años de pensamientos, se dijo Bendix. La mente contenía una elevada dosis de medicina, libros y libros de sabiduría no escrita y de conocimientos para curar y para provocar daño. No había hecho más que suscitar un pensamiento a Amelia, y ya había prendido en ella.

Pasaron el día juntos en el ala oeste. Cuando por fin se levantaron de la cama y Amelia vio que su salón estaba vacío, estalló en carcajadas y pensó que, de verdad, le había tocado en suerte un hombre que sobrepasaba todas sus expectativas.

Era como si se hubieran intercambiado las energías. Amelia estaba muy animada, Bendix, agotado. Se excusó y se retiró al sótano durante el resto del día. Antes de entrar en su dormitorio, se puso a limpiar los hervidores y las botellas. Aunque la mañana le había deparado optimismo, todavía no estaba convencido. Dejó el vino adulterado y la decocción uno al lado de la otra en la estantería, debajo de los huesos y los libros.

Se pasó las botellas por la nariz, no podía creer que hubiera probado un brebaje tan asqueroso. Quizás, el olor insoportable proviniera del hígado que había dejado quemar, o quizás el doctor tuviera razón y la sustancia, cualquiera que fuese, que había dentro de un hombre podía concentrarse y olía así, con el sabor de una multitud de pecados. Era la esencia de un individuo que había condenado al patíbulo a más de cincuenta hombres y mujeres, enviado a muchos al Nuevo Mundo y sacado dinero tanto de los ladrones como de sus víctimas. No obstante, pensó, esos actos respondían a una organización.

¿Cómo iba a sobrevivir Londres sin él? Si nadie regulaba el delito, ¿no acabaría imponiéndose a todos ellos?

La idea de que Londres se plagara de ladrones le hizo pensar, adormilado, en el pacífico Chiswick. Se retiró a su dormitorio y guardó el instrumental en el cajón. El día se colaba por la ventana del sótano. Vio pasar un par de botas llenas de barro, luego, un médico con su bastón y la parte inferior de un palanquín de alquiler. Cuando se tumbó en la cama, lo venció el sueño. Notó que empezaba a soñar, que en su mente giraban y se mezclaban extrañas imágenes.

Se despertó a las cinco y le gratificó que el sol hubiera vencido a las nubes y luciera en el cielo. Se levantó de la cama y notó un fuerte dolor de cabeza en la sien derecha. Dormir durante el día había sido siempre su fuerte cuando era estudiante, y ese dolor le pareció simplemente una señal de su conversión radical de la inutilidad a la utilidad. Los logros también hacían sufrir. Se dio un masaje en las sienes, se pasó por el cuerpo un paño que humedeció en la palangana de aseo y luego se vistió de seda negra.

Amelia no estaba en su dormitorio. La encontró en el estudio de su padre, con las ventanas cerradas para impedir el paso de la luz. Había dividido la estancia en dos partes, lo que se quedaría y lo que tenía que ir a Chiswick. No habían trabajado juntos más de cinco minutos, cuando Bendix le tomó la mano y le indicó que se dirigiera al dormitorio. Aunque Amelia no deseaba resistirse, se creía en el deber de defender su honor por encima de la impaciencia de su marido. Una vez más, malinterpretó las intenciones de Bendix. Cuando llegaron al dormitorio, éste abrió las contraventanas. El sol entró a raudales con un brillo anaranjado y bañó el rostro de ambos en oro. Amelia se llevó las manos un momento a los ojos, pero su marido, poco a poco, se las retiró de la cara y juntos miraron por la ventana el ocaso de la luz que se derretía. Proyectando su sombra sobre Amelia, Bendix se inclinó y le deslizó los labios por la mejilla. Se miraron a la luz del sol, ninguno rompió la mirada, pero las bocas sonrieron y luego, rieron dulcemente, risa que Bendix acalló uniendo sus labios a los de ella.

XXXII

Volvieron a dormir en la misma cama, Bendix con el cuerpo curvado alrededor del de Amelia; los gruesos camisones de algodón le parecían ligeros como la gasa. Era como si su piel se imaginara ya a sí misma en el acto del amor. Hundía la cara en la parte posterior del cuello de Amelia, sobre la cicatriz. Al principio, ella intentó moverse, pero él la retuvo hasta que se tranquilizó y lo aceptó apoyándose en él.

Amelia nunca había estado tan despierta. No se atrevía a dormir. Al día siguiente irían a Chiswick, a encontrarse con la vida y el amor que hasta entonces no había podido ni imaginarse. Notaba el aliento de su marido en el cuello y se acurrucaba en él como un gato junto al fuego. Le notaba el pene, caliente y tenso, presionando contra ella. Julia se lo había advertido y, entre risitas, había intentado describirle con exactitud el aspecto que tenía como si fuera un animal separado del hombre. Pero Amelia no se alarmó tanto como pensaba. Al contrario, le halagaba y sonrió en silencio para sí, sabiendo que era una mujer igual que cualquier otra, pero casada con un hombre mucho mejor que cuantos había conocido en la realidad y en la ficción de los libros.

Contempló sola el amanecer, luego despertó a su esposo cubriéndole el brazo de besos y le contó las órdenes que había dado a la servidumbre el día anterior mientras él dormía. Bendix sintió cierta irritación en la planta de los pies. Temió que la cama de Amelia estuviera infestada de algún parásito sin importancia, pero, demasiado cortés como para decírselo, esperó a que ella saliera de la habitación y se rascó a gusto rastrillándose los pies con las uñas.

Hacía un día magnífico para trasladarse a Chiswick. Bendix pasó la mañana con cinco mozos, dándoles instrucciones sobre la forma de empaquetar y transportar, hasta que se hartaron de su intromisión, aunque un puñado de chelines los aplacó. Julia y la señora Hemmings viajaron con el cochero en un carro muy cargado, Bendix, Amelia y Lemon fueron en el carruaje. Hacía un calor semejante al día en que Bendix llegó por primera vez a las afueras de Londres, pero, en rigor, no podía decir que fuera a echar de menos el centro de la metrópolis. Al bajar por el río y continuar por Thames Street, los nutridos grupos de gente congregada en las orillas, las pequeñas velas que cuajaban la superficie del agua, los bufidos y el arrastrar de cascos de los animales, todo ello hacía sentir a Bendix un gran anhelo de la paz que les proporcionarían los muros de su casa.

Cuántos cambios, desde su época de París. Había sido feliz anteriormente, pero la felicidad había quedado empañada por la miseria posterior. Haber ganado dinero, haber logrado algo, le proporcionaba una base mucho más firme. Era como si sólo hubiera vivido siempre en el sótano y, de repente, lo hubieran sacado al jardín del tejado. Ya no vería tan sólo un mundo de botas y cascos de caballos, sino un panorama abierto a muchas posibilidades.

Se detuvieron cuando más calor hacía, a primera hora de la tarde, por la insistencia de la señora Hemmings. Al pasar por un mercado donde sabía que se abastecían los vendedores de aves de Leaden Hall, no pudo resistirse a adquirir dos gansos gordos y un capón fornido, todo por el módico precio de nueve chelines. Los hombres aprovecharon la pausa y, mientras los mozos de la taberna del lugar atendían a los caballos, tomaron jarras pequeñas de cerveza con algo de fiambre y llevaron un poco afuera para que las damas compartieran su suerte.

Bendix se sentía agotado otra vez, el esfuerzo de las últimas semanas lo aplastaba, a pesar de los optimistas síntomas de éxito. El dolor de cabeza volvió, acompañado por un dolor de garganta y una posible inflamación de amígdalas que intentó olvidar. Terminó el vaso y pidió al mozo que se lo cambiara por uno de agua fría. Aunque todavía no estaban tan lejos de la ciudad como para haberla perdido de vista, el simple horizonte verde que se extendía ante ellos era un estímulo para continuar.

Bendix estaba tan preocupado por su propia dolencia que no advirtió la expresión de extraordinaria concentración de su esposa. Tenía los rasgos de la cara como petrificados, como si quisiera seguir el sonido de un violín concreto en medio de una orquesta de cuerda. Igual que su marido, pensaba en la diferencia entre la ciudad y su futura residencia. Le parecía que Londres, aunque estuvieran ya a millas de distancia, los perseguía con sus ecos, mientras que delante se extendía un suave mundo de paz donde los sonidos podían viajar eternamente sin encontrar muros de ninguna clase.

Pagaron los servicios de los mozos porteadores y de cuadras del Trunham Green, que siguieron al carruaje a pie durante la última milla de viaje y entraron por la cancela como perros cansados al final de la partida de caza. Mientras la señora Hemmings se ocupaba de proporcionarles un poco de cerveza que, atinadamente, había adquirido en la taberna, Lemon empezó a darles instrucciones sobre la descarga de la carreta. Ninguno trabajaba con excesivo ahínco, pues no tenían prisa por marcharse. Conocían bien la zona y no estaban sujetos a las restricciones de la puesta del sol. Al contrario, se alargaban en las tareas en presencia de Lemon, pero cada vez que pasaba Amelia, desplegaban entre todos una gran energía y levantaban la librería más pesada como si fuera una pluma. Si no hubieran estado atentos a donde ponían las manos, habrían levantado la carreta en volandas sin darse cuenta.

Bendix no estaba ciego al efecto que su esposa causaba y disfrutaba de la voluntad que ponían los mozos en convertirse en bestias de carga delante de ella. No hubo una puesta de sol propiamente dicha, sólo un oscurecimiento gradual en que la noche fue apoderándose de la tierra. De todos modos, el vestido color crema de Amelia parecía acaparar la última luz de las nubes y, para que los hombres desaparecieran a tiempo para la hora de la cena, Bendix se la llevó de la mano a dar un paseo por el jardín. El jardín no llevaba directamente a la orilla del río sino que ascendía suavemente hasta asomarse al Támesis. Los propietarios anteriores habían despejado el terreno para divisar el agua talando algunos sauces de la ribera, de forma que el río quedaba enmarcado entre ramas secas.

Se sentaron juntos en un banco de piedra bajo un sauce superviviente, mirando al sur. En la oscuridad cada vez mayor, Amelia frotó la espalda a Bendix a instancias de éste, prodigándole mimos cada vez que se quejaba de fiebre. No podía expresar a su marido la gratitud que sentía por la libertad disfrutada ese día, ni siquiera la dicha que experimentaba cuidándolo en la enfermedad, comparada con la salud de que ella gozaba. Atender a otro le proporcionaba una sensación de eficiencia y utilidad. No había sensualidad en la forma de tocarlo, ni rastro de deseo en sus dedos, sólo una benevolencia inocente y una nota de orgullo.

Bendix no durmió durante las primeras horas de la noche. La tos resonaba en la habitación. Oía la respiración regular y tranquila de su mujer, pero las sombras nuevas, los crujidos raros y el tenue murmullo del río le impedían conciliar el sueño. Se frotó las plantas de los pies una contra otra, notó que estaban calientes y sudorosas y supo que no era la cama la que estaba infectada, sino él.

Defoe llegó a la mañana siguiente y se anunció gritando al cochero y haciendo salir a Lemon a la puerta a toda prisa y con la librea a medio colocar, cosa que provocó sonrisas irónicas y gratificantes a los viandantes. Entre dos cocheros y Defoe trataban de trasladar el regalo de bodas con que el escritor obsequiaba a la joven pareja. Se trataba de un espejo difícil de manejar, por su tamaño, pues casi tenía la altura de una persona y estaba enmarcado en roble con incrustaciones de caoba y marfil. Con la ayuda de Lemon, lograron pasarlo por la puerta principal e introducirlo en la sala más espaciosa del primer piso, donde lo dejaron como un sarcófago brillante.

Amelia se había levantado mucho antes que Bendix, pues el aprendiz no logró conciliar el sueño hasta que el sol empezaba ya a salir. Su esposa se levantó con la aurora, contempló el amanecer desde la ventana del dormitorio con asombro mantenido y luego despertó al resto de la casa para comenzar el laborioso proceso de desempaquetado. Obligó a Lemon a mover o arrastrar algunos de los muebles más pesados, por no sentirse avergonzada en caso de que llegaran visitas. El agotamiento de Bendix se hizo patente cuando pudo seguir durmiendo a pesar de los gruñidos de Lemon y los crujidos de los tablones del suelo, de los gritos de alarma de Julia y las órdenes que ladraba la señora Hemmings.

Cuando apareció ante Defoe en el salón, a media luz pero no a oscuras, ni mucho menos, el escritor se quedó por una vez sin palabras. Si Amelia había visto poco la luz, también la luz la había visto poco a ella y reveló su belleza al escritor de tal forma que la lengua se le entorpeció y sus pensamientos dejaron de ser paternales y amistosos. Amelia disfrutó de la sorpresa de su amigo suponiendo que se debía sólo a la recuperación de la vista, se pasó la mano tímidamente por la cara y le besó con tanta fuerza en la mejilla que le hizo ruborizarse hasta debajo del enorme pelucón.

—¡Esto sí que es una noticia! —dijo. Quería deshacerse en palabras, pero se quedó reducido a—: ¿Cómo?

—Mi esposo —dijo ella con orgullo.

—Tenemos que ir a ver a su padre —replicó Defoe, pero vio que Amelia se hundía. No se le había ocurrido pensar en una cosa tan natural—. ¿Y dónde está el salvador?

—Descansa.

—Como hizo Dios —dijo Defoe con una sonrisa y, volviendo a situar sus emociones en el lugar de siempre, robó otro beso, más inocente, a Amelia.

Tomaron una fuente de pescado ahumado y una taza de chocolate en el salón. Se intercambiaron muchos cumplidos a propósito del regalo de Defoe y, por dos veces, éste le rogó que se mirara en el espejo y apreciara lo bella que era y la hermosura de sus ojos oscuros. Bendix no apareció hasta la tarde. Se había arreglado como si fuera a realizar varias visitas de presentación entre la pequeña aristocracia del lugar, con la cara sepultada en afeites, la peluca bien peinada y cepillada y los zapatos adornados con un par de lustrosas hebillas.

Defoe lo recibió con un cordial apretón de enhorabuena y le dijo que había alcanzado, punto por punto, la misma categoría que su suegro. Bendix rechazó una taza de chocolate pero acogió todas las amables palabras del escritor con gestos de asentimiento y se avino de buen humor a hablar de la decoración del salón.

—¿Nada de porcelana? —preguntó Defoe.

—Mi padre tenía poca —contestó Amelia.

—Muy inteligente —dijo Defoe—. En todo Londres no se encontraba una pieza de porcelana hasta que la reina Mary decidió que le gustaba. Ahora, prolifera en aparadores, vitrinas y repisas de chimeneas en altas pilas que llegan hasta el mismísimo techo. Exceso fatal.

—Adorna mucho —dijo Amelia.

—Como florituras, pero nada más —prosiguió Defoe. Bendix sabía que el escritor, hablara de lo que hablara, estaba pendiente de él, aunque sólo fuera por su silencio—. Ponen estanterías sólo para la porcelana; imagínese, sólo para la porcelana. Sin embargo, el rey William, con un criterio más particular, prefiere la jardinería y piensa que las plantas perennifolias mantienen bellos los jardines en invierno. Una idea sencilla y acertada. ¿Qué país puede presumir de jardines más amenos?

—El nuestro —saltó Amelia.

—Sí, con el tiempo será precioso —concluyó Defoe, y los tres coincidieron en una cívica sonrisa unánime.

Después de que Amelia insistiera en que Defoe se quedara a cenar y a pasar la velada, Defoe pidió a Bendix que le enseñara la propiedad con más detenimiento.

—Sin duda —bromeó Bendix— usted ya habrá pisado estos caminos.

Defoe se rió al tiempo que ambos salían al brillante sol de la tarde. Fueron lentamente hasta la cima del promontorio y salieron por la cancela de la finca para bajar al río, donde se sentaron a contemplar las gabarras de la orilla occidental, que iban llenándose con el producto de las fábricas de malta.

—¿Es usted un buen médico para usted mismo? —preguntó Defoe.

—Tan bueno como cualquiera —dijo Bendix.

—Si estuviera dispuesto a escuchar el consejo de un viejo —dijo el escritor dándole una palmada en la mano—, le diría que se dejara ver por otros ojos. ¿Me permite la intrusión de enviarle a un amigo de Londres mañana?

—No es necesario.

—No estoy de acuerdo —dijo Defoe—, creo que es esencial. Y lo que es más, ni conozco los detalles de su matrimonio ni deseo conocerlos, pero yo en su lugar, no compartiría el lecho con mi esposa durante uno o dos días.

Bendix asintió solemnemente.

A pesar de la carga de los respectivos pensamientos, ambos hombres proporcionaron compañía agradable a Amelia durante la cena y, como la señora Hemmings todavía estaba en proceso de adaptación al asador y la cocina nuevos, comieron como buenamente pudieron cordero quemado y un capón de ocho libras. Bendix insistió en que su esposa ocupara la cabecera de la mesa y, aunque era una idea extraña, continuamente volvía la cabeza hacia la derecha como si le avergonzara el otro lado de su cara.

Defoe se marchó antes de que Bendix se levantara y el doctor prometido no llegó hasta la mañana siguiente. Amelia comprendía la fatiga de su esposo, pero advirtió que el dolor de garganta parecía haber mejorado mucho en el primer día fuera de Londres; no obstante, no puso en cuestión su falta de deseo y lo cuidó en las sombras del dormitorio. No se expuso directamente al sol a mediodía, solamente al principio y al final del día. Pensaba que todavía no se le habían restablecido los ojos completamente, aunque le habían mejorado cien veces. Si notaba el menor síntoma de dolor de cabeza, sencillamente se retiraba del jardín y se sentaba en un rincón sombrío del salón. O, mejor, subía las escaleras a contemplar cómo dormía su marido, sólo un poco preocupada por su debilidad, pero decidida a envolverlo en deber y amor.

A media noche, alterada la rutina normal del sueño, Bendix encendió una vela con gran dificultad en la oscuridad y bajó las escaleras. Caminaba con vacilación, la vela le temblaba en la mano, aunque intentaba reponerse en el ambiente cálido respirando la noche a profundas bocanadas. Entró en el salón y, tras dejar la vela en la mesa, se situó ante el espejo.

Cualquier médico, cualquier estudiante habría sabido decirle lo que le aquejaba. El espejo, regalo de Defoe, sólo sirvió para confirmarlo. La sífilis había comenzado a abrirse camino comiéndole un lado de la nariz. Lo peor de todo eran los chancros abiertos al fondo de la garganta. Agradeció que, al menos, no le hubieran salido en los labios, porque podía ocultárselo a su esposa. Apagó la vela con los dedos y, sin acusar siquiera el dolor de la quemadura, se sentó en el salón sin poder reunir valor para volver a la cama.

El doctor Beecham llegó antes de que se levantaran algunos caballeros y encontró a Bendix en el jardín, evitando cuidadosamente a su mujer y al servicio. Se presentó al aprendiz como especialista en enfermedades de Venus. Aunque su mujer fuera demasiado inocente como para saber algo por observación, Defoe tenía demasiada experiencia como para haber errado en su juicio. La salud de Bendix había empeorado entre la partida de Defoe y la llegada del doctor, y éste sólo necesitó un breve examen para confirmar las sospechas.

—Sumamente curioso —dijo Beecham observando fríamente al paciente, como Bendix había estudiado a otros—. ¿Dice que no ha tenido trato con prostitutas?

Bendix asintió.

—¿En los dos últimos meses? —preguntó Beecham.

—No —mintió Bendix—. Desde que conocí a mi mujer, no me he acercado a ninguna.

—Esas heridas —dijo Beecham— suelen salir a los hombres en el pene o en la parte del cuerpo que primero entre en contacto con la enfermedad. Los que se arrodillan ante las prostitutas suelen manifestar chancros en los labios. Es muy raro que a usted se le manifiesten sólo en la garganta.

—Supongo que —dijo Bendix con una sonrisa controlada— si he contraído alguna enfermedad, debo alegrarme al menos de que se trate de un caso singular.

—Nada singular —contestó Beecham—. No podía ser más común. Lo único exclusivo radica en la localización. Es posible que, estrictamente, su caso pueda considerarse singular. Es una enfermedad lenta, pero en su caso, no avanza lentamente, sino que se diría que salta.

Beecham se abrió un lado del abrigo y sacó un pastillero.

—Las he inventado yo —dijo—, cada caja vale una corona, contiene treinta dosis. No le garantizo la cura, pero he comprobado que ejerce un efecto beneficioso en casos tan extremos como el suyo.

Bendix se quedó con la cajita y pidió cuatro más. El doctor prometió volver a finales de semana a comprobar el estado del paciente y a llevarle el encargo.

El misterio confundió a Bendix durante toda la tarde. Se fue a pasear solo por el río haciendo caso omiso de las llamadas de su esposa desde las ventanas abiertas de la casa. El Támesis pasaba, indiferente a su destino, como los hombres que hundían los remos en las aguas. Se agachó, tomó agua con la manos y bebió medio sorbo. Con el resto, se tomó una de las pequeñas píldoras negras que sacó del pastillero. No tenía sabor.

Cuando comprendió, se sentó a la vera del camino. Sólo se movió una vez en una hora, para arrojar el pastillero y las píldoras al agua. Calcraft se había equivocado y Denis, cincuenta años antes, tenía razón. No era la transfusión lo que curaba, sino la transmisión del carácter. Había leído sobre las preocupaciones de los baptistas respecto a que un hombre pacífico podía enloquecer si recibía sangre de un lunático. Las cualidades se transmitían con la sangre. Bendix comprendió que los sorbos que había tomado de la decocción, que se le quedaban pegados en la garganta, contenían sin duda la esencia de Wild. Había ingerido cuanto Wild tenía de malo y negro. Había probado el pecado, la enfermedad y la muerte.

Curiosamente, a pesar del problema, pensaba en las teorías de Calcraft, en vez de en las suyas propias. Había tenido éxito donde el doctor había fracasado y, sin embargo, le faltaba valor para enfocar la lente hacia sí mismo. No importaba si le había contagiado la sífilis la prostituta de Drury Lane, la muchacha de Mother Cates o la decocción de Jonathan Wild, lo asombroso era la velocidad a que avanzaba. Sabía que se extendía con tanta rapidez sólo porque así lo creía él, por la sospecha secreta de que lo que le sucedía no sólo lo tenía bien merecido, sino que se lo había ganado a pulso.

Supo el mal que le causaría a Amelia. Era mucho más doloroso que un ataque de sífilis. La amaba, había reducido todo al amor, todos los actos que había realizado se justificaban por el matrimonio con Amelia, pero en ese momento comprendió que ese su matrimonio no se consumaría jamás. Le escocía la respiración en la garganta, tenía ganas de llorar. Si hubiera hecho el amor con su mujer, ahora ella compartiría también su condición. Poco le consolaba haberse abstenido, pues el pacto con Sixes la arruinaría de otra forma. Había comprometido la felicidad de su esposa, había apostado en ello su propia vida, y ahora lo había estropeado todo. Incluso los experimentos estaban sin refinar; no podía justificar por qué en unos casos funcionaba y en otros no. Sin embargo, había devuelto el don de la vista a su mujer. Amelia había creído con fuerza, con más vigor, quizá, que él mismo. ¿Acaso aceleraba su propio final, conociendo el poder de la mente?

La voz de Amelia llegó tropezando hasta la orilla, le hizo ponerse de pie y, aunque pensó que tendría más sentido meterse en el agua que alejarse de ella, respondió a la llamada de su esposa. Amelia se encontraba en la puerta de cristal que daba al exterior, a la sombra de la persiana. Otra persona, más hundida en las sombras, se encontraba detrás de ella.

—Date prisa —dijo ella, cuando Bendix bajó de la cima del promontorio—, tienes visita.

Bendix ya había pensado en buscar a un sacerdote. No al reverendo doctor Holloway, sino a un hombre de bien y de conocimiento. Se acordó de las cartas que su padre le escribía a París, de cuando le contó que el coadjutor de la parroquia había acudido a saludarle y a presentarse el mismo día en que se trasladó a la finca de Northumberland. «Los coadjutores dependen de la pequeña aristocracia para aumentar sus ingresos —pensó Bendix—. Vamos a conocer al señor de St. Nicholas.»

Cuando Bendix puso los cansados pies al otro lado del umbral, comprobó que conocía perfectamente a la otra persona. Sixes se inclinó, encantado de verle, abriendo y cerrando su delgado cuerpo como un par de tijeras.

—Le he dado las gracias por haber tenido la amabilidad de hacernos un regalo —dijo Amelia.

—Basta —dijo Sixes levantando una mano en señal de protesta, pero sonriendo—. No ha sido más que un poco de plata para una dama más hermosa que el oro.

Bendix sonrió débilmente a su mujer.

—Amelia —dijo— ¿nos excusas un momento, mientras hablamos de un pequeño asunto de negocios? —Hizo una señal a Sixes para que saliera con él por la puerta de cristal. Le faltaba energía para seguir caminando, de modo que se detuvo en el promontorio y se sentó sobre sus propias calzas de seda de una forma impropia para un caballero que no se le habría ni pasado por la imaginación una semana antes. Sixes se sentó a su lado, con las huesudas rodillas apuntando al cielo y los pies hacia el río.

—Las noticias —dijo Sixes, y se tocó una oreja— corren más que los caballos. Supe que había adquirido la casa... un jardín precioso. Supe que el doctor le había visitado. Esperaba ardientemente que fuera una persona del servicio, y no su propia persona, la que había caído enferma. Me entristece mucho saberlo. ¿Y su esposa?

—Feliz como no lo ha sido en su vida —dijo Bendix, obligándose a escupir las palabras de la boca sin el menor rastro de las emociones que le hervían por dentro.

—No tiene usted buen aspecto —dijo Sixes—. Puedo mandarle a muchos que saben de estas cuestiones. Mother Cates las conoce muy bien.

—No —dijo Bendix—, sólo necesito paz en mi propia cabeza.

—No se olvide —dijo Sixes con una sonrisa.

—¿Olvidar? —dijo Bendix, y después sonrió dando a entender que sabía el verdadero propósito de la visita. Lo cual hacía insoportable su estado de salud. Respiró bruscamente y luego, en poco más que un susurro, logró decir—: ¿Sigue pensando en el oro?

—Soy comerciante hasta lo más hondo del corazón —contestó Sixes devolviéndole la sonrisa—. Me satisfacen mi renta anual y su compañía. Odiaría verlo bajo tierra.

—Estoy seguro —dijo Bendix— que lloraría días y días por mí tanto como por Jonathan.

—Usted es diferente —dijo Sixes—. Pecadores y santos. El contrato es el contrato, sobre todo cuando está firmado y registrado en la cancillería.

—Sí —dijo Bendix asintiendo para sí mismo.

Sixes le dio una palmada en la espalda.

—Pero no he venido por eso. Sólo quería conocer la casa y a su esposa, ambas son encantadoras, una gran razón para vivir. Le mandaré unos médicos. No hay motivo para soliviantar todo un hogar.

—¿Y a quién piensa mandar, si su médico ya está aquí? —preguntó Bendix.

Sixes se encogió de hombros.

—Veo que no está de buen humor. Mercurio, amigo mío. Se lo mandaremos desde Londres. Volveré a ver qué tal se encuentra.

Sixes fue la última visita de la semana. Cuando se marchó, Amelia fue al jardín a buscar a su marido y lo encontró llorando. Se quejaba de cansancio y le avergonzó que su esposa lo viera en tan lamentable condición, pero no tenía fuerzas suficientes para separarse de ella, de modo que se dejó llevar arriba, al dormitorio, y permitió que lo metiera en la cama. Amelia le vio las señales de la nariz, la irritación del pecho al desvestirlo, olió la podredumbre que emanaba de él y que la noche anterior no existía. Afortunadamente, ni Defoe ni sir Edmund habían incluido en su educación las enfermedades de Venus.

La situación inspiró en ella sentimientos maravillosos. Atendía a sus menores deseos inmediatamente, aunque no quiso prestar oídos a su deseo de entrevistarse con el coadjutor de St. Nicholas. Bendix se puso furioso los dos primeros días que pasó en la cama, pero Amelia mantenía las contraventanas cerradas, expulsando al verano, y no pensaba en visitas de ninguna clase. Defoe era la excepción a la regla. Aunque Amelia desconociera la enfermedad por completo, era evidente que Bendix empeoraba a gran velocidad. Ciertamente, muchas veces, cuando salía un momento de la habitación a refrescar el paño de algodón con agua, al volver tenía la clara impresión de que su marido estaba más marchito, más débil que antes.

Cuando Amelia dormía, Defoe velaba al paciente. Los síntomas del aprendiz eran inconfundibles. Sin embargo, lo peculiar era la rapidez con que el asedio de la enfermedad lo había abatido. Defoe había visto los chancros de otros aquejados que aparecían y desaparecían en unos días, había visto curarse las irritaciones, bajar la fiebre, cesar los temblores del cuerpo en cuestión de meses. A Bendix lo atacaba por todas partes simultáneamente. El escritor contemplaba con tristeza los mechones de pelo que se le caían al aprendiz en la almohada. Los escondió para que Amelia no se percatara del deterioro. Era sífilis, sin la menor duda, pero de una voracidad como Defoe no había visto nunca. Parecía que Bendix hubiera contraído una variedad concentrada de la enfermedad de una prostituta desconocida y envenenada. Fuera cual fuese la causa, el enfermo empeoraba cada vez más deprisa, casi como si él mismo acelerase su defunción.

En la noche del cuarto día, Bendix perdió la razón. Todavía tenía momentos de lucidez, pero como a borbotones, y luego caía en la estupidez. Los ojos se le pusieron rojos delante de Defoe. La mañana del quinto día, después de que Amelia se marchara y llegara Defoe, Bendix le pidió que le escuchara atentamente. Le habló de los cadáveres de Sheppard y Wild y de la transfusión de Calcraft. Bendix comprendió, a pesar de la fiebre, que nada sorprendía a Defoe. Finalmente, le habló del contrato con Sixes.

—Ese papel —dijo Defoe— no tiene valor.

—No —insistió Bendix—, está firmado por mí. Cinco mil libras. Un hombre de la cancillería estaba presente.

—Joseph —dijo Defoe—, tiene usted cosas más importantes de las que preocuparse. Yo cuidaré de Amelia.

—¿Con qué? —dijo Bendix amargamente— ¿Con palabras?

Defoe sonrió al enfermo con amabilidad.

La mañana del último sábado de junio, cuando el sol estaba alto y ni Defoe ni Amelia se hallaban presentes en el dormitorio, la fiebre despertó a Bendix. Parecía que tuviera el cerebro hinchado y se le incrustara en un lado de la cabeza. Se pasó la mano por la cara y notó la erosión de la nariz. Pensó sólo en Amelia, hasta que las pulsaciones del dolor se apoderaron de todo su cuerpo y se intensificaron hasta cortarle el último aliento.

Defoe lo encontró muerto. Le cubrió la cabeza con la sábana, pero jamás había llorado por un muerto y no se sentía inclinado a cambiar por Joseph Bendix. Siempre pensaba en lo que los muertos dejaban tras de sí. Él mismo quizá dejara algo para la historia, aunque sólo fueran palabras. Bendix, que llevaba el hilo de la grandeza cosido en sus costuras, quedaría relegado al olvido. Casi era motivo suficiente para hacer llorar a un hombre, pero no habría excepciones. Fue abajo e informó al servicio de la muerte de aprendiz, luego se dirigió al salón a notificárselo a Amelia. Lemon no levantó la vista de la pieza de plata, regalo de bodas, que estaba limpiando.

Amelia no lloró en presencia de Defoe, el escritor no supo si llegó a llorar en algún momento. Amelia prohibió a todos entrar en el salón y permaneció allí toda la noche sentada a solas. Bendix fue enterrado la noche siguiente. El doctor Beecham, que pasó por allí con las píldoras negras para ver cómo se encontraba el paciente, no quiso molestar a la viuda reclamando el pago de una sola visita. A instancias de Defoe, se quedó para asistir al funeral y no dejó de consultar el reloj disimuladamente mientras enterraban a Bendix en la cima del promontorio que se asomaba al Támesis. Cuando Defoe y la servidumbre lo acompañaron al carruaje, Amelia se quedó de pie sobre la tierra recién removida y lloró por lo que había perdido.

Pocos había que supieran habérselas tan bien con los duelos como Defoe. Envió cartas por todo el país, para informar a su familia de que se retrasaría unas semanas, para comunicar al padre de Bendix la muerte su hijo, para hacer saber al doctor Monroe que podía, si lo tenía a bien, poner la noticia en conocimiento de sir Edmund. Después, dio una batida por el vecindario y descubrió que había dos viudas de caballeros jóvenes, y les rogó que fueran a tomar el té con Amelia. Aunque fue un asunto tan regado de lágrimas como de azúcar, a Defoe le pareció sensato que Amelia compartiera el luto con otras mujeres.

Las dos viudas parecían haber entablado una competición sobre quién sufría más, y Amelia lo observó con cierto conocimiento de causa. Ella sabía que nadie podía igualar el recuerdo que tenía de su marido, ni el regalo que le había hecho, pero la compañía femenina la distraía. Bendix se había presentado en Lincoln's Inn hacía un año. Pensó en su fugaz encuentro y el breve aleteo del matrimonio como si fuera una bella ensoñación antes de comenzar el día. Como había presenciado poco sufrimiento en su vida, apenas sabía interpretar las acometidas súbitas de la emoción que parecían asaltarle en los momentos más inesperados del día. Sin embargo, cuando se le aclaraban los pensamientos, no sentía más que gratitud hacia su esposo y un entusiasmo maravilloso y continuo por la inmediatez de su nuevo mundo.

Las viudas, sin saber la fatiga que producía a Amelia el esfuerzo de recibir visitas, alargaron la despedida deshaciéndose en cumplidos sobre la elegancia de la vajilla de plata. Cuando por fin se marcharon, Amelia se retiró a su habitación. Defoe sacó pluma y tintero y se acercó al banco de piedra a disfrutar de la última luz de crepúsculo.

Oyó llegar el carruaje y adivinó quién iba dentro mucho antes de que la sombra se cerniera sobre el papel.

—Buenas noches tenga usted, señor Defoe —dijo Sixes—. Me preguntaba si podría tener dos palabras con la señora de la casa.

—Lamento mucho que haya venido de visita en unos momentos tan inoportunos —respondió Defoe—, pues la señora se ha retirado ya a sus habitaciones. No le importará hacer la visita al señor de la casa, sin duda.

—Naturalmente —dijo Sixes—, pero ya he sabido la noticia y me gustaría presentar mis respetos. Las noticias corren más que el Támesis, según dicen.

—¿Quién lo dice? —preguntó Defoe maliciosamente.

—Lo dicen por ahí —contestó Sixes con una sonrisa sumamente cortés—. Habría jurado que usted ya sabría una cosa así. No causaré molestias, volveré en otro momento. Buenas noches, señor.

—Yo soy su guardián —dijo Defoe—; según las leyes de la cancillería, si usted tiene algo pendiente, si quizá Bendix le debía a usted uno o dos chelines, es a mí a quien debe dirigirse.

—Algo más que un chelín o dos —dijo Sixes con una sonrisa, y sacó el contrato del bolsillo del chaleco—. Una decisión precipitada. Pero así son los jóvenes.

Defoe miró el contrato con detenimiento.

—Y «la caja» —preguntó Defoe—, ¿no sería una anatomía robada en el Royal College, un delito que lo llevaría a usted al árbol de Tyburn?

—No, según se expresa aquí —dijo Sixes sonriendo—. No, tal como lo atestiguó un hombre notable de la cancillería.

—Es justo —replicó Defoe—. Es un paquete.

—No espero pago inmediato —dijo Sixes—. Creo que es una cuarta parte de la fortuna del doctor. Quizá puedan vender la casa de Lincoln's Inn. Tengo paciencia, puedo esperar hasta que lo reclame el tribunal.

—Desgraciadamente, este papel significa poco —dijo Defoe—. No estaban casados.

Sixes sonrió de nuevo y se llevó la mano al bolsillo otra vez.

—El contrato de matrimonio del señor Bendix —dijo—, y diría que ésta es su propia firma, señor Defoe, la de la derecha.

—Un matrimonio no es efectivo hasta que se ha consumado —dijo Defoe—. La enfermedad se abatió sobre señor Bendix con demasiada rapidez como para darle tiempo a disfrutar de los placeres de la cama.

—¿Desde cuándo da fe de la consumación alguien que no sea una doncella con una sábana de la cama? —dijo Sixes con una sonrisa—. Usted defenderá que no yacieron juntos, yo defenderé que sí. Puedo aportar prostitutas que den fe de su masculinidad. La cancillería decidirá el destino de la viuda.

—Una comadrona puede dar fe de la virginidad de Amelia.

—Y otra puede negarla.

—Me alegro de que conozca la ley tan a fondo —dijo Defoe con calma—, porque en ese caso, usted no habrá sido tan ignorante ni tan ingenuo como el finado señor Bendix. Los cazadores de fortunas deben seguir el buen consejo de no cortejar a las hijas ilegítimas.

Sixes movió la cabeza ligeramente.

—Amelia, la muchacha, es hija ilegítima de Calcraft —dijo Defoe con frialdad, pero divirtiéndose desde la distancia—. El matrimonio se celebró una semana antes del nacimiento de la niña. Creo que sus amigos de la cancillería lo consideran un caso de «bastardía especial». Señor Sixes, según sus estimadas leyes, cuando se concibe fuera del vínculo matrimonial, el hijo no tiene derecho a la propiedad de su padre. Puede consultar los registros de la parroquia, que sólo le confirmarán que Joseph Bendix contrajo matrimonio con una muchacha pobre que depende del capricho del fiduciario de su padre.

—¿Y la casa? —dijo Sixes señalando con el pulgar hacia atrás.

—El contrato está firmado por el señor Bendix y un servidor.

Sixes sonrió.

—Lo cual significa —dijo Defoe— que su contrato con el señor Bendix no vale el papel y la tinta que se han gastado en él.

—¿Ella está al corriente de su condición? ¿Sabe que es ilegítima? —preguntó Sixes.

—No, señor, no lo sabe, y así es como deseo que siga siendo.

—Con el tiempo, podría impedirle el matrimonio —dijo Sixes sonriendo.

—No es esencial ocultarle la verdad —dijo Defoe—, sólo es preferible. Lo preferible es menos importante que lo necesario. ¿Cien guineas bastarían para garantizar su silencio?

—Cien al año hasta que se case —dijo Sixes— bastarían para guardar un silencio de oro.

—¿Quiere que redacte un contrato? —preguntó Defoe, golpeando con la pluma en la hoja de papel.

—Prefiero su palabra y un pronto pago.

—Creo —dijo Defoe levantándose con dificultad— que hemos llegado a un punto que nos satisface a ambos.

Mientras Defoe se alejaba, Amelia miraba a Sixes desde la ventana. Lo vio moverse por el terreno de la orilla del Támesis y lo vio detenerse junto a la sepultura de Joseph. Vio que movía los labios como si hablara con el muerto y se consoló pensando que su marido había sido apreciado.

EPÍLOGO

Pasar los meses de verano vestida de negro no preocupaba a Amelia. Plantó flores en la tumba de su esposo, aumentó el círculo de amistades con ayuda de las dos jóvenes viudas y fue cortejada por varios caballeros. Ella resistió a todas las maniobras y sólo encontraba consuelo en las continuas visitas de Defoe. El otoño la obligó a recordar la belleza de las sombras, de los diferentes tonos de gris. Comenzó con los días más cortos, cuando todos los habitantes de la nación se acurrucaban junto al fuego dando gracias por disponer de un techo y unas paredes gruesas. Defoe percibió la regresión, el sometimiento voluntario a la penumbra, y procuraba remediarlo visitándola con mayor asiduidad. Siempre la animaba a tomar el aire. Contemplar la sombra de Amelia en el crepúsculo era su forma de hacer que Bendix reviviera para los dos. No pronunciaban su nombre, no era necesario, pues siempre estaba presente entre ellos.

Fueron dos veces a visitar a su padre y, transcurrido un año en Bethlem, puesto que Monroe no había conseguido sacar una sola palabra a su colega, Calcraft fue declarado incurable. Defoe ni siquiera tuvo que proponer la idea, pues Amelia se adelantó y la planteó delante de Monroe.

A la semana siguiente, Defoe y Amelia fueron a recoger a sir Edmund y se lo llevaron a la casa de Chiswick. El doctor no expresó sorpresa ni dijo una palabra cuando vio que no lo llevaban a Lincoln's Inn. La servidumbre salió a recibirlo a pesar del frío y Lemon, al menos, tuvo la certidumbre de haber percibido una fracción de sonrisa. A lo largo del primer mes, cuando Defoe iba a visitarlos, se quedaba en la casa varios días seguidos, ansioso por que la melancolía no acabara con la perspectiva de felicidad que había rodeado la adquisición de la casa.

Sin embargo, Amelia conservaba el buen humor. Vivía la libertad limitada de su vida con elegancia mimada. Ciertamente, pensaba Defoe, parecía prosperar cuidando a su padre. Había entre ellos un entendimiento familiar que, sencillamente, no lograba descifrar. Muchas veces, cuando volvía a sus huertos de Stoke Newington, se detenía en la taberna de Tunrham. Aguzaba el oído, era capaz de captar el hilo de un rumor entre una algarabía de gritos, pero no hacía nada por aclarar los mitos que surgían a propósito de la casa y de sus propietarios. No contradecía las suposiciones de los mozos de la localidad, según las cuales, en Chiswick sólo había fantasmas.

AGRADECIMIENTOS

Doy las gracias al señor Eric Elstob, que me enseñó con paciencia una parte de Londres del siglo XVIII por la que había pasado de largo tantas veces sin darme cuenta. Gracias también a los doctores Carlberg y Willis por su ayuda con el mundo de la medicina. Y, a Joanna Wienberg, muchas gracias por el título.